百年乡愁

中国乡土小说经典大系 15

张丽军 主编

凤凰琴
——当代两湖乡土小说

山东城市出版传媒集团·济南出版社

图书在版编目（CIP）数据

凤凰琴：当代两湖乡土小说/张丽军主编. -- 济南：济南出版社，2023.6
（百年乡愁：中国乡土小说经典大系）
ISBN 978-7-5488-5729-7

Ⅰ.①凤… Ⅱ.①张… Ⅲ.①乡土小说 - 小说集 - 中国 - 当代 Ⅳ.① I247.7

中国国家版本馆CIP数据核字（2023）第107321号

凤凰琴——当代两湖乡土小说
FENGHUANGQIN

张丽军/主编

出 版 人	田俊林
责任编辑	苗静娴　胡雨薇
装帧设计	郝雨笙　张　倩
出版发行	济南出版社
地　　址	山东省济南市二环南路1号（250002）
编辑热线	0531-86131722
发行热线	0531-86116641　87036959　67817923
印　　刷	济南龙玺印刷有限公司
版　　次	2023年6月第1版
印　　次	2023年7月第1次印刷
成品尺寸	145毫米×210毫米　32开
印　　张	15.5
字　　数	306千
定　　价	68.00元

（济南版图书，如有印装质量问题，请与出版社出版部联系调换。电话：0531-86131736）

编委会

主　编　张丽军
副主编　田振华
编　委（以姓氏笔画为序）

丁　帆　马　兵　王方晨　王光东　王延辉　田振华
付秀莹　丛新强　刘玉栋　刘醒龙　李　勇　李云雷
李君君　李掖平　吴义勤　何　平　张　炜　张丽军
陈文东　陈继会　赵月斌　赵德发　贺仲明　徐　勇
徐则臣　蒋述卓

本书部分文字作品稿酬已向中国文字著作权协会提存,敬请相关著作权人联系领取
电话:010-65978917,传真:010-65978926,E-mail:wenzhuxie@126.com

总　序

记录百年中国乡愁　传承千年根性文化

　　面对急剧迅猛的乡土中国城市化、现代化、高科技化浪潮，我们惊讶地发现，曾被认为千年不变、"帝力于我何有哉"的中国乡村根性文化正面临着从根源深处的整体性危机。"谁人故乡不沦陷？"千百年来，孕育和滋养乡土中国文化、文明的乡村及其根性文化正以某种加速度的方式消逝，甚至被连根拔起。这不仅是乡土中国城市化、现代化的问题，而且是一个全球化、人类性的整体危机。早在20世纪60年代，法国社会学家孟德拉斯就提出，在工业文明入口处，数十亿农民向何处去的问题。而在1948年，中国学者费孝通就在《乡土重建》中提出传统的乡土社会所面临的现代性失血危机，进而提出了"乡土重建"的深邃思考。显然，在21世纪的今天，思考乡村、乡土、农业、农民乃至整体性人类向何处去的问题,显得无比重要而迫切。

作为一个从事乡土文学研究二十多年的研究者,我在苦苦思考:中国乡土文学向何处去?乡土中国社会向何处去?乡土中国农民向何处去?新时代乡村如何振兴?……苦苦思考之后,我突然意识到,既然看不清去处,何不回顾自己的来路?未来的道路,并不是冥思苦想来的,而是从过去的来路而来。历史的来路,决定了我们未来的去处,即未来的去处正蕴藏在历史来路之中。这让我重新思考百年中国乡土文学,重新回顾晚清以来中国仁人志士的文化选择和文学审美思考,乃至从更远的历史、文学中寻找智慧和启示。正是在这样一种文化思考中,我与济南出版社不谋而合,立志从众多乡土中国文学中选编一套"中国乡土小说经典大系",来为21世纪的新一代中国青年提供一个关于百年乡土中国心灵史的文学路线图,慰藉那些因完整意义的乡土中国乡村消逝而无从获得纯粹乡土中国体验的21世纪中国读者。此外,从中汲取智慧和灵感推进新时代中国乡村振兴,也是本套丛书的应有之义。简单归纳之,《百年乡愁:中国乡土小说经典大系》(以下简称"大系")具有以下特点:

一是强烈的经典意识。文学、文化的传承与经典的建构是由一个个经典化的环节与步骤完成的。从古代文学的"选本",到20世纪中国新文学大系,在中国文学经典化中,"选本"文化起到了某种极为重要的,乃至核心的作用,为经典化提供了不同时代不断接续的核心动力源。本套"大系"选编了现当代文学史中具有重要影响的作家作品,力图使"大系"具有乡土中国现代化思想史的重要功能，展现中华民族的百年心灵史。

二是浓郁的地方气息。乡土文学是最接地气的文学，是"土气息、泥滋味"的文学，是由不同地域文化包孕、滋养的文学，又是最能显现和表达乡土中国各个地方独特文化的审美形态的文学。本套"大系"就是百年中国各地民俗文化最大、最美、最迷人的表达。齐鲁、燕赵、三秦、三晋、江南、东北、西北、岭南等不同地域的文化，在本套"大系"中得到了较完整的展现。从这个意义上而言，本套"大系"既是一部百年中国民俗文化史，也是一部最精彩的地方文化志。

三是典雅的审美意识。文学是审美的艺术。言之无义，行而不远。文学性、审美性是文学的自然属性。文学应该是美的，是诗，是生命舒展的自由吟唱。正是在这个审美维度上，我们来选编百年乡土中国小说，让读者、研究者在美的文字诗意流动中获得对千年中国乡村根性文化之美的感悟，从而思考人与自然、人与大地、人与世界的精神建构问题。因此，本套"大系"是"乡土中国最后的抒情诗"，是千年乡土中国根性文化的当代吟唱，是具有深厚乡土生命体验的文化乡愁。

乡愁是感伤的，是一种甜蜜优美的感伤。不是每个人都有乡愁的。乡愁是一种深厚的文化情怀，是对大地、故乡、世界的一种深刻的生命眷恋。而《百年乡愁：中国乡土小说经典大系》就是让我们这些具有乡土中国完整经验的最后一代人，以文化传承的方式，把这种纯粹、完整、具有审美意义的文化乡愁，传递给21世纪中国青年，乃至未来的中国青年。我们曾有过这样一种乡土生活，这样一种乡土中国乡村根性文化——这就是我们的文化根基、我们的精神基因，它蕴含未来的路径和种种可能性。

我们常言，越是民族的，就越是世界的。而我想说的是，越是地方的，越是中国的，也越是世界的。中华文化是一个整体，是由一个个具有地方文化特性的地域文化组成的，是千百年来文化交融凝聚而成的。地方性文化的丰富和多样，恰恰是中华文化的活力与魅力所在。《百年乡愁：中国乡土小说经典大系》就具有鲜明的、浓郁的地方性文化特征，不同地域的读者不仅可以从中读到自己家乡的影子，而且可以由一个个乡土文化而建立起丰富、感性、美美与共的中华文化世界。

本套"大系"适合研究乡土文学文化的学者、学生阅读，也适合对中华文化、地域文化感兴趣的读者阅读。事实上，这套"大系"对于世界各国读者而言，是理解和思考千年中国根性文化、百年中国社会变迁的最佳读本，是具有世界性意义、最接中国地气、最具中国民俗文化气息的文学读本。

是为序。

张丽军
2023 年 7 月 1 日凌晨于暨南园

导　读

在两湖当代文学史上，活跃着一批以地域文化书写为志业的作家。如，开掘长江中下游平原文化、保存历史记忆的彭见明，攀爬上文坛神农架高度的陈应松，立体表现汨罗乡村风情的韩少功，展开湘南风俗画卷的古华，贴近武汉烟火人间的池莉，书写两湖东部革命历史和乡村生活的刘醒龙，书写蓝蓝的木兰溪的叶蔚林，擅写长沙日常生活的何立伟，等等。

彭见明1981年开始发表作品，创作出了轰动文坛的《那山 那人 那狗》《玩古》等经典名作。1982年，彭见明在一个偏远的小镇上写作，与外界的联系只有收发信件的邮电所。邮电所里仅有两名邮递员，他们的工作性质、生活方式、劳动强度等让他铭刻于心。经过半年时间的酝酿，他创作了小说《那山 那人 那狗》。

陈应松出版有长篇小说《天露湾》《森林沉默》《还魂记》《猎人峰》《到天边收割》等。本卷收录的《马嘶岭血案》涉及三重矛盾：阶级矛盾、城乡矛盾、知识分子与普通民众之间互不理解的矛盾。

正是这三重矛盾的交错,使小说悲剧性的刻画有着震撼人心的力量。

韩少功被称作"寻根文学的领跑者"。《爸爸爸》通过讲述偏远山寨里的奇异风俗和生活,反思和批判了畸形、病态的思维方式和文化意识,并通过具有象征意义的丙崽形象,反映了民主主义革命时期中国社会历史发展进程中的现实一角。

古华认为,文学就是作者对自己所体验的社会生活的思考和探索,也是对所认识的人生的一种"自我回答"形式。当然这种认识、思考和探索是在不断前进、发展着的。本卷收录的《爬满青藤的木屋》,通过独特而生动的艺术形象,表现了山区群众对现代文明的渴求,充满莽原山林的泥土气息。

池莉的作品大多体现武汉特色,是当代"新市民"小说的代表,代表作有《生活秀》《来来往往》《小姐你早》《不谈爱情》《太阳出世》《烦恼人生》等。本卷收录的《你是一条河》,写的是一位母亲的一生,也是一个时代的缩影。文中都是生活中常见的片段,刻画的却是生命的韧性和持久的温情。

刘醒龙的创作贯穿于新时期文学和新世纪文学两个阶段,是当代文坛具有标识性的作家。本卷收录的《凤凰琴》,写的是一所乡村民办小学里几个民办教师的故事。这部作品感动了一代又一代读者,至今仍散发着迷人的魅力。

叶蔚林 1953 年开始发表作品,创作初期主要围绕部队生活进行练笔,之后开始了农村题材小说创作,并形成固定的故事模式。本卷收录的《蓝蓝的木兰溪》景物描写优美,人物心灵纯洁,二者交融为一,富有诗情画意。

何立伟在创作中自觉地借鉴唐诗中的绝句所呈示的艺术意境,重简约、空灵、含蓄、淡雅,讲究以情生文,以情动人,留有空白,让读者自己去体味、思索。本卷收录的《白色鸟》是其代表作,诗情盎然,呈露出自然美和人性美,同时以虚化的艺术手法透露深沉的社会历史内容,耐人寻味。

目录

百年乡愁：中国乡土小说经典大系

那山 那人 那狗 / 彭见明　001

马嘶岭血案 / 陈应松　020

爸爸爸 / 韩少功　091
西望茅草地 / 韩少功　150
飞过蓝天 / 韩少功　190
归去来 / 韩少功　213

爬满青藤的木屋 / 古华　232

你是一条河 / 池莉　264

凤凰琴 / 刘醒龙　374

蓝蓝的木兰溪 / 叶蔚林　443

白色鸟 / 何立伟　470

长篇存目　478

后记　479

那山 那人 那狗

/// 彭见明

父亲对儿子说:"上路吧,到时候了。"

天还很暗,山、屋宇、河、田野都还蒙在雾里。鸟儿没醒,鸡儿没叫。早啊,还很早呢。可父亲对儿子说:"到时候了。"

父亲审视着儿子阔大的脸庞,心里说:你不后悔吧?这不是三天两日,而是长年累月的早起哩!

桌上摆着两只整整齐齐的邮包。邮包已经半旧。父亲在浆洗得干干净净之后,庄严地移交给儿子,并教他怎样分门别类装好邮件,教他如何包好油布。山里雾大,邮件容易沾水。

父亲小心地拿过一条不长的、弯弯的扁担,熟练地系好邮包。于是,在父亲肩上度过了几十个春秋的扁担,带着父亲的体温,移到了一个厚实的、富有弹性的肩膀上。这肩膀子很有些力量,像父亲的当年。父亲满意这样的肩膀。

父亲觉得：自己的手有些发抖。特别是手脱离儿子肩膀的那一刻。眼睛有些模糊，屋里的摆设忽然间都模糊了，把儿子高大的身影也融到了墙的那边。啊啊，心里梗得厉害。他赶紧催促儿子："上路吧，到时候了。"

父亲和儿子的手背，同时拂过一抹毛茸茸的东西——是狗，大黄狗。

它早起来了。老人倒给它的饭已舔光。狗紧挨着老人，它对陌生的年轻汉子表示诧异：他怎么挑起主人的邮包？主人的脸色怎么那样难看？这究竟发生了什么？

不管怎样，是要出发了，像往常一样。远处，有等待，有期望。在脚下，有无尽伸延的路。那枯燥、遥远、铺满劳累、艰辛而又充满情谊的路啊……

吹熄灯，轻轻地带拢邮电所的绿色小门——轻轻地，莫要惊醒了大地的沉睡，莫要吵乱了乡邻们的好梦。黄狗在前面引路，父亲和儿子相跟着，上路了。出门就是登山路。古老的石级，一级一级朝雾里铺去，朝高处铺去，朝远处铺去……

在很漫长的日子里，只有他和狗，悄悄地划破清晨的宁静。现在，是两人——他和儿子。扁担和邮包已经换到另外一副肩膀上，这是现实，想不到"现实"的步子这么快——支局长有一回上山来，对他说："你老了。"

老了吗？什么意思？他不理解。他和狗辞别支局长以后便进山了。

不久前，支局长通知他出山。在喝过支局长的香片茶以后，支局长按着他的肩膀，把他带到大立柜上的穿衣镜跟前，说："你看看你的头发。"

他看见一脑壳半"霉"的头发，心里略顿，想：年岁不饶人哪。是老些了。

支局长捋起老人的裤管，抚着膝盖上那发热红肿的地方，说："你看你这腿。"

不假，腿有点毛病。这算什么呢？人到老年，谁也不保谁没个三病两痛哩。

支局长看定老人，说："你退休吧！"

老人急了："我还能……"

"莫废话了。你有病，组织上已经做了决定。"在找老人谈话之前，支局长就暗地里让他儿子检查身体，填过表，学习训练了半月余。

他没有让过多的伤感和执拗缠住自己，他清楚，他的"热"和"能"不太多了，像山尖上悬挂的落日，纵有无尽的眷恋，但是，那又能维持多久呢？他恨自己的脚，这该死的脚，那么沉重、麻木，还钻心般痛。唉，脚的事业，怎么可以没有硬朗的步伐呢？郎中说，搞蜈蚣配药吃或许有效——他吃了一百条，不见效。有人说，吃叫鸡公，吃狗肉或许好。都吃了，也不见好。那顽皮的膝盖骨哎。什么地方不可以痛，偏偏要痛在这里。一片茅草阻河水，永世的遗憾哟。

让儿子顶替，能顶替吗？仅仅是往各家各户递信送报吗？没那么简单。仅仅是凭着年轻血旺，爬山过岭吗？没那么容易。

于是，要带班，要领他走路，要教他尽职，还要告诉他许多许多。

于是，上路了。那新人迈开了庄严的第一步，那老人开始了告别过去的最后一趟行程。

还有狗。

晨雾在散，在飘，没响声地奔跑着，朝一个方向劈头盖脸倒去。最后留下一条丝带、一帕纱巾、一缕青烟。这时分，山的模样，屋、田畴、梯田的模样才有眉有眼——天亮了。近处有啁啾的小鸟，远处和山垄里回荡着雄鸡悦耳的高唱。

父亲发现：平川里来的年轻人满脸喜色，眼睛朝田野里乱转。是啊，对于他，山里的一切都是新奇的。

父亲想告诉儿子：要留神脚下。脚下是狭窄的路、溜滑的青石板，怕失脚。但没说，让他饱览一番吧，让他爱上山，要与山过一辈子，要爱呢！

他告诉儿子：他跑的这趟邮路，有两百多里路。在中途要歇两个晚上，来去要三天。这第一天要走八十里上山路，翻过天车岭，便是望风坑；走过九斗垄，紧爬寒婆坳；下了猫公嘴，中午饭在薄荷冲；再过摇掌山，夜宿葛藤坪。这一天最累人，最辛苦，所以要早起。走得紧，才不至于摸黑投宿。

"不可以歇在其他地方？"

"不能。第二天、第三天不好安排。"父亲说。

狗在前面慢慢走。它走的是老乡邮员曾经走的速度。以往跑邮，高大而健壮的黄狗颈上系着一根皮带。上岭时分，主人一手抓着皮带的另一头，狗便用劲地帮主人一把。今天出发的时候，狗依惯例伏在老人脚旁，等待着系好皮带。老人却拍拍它的脑袋，酸楚地、动情地说："今天，不用了，走吧。"狗昂起头看定主人，它不相信。当看到邮包确实已经移到了另外一个肩膀上，才慢慢爬了起来。它跟随主人九年，以往出发，主人总和它喃喃地"聊"着。今天呢，没有！是因那年轻人的缘故吗？也许是。狗恶意地看了新来的陌生汉子一眼。

儿子嫌狗走得慢，便用膝盖在狗屁股上顶了一下。父亲说："不要贪快哩，路要均匀走。远着哩。暴食无好味，暴走无久力哩。"

狗越过陌生汉子的胯裆，看看老人的眼色。它没看出要加速的示意。它不理睬年轻人的焦虑，它依旧平衡着它的速度。

老人从狗的步子里，知道速度和往常一样。但是，他发觉自己的双腿已经不适应这种步子了。他不理解，两肩空空，光身走路竟会这样。倘若没人来接班，倘若今天还是自己挑担送邮，倘若支局长不催着自己退休，那会是个什么样子呢？是不是因为有了寄托，思想上放落了一身枷，病痛抬头了，人就变娇了呢？是的，一定是。唉唉，人啊人，是这么个样子。

儿子从父亲的呼吸里听出了什么。他站住双脚，稳稳地用双手扶着扁担换换肩。他看着父亲，眼睛在皱起的眉毛底下流露出不安。在父亲那风干了的橘皮样的脸庞上，浸出豆大滴汗珠，脸色呢，极不好看。

他对父亲说："爸，你累了。"

父亲用袖子揩去汗珠子："走热的。"

"爸，你不行，你走不动了。转身回去吧。"

"没什么。年纪不饶人哩。"

"你回去吧，放心，我晓得走的。俗话说，路在嘴巴上。"

父亲脸色一沉，快生气了。

于是，这才继续着行程。

这时太阳已经把山的顶尖染成一片金色，而山脚却被云遮雾盖了。好像这山浮在水里，风吹雾动，这没着落的山也跟着浮游。"难怪神仙要住在山上呢！"老人每每目睹这样的美景，他便想起传说中的神话。他的神情特别专注，说不定，哪个山坳拐弯处会飘过来一朵五彩祥云，上面站着观音圣母或是托塔李天王呢。这空空山野、漫漫行程，是一个任那万千思绪神游的天地；这空幽而缥缈的云中岛屿，确实能勾起身临其境的人恍惚而神奇的联想。

啊啊，人哩，毕竟是幻觉最丰富、最有感受力的。老乡邮员靠着它，战胜寂寞，驱散疲劳。现在，他又回到了过去，他又陷入痴想，一个人暗自笑了，觉得身子腿脚轻松了许多，甚至，想吹几句口哨儿。

可是，老人那憨实的独生子却早已游离于那迷人的景色。

那脚步，沉重得多了。

"汪，汪，汪。"

狗站在金色的峰峦上，站在那块最高的岩石上，朝山那面高声叫着。那声音在山谷间碰撞，成了这天地里最动听、最富有生气的乐句。

想不到，这沉默的、温驯的狗竟有这么响亮的嗓门。双耳耸起、昂首翘尾，竟有这么威武、神气。父亲说："它在'告诉'山下垅里的人，说什么人来了，将有什么山外边的消息和信件带给他们。"

对于盼望，任谁都可能觉得，每一分钟都是漫长的。狗在预告，在减短这讨厌、漫长的时间。

在山顶，在金色的、温柔的阳光里，父亲、儿子和狗打住了。这儿有一块歇脚的宽大的青石板。父亲指着山的那面，告诉儿子这叫什么地方，有多少大队、生产队，需要分门别类发放的报纸书刊的类别和数目。这笔细细的流水账，好像刻在他那有着花白头发保护层的大脑里。

在谈完业务以后，父亲特别叮嘱儿子："倘若桂花树屋的葛荣荣有信，那就要不惜脚力，弯三里路给送去。他和大队秘书关系不好，秘书不给他转信。"

"哪个桂花树屋？"

"你看。"父亲用手带着儿子的眼睛在山下的冲里、垅里、屋场间穿梭。

"木公坡的王五是个瞎子。他有个崽在外面工作，倘若来了汇票，你就代领了，要亲手交给王五。他那在家的细崽不正路，以前曾被他瞒过一回汇款。你记住了？"

"记住了。"

"螺形湾这两年养了兔。去送信时，要喊住狗，莫做野兽子咬，狗还没习惯……"

还有许多。站在山顶、岩坎，俯瞰着纵横交错的山冲、塆落，父亲让儿子靠在他身边，详尽地讲解着他的业务、经验，还有他曾经注意过的事情和有必要引起注意的事项。每说一宗，他要问儿子一句："记得不？"看儿子认真地点过头，他才接着说。他甚至背出了马上就要通过的几个大队的干部、党员、民办教师、重要人物、经常性服务户的人名单。儿子是否都点过头？都记得牢？老人已不大追究了。他觉得：一些话，应该说，应该让儿子知道。他不是来顶父亲的班吗？父亲知道的，接班的怎么可以不知道呢？

儿子很像父亲。笑模样语气、利索干净的手势、有条有理的工作，都像。父亲高兴，乡亲们更高兴。父亲向人们说：今后这一带得由儿子来跑邮。于是，大队干部马上带头鼓掌欢迎。人们自然问起老乡邮员的去路，老人没说退休的事，他撒谎说：将来也是跑这一带，和儿子轮流跑。说这话时，他觉得眼圈那儿一热，他赶紧掏出手帕擦擦鼻子借以掩饰。啊呀，这个谎，可是一个心酸的谎啊。

邮包掏空了一些，但很快又塞满了。有要寄包裹的、要发信的、汇款的，都准备好放在学校民办教师那里。这是父亲的规矩。邮递员也是邮收员呢。八十多斤的邮包，挑回去，只怕是有增无减哩。

其实，只隔三天没来，父亲就像隔了半年似的，没完没了地打听山里的情况：牛啦，猪啦，结亲嫁女啦，鸡毛蒜皮，面面俱到。

容不得父亲再婆婆妈妈，年轻汉子和狗已经沿着乡间阡陌、傍溪小道，打前头上路了。

夜快降临的时分，黄狗倏地跑过山坳，"汪汪"地一阵吠，然后兴奋地摇着尾巴跑转回来。儿子猜想：葛藤坪到了。

葛藤坪有一片高低不等的黑色和灰色的屋顶，门前有一条小溪。小溪这边菜田里，有人在暮色里挥舞锄头，弓着腰争抢那快去的光阴。

黄狗又跑到一个穿红花衣服的女子身边停下来，不走了，高兴地在她身边转着。红花衣女子伸起腰，拿眼睛在路上寻找邮递员，用生脆的嗓子高喊着老乡邮员的名字，并放下手中活计，奔跑过来，去接年轻人的担子。老人看了出来，在儿子那高大的身架面前，那张有模有样、健康红润的脸庞面前，姑娘显得有些腼腆，脸上分明拂过一片胭云。

老人向那姑娘介绍说：身边这位是他的儿子，是刚上任的乡邮员，壬寅年出生的……说这些干什么呢？儿子狠狠地白了父亲一眼。

这招惹了不少麻烦呢——洗脚水、一顿丰盛的晚餐、特别好的铺盖，还有夜宵。

父亲发觉自己荒唐了。为什么要说那么些话？为什么要住进这红花衣女子家来呢？他有些慌乱。

他回想起自己年轻时节在平川里跑邮的时候，由于经常在一栋大屋里歇脚、吃中午饭，引起了一个年轻女子的注意。于是，那年轻女子竟限时限刻站到枫树底下等他。后来，又偷偷地送他。最后，偷偷地在那绿色的邮包里塞了一双布鞋和一双绣着并蒂莲的鞋垫——这女子后来成了儿子他娘。

他对不起儿子他娘。几十年来，他跑他的邮，女人在家里受了百般苦楚。人家的丈夫是棵大树，为女人避风挡雨；他只做了个名誉丈夫，更多地只给女人带来想象。回去一趟，做客一样住上一两个晚上。

父亲过去的经历会不会在儿子身上重演呢？说不准。你看那女子，那喜欢劲。老人后悔没想到这一层，为什么不住到别人家去？他真不愿儿子重演自己过去的一幕。

那姑娘哪儿不好呢？说不出。老人看着她长大，他喜欢她，也喜欢她家姐妹。她父亲是个好匠人，母亲是个贤惠女子。以往，老人多是住在她家。那冬天的厚絮和热天的凉席都是他记忆中特别深刻的。在姑娘小的时候，他经常开她的玩笑："将来把你带到平川里去做我的儿媳妇，好不好？"姑娘推他，搡他，扯他的头发。只有一次，姑娘认真地问：你儿子长得体面吗？高大吗？性情像你吗？老人还记得，姑娘当时那神情特别有趣。于是，老人继续开玩笑，把自己那独生儿子夸成天仙般俊。

俗话说：小孩子记得千年事。现在真正带着儿子来了，怎么就没想到过去的玩笑呢？莫要弄得戏语成真言哩。有一出戏叫作《十五贯》，就是戏语成真言。

他喜欢这女子。她比自己年轻时节碰上的儿子他娘漂亮多了，出色多了。时髦呢，更不必说。那时节的姑娘懂什么？只晓得绣并蒂莲，连面都不敢出来和人相见，说句话把头埋到胸脯上。现在的时代女性，居然……你看，不顾儿子脸不脸红，眼睛死死地盯着乡邮员。嘴巴不停地问平川里的事：问拖拉机，问水轮泵，问渡船，问自行车……那么认真，那么专注。手托着腮，眼睛里荡漾着水波、光波什么的。有半点害羞吗？没有！

看来，在这条路上跑邮的年轻人，将难逃脱那人儿的手腕。好不好呢？固然好。可是，一个女子嫁给乡邮员，是要吃很多苦的呀！咳咳，说转来，乡邮员总不能不结婚呢！管他去，儿孙自有儿孙福。

第二天，换了一身更合体的红花衣裳的姑娘坚持要送父子俩一阵。年轻人好像还有些话要说，父亲便退后截独自走。

父亲哼一段打口腔给儿子听："过了曲江是禾江，禾江下夫是浊江，浊江、南江连丽江，背江、横江、矮子江，末末了是婆婆江。"

这是这一天的行程，是这一天的拦路虎。七十里弯弯路，不平坦也不陡险，就是难过那挡路的九条江。山里没大河，"江"是尊称。其实只算得上小溪流。春夏季节，水足溪满，一场暴雨，猛涨三尺，溪面丈余，浊浪翻滚，架不成桥，砌不成墩。冬秋之季呢，滩干水浅，河床干涸，遍布鹅卵石。不怕路远山险，不怕风霜雨雪，倒是怕这无足无头水，怕这变幻莫测的恶流。对于山里人，并不具很大威胁，涨水便不过河或绕道而行。对于乡邮员呢？必须毫不犹豫地脱袜卷裤下河，严寒也罢，急流也罢，必须通过。有时，还要脱掉裤子过河，把邮包顶在头上送过去。说不定，老人的关节炎就是这样长年累月而积疾的。

支局长跟过一次班，体谅他，要给他请功，考虑要给他换换地段，让年轻人来。他不。他担心人家来不熟悉哪儿水大，哪儿水浅。

在平川里，他家乡近旁有大河，儿子是水里好汉。可是，儿子不一定能过好小溪，不一定能在生满青苔的滑石板上踩得稳脚跟。他要一一告诉儿子过溪的方法，告诉他每条溪下水的合适方位，告诉他在某种情况下河水的大体深浅。肩膀上挑的是千斤重担，这不是儿戏啊！

儿子有一双粗实的有茧的脚，有着庄稼人稳重的步伐。他从容地涉过小溪，把担子放在溪那面干净的草地上，又过溪来背老人——他不让父亲脱鞋袜。该是父亲结束下冷水的时候了。

狗不肯先过河。它历来是伴着老乡邮员过河的。它用它的身子吃力地抵挡着水流，极力在减缓急流对老人日渐消瘦的腿杆子的冲力。

老人没脱鞋袜，狗在一旁感到惊讶。

狗看着陌生汉子把邮包放好以后，又涉水过来。粗壮但冻得通红的双脚稳稳地踩在岸边浅水里,略屈着背,把双手朝后抄过来……

就这样,父亲弯着腿,双手搂着儿子的颈根,前胸、腹部紧贴着儿子温热的厚实的背。儿子那粗大而有劲的双手则牢牢地托着老人的双膝。

狗高兴地"嗷嗷"叫着,游在水里的身子紧傍在儿子的脚上方,拼力抵挡着水流。

父亲有一瞬间的眩晕。他怀疑这不是现实。当他睁开眼,看见溪面在缩,水推着狗的"哗哗"声在变小——这显然是过河了,快靠岸了。而脚呢?确实是温暖的,没有半点历史留给的那种感觉。啊,竟然,对过去只留下了记忆。老人滴下了一滴眼泪。儿子的颈根一缩。儿子反过脑壳,嘟哝了句什么。

……在父亲的记忆里,他也背过一次独生儿子。

那一次,支局长命令他回家过三天。嘿,可以和小儿了痛痛快快地玩三天哩。他女人生下二女一男。儿子出生他不在家,老婆反而寄来红蛋,把丈夫当外客了。

满周岁,特别隆重。本家四代都是独生男孩,一线单传,视男儿为宝贝,据说办了不少桌酒席,而他呢,带着狗,在深山里跋涉。回所后,留所的同事说:家里寄来红烧肉、高粱酒。于是,和同事、和狗,一道在山脚下,在绿色的门坎里享用儿子做生日的佳肴。

这回啊,可以认真地亲亲儿子。他买了鞭炮,买了灯笼,在山上挖了一只竹蔸，给儿子做了一把打火炮的枪——儿子会玩这些了。

没搭车，车要等。于是，和黄狗抄近路，爬山越岭往平川里老家里赶。

这年过年，他让儿子骑在他背上玩了一整天。儿子想下来也不让。他要弥补作为父亲的不足——他是背过儿子一次，作为父子情谊，能记起的，仅止于此啊。

现在，儿子背着他，背着他已经苍老的身躯。这背腰，已经负过生活重荷的背腰，像一堵牢固的屏障，像山，像密密的林子，保护着他。有一种安全、温馨的感觉。父亲惊奇地发现：他已经理解到了"享受"的含义。他正在享受像所有做父亲的得到的那种享受。

啊啊，几十年独身来往于山与路、河与田之间，和孤单、和寂寞、和艰辛、和劳累、和狗、和邮包相处了半辈子，其间的酸楚，现在被一种甜蜜的感触全部融化了。父亲的这滴老泪，是对过去万般辛苦的总结，还是为告别这熟悉的一切而难过呢？

上岸了。狗"汪汪"地朝老人喊，告诉他：别痴痴呆呆，该要做什么了。

是的，差点糊涂了。老人和狗急忙奔进河沿的树林子里。这一会儿，狗奔跑着给年轻乡邮员衔来一把茅草，又闪电似的奔进林子。儿子刚找到父亲准备的火柴，点燃暖脚的茅草，狗又拖来一小把枯树枝。

篝火已燃起，父亲把火拨旺，好把儿子冻红的脚暖过来。狗在远处使劲抖着身子，把水珠子从毛里撒开去，然后躺在火边烤着，温存地把舌头舔着年轻汉子的手背——他不陌生了，他是好人，他驮着它的主人过了河，它感激他。

狗叫着，跑着，朝被墨绿色的大山挤压得十分可怜，而又被暮霭搅得七零八落的村庄跑去。远远地，引来一群人——

父子俩已经闻到了晚炊和铺盖底下稻草的气息。

乡邮员不能轮休，只能歇星期天。和儿子跑完一趟邮后的第二天，恰好是星期天。今天有太阳，父亲和儿子搬来椅子，坐在后院菜园子里当阳的地方。狗躺在一旁，用脚爪和蝴蝶闹着玩。

父亲要对儿子说的，说了三天，似乎已经说完了。但还是说个没完，也许全是重复，父亲记不起了，儿子也不厌烦。

父亲说完了，儿子才开始说。

在山上，新上任，他没有资格多说。父亲现在要回平川里的农村去代替自己的位置。他出来工作了几十年，一切对于他都是陌生的，一切都要重新做起，他是生手。应付那一揽事务，将是极不容易的呢。

"爸，回乡以后，头一要多去上屋场老更叔公那儿坐坐。困难时节，他照顾了我们家不少呢。借他家的油、粮食，计数不清了。后来他一概都不让还。"

"这人不错，是得去感谢。"

"感谢倒不必。他是个好爱面子的角色,平素说你架子大,没去他家坐过。"

"哪能呢?抽不出时间嘛!"

"是倒是,今后你得注意。"儿子又说,"爸,大队长是个厉害角色,千万不要得罪,看不得听不惯的事情权当耳边风,莫要惹翻了人家父母官。他要给你好处,容易;要给你难看,你得忍气吞声。"

"这人我听说过,不正路,莫非是只老虎?"

"爸,你管他什么虎。"

"你莫管,人家说老虎屁股摸不得,我看要摸的该摸。我是国家干部。"

儿子急了,说:"你不知道,将来种子、化肥、农药都要求人家。撕破了脸皮不好办!"

"嘿,我看,没那么多要求的。人不求人一般大。"

父亲性子倔,儿子不好多说,但露出了恳求而固执的目光。

父亲理解少年老成的儿子,缓和地说:"当然,我也不是个蛮人子,乱干一气。"

儿子告诉父亲:一家四口人,包了三丘水田。田里功夫他来顶职前已经委托给了同辈好友。他要父亲答应:不理水田里的事,不下水——儿子担心父亲的腿病。

"爸,你保证不下水吗?"儿子问。

"就不下。"

儿子说:"母亲曾经咯过一口血,冬天里气喘得厉害,她不吃药,也不肯请郎中看。你回家后,定要带她到县里去检查一次,县里你熟。"

父亲点点头。

……

"这回乡下去,会有这么复杂啊。"父亲想。

父亲痛惜地望着早熟的儿子。十几岁时,就已必然地、无可推托地挑起家庭重担,默默地像牛一样地劳作,为在远山奔走的父亲解脱,为操劳过度的母亲分忧。他过早地放弃了学习,他没有得到过独生子所能得到的娇惯。那厚实的然而仍是幼嫩的肩膀竟压着这么沉重、这么复杂的担子。

这过早的重荷,完全是由于自己的缘故啊。他真想抱一抱儿子,亲一亲他。可是,他长大了。他想对儿子说几句感激的话,可是,说不出。夸耀的句子,他一辈子没用过呢!

父亲最后为儿子装好两只绿色邮包。这邮包是一生中装得最满意的。但装的时间太久,老人的手已经十分不听使唤了。

父子俩睡在一张床上。几天的疲劳加上傍着儿子强壮的身躯所放出的热量,老人应该是香甜地睡去的。但,没有。很久很久还睁着眼睛。夜风轻轻地敲打着玻璃的声音,不知名的草虫"咝咝"的叫声那么清晰、那么顽固地灌进耳朵……

若不是狗用嘴巴在扯蚊帐,并"嗷嗷"地呼唤,差点睡过时辰。

老人骨碌一下爬起了床,三五下穿好衣服,用力推醒酣睡的儿子。

默默地煮熟饭,和狗一道吃过。父亲把扁担放到儿子肩膀上,吹熄灯,关拢门,相跟着,走向还眨着星星的旷野。

下完门槛的石级,父亲踉跄了一下,他不知道是怎样挪开步子的,是怎样地踉跄了一下,他只知道身子往下一沉。他赶忙撑住儿子的肩膀才没倒在地……

在一道唱着欢歌、不停不息地奔跑的小溪旁,在一座古老的不长的石拱桥的桥头,儿子挑着邮包,站住不动了。父亲如果不转回山坳那面的绿门绿墙的营业所,他决计这样站下去。直到晨雾散去,直到朝阳升起,哪怕耽误一截行程。就这样,让八十多斤重的担子压着肩膀,就这样站着。

雾不大,加上溪水的反光,父亲分明地看见儿子脸上的固执。

于是,他决计不再送了。他对儿子说:"你……小心,走吧。"

儿子默默地点点头。鼻子里酸酸地"哧"了一下。但,他仍没开步。

于是,父亲转过身去。

狗呢?站在桥的当中,"嗷嗷"地着急地叫着。父亲返身走上桥,蹲下身抱着狗的颈根。像小孩子一般地对它说:"你去,跟他去,他会待你好的。你去吧,他需要你,要你做伴,要你做帮手;过河需要你;过丝茅源需要你带路,不然,他会迷路的;没有你,他斗不过拦路的蛇;还有,山里的人要听你的声音,也……舍不得你的。听见了?听清了?啊,啊……"

"汪汪汪。"狗着急地喊。说不愿意,还是要跟老人去?

"你去吧,去!"老人猛喊。

儿子在逗狗:"嗬,嗬。"

父亲猛地扭转头,径直往回走了。狗略一踌躇,也跟了去,在老人身边"嗷嗷"叫着。

老人突然捡起根竹棍,朝狗屁股上抽去。"江——江江。"狗负着痛,朝桥那边跑去。

老人把竹棍丢进透明的跳跃的山溪水里,喉咙里猛地堵上一块东西。好一阵,他觉得一股热气直扑膝盖。他睁开眼一看,是狗!狗在吻他的膝盖骨。

他又俯下身,从口袋里掏出手帕,替狗擦去眼泪,轻轻地喃喃地说:"去吧。"

于是,一支黄色的箭朝那绿色的梦里射去。

马嘶岭血案

/// 陈应松

我就要死了。活着也就跟死了一样,脑壳瘪瘪的,像一个从石头缝里抠出来的红薯。头上现在我连摸也不敢摸,睡觉不是坐着就是俯卧着,九财叔那一斧头下去我就这个样子了,当梨树坪的两个老倌子把我从河里拉起来时,说,这是个人吗?这还是个人吗?可我还活着,我醒过来了,指着挑着担子往山上跑的九财叔说:"他,他,他要抢我的东西!"我是指我们杀了七个人后抢来的财物,又给九财叔一个人抢走了。医生在给我撬起凹进去的颅骨时说:"撬过来了反正还是得崩。"还有一个寡瘦的护士给我扎针时说:"你还晓得怕疼,我的天,到时一枪下去,那么大的洞看你喊疼去。"我疼得天昏地暗,这不是报应吗?九财叔砸我,我砸了别人,别人都死了,我却疼痛地活着。

就这么等死的时候,前天老婆水香捎来了儿子的照片,一张嫩生生的照片，背景是红的，是在镇照相馆刘瘸子那儿照的。儿子在向我傻乎乎地笑着，咧着没齿的嘴巴，眼泡肿肿的，耳朵大大的，活脱脱一个水香，活脱脱一个我。

现在是深冬了，早上放风出去地上有凌。再有一个月我就要与这世界再见了。

今年的秋天，九财叔来找我，让我跟他一起去当挑夫。我当时想都没想，就答应了。一个月三百块钱呀，不少了！尽管是到很高很远的马嘶岭。

我记得那个秋天早晨的山路是多么安详，水香的声音在干爽暖和的山路上飘荡着，还带着一股子挥之不去的乳香，紧紧依着我的鼻扇。临走的那天晚上，我糊糊涂涂地就要爬水香了，水香说，别压坏娃子哦。我说不压，不压。我忍了几个月了，可这一走一两个月，我实在忍不住了。水香在下面说，别压坏娃子哦……那个早晨的山道上红叶似火，天空像一张豁然张开的大嘴，瓦蓝瓦蓝，温馨的风像狗毛一样骚扰着脸颊，水香的声音就在那儿荡漾着，像山岚一样娇软若无："别压坏娃子哦……"这声音只有我一个人能听见。我嗅吸着声音里的乳香，在前头快快地走着。我不想跟九财叔走一起。分别时，九财叔睁着那只没眼皮的右眼睛，瞪着我跟水香道："快点上路！"

九财叔也在死劲地嗅吸着，他是在嗅吸空气中霜打过的野柿子的甜味。我给站在石坡上的水香挥手，水香穿一身紧身红袄，肚子鼓鼓的。我在想，一个月三百块，这次去当挑夫，我是为水香挑的,为水香肚子里的娃儿挑的。

我们两天以后才到了马嘶岭。

马嘶岭是南山里面的野岭,燃烧得更加炽烈。茂密的冷杉林,鲜红的桦树,高挺的山毛榉,英气逼人的岩上松,还有那么多枫、栌、槭树和灌木的金黄色、炫红色,到处的秋花,野葱,兽迹,让人看得呆哑无言。五十多岁,戴着眼镜,头发爬顶的祝队长拿出一个仪器来,说:"到了,是这儿。"另一个姓王的小王就拿出一张地图,指着说:"正是这儿。"又问九财叔说:"这是马嘶岭吗?"九财叔说不清,小王又问炊事员老麻,老麻也是我们当地人,他说这应该是马嘶岭,他说他听打猎的讲过,马嘶岭到处是野葱野蒜,"这就是了"。他扯了一大把野葱,他说以后我们就有野葱吃了,特别好吃的,用盐溇了最好吃。他掐着野葱的根须,一根根把它们分开,放到鼻子下闻闻,又让那些人闻。小杜就接过去闻了,她是踏勘队唯一的女娃子,她说:"好香,好香。"

我们就这么住下来了。他们住一块,我们住一块是三个人,炊事员老麻、九财叔和我。老麻后来嫌我们,住到厨房小棚里去了,在灶口柴窝里铺一床絮,比我们强多了。我们冷,头一夜就跟睡在冰岩上差不多。我一床被,九财叔一床絮,搭伙的。他的絮又破又烂又薄,怎么也隔不断冰冷的地气,第二天我去割了几捆巴茅垫在下面,才略微暖和些。我们的棚子是塑料纸的,而祝队长他们是帆布的,还没有缝隙,完整的帐篷,像一个屋子,里面还有间隔,那女娃子小杜就睡在最里头。

刚开始我们知道他们是找矿的,第二天就得知他们是专来找金矿的,是为我们找金矿的。也许就是那个该死的"金"字,这黄灿灿的让人想到荣华富贵的"金"字,开始撩拨我们。不对,应该是撩拨了九财叔了,撩拨他心中早已枯死的那个欲望了。本来他都老了,两条腿虽说能挑个百八十斤的,但常也有蹒跚的样子了,眼睛也没什么神了,内心快钝熄了,只等哪一天一场大病,或是喝酒喝死,阎王爷安静地把他收去。

第二天就听到祝队长说:"这就是我们的踏勘靶区。"他指着马嘶岭和岭下的马嘶河谷,声音洋溢着一种喜悦和轻松,好像来这里是玩耍的。其实这里荒无人烟,崇山峻岭,巨大的河谷吞噬着天空,马嘶河和雾渡河在这儿汇合,流淌着的河水在秋天通体泛红,好像一头巨蟒吐出的芯子。我听见小杜那女娃子说:"好美呀,太美了。"还拿着一个很小的相机"咔嚓咔嚓"地给他们拍着照片,也让人给她拍。小杜这女娃子长得像山里的洋芋果,圆圆叽叽的,个头也不高,爱笑、爱唱歌,我就暗自给她取了个洋芋果的诨名。那个身子单薄的小谭长得像根蛾眉豆,他的刀条脸和身子,不是蛾眉豆是什么。我听见他们说着那周围的岩石,祝队长指着河谷说:"这就是开门金。"他比画说:"河流骤然变宽了,流速减慢了,上游带来的泥沙、砾石、砂金都沉积于此了,看见了吧,开门金!"他说了几遍开门金,说过去这儿因为没有人烟也没被开采,可能有小量开采,因为这周围是土匪窝子,没人敢来，就算淘出了金子，也会被抢被杀。

　　我的心那时有一种豁然开朗的感觉——开门金！我忽然对这些产生了兴趣，仿佛也成了他们中的一员，完全忘了我不过是他们的苦力和挑夫。祝队长是头儿，他总是站在中间，那几个人站在两旁，听他手拿着小锤敲打着岩石讲解，那个常在他手上的有数字跳闪的东西我也知道了它叫GPS，卫星定位的。后来洋芋果小杜给我说它是用十二颗天上的卫星定位的，我们现在站在哪儿，经度多少，纬度多少，海拔多高，它一下就显示出来了。她说我们现在站的这个地方，马嘶岭的海拔是三千四百零九米高。我问她这个东西值多少钱，一头牛钱吧？她当即就哈哈大笑起来，把我笑毛了。可我之所以敢问她，是那天大家喝了点酒后我在他们的怂恿下唱了几个山歌子。她说我的山歌子唱得好，当即就把我的山歌录下来了。我知道那是录音机，可没见过那么小那么薄的录音机。我还问过她关于剥夷面的事。她指着祝队长指过的河谷对岸，高耸入云的一扇巨大石壁，光秃秃的。我只能隐约知道"剥夷"是怎么回事。剥夷面上，经她的指点，我似乎看到了一条石英矿脉，因为在夕阳里那儿闪着耀眼的光斑，还有云母。她说在它的顶上，也就是台面上的塔状溶岩，很好看吧，是一种碳酸盐岩。她说他们去看过了，那儿曾有炼过硝盐的痕迹，地图上有个地名叫晒盐坡，估计是那儿。她说你们这地方保存了第四纪冰川地貌，也就是七八十万年前的，那刃脊，冰斗，冰蚀槽谷，还有漂砾。"你看，"她指指河谷中那些巨型的石块说，"那些石头不是原本在此的，是从别处搬运来的，谁有这么大的力量？就是冰川，冰川就是神仙，力大无比。你看那三角面，很清晰的冰川流动时削磨的痕迹，把巨石从远处搬来了。"

她轻描淡写地给我说着这些，我却觉得她的话撼人心魄，在那个晴朗无风的傍晚，无数玄燕和蝙蝠滑翔的河谷上空，我听到了冰川轰隆隆运动的声响，而当时的山冈是寂静的，旷古的寂静，这女娃子的话让我热血沸腾，浮想联翩，仿佛眼际滚过了那个壮观的七八十万年前的场景。我真的佩服他们。这女娃子跟我跟水香一般年纪。可我没读多少书，初中没读满就辍学了。我爹是个"八大脚"，八大脚就是抬死人的杠夫，他除了抬死人，挣几双草鞋钱，没屁的本事。

这天晚上，西南方的山坡上突然射出了一道强光，有如电焊的弧光，一直刺入云天，把周围的山坡、沟坎都照得如同白昼。那边帐篷就有人惊醒了，问是谁在照。大家都起来了。忽然那强光变成了两个光点，一上一下。大家以为是野兽，五六只电筒一起射去，那光点一动不动，祝队长就叫大家操了家伙跑过去扑打，不见了影形，也没有什么野兽，遂回到帐篷。而这时那光点又只剩下一个了，在帐篷顶不远的崖上直射我们。

"这莫不是鬼当？"九财叔说。祝队长他们那一夜都没有睡着。早晨起来去山坡上查看，什么都没有。方圆百里无一个人，无村庄和电线，这么强的光是从哪儿来的呢？又是什么东西所为？这个问题困扰着我们，祝队长宽大家的心说，你们不要怕，长期在野外生存,什么神秘的事儿都有。这个地方,听说过怪事不少。九财叔坚持说是野鬼,还说是什么独眼鬼,见了我们这些人稀奇。他说南山里不仅有几丈高的红毛大野人,还有鬼市。你们不知道鬼市吧?有一年来南山采药的一群人,晚上在老林里看到了一条小街,好不热闹,什么京广杂货都有,买货卖货的人把衣裳都挤破了。几个采药人也去买了些东西,有买鞋子的,有买衣裳的,便宜得不得了。第二天早晨一看,鞋子变成了草鞋,衣裳变成了棕叶,店家找给他们的钱全变成了冥钱,再去找那条街,哪儿找去,莽莽森林,除了树还是树,什么都没有。做饭的老麻也附和道,他们隔壁村也有过怪树的,有棵叫水洞瓜的树,是千年老树,从来只结籽不开花的,只要六月开花,这年必山洪暴发,开花的时候,树心里面就传出"叮叮哐哐"的锣鼓声,天一放亮就没了。说有个小娃子去上面掏鸟窝,掏出了三双草鞋云云。事情越说越玄乎了,说得大家脸色发白,倒抽冷气。祝队长就严厉制止道:"老官,老麻,你们不要在这儿瞎说了。老官,你要是信鬼,今晚你跟我捉一个来,如果捉不到,你就走人。"

一开始祝队长就不喜欢九财叔,九财叔本来就不是一个讨人喜欢的人,所以祝队长就想赶他走,这是九财叔恨祝队长的始因。另外,那个一听九财叔说话,就从喉咙深处发出一种怪笑的姓王的博士也不喜欢九财叔。姓王的博士总是干干净净,头发方寸不乱,油水很厚的样子,不过他那个头就像个大田螺。他说:"别吓唬我们了,我们这些人都是久经沙场的,别看你们经常在山里转悠,但也比不上我们在野外生活的人。"

九财叔没有捉到鬼,踏勘队就响起一片嘲笑之声。我们跟在他们屁股后面,挑着一两百斤的东西随行。我们挑夫挺苦,一天十块钱,赚得很难。挑着一两百斤的东西,翻山越坎,过河上坡,他们徒步都困难,更何况我们这些挑夫。一头是他们刻槽取样的石头,剥离的石头,一大块一大块的,就往我们箩筐里丢。有时候,扁担上肩,腰却挺不起来,咬着牙,腰椎一节一节地压趴了,人站起来了,腿都在哆嗦,心想,这就是命。担子的另一头有石头也有一些贵重的东西,那个像夜壶一样的家伙,是个什么水准仪。水准仪不止一台,有一台是日本的家伙。这些仪器常被分成几段拆卸后放进箱子里,再装入箩筐。祝队长虽然讨厌九财叔,可还是信任他的力气,认为让他多挑贵重的东西牢靠些。

两天后,祝队长和小谭去了一趟山外。为了防止野兽和坏人,他们上山来时配了一杆闪闪发亮的双筒猎枪,还给他们每人带来了一把跳刀,祝队长的绑腿里原来就插了一把美国猎刀,一尺多长,听他说,是一个外国同行送给他的。我慢慢才知道祝队长其实是去替他们领钱去的,还买烟买电池买扑克,给洋芋果小杜买来了许多糖果和女人用的东西。小杜把祝队长喊祝老师,小谭把他喊祝教授。听说祝队长是小杜的导师,小杜是他的研究生。小谭不是,只是祝队长手下的一名工作人员。他下山是去给他在乡下读书的妹子寄学费去的。我听小杜问他:"寄了吗?"他说寄了。这是与钱有关的事。每当这时,九财叔的耳朵就支棱得很长,好像是与自己有关的。他晚上愤愤不平地告诉我说:"他妈的他那娃子一个月就能赚两千多块钱。"他说的是瘦小的小谭,我们都知道他是个山里娃子,与我们口音相近。我问那祝队长不更多?九财叔说,听说他有好几个金矿。我说他有金矿?九财叔说是人家的金矿,他会找金子,人家就拉他入伙,叫技术股,那金矿他还不占一份?这儿若找到了金矿,他又有了一份。听说他光乌龟车就有两部,有一部现在停在县城里,是他自己从省里开来的。我不知道九财叔是怎么知道的,你别看他平时闷声不响,瞪着一只永远也关闭不上的可怕的眼睛,可他知晓别人的事来,好像他长了好几个耳朵。

祝队长回来说到那怪光的事,说调查了,周围没有电焊的,说山下的人说了,南山山里是有一种奇怪的光,学大寨那会儿,山下一个村里有一块田也有发出过怪光,也是贼亮贼亮的,像探照灯。他说是否与我们踏勘的岩层有某种关系,比如是一种石英,反射了太阳的光或者别的什么光,透明石英也就是水晶。离这里不远据说有几个水晶洞,而且可能还含磷。在那个剥夷面上,你们看见没有,有许多水晶亮点,在早晨尤其清楚,已经可以断定,这是石英脉型的金矿。那边的剥夷面,花岗闪长岩与石英闪长岩的身边,与金矿最密切,所以,这是金矿给我们的强烈信息。他转过头来对我跟九财叔说:"有了金矿,当地政府开始开采,你们这儿的经济就会大发展,农民就会富起来,公路就会修通,这儿,说不定你们说的那个鬼市就真变成了现实哟。"他对九财叔说:"你会顿顿有酒喝。"祝队长罕见地给他开了个玩笑。这种未来的憧憬把老麻说得一愣一愣的,老麻对我们说:"祝队长是给我们做好事来了。"

晚上他的菜做得格外有味,野葱拌上了更多的香油和野花椒,加上祝队长与小谭提回来的两瓶酒,我们一人分了一杯。九财叔和老麻看到酒,眼睛就放光,他们眼里充满了对祝队长的感激。上山来的这几天,我、九财叔和老麻,跟他们六个踏勘队的人是分开吃的。我知道他们的饭比我们好,每顿都有肉,做的时候我和九财叔就闻着香味,直咽口水。我想要是我们天天吃上他们那样的饭,也就等于做上了城里人,跟他们平起平坐了。

下山了,我那想做城里人的想法,让那一担沉沉的石头压得无影无踪。

我们要挑出他们取样的石头,到山下一个地方交给后勤分队,然后再挑回大米、面粉、菜、油盐。下山就是出山,得来去三四天。当你挑着那么沉重的石头走在无穷无尽的山道上时,你的心里就像压着 块石头,脚上绑着两块石头。石头绑卜了你,百多里的路,峡谷、险峰、乱石滚滚的高地,龇牙咧嘴的悬崖,全是石头,石头,石头。我们上山时还行,与九财叔下去,两担石头,两个无声的人,走在茫茫的石头上,走在深深的石缝里。从出生以来,哪儿挑过这么沉重的东西呀,挑的是石头。九财叔一句也不吭声,我在苦巴巴地想着家里待产的老婆水香,欲哭无泪。我在想着人与人差别真是太大了,过去在家不觉得。原以为一月三百块的工钱，是抱金娃儿呢，而人家小杜、小谭、王博士他们一月就能轻松拿好几千。我们村长听说一个月才拿一百五呢，大家还羡慕得要死。今年天干，庄稼没啥收成，羊也渴死了几只，收农特税的村长上了几次门，威胁我爹说，你不交税就不让你家媳妇生娃子。八大脚的我爹是横了，叫嚣说我倒要生生看，生下来你村长有种的把他掐死。我挑了石头就能生娃子，我挑了石头就能给家里交税，还能给水香和娃儿买吃的穿的。就为这，我也要挑啊。

那天晚上，我累得开始屙血。

我给九财叔说我屙血了，九财叔不相信，到草丛里一看，九财叔叹着气，说屙两天就好了，人的力气都是压出来的，不压不知道过日子的滋味。九财叔说，你知道祝队长有两辆乌龟车吗？我问他是听谁说的，他说总有人给他讲。他躺在葛藤攀附的石头上，望着林子上面的天空，用石头敲着石壁，说："村里的吉普是村长三千块钱买回来的，那他的两辆乌龟车不要几万吗？"我们那儿的人把小车都叫乌龟车，因为它们都像个骚乌龟。我没有搭理他，我在想水香肯定不知道这会儿我在荒郊野地屙着血，对着一担死石头无可奈何。她以为我是到外头寻快活见洋广去了。没有我在身边，水香肯定是眼巴巴地望着念着我，被子里也空凉凉的。她嫁过来，我还没离开过她，她也没离开过我。我揉着自己已经开始磨烂的肩膀，看着箩筐里的那些石头，想着想着，泪就出来了。九财叔吃惊地看着我，那只没有眼皮的眼睛像一颗苦桃一动不动，突然从他背着的垫絮里"哧啦"撕下一块棉絮，过来垫到我渗出血水的肩上,又抱出我箩筐里的一块石头,"哗啦"丢进了沟壑里。

我一见慌了神,喊:"甩不得的,甩不得的。"我顾不了一切滑进深沟去捡那块石头,"这不能甩,这编了号的!"

我抱着石头爬上来,九财叔还是那么瞪着我:"蛋尿!"

"这是编了号的!"

九财叔什么都不知道,人家在石头上写了字,也在他们的图纸上记下了的,画了好多图。可九财叔什么都不懂。

我把矿石重新放进箩筐里。"这是矿样!"我对九财叔说。

"这不就是石头吗,蛋尿!"九财叔说。他没有文化,我跟他是说不清楚的,只当跟猪说。

"好,你屙血,屙!屙!"他恶狠狠地说。

他不理我,他挑上石头一个人上前走了,我也只好又把石头上肩,扁担在磨破的肩上吱咯,吱咯,吱咯……

我正在埋头一步一挨着,听见前面一阵响声,我猛然一抬头,看到九财叔握着扁担,站在那儿,一动不动。前面的箭竹丛里,窜出来一群野猪,就在九财叔不远!

"上树!"九财叔一声喊,我甩下担子就往最近的一棵树上爬。我还没有看见过那么多拖儿带女黑压压的野猪群,我往上爬,踩断了一根枝桠,从树上掉下来,摔得屁股一阵锐疼。我看见九财叔非常紧张,可他又不能动,只能对峙在那儿。我这摔下来的一声,让野猪们引起了警觉,一个个竖起毛刺刺的耳朵,亮出尖尖的豁吻和寒光闪闪的獠牙对着我们。我接着又往树上爬去。"叔，你上啊！"我拼了老命喊。这一喊，野猪们出击了，箭竹丛一阵哗哗的骚乱，滚滚黑浪就向我们卷来。

"你混蛋！"

九财叔拉下我就朝陡坡下跳去，至少有三米高的陡坡，我落到地上，卡在一个石缝里，脑袋好像撞上了什么，一阵迷糊。野猪的吼叫声在岩上面，过了一会儿，我头脑清醒了，听见九财叔说："治安，治安，你在哪？"我说："叔，你在哪？"九财叔爬过来替我翻了个身，恶声恶气地说："让野猪把你吃得干干净净！"我摔得不轻，懒得跟他论理，他又吼我要我快抽出开山斧来。我在腰里抽出了开山斧，我们谛听着头顶，野猪们急吼吼的，但并没往下面跳。我们贴在石头下，大气不敢出。"得亏没有血腥味。"九财叔说，他是指我们没有摔出血来，野猪没有对我们继续追击。我看九财叔，已摔得鼻青脸肿了，那只没眼皮的眼睛里充血，红森森的，脸上、手上有深深的划痕。我知道自己也摔得不轻，浑身疼痛。天渐渐黑了，我们不敢上去，就着石崖，点燃了一堆火。这深山里的秋夜，寒气浸人，又冷又饿。九财叔说千万别动，野猪是很有头脑的。坐了一夜，第二天天亮后，见没什么动静了，我们手拿开山斧小心翼翼地爬上岩去，看到我昨天爬的那棵树，已经被野猪撞倒撕烂了，我们的箩筐也被掀翻，矿石、我们的被子被践踏得脏乱不堪，沾满了臭熏熏的猪屎。我们收拾好石头，只好慌乱地逃出这个野猪出没的野猪坡。

这一趟，少了两块石头，是九财叔担子里的。他不知祝队长都标了记号，回来签收单上都记下了。估计是在野猪坡被猪拱翻后弄丢的。为此祝队长又狠狠批评了九财叔一顿，并且宣布扣他两天的工钱。为这两块石头，九财叔这趟白挑了。九财叔言语不多，没有解释，只是瞪着那只没眼皮的眼睛看着祝队长。我给他们解释说我们遇到了野猪群，可能是野猪把我们的石头掀到山下了，我们还差一点没了命。可是办事认真的祝队长说这不是理由，这些矿样比生命还珍贵。

"你以为石头跟石头都是一样的？"姓王的博士歪着田螺头给祝队长帮腔说。他们不相信我们的话，以为我们是故意丢弃的。

"你这么一丢，我们这么多人至少一天的劳动白费了。"洋芋果小杜笑着想缓解气氛。

事实上那天的气氛并没有缓解。那天晚上吃饭的时候，小谭还给了九财叔一杯酒，说是请他"代"了。九财叔把酒喝了，连谢也没谢人家，倒头就睡了。

我怀疑那石头是他故意丢的，在半道上趁我没注意把它丢掉了，以减轻肩上的重量。

深秋的马嘶岭夜晚，寒风比白天严厉千百倍，有时候飘下一点小雪，有时候飘下一阵细雨——雨是由浓雾而来的，滚滚的浓雾时常淹没我们。在夜晚的深处，马嘶岭万马嘶鸣，它们从天庭滚过，践踏得森林嗡嗡直响。这种马嘶的声音，就像有无数鞭子鞭打着它们。而那几天，我听到的却总是黑压压的野猪在奔跑和狂叫的声音,仿佛它们就在我们头顶,不断地来去,不断地聚散,没有停歇,让我噩梦连连。老麻听了我们的故事啧啧称奇,说:"我不信,你惹了野猪没被吃掉,这说不过去嘛。熊比虎狠,猪又比熊狠,这谁都知晓,你们就损失了两块石头?哄鬼。"我说:"钱就是用命换的嘛。"老麻就劝九财叔说:"有命在,二十块钱就不算啥了,留得青山在,不怕没柴烧。说不定哪一天,你们在这山上能捡块狗头金回家呢。"

没有灯,我们坐在火堆旁,火堆是抵御这凶恶寒夜的一道温暖的屏障。用盐粉揉着一盆野葱的老麻来了兴致,说给我们讲一个狗头金的故事。

老麻那天说的是他们雾渡河上游上辈子人的事。他说马嘶河沿途是有金子的。他说的是旧社会。他说有个人捡了一坨金子,刚开始只觉得是块石头。他把话岔到九财叔丢矿石上去,说,你看起来是块石头,他们看起来里面就有金子,听说含金量还蛮高呢。他说有这么个人,是到河滩刨地刨的一块石头,黄黄的,也没作金子想,捡回去丢到猪栏屋里了。晚上起来拉尿,看到那块石头闪闪发光,就知道有内容了,找人一问,我的娘耶,是块狗头金,这么大——他比画有一个狗脑壳大——于是就到宜昌去,换了足足五百大洋。他揣着这么多叮咛乱响的洋钱,就想到窑子里去嫖一嫖。问好了,有个宜昌城最有名的婊子,长得闭月羞花沉鱼落雁掐得出水来,于是就寻去了。嫖过之后,两人互问籍贯姓名。那婊子一听,知道遇上了自己的亲生老子。为何呢,因这男的生了五六个妮子，后又生了一个妮子。这妮子长到六七岁时，家中无力抚养，便卖给了别人，哪知这妮子长大后误入妓院。虽然与父母姐妹分别时还小，互不认识了，但那妮子还记得自己的老家，记得亲娘老子的大名。于是在生父离开时，在他一双备用鞋里插了根针，针下附了一信。那男的离开后，到晚上在一客栈里洗脚换鞋，一穿便扎了脚，细细查看，发现鞋内有一根针，还扎了一张信笺，展开一看，上写：您是我的亲老子，做了不该做的事，云云。这人读完后觉大事不好，赶去那妓院，一问，知自己的女儿因羞愧难当，已经投江自尽了。

讲过这些故事后，老麻对我们说："你们天天跟他们一起出去挖，说不定走狗屎运，真挖出一坨金子，也有可能。运气来了，门板都挡不住。"九财叔苦笑了一声，沉默了。我给老麻解释说："你以为这石头是狗头金啵？听说最富的矿，一吨石头才能炼出几克来。"我用手指抓了一撮冷灰示意，"就这么多。不过，也有的一吨石头里含一斤多金子的，但这少而又少。"九财叔横了我一眼道："你懂！"我拿出枕头下的一本书给他们看，说："这里面全有。"他们就像看生人一样看着我，我便有点得意了："是小杜借给我看的。"

的确是她借给我看的，是一本《金矿地球物理找矿》。我跟她出去有几天，我们是分两个组，我帮小杜他们挑东西。小杜给过我一种糖吃，不知啥糖，吃到口里一股烟锅巴味，我就问这是啥糖，她说叫巧克力。"很难吃的。"我说。"一颗抵你们小卖部一斤水果糖的价。"她对我说。这么贵！怪不得包得这么精精巧巧的，我就把那红色的玻璃糖纸留住了。她之所以给我糖吃，是听了我唱歌。她有个小机器，里面放一张薄薄的闪亮的圆盘，然后就戴上耳机听，估计里头也是歌。

有一天她要我再唱，我就给她唱了两句"阳呀阳坡的姐，阴呀阴坡的郎"。我说，我再给你唱几首五句子吧。我想了想就唱了一首五句子："吃了中饭下河游，一对石磙顺水流，你要沉来沉到底，你要流来流到头，半路丢郎短阳寿。""很好听，"她说，"也很有意思。"我就又唱了一首："吃了中饭巴门站，泪水滴得千千万，可惜泪水捡不起，捡得起来用线穿，情哥来嗒把它看。"她一个劲说好，我胆子就大了，就唱起邪一点的："吃了中饭下河耍，河下公鸭撵母鸭，公鸭撵得喳起个嘴，母鸭撵得叫喳喳，扁毛畜生也贪花。"小杜和大家都笑了。小杜用那小机子把我的歌都录下来了，她还边听边记下那词儿："为什么总是以'吃了中饭'开头？"是啊，这一问问得我也有点傻了，我说我不知道。王博士却说了："这还不简单，饱暖生淫欲，饥寒起盗心嘛。吃饱了饭没事干，就想那公鸭撵母鸭的事，听说这山里的女孩子是很性开放的喔。"我说："也不见得吧。"我说可能是与我们这儿只吃两餐有关，我们这儿早上起来是不吃不喝的，洗了懒就出坡干活；洗懒就是洗脸，因为早晨起来人容易懒，吃了喝了更懒。干了一气儿活儿，太阳当顶了，才回家吃中饭。所以，人吃了饭，才有劲，才想唱歌做别的。因小杜要听我的歌，还把它录进她的机器里去，我的胆子就大了，见到丢在她旁边的一本书，就拿起来翻。他们测量，刻槽，取石，我没事，就看那本书，全是怎么找金矿的，后来她就借给了我。

在我得到那本书以后的几天里，山岭却是极安静和明朗的。白云们在天空如影随形，有时候，一股小风吹过，会带来一种混合的但印象强烈的野果成熟的气味，野柿子啦，五味子啦，鲜红的茶果啦，咧着大嘴傻笑的"八月炸"啦，还有吊在藤上快撑不住了的沉甸甸的猕猴桃啦。我钻进林子中去摘，我把五味子、"八月炸"给小杜，把酸不拉叽的猕猴桃给两个背测杆的杨工与龙工。把不软不硬的野柿子给王博士。他们吃着，不停地点头说："嗯，好吃，酸，好吃。"我又给他们唱了一首："吃了中饭肚里嘈，要到后山摘仙桃，七尺杆杆打不到，脱了草鞋上树摇，摇得仙桃满地抛。"

那天小杜、王博士和小谭他们出去了，回来时每人都弄到了大大小小的水晶，就是那种透明得像玻璃和冰块的玩意儿。小杜还意外地弄到了一块红水晶。原来他们是去了一个水晶洞。那块通体透明红如胭脂的水晶让大伙啧啧称奇。可是祝队长却把他们几个人熊了一顿，说他们是胡来，说我们要把一个完整的矿山留给县里。祝队长因为激动两腮都出现了红疹子，摘下眼镜蒙眬着眼瞪他们说是搞破坏，当场就把小杜说哭了，大家也就不敢吭声，连晚上吃饭的时候也鸦雀无声。那块红水晶是否被祝队长没收了，我不知道。

一般来说,我们是早出晚归。每天天刚亮,祝队长的哨子就响起了,"起床了,起床了!"大家惺惺忪忪地起来,不辨滋味地把稀饭裹着馍馍吞下肚去,就灌水,就拿上馍馍,拿上腌野葱野蒜,摇摇晃晃地走了,到了傍晚我们就回到营地,几乎每天如此。这群人——祝队长他们,无论男的女的,就像我们村头磨苞谷的水磨子,不停地干活,爬坡下坎,下坎爬坡,写写画画,然后收了仪器,抱来石头丢进我们担子里让我们挑回来。

好天气并不是经常有的,没过几天,寒风就缠在岭上、河谷间不走了,黏黏的浓雾悄悄地泛上来,与寒风一起,搅得天昏地暗。但是即使能见度非常低,祝队长还是催促大家出去,他的要求是:赶在大雪封山之前完成此次踏勘。在雾里我们挑着仪器以及他们中午的饭食,甚至还有睡袋,还有我们的被子,往勘测点走去。等到中午难得的太阳出来的一会儿,赶紧工作。如果晚上回不来,走得太远了,就随便找一个岩洞住下来,住一晚。在那样的晚上好歹他们会给我们一张塑料布,也不能抗拒石头上的砭骨冰凉,人像赤身裸体丢在冰窖里。他们虽然有睡袋(是鸭绒的),睡袋下又有油布,拉上了拉链就隔开了寒风,可我看见他们还是在睡袋里瑟瑟发抖,像打摆子的瘟鸡。这些城里来的知识人,还真能吃苦呢,虽然抖,第二天一爬起来,又有了精神,又抖擞着活了,而且他们还啥病都不生呢。我却因受了风寒发起高烧来,浑身滚烫发热,还咳嗽。小杜小谭他们给了我几颗药吃,老麻还给我熬了些姜汤。我时冷时热地躺了一天,天一放亮,祝队长就进了我们棚子说："你们得挑粮食去了哦。"

挑粮食就意味着又要挑石头下山，听到这话，我骨头都软了，我看见九财叔的脸也阴沉了下来。可那是跑不脱的，堆在帐篷里的那些石头，迟早得要我们把它们挑下山去。我就说，那就走吧。我往箩筐里装着石头，杨工和龙工记着数，记着，然后将记了的纸装入一个信封，封上口，让我们带着一起送下山去。

我们正准备要走的时候，小谭突然说要跟我们一起出山，他说他请了个假。是不是又要给他上学的妹子寄钱呢？当时不知道，走到半道上，他才说是想下山去打个电话，问他母亲的病怎样了。小谭穿着一双旧旅游鞋，披着油布（又防下雨又可垫着睡），背着旅行包。他说他母亲得了绝症，做了手术，家里欠了许多债。他说他早就不想在祝队长这儿干了，才两千块钱一个月，他早联系好了深圳那边，一去就是八千的月薪。可祝队长留他，说不能缺少他，他是看祝队长的面子才留在他身边的，祝队长对他有知遇之恩。当他说深圳有八千块钱的月薪，着实让我有点吃惊，我们那儿也有人去深圳打工的，不就几百块钱一个月么？来去的车费一除，也就跟在宜昌打工差不多。我说起这，小谭就说：这就是知识值钱。他说他们那儿也是穷山沟，他家有五姊妹。他是他们乡第一个大学生。他说他上大学的那天，全村的男女老少都来送他，一直把他送了十几里地，还放起了鞭炮，就像过年似的。他问九财叔几个孩子，九财叔说三个女娃，老婆死了，还有个八十多岁的老母。他问我为何没读高中，我说没钱嘛。他说他母亲之所以得绝症，是因为卖血给他读书，他说他还有个姐姐，成绩很好，为了他，就辍学去打工了。九财叔在后面暗暗地对我说，别听他说得可可怜怜的，他是防我们呢。我不解，九财叔就说：很明显么，我们两个，他一个。可是我不信，回来的时候我见他眼睛红红的，看来电话是打通了，他说他母亲不行了，他抽着鼻子，说等这次踏勘完了就回家去，还不知能不能见上母亲一面。

好在来回都没有再碰到野猪，多了个人，胆也大些。我因为感冒，四肢无力，回来时挑着挑着就实在挑不动了。我挑着两袋共八十斤面粉，一袋五十斤的米，加上蔬菜、肉鱼，足有两百斤。小谭说："看你这瘦小的个子还真能挑啊。"我说哪是能挑，还不是为了一天十块钱。你们是知识值钱啊，我们这儿也有个说法叫力大养一人，志大养千口，而我连力也不大，唉。我挑不动了，就让他们先走，反正有床被子，挑到哪儿睡到哪儿。九财叔说不行，你一个人，碰上野猪和其他野牲口了怎么办？我们出山的那天，在野猪坡的箭竹林里虽没遇见野猪，但看见过一头老熊，可能快冬眠了，躺在竹窝里没理我们。九财叔说："万一不行小谭你就先走，我跟他慢慢来，你反正知道的，跟祝队长说一声，小官他病没好，路上要耽搁一些。"小谭说："我倒也不怕，一个人走，我身上又没有钱，连手机都没有，就一块手表，还是电子表，十几块钱的。"这话是说给我们听的，意思是跟我们一样，穷鬼，让我们打消打劫他的念头，他已经暗示过无数次了。他说的也是实话，那么多人里，就他没手机，那些人都有手机，是他告诉我们的。他说手机是个寻常物,城里一人两三部也不稀奇,而且淘汰很快,年把就得换个新式样的。小谭说还是大家一起走吧,安全些。他把我箩筐里的那袋米背上,这样我就轻了许多。但腿还是软的,又加上咳嗽,人一咳,就气喘,气一喘,心就慌,心一慌,身子就飘,一步不稳,歪下了沟坎去。

这一跤人没摔坏,爬起来,面粉袋子摔破了一个,白花花的面粉撒了一地。我很害怕,说:"小谭,你得给我作证啊。"九财叔把我从沟里拉起来,又去收拾面粉。小谭说:"这不是你们的错,面粉就算了,树叶石子的,收起来也没法吃。"

好在有小谭作证,本来我又是带病,祝队长没扣我的工钱。可到营地我就倒下了,有种快死的感觉。八大脚我爹说人死就是一口气,一口气上不来,人就死了,就归他抬上山了。如果就一口气的有无来证明一个人的死活,那死就是很轻松的事。为什么有的人临死前疼得清喊辣叫?为什么有人死时流着不断线的泪水?我认为我那一次体验到了死亡,在那个垭口,三两里地外的营地在向我招手,可是我再也挑不动了。"你真的不能挑了吗?"小谭问我。我说我挪不动了。他说时间还长啊。意思是你这个样子,不能跟我们干到头啊。我一想,又怕他们赶我走,不要我了,我就咬了牙,不让担子歇下来,一歇下来,担子就成了座山。我走,那两个筐子就像有两个魔鬼一前一后使劲扳着你的扁担。筐脚还时常绊着石头或者树枝、葛藤,脚下又是沟坎又是悬崖,每当筐脚碰一下,手抓住的绳子就会拧圈儿,人就晃悠,就像无常鬼来拽你的命让你进地狱。脚下没有弹性,扁担就没有弹性,就会东磕西绊,这是挑担的人都知道的。看着破了的面粉口袋,祝队长一言不发。小谭真的就为我说话了,我终于等到了一个主持正义的人,他说小官病得不轻。我坐在地上,浑身汗泥,真的病得不轻了。祝队长挥挥手说:"好吧,好吧,赶快吃药。"

祝队长没有扣罚我的工钱,这刺激了九财叔,他大着胆子去找祝队长说:"能不能不扣我上次的二十块钱?"

"这次与上次无关。"祝队长说。

"可我这次什么也没撒呀!"

他在表功,他在把我做错的事与他作为对比。这让我十分恼怒,再怎么我们是一起来的,还是你的表侄,你这个表叔哪像个长辈?你的意思是不是说,该扣的要一起扣,一视同仁?他就是这个意思,九财叔。九财叔就这样让我看轻贱了他。

然而过了一天,又要我们下山。说是我们搭回的信上说,就这两天就有发电机了,是山上要的,要我们去挑上来。

祝队长催督我们,是因为头一天晚上那该死的怪光又出现了。我们的营地黑咕隆咚,那光白晃晃地出现,照过来,就像被坏人、被土匪团团围住似的,十来个人无路可逃了,末日来临了。

"大家拿上家伙!"

半夜就听见那边的帐篷里祝队长他们吼叫着。我们操起了开山斧———一般我们都是插在后腰的木叉子里的,山里的每个男人都这样,每天出门上山都要带上,可以砍葛藤荆棘树枝开路,可以对付野牲口，还可以对付歹人。我们拿着开山斧出去，老麻拿着一根棒子。就见一道白光从崖顶直射下来，令人睁不开眼睛。一声果断的枪响，那光倏忽消失了。祝队长提着枪，大家的电筒一起照着，手举刀棍跑过去，中弹的地方什么也没有，是一块石头，上面留着清晰的弹痕。姓王的博士接过枪去，又朝林子深处开了一枪，大喊道："有种的出来！"

"出来！出来！出来！"大家齐声喊。

没有东西出来。祝队长就说，赶快把发电机挑上来。

九财叔要提条件了。因为他有气，所以他提出了条件。他说要把那管双筒猎枪给我们带着，因为野猪坡野猪很厉害，人命关天。另外能不能少挑一点，下山后再叫两个挑夫来。没有一个条件能让那个古板的祝队长答应的。祝队长说枪不能带，队里只有一杆枪，要保护那些仪器，还有这么多人。他说你们两个在山里钻惯了，多留个心眼没事的。九财叔说，那要是有个三长两短呢？祝队长火了，说，你们的开山斧是吃素的吗？可是，再要是碰上那群野猪，甭说是开山斧，就是枪也没用，野猪横了，一头猪顶三只虎两头熊。我和垂头丧气的九财叔就商量着怎么样躲过野猪坡，九财叔说反正这命要丢在马嘶岭了，回不去了。那怪光缠着我们不走，野猪又来撵我们，未必来这儿就是命？九财叔就对着山磕起了头，他拜了几拜，也没说话，站起来，从背后抽出开山斧，朝一棵红桦猛地砍去，"哗啦啦"，红桦上飞出了两只大鸟，"哇哇"地叫着消失在林子上空。我看见红桦淌出了乳白色的汁液。

那大鸟凄厉的叫声萦绕在山冈上,久久在我们心上盘旋。

我们走了。九财叔好像攒着一把劲,匆匆走在前面。我心里好害怕,只得紧紧跟着。走了一气儿,九财叔在前面歇下来了,把扁担横在两筐上,坐在上面,敞着怀,吼着气。我们已经过了河谷,望不见营地了。九财叔说,见了野猪别跑,这还要我教吗?我点着头,九财叔又说,光是对他们来的,我算了算,我们熟,他们生,要害害他们,他们这么不讲道理,还是读书人,种田搓泥巴的就不是人么?我也替九财叔说话,我说他们是要不得,我们命都快丢了,他们还扣二十块钱。九财叔恶狠狠地说:"有独眼鬼干脆把他们都吃掉!不讲理!"在枯死的箭竹林里,光秃秃的风发出翻来覆去的沙沙声,好像也在恶咒,好像有无数的野牲口和野鬼来了,被九财叔召唤来了。"来一个敲他们一个!来一个敲他们一个!"我听他说。他一定是很恨了。忽然,我听见"哗"的一声,抬起头一看,九财叔把一箩筐石头全倒出来了。

"九财叔,你这是干什么!"

"嘿嘿,"九财叔干笑了。九财叔踢了箩筐一脚,那颗快蹦出来的眼珠子对着我:"我找狗头金。"

他好可怕,我跑过去,站在他的前面。他真的在石头里扒拉着。

我赶快给他把石头往箩筐里装。他说:"你不要怕,你何必这么怕他们。"我说:"我不是怕,我怕哪个,我是想平平安安回去,弄完了我们好回去,我去伺候月子。"九财叔说:"二十块钱哪,你晓得,二十块钱!"他仰天长叹,我看见他那只不能闭合的眼里流出了浑浊的泪水。我的心里也沉重起来,我知道这二十块钱对他来说是个大数字;我知道他家徒四壁,三个女娃挤一床棉被,那棉被鱼网似的;我知道他常年种洋芋、刨洋芋用一张板锄一张挖锄,第三张锄是没有的;我知道他家房里做牛栏,牛栏破了没瓦盖,另外也怕人把他家的牛偷走了,这可是他家最值钱的家当;我知道有一年他胸口烂了一个大洞,没钱去镇上买药,就让它这么烂,每天流出一碗脓水;我知道去年村长找他讨要拖欠的两块钱的特产税,他确实没有,村长急了,铲了自己一嘴巴,说:"我他妈这么贱让人磨,我给你付了。"二十块钱对祝队长他们来说也许什么也不值,可对于九财叔来说,那可是十年的特产税啊。

菩萨保佑,这一趟出山还顺。我已经不屙血了,肩膀和脚上的血痂也慢慢好了。这次回来时我们挑着小发电机、汽油,小心翼翼地蹚河爬垭,翻山越岭。我们大多走兽道,兽道是野牲口们走的,野牲口爱走熟路,走多了,就有一条道。回到马嘶岭之后,晚上发电机一响,电灯亮了,营地有了从未有过的生机。

整个马嘶岭好像也有了生机,天气彻底地晴朗了,灌木丛和森林红艳艳地拥挤在一起,远处的山脊从红绿相间中跳出来,惨白惨白,像涂了一层石灰似的。一切都显得那么幽深、壮丽、清晰、懒散,而更远的群山如黛,连绵不绝,像一些晾在阳光下的绿绸子,环绕着我们。河谷里的流水也越来越明亮,越来越光滑,细得像一根绳子。

不过这次回来后,有好几次,我就发现九财叔站在祝队长的身后,也不说话,也不动。他也站在我身后过,不动,把我吓一跳。他是不是想说那二十块钱的事?不得而知。祝队长爱坐下来抽一支烟,眯着眼望群山。祝队长似乎知道九财叔站在他身后,有时慢慢转过头来,看九财叔一眼,表情平静,这时候,九财叔就会走开。祝队长有时候也摆弄他的手机,按去按来的,因为这里没有信号,不知他摆弄什么。老麻说,上次那两个人给祝队长又带上来一个手机。他伸出三个手指,表示有三个手机,"啧啧"了几下,说:"有五十多个电话找祝队长,可找不到他,都是要他下山去。他说他不理会这些,在春节之前把这次踏勘搞完了再说。"老麻说:"我们可能还得待一两个月。"我愕然了,说:"那我媳妇就要生了。"老麻说:"多一个月是一个月的工钱啊。"

老麻显然心安理得,可能为多待一些时日暗暗叫好。这老麻顶多是跟别人整零席的红案师傅,平时也没啥人找他,在这儿吃了喝了还拿工钱,又不挑又不扛,又不早出晚归又不吹风淋雨,他当然喜欢了。

好像要下雪的样子。这天半夜果然下起了雪子儿,然后就是雨,这场雨来势可凶猛,雨夹雪霰,打得我们的塑料布顶像要穿洞了一样,正迷糊间,雨水漫进了我们帐篷。我是做梦梦见掉进了村里的那口深潭,腆着个大肚子的水香硬是不来救我,她就站在潭上面。我冷啊,醒来一看,我们已经泡在水里了。外面已经闹哄哄一片。

"快转移！快转移！"

许多电筒的光柱在那儿横来扫去。我们出去一看，崖上的雨水就像瀑布一样朝我们泻来，非常急遽。我们按指挥把东西挑往一个不远的小山洞，先到洞口的杨工和龙工说刚才洞里出来了一头野兽，但我们没有看见。他们说像羊，进去后里面果然有一些野牲口的粪便，根据我的经验，好像是灵鬃羊，个头挺大的那种。洞里本来就有水流出来，现在更大了，我们把他们认为贵重的东西搬进去。搬完东西，就生火烤衣裳。可烟雾出不去，熏得大家都受不住，特别是九财叔，那只不能关闭的眼睛里就哗哗地淌泪，他后来干脆就出洞去了。他披着雨布，坐在洞口，那只眼睛亮晶晶地看着远处我们被淹的营地。我们就睡在门口，其实是坐，裹着湿漉漉的被子，坐等天亮。

天亮后又因柴火全湿了，没有吃的，他们给了我们人一块压缩饼干。九财叔说："这石头一样难啃啊。"老麻说："他们有凤尾鱼。"我已经看见了，是一种铁盒罐头。我们闻见了鱼香。

中午太阳出来了，我们抱被子翻晒，拉垫絮的时候，从絮里抖出一个红红的东西，我一看，是个女人的发卡。这是小杜的，小杜夹在前额上的，是其中的一个。小杜有两个，那两天我看见她只夹了一个，原来这一个到我们絮底下来了！那东西抖落出来后，九财叔就飞快地抢了过去，对我说："你小子别管。"他藏进了内衣口袋，把个破毛衣领拉得大大的，往胸里头塞。他露出宽大的烟牙，嘴巴就不由自主地缩到了耳根，耳朵也突然变得很紧了,那只可怜的右眼珠好像要跳出来,变成一颗落地的秋板栗,会发出"叭"的一声。这使我不再敢惊讶,装着没事的样子,继续晒着被子。不管怎么说,小杜的红发卡都是很漂亮的。小杜长得不漂亮,但不知怎么,夹上那两个红发卡在右前额的头发上后,就显得好洋气,头发还是黄的,染了的,黄发加红发卡,跟咱们山里人夹发卡又不一样,夹在不该夹的地方。

我明白九财叔是在暗中弥补他的那二十块钱。他要把它补回来。吃饭的时候他死胀,一碗一碗添。人家要四个馍他要五个六个。"我能吃,怎么的?"他说。若在家里,顶多一碗洋芋就解决了肚子,他是个铁骨膘,瘦,肚子并不大。他吃得直翻白眼,嗳气,打嗝,我都看不下去了。踏勘队的人已经看出了他是在闹情绪,他故意夸张地吃饭,是在与祝队长作对,是在表示他的抗议和愤怒。

就在我们遭水劫没几天,好消息传来了,祝队长他们在那剥夷面的西南,发现了一个厚度达三十多米、斜深达千米的富金矿,说还伴生有黄铁矿、铜、锌、铅等多种矿物。这是初步证实的结果。祝队长说,最保守估计,以后一年可以给县里带来几百万的财政收入。那天营地真的是一片欢呼。姓王的博士在回来之前还用红油漆在那儿的石壁上写下了"我来也"三个大字。祝队长余兴未尽地用望远镜望着河谷对面,望着小王写过字的地方,说:"证明我当时的推测没错。"我记住了他们那天所说的"斜卧矿柱"。我没有望远镜从远处看他们的发现,河谷总是雾霭蒙蒙。我在想象这个斜卧矿柱的巨大，它哪一天站起来，像一个有生命的东西站起来，站得比马嘶岭还高，浑身是金黄色，金灿灿的，该是一种什么气魄啊。

"关你鸡巴事！"九财叔对我说。他拍了我一下肩。他在我的傻傻的表情上看出了高兴——分享着踏勘队的喜悦。他忌恨地说："咱们后山的磷矿也说是国家的，给谁包了？给乡长的一个朋友包了，金子再多，会多给你二十块？！"

我说："这总归是好事呀。"

老麻说："老官的气还没顺。我说，矿是肯定给人包的，但承包款和税收是每年得给当地政府交的啊，祝队长说的财政收入，是指这个。"

九财叔讽刺他说："你是乡长的口气咧。"

老麻说："有一说一嘛。"

我说："我不管金矿银矿，他们早点结束了，我们就可以早点滚蛋了。"

我想的是这个，我真的想这个，想回家，想水香，想她那么沉甸甸的肚子。我只想水香生娃子时我在她身边，我拿了踏勘队的工钱，我就去县城给水香买一对那样的红发卡，穿了洞的小树叶一样的，也夹在水香右额的头发上，怪好的，怪经看的。黄连垭的人都不知道这种夹法，也没有这么漂亮的发卡。九财叔的三个妮子虽然长得还不错，可一个发卡，看他给谁夹。我们水香脸型好，眼睛、嘴巴都比小杜好看，皮肤也比小杜好，又不戴眼镜，怎么看都舒服。别看山里人，山里人喝的水好，人就是灵醒。小杜的胸奶也不大，我看比野柿子大不了多少。早上不吃，大家笑她减肥。这么不肉气的妮子为什么还要减肥呢？城里人真搞不懂，蛮好笑的。我突然想到我买了红发卡还要给水香买一条红牛仔裤的，就像小杜身上的那条。可我想了想县城我见过的衣摊，似乎没有红牛仔裤，只怕是要到武汉城去买。红牛仔裤真是很亮，贴身贴肉，裹得屁股大腿怎么看怎么舒服。我真的有愧于水香，什么都没能给她买过，她跟上我了，吃没吃什么，穿没穿什么，在家里地里忙这忙那，去了集上，买这不敢，买那没钱。几个小票子捏出水来了，回来时，还捏着，还是没用，还对我说："不要买，街上尽宰人，哪儿都贵！"

踏勘队遭了水劫后，许多图纸淋湿了，丢失了不少数据，祝队长为此闷闷不乐，说时间又耽误了，要加紧补数据。他的情绪影响了踏勘队。踏勘队的人都木着脸干自己的事，一点儿笑声都没有。那一天他们去补数据，我们就在姓王的博士的指挥下，在营地加固帐篷，主要是把帐篷四周的土堆堆高夯实，以防崖上的雨水再下浸。小王不让我们进他们的帐篷，这没什么。他守在帐篷的门口，看着我们挖土，挑土，培土。那天天气尚可，雾渐渐开了，他就搬出一个仪器来，许是没事，就摆弄那玩意儿，朝河谷和河谷对面看着。这小子一定是在观察祝队长他们。远处的森林浓如烟霞，依山势的爬高而呈现出陡峭的层次，树干白得耀眼，山壁黄得瘆人，天空云彩斑驳。我们的一双肉眼看到的就是如此。

不知怎么，九财叔被那个仪器引诱了，他想看看让王博士入迷的东西究竟是什么。于是趁姓王的去山崖边解溲时，跑过去瞄了那仪器一眼。估计他还没看清楚仪器里面的东西，身后就传来了排山倒海的一声怒吼："干什么！"

又说："这个值几十万！"

九财叔腿一软，当时脸都白了，人吓人，吓掉魂，有这句老话。九财叔就赶忙跑到一边去了。几十万哪，九财叔还真没把它碰倒，碰坏了，他拿什么赔？

九财叔躲到了一边去挖土，锹怎么也插不进去，没力了，整个身子都软了。一种深深的委屈和愤恨从他的那只眼里射出来，像刀子一样，让人心尖发寒。到了晚上，他开始发烧，躺在床上，身子发着抖，还四肢抽筋，发出喊叫，像被鬼掐了喉咙一样。

他说："快去给我收魂。治安，快去喊我的魂回来！"他从头上扯了一把头发下来，让我用一张树叶包好，烧了，放进他装水的碗里，喝了，用一块石头刮着空碗。他把碗交给我，说："你就这么刮着到外面去，喊我的名字，要我回来。"他指示我往黑夜的深处走去，越远越好。我走着，喊着："官九财，回来啊，回来啊，官九财。"我在向深邃无边的黑暗走去，到处都是"鬼魂"，昏暗的星星，恐怖的森林，陌生的荒野，还有一些绿莹莹的野兽的眼睛……我喊着，浑身寒毛倒竖，鸡皮疙瘩鹊起，我看见了在森林里游荡的九财叔向我走来了，有一群高矮不一的"野鬼"簇拥着他，有两个"鬼"拿着钩子，两个"鬼"拿着刀戟，寒光闪闪，好不骇人！黑无常头戴"天下太平"的帽子，手拿绳索；白无常头戴"一见生财"的帽子，撑着破伞；夜叉豹眼，猪腿，手拿催魂鞭；贵神长舌，鹰爪，腰扎障眼巾……我的魂好像也要同他们汇合了，我喊着，又不敢大声，我跟着"大神小鬼"送九财叔的魂回棚，我刮着碗，"吱啦吱啦"，"吱啦吱啦"……后来我丢下了碗，发疯一般朝棚子里狂跑，大叫一声，与老麻撞了个满怀，顿时委地瘫了下去了。

唤魂的事让老麻说出去了。祝队长气急败坏，说："好啊，你们在这儿装神弄鬼，这还得了，这是什么地方？这不是你们的村子！"他拿我们没有办法，他那些东西要挑，他只能发发气。奇怪的是，九财叔的烧不吃药就慢慢退了，这作何解释？这是啥原因？

这以后，九财叔又盯上了王博士，只要姓王的背对着他，他就会不顾一切地站到姓王的后头，就那么站着，跟站在祝队长身后一样，等姓王的回过头，他又什么事都没有地赶快走开。有一天，在踏勘休息时我看见姓王的拿着一个钱夹子大声追着九财叔质问："你看什么吗？你看什么吗？"王博士并不知道他吓掉了九财叔的魂，只当是他爱看个稀奇。祝队长就说："这老官，有病。"王博士晃动着他那个钱夹，意思是没什么钱，钱夹里夹有一张照片，与一个女的合影，两个人戴着那种方帽子，从上面还坠下黄璎珞。听他们说那就是他的老婆。不过我心里清楚，九财叔不是想看稀奇或者好奇才站到他后面的，那是九财叔一种无声的示威。他恨,执拗地、单刀直入地愤恨。一个不能表达,无从表达,不敢表达的人,很快就将一般的成见变成了仇恨。这太正常了,可是,也许祝队长和王博士未有察觉,这非常危险。为什么不让他表达出来呢?可怜的九财叔,沉默的九财叔。他这以后真的就像掉了魂似的,躲在一处抽烟,发呆,丢三挪四,爱理不理,眼神恍惚。

我的印象也被搞坏了。我给九财叔唤了魂的,装神弄鬼也有我一份。我发现小杜都懒得理我了,他们瞧不起我们。那天晚上,当我把书去还给小杜时,经过他们的床铺,他们问我干什么,有什么事,我说给小杜还书,他们要我丢在那儿,可我又想再借一本,我就说我亲手交给她。我就进去了,我感到他们的目光像针扎在我的背上,让我变成了一个刺猬。那些目光是审视的,冷漠的,也是不屑一顾的。我那天知道不该闯入他们的帐篷,但我那天实在好想再弄点东西看看,特别是关于"斜卧矿柱"的内容,书上肯定是会有的。我进去后看到洋芋果小杜在一个本子上记着什么,已经偎在她的睡袋里了。她见了我,像被火烫了一样往里缩,慌乱地"哦"了一声。我说我是来给你还书的。我再没敢说什么,便飞快地出来了。前面的火塘边,祝队长他们正在分烟说着话儿,看了我,也像看一个怪物。我本来想好了,出他们帐篷时有一句客套话"你们歇吧"说的,可出来根本轮不到我说,因为我不存在,我是个很让人小瞧的乡里人。

外面一片漆黑,马嘶岭上荒凉的夜嘶声像老妇人的呜咽,像受难的马在马槽里惨叫着。那天我真希望神奇的怪光出现，照着我，我就要向它走去，告诉它这里的一切，向它讲我心里的话。我什么也不会怕的，我在心里喊："光，光，你怎么还不来啊！"那像利剑一样的骇人的光，刹那间照彻了这深广黑暗的光，刺中了什么，还真是一种惊异呢。我真希望这儿多出现点怪事，冲冲这里的压抑，冲冲人心里黏稠的东西，让人振奋得发一下抖！我走进我们那塑料布吹得呼呼乱响的棚子，摸黑钻进被子，听见九财叔磨牙的声音多么响亮，就像在磨一把斧头！

其实，我知道踏勘队的他们是对着九财叔来的。他们对九财叔有些警惕，他们就把我们一起防了。这些都让老麻无意中说出来了。有一天老麻弄了几个套子，套了一只经常出没在坡上的麂子，弄了一锅热气腾腾的麂子肉汤，结果祝队长不但不领情，还硬要把老麻赶走，说是"两个山字一垛，请出"。老麻好心办了坏事，祝队长从不吃野味的。老麻背着行李卷就只好走了。但是踏勘队其他人替老麻求情，因为做这么多人的饭是件大事，炊事员一走，工作就乱了。于是劝好了祝队长便去追赶老麻，把老麻从路上截了回来。老麻好像知道他们会来截他，在山道上紧走慢走哼着歌儿，见他们赶来，故意说，缺了我这个烂萝卜，还整不出酒席来，再请个好厨师，比如说老官，可以给你们做饭蒸馍呀。姓王的博士就说，你就别假客套了，你明知道我们不放心那个老官。

老麻重返营地拿起锅铲的那个晚上，在棚子里他对我们说：

"读书人认死理，犯牛倔。我在镇委会给镇长他们做饭，点着要吃野味，县里的干部下乡来了，也是说：老麻，今天吃啥呀，有没有鲜一点的炉子（火锅）？你看人家！山上的野牲口，不是吃的是干什么的？我们镇长最有能耐，为了把家鸡混成野鸡，他可以把鸡脖子抻到一尺多长，乍一看，就像野鸡了。上头来的人也不知道，放了一把花椒，以为就是野鸡，就说：还是野鸡鲜。我们镇长真是个天才。"老麻给我吹嘘说："我说不回来了，他们几个人拉脱我的袖子。我说，衣裳拉坏了是有价的，他们就说，拉坏一件赔你两件。嗝咳！不是我说，你叔走，他们还巴不得呢。"

老麻得意了好几天，把姓王的说的话全透给了我。他还唱歌："远望姐儿穿身白，擦身过去不认得，鹞子翻身掐一把，桃红脸儿变了色，如今的姐儿挨不得。"他唱起歌来，棚边的几棵拍手树就一阵乱响，像喝倒彩。他剁着砧板边剁边唱，我的心却乱了。我不能把那些话告诉九财叔，告诉了就会乱套，说不定九财叔会做出什么出格的事来。我只好也恨起了田螺头干博士来，九财叔他做了什么呢，不是你吓他，他会站在你后头？每天给你们担着担子，这么辛苦这么可怜，你们还提防着我们，发烧了叫个魂还不是没药吃，又没碍你们什么事。这老麻就他妈话多，你得意个什么呢？我要是告诉了九财叔，你那颗黄姜鼻子只怕要搬家。

九财叔不是不知道，其实九财叔是个非常有心的人，他肯定感觉到了，他在想着怎么扭转这个局势。

短暂的秋天就像一片浮云欻乃而过，马嘶岭白天的风跟夜里的风一样不分伯仲，凌厉凶猛了，落叶像波浪一样翻滚在山坡上，整个山岭笼罩在死灰色的烟幕中，密匝匝、枯蔫蔫的箭竹丛在北风的打压下发出荒凉如梦魇的声音，与河谷呼啸的风声一起遥遥呼应着，天空、山冈、森林都在哆嗦。而我们的营地好像要被彻底掀翻了，要掀下河谷去，落到乱石累累的地方，摔得粉身碎骨。

踏勘队的两支队伍合了起来，变天后他们主要圈定矿体的边界线，还要什么圈定"矿化富集地和蚀变带"。早晨起来，冒着风出去，走得很远很远。

好像要下雪的样子了，早晨起来，有厚厚的霜，到处一片白。雪没有下时，大雨呼呼地来了，来了还不走，还很绵很赖的，圈定的活儿圈不了啦。

大雨不急不躁，从河谷里腾起的浓雾霎时弥漫了山岭，所有的植物都在雨水中无奈地蔫奄着，高的，矮的，粗的，细的。森林一片昏暗，千万年的山崖和天空死气沉沉。两天之后，河谷的水满了，河道消失了，狂乱的水流在巨石间粗野地激荡着，把河岸推向角落，山与山之间的联系湮没在一片啸声中，远远地制造着深沉的恐怖。

在风雨的摇撼中踏勘队龟缩了三天，大家坐在火堆前不停地抽烟，去外面看雨势和水势。但情况如故。

接下来的就是，没有粮食了，没有菜了，要断顿了。

九财叔不等祝队长他们安排，就说要下山挑粮食去。

他们也不是傻瓜，这一河的滚滚河水，插翅也难飞过。祝队长看着九财叔，像不认识似的，说，你怎么过去？九财叔就说是到四川那边去买米。"那，谁陪你们一起去呢？"九财叔说不要谁陪，他跟我俩去。祝队长说："把钱给你你去买？"九财叔说，是啊，我们买，我们挑不我们买？但是祝队长扬起的眉宇间有无数个问号。九财叔根本不知道祝队长不想把钱交给他，九财叔还以为他们会笑眯眯地送我们上路的呢，九财叔肯定在想他筹粮的高招，以为他们会感谢他，改变对他的看法。可是祝队长就是不同意，说不行。他一定是以为我们要偷懒，少挑一趟石头下山。但到四川虽然远点，可以不过河谷，马上弄到粮，路上还可以收一些老乡家的腊肉与鸡。这确是一个好点子，老麻破天荒地与九财叔站在了一起，但就是祝队长不松口。他说他想办法送我们过河谷。

那就过吧，看他们怎么让我们过。他们还是要我们带点钱下去，帮他们买香烟之类的东西。在祝队长进去拿钱的时候，九财叔突然出现在祝队长面前！九财叔看见了祝队长长期捆在腰间的一个大腰包，那里面的三部手机和四五千块钱全暴露在九财叔的眼皮子底下，那是踏勘队的所有经费。过了几天九财叔就把他看到的告诉我了。当时祝队长想掩藏已来不及了，他把钱退回腰包，可由于慌乱，怎么也塞不进去。他朝九财叔说："我没叫你，你进来干什么？"喝退了九财叔，祝队长又在帐篷里弄了半天，出来时他拿出来的不是钱，而是一封信。他把信裹了几层，用塑料纸包好了，对九财叔说："交给下面，他们会买齐的，买齐了你们带回。"他又说,"快去快回,别把大伙饿死了。"

他们有雨靴,我们没有。九财叔的力士鞋还破了后跟,他用一根布条把鞋捆好,这样的鞋一上路就会湿透。这么寒冷的天气我们要穿两天的水鞋。好在,他们给了我们一个电筒,一个换过电池的三节电筒。他们几乎倾巢出动了,说是能把我们送过河谷,我和九财叔都知道,这是枉然,我们是当地人,我们还不知道这样的河谷在连阴大雨中是一个什么情况吗。到了河边,那真是望河兴叹了。溯河而上,他们也绝望了,就开始砍树,他们说要临时搭成一个"桥"。树放下了,树扑倒在河里,眨眼间就无影无踪,被湍急的河水卷走了。接着他们又砍了一棵更长的树,又放到河中,但是树一头扎进水中,离对岸还有好远。就算搭上了,谁敢往这样的"桥"上挑担过去?谁不要命了?

折腾了一整天,晚上一个个浑身泥水地回了营地,他们中的有些人就开始倒向九财叔了,可祝队长还是不表态。小谭自告奋勇地说:"我陪他们一起去四川。"祝队长摇头不同意,就发动大家一起上山去挖野葱,采野菜、野果。吃了两天野菜,大家意见大了,逼着祝队长来跟我们说:"去四川吧。"

我们便怀揣着他们给的三百块钱,踏着采药人隐约走过的路,像两头野牲口没入了雨雾茫茫的无边荒岭。

又是一趟生死路。

那一天我们遇到了许多可怕的事儿。我们走进一个峡谷时,在一个凹进去的石崖边,遇到了一群躲雨的鬣羚,怕有百十只。

鬣羚胆小，见了我们，就开始逃跑，只有一条窄窄的崖路，那些鬣羚朝我们跑来，我们贴着石壁给它们让路，九财叔那件破烂的棉衣还是给一只鬣羚角挂住了。我看见九财叔一下子飞了起来，箩筐也飞了起来，好在九财叔那衣服不经拉，"刺啦"撕了个大口子，重重地摔在了地上，后面的鬣羚从他身上跃过去，竟没伤着皮肉。九财叔叹他命大，骂着要拐下鬣羚的角来，"那倒是一味不错的中药呢。"他说。

我们想走进一个山洞中休息，生点火烤干衣服，黑黢黢的山洞里扑棱棱飞出了一大窝秃头老鹰。进得洞去，一股腥气，也没在意。生了火后，又有老鹰窥伺在洞口想往里钻，我们烤着衣服，火越烧越旺，九财叔突然指着我身后说："那……那是个什么？"我回过头去，妈也，一副骨头架子朝我们走来！

我们爬起来挑上箩筐就跑，跑出山洞，跑了两里开外，跑得天有些开了，峡谷矮了，才停下来。

"那真是鬼吗？"我问九财叔。

九财叔到底比我有山中经验，说："那不是鬼，是一副被鹰啄净了的骨头架子。"

九财叔说，不是冻饿死的就是被人害了。他说，鹰子吃腐物。山里头什么事都会发生，没事谁愿意到山里头来呀。我就问到四川还有多远，九财叔说他也不知道。我说："九财叔，那三百块钱，你给我一百五十块我回去吧。"九财叔听了痛骂我："命都快赔了，你就值这一百五？！桩桩件件的，你就值一百五？！你这没出息的,这点钱打瞎你的眼睛!"我说:"那总比被老鹰啄吃了强些。"九财叔就说:"我要走,我给他抢完了走。"我说你抢哪个。他说我总不能就这么走。他就溜出了那话:"光一百元的就有这么一扎。"他用指头示意。他说出了祝队长腰包的秘密。他说:"你不想把它抢过来?为什么他们那么有钱,而我们啥都没有?"我说咱是农民,人家是大学搞研究的,不能比。九财叔却说:"咱受的苦比他们多,都是一样的人,不该这样啊。"我直笑九财叔愚笨,认死理。我知道他不懂,他没想过来。我说,人家的钱与我没有关系,我只想回家,水香要生了。九财叔说,抢,我们抢他个精光。你未必不要钱吗?我说我要钱,我咋不要钱?他说那就抢。我说抢不来的,他们人多。他忽然说他想了个好法子,看那边有没有老鼠药,把他们毒了抢。我说这是犯法的,抓到了咋办?他说你胆子咋这么小,麻雀胆也比你大呀。这里人不知鬼不觉的,这次不干以后就没机会干了。你还到哪儿碰到这么有钱的?他还说那个值几十万的家伙,有好几个,不得了。其实那个家伙,王博士说的值几十万的那仪器,就值两三万块钱,是王博士吓唬我们的,唬我们这些乡下人的,如今进了监狱,我才知道。当时因为恨吧,在路上没事,就胡乱商量着怎么抢,我说还是不要抢的好,偷,偷了就走。九财叔说:"你能飞走?他们一赶来,咱们就被抓住了。"他说我想好了,就这么做。我说没有老鼠药呢?他就不吭声了。过了一会儿,他回过头举起开山斧对我说:"一不做二不休,杀,杀了抢。要得你安逸,就不得他安逸。"九财叔想横了，想窄了。我只是觉得他是开玩笑的，心里恨，才这么说，图个嘴巴快活。

不过那些钱确实让我有些兴奋，九财叔认真的撩拨让我在这荒岭寒雨中有些走神。二十块钱的不满已经演变成了抢劫更多钱财的企图，不，是决心。我感觉到我将要与这个九财叔大弄一笔了，可这是冒险，如果真能做得万无一失也未尝不可以干干。听有打工回来的说，外头这年头都是撑死胆大的饿死胆小的。抢的，偷的，骗的，拐的，杀人的，海了，有几个抓住了？又一想，九财叔，哼，你胆大，你这个熊样子，你也什么都敢？我不信。在他动手的那一刻，我都没法相信他是那种敢出手杀人的人。

九财叔与我走在寒雨霏霏的山岭上，挑着湿漉漉的空箩筐。九财叔的湿球鞋不知轻重地一走一咕，一走一咕，他脚上的肉已经裂口了，从里面流出鲜血；胡子拉碴的，鼻子里喷出的团团热气变成水珠子，挂在他花白的胡茬上，那只不能关闭的阴冷的眼睛向远处看着，好像多有不甘似的，有一种念头燃烧在他眼睛深处。我好像重新认识了一个人，这个人不是那个死了老婆、家庭负担蛮重、蔫不拉叽、又脏又烂的九财叔，不是的，是另一个。大前年，九财叔老婆只感腹疼，一阵抽搐，还没等到抬去医院，就半道上死了。死了女人的家里还有什么好呢，三个妮子整天在那儿哭着，他八十多岁的老母亲还得给他们烧饭和喂猪呢。三个妮子是被他打着去山上放羊的，后来又打着她们去山里采药，去山里割猪草，去地里刨洋芋种苞谷。就这样，三个妮子越长越像人了，老婆坟上的草也越长越高了。九财叔就不爱理人了，瞪着眼看山，坐在地头打盹儿。后来他家里就放进了牛，牛就在房屋中拉屎，屋里就飘出了畜便的气味，被子越来越薄成了鱼网，一直到两块钱的特产税也交不起了，让村长大骂他的祖宗十八代。家里并不因此就没了热闹，三个小妮子突然间脾气暴躁起来，只要九财叔不在家就大打出手，为一点小事都打得鸡飞狗跳，捅妈捣娘的，抓头发，蹬裆，样样有。九财叔从地里回来，常常看到三姊妹的脸上大窝小坑，已无完肉。又没读书，又无娘调教，村里的人都在想，这三个妮子咋办啊，送一两个去学校也好呀，三个女人一台戏，这戏太早了点。可别这么说，她们打归打，长着长着一个个就水灵灵的了。家里的羊啊，猪啊，不比人家少，菜园里该长白菜的时候长白菜了，该长辣椒的时候长辣椒了，该生火做饭的时候屋上有烟了，该点灯的时候窗口有亮了。村人就说，如果这三个妮子脾气改一点，慢慢长大，九财叔的好日子就会来了。可惜的是，日子很慢，三个妮子还远没有到谈婚论嫁的年龄。因此，遭孽的还是九财叔，一个人扶犁，一个人还得背篓，一个人赶集担柴，一个人还得照秋收秋。脸也黄了，皮也松了，他多大的年纪呀，跟他同庚的八大脚我爹，见了都不敢喊他九财弟，恨不得喊叔。八大脚我爹对我说："九财，三个酒坛子是泥巴捏的，难出头啊。"

我们披着雨布坐在冰冷的石头上，九财叔说："腰酸。"他揉着两边的腰，我怀疑他是肾有问题了，他脸上浮肿，眼珠发黄。

我扶着他找了个背风的石坎，想拾点柴生火，这个念头被吸一锅烟取代了。九财叔费劲地点燃烟锅，递过来要我吸。我就接过吸了几口，那种冲人的辣味差一点把我呛翻了。我咳嗽了一会儿，又犯起了迷糊，竟坐着睡着了。再醒来，天已经大亮，我浑身似乎都没了热气，脚已冰凉得失去了知觉，雾，雨，风，冷冷地包裹着我们。好在不一会儿我们闻见了柴烟，就知道有了人家。

我们见到的第一个人是个女人，后来也只见到她，没有其他人。这女人在家煮猪食，头脑不太清醒的样子，她回答我们这儿没有粮食和腊肉卖，她甚至说不出她是四川还是湖北的。我们只好再继续走，可是，没走多远，就听见前面的九财叔一声尖叫，接着响起了枪声，九财叔中了安放在大蕨丛中的垫枪。

那垫枪先从箩筐穿过，再擦过他的小腿肚。只见九财叔一个前仆，箩筐就丢了，倒在地上喊："我中枪了！我中枪了！"

血从九财叔的裤腿里流了出来，他抱着腿左顾右盼，我一时也愣在那里不知如何是好。我听见他呻吟，就去找枪，九财叔大喊道："别动枪，别动那枪！"

他自己的手里抓了一绺破茎松萝，水淋淋的，他拧着水，慢慢捋起裤子，把松萝往流血的地方按。肯定很疼，按得他歪了嘴，眼珠子凸得更厉害，眼里全是浑浊不清的念头和绝望。雨还在下，雨挂在他凄凉焦黄的脸上。我扶他拖着腿坐到扑过来的箩筐上，坐在一棵大树的背后，他才说："把那该死的垫枪给我取出来。"

我慢慢走进大蕨丛中，找到了绳子。我解开绳子，再找枪，是一杆只有铁管和木头枪托的很简单的土铳。这就是垫枪，它绑在一根树桩上，专杀游走的野牲口的。我把枪递到九财叔手上，九财叔没细看那枪，他的心里好像还平静，他从头上解开宽宽的帕子，去缠伤口，他小心翼翼地缠着伤口，血还是往外渗。我问他究竟怎么样，他摇摇头。

就在这时，我们的面前出现了一个男人，这个男人要死不活的，问我们是干什么的。口音是四川的。九财叔见了他眼睛就绿了，知道是他的垫枪，九财叔看样子要爆发了，要跟他拼命了。可他的腿又负了伤，还加上没睡、没吃，显然他在克制。他对那个男人说："这里是四川么？你的枪打着我了。"那人说："你们是干什么的？"我给他说，我们是探矿队的，是从马嘶岭过来的，是来买粮食的。那人"噢"了一声，想走。九财叔喊住他："你卖点粮食给我们，我们用钱买。"他这么克制，是想用他的枪伤来换取那人卖给我们东西。那人想了片刻，就点头让我们跟他走。那人在前面走，走了一截，在前面转过头等我们，并不想帮我们一把。

到了他的家里，也就是遇见那个女人的家里，这男人就很热情了，他解开九财叔缠伤的帕子，用熊油给九财叔抹了伤口，又用干净的布给九财叔包扎，并吩咐他老婆给我们一人炒了一大碗香喷喷的洋芋。我们已经看见了他堂屋里堆着的一大堆洋芋，个儿很小，估计是剁了给猪吃的，但卖给我们就能解决问题。

我们吃了洋芋，烤干了衣裳，就被安排到他的牛栏屋的楼上，那上面堆着柔软干爽的苞谷衣壳子，还盖着他给我们的一床被子，美美地睡了一觉。就在我们睡觉的当儿，那个人给我们准备了一担洋芋，只准备了一担，因为九财叔有伤，他的箩筐就空着了；担子里还有他们种的一些水菜，如茄子和芫荽。芫荽不多，只有一把。我们醒来后见到那担洋芋，九财叔又问他有肉吗，他说真要的话他可以杀一头羊子给我们。我们说要，他就把一头山羊牵来了，一刀下去，羊就倒了，就剥皮，掏肚，把肚里的下水煮了一锅，让我跟九财叔吃了。九财叔看着那满满一担问他多少钱，要他说个价，他说，你们看着给吧。九财叔想了想，说八十块钱。那人说随便吧，就给了他八十块钱。九财叔又问有没有"三步倒"，那人说，你们要"三步倒"干什么？九财叔说山上老鼠太多。那人找了半天，出来说没有了，用完了。那人又给九财叔砍了根拐杖，问他碍不碍事。九财叔拄着拐杖走了几步，还行。交易完后我一直想提醒九财叔，让那人打个收条，但九财叔似乎不给我机会，我以为他会记着这事的，因为祝队长交代过，但这事好像让九财叔忘了个一干二净。

回程的路上，我就问这事，九财叔不置可否，含糊其辞。问急了，九财叔就说，到时我们作个证就行了。他对我说："我们讲一百二十块。"我说："为什么？"他说："你二十我二十。"他就先把二十块钱给了我，要我拿上。他不打条子是想黑踏勘队的钱！我说这干不得吧。他说天知地知你知我知。他说：

"老子把那二十块钱终于搞回来了。"九财叔的表情已经是一种很舒畅的表情,甚至把腿伤都忘了,虽然拄着拐杖,但走得比我还雄壮,他说他们难不倒我,他说你做初一我做十五,老子也不是好惹的。他在雨水和泥泞中瘸着腿兴奋地絮絮叨叨,带着凯旋的气势。二十块钱终于愈合了他心中那撕裂的巨擘般的伤口。九财叔骂那个人道:"他妈的,这尿人,我还没找他付医药费呢。"他说:"他为什么要杀羊给我们,还不是理亏了,送给我补枪伤的。"他要我估这一担的价,我摇摇头,估不好,他说怎么估至少也得一百五吧。

我们在半路上意外地碰到了老麻和小谭,他们等不及了,说大伙都饿着。老麻说话很不利索,原来他一边接我们一边沿途采野蘑菇,为试蘑菇有没有毒,把舌头试麻了,毒蘑菇是麻舌头的。

回到营地,听说九财叔绊上了垫枪,都来看他。洋芋果小杜还来给他治了伤,擦了药,用白纱布包扎了。但是九财叔的伤红肿了,他们说这叫感染。九财叔吃了他们的药。晚上大家吃羊肉,吃洋芋,非常高兴。虽然没能吃上大米,但那些瘦小的洋芋果也是九财叔差一点用命换来的。看来他们对我们的印象就要好起来了,九财叔这只腿的血流得值。

但是事情总是莫名其妙地凑巧碰在一起。就在这天的晚上,发生了一桩意想不到的怪事。

我们回来后就雨如瓢泼,还响起了罕见的冬雷。我们正脱衣睡觉时,就听见王博士喊我们:"你们都过来!"我和老麻披衣过去，不知道发生了什么事，他们的帐篷里没有光，熄灭了灯。有人打电筒，也被喝令关了，他们手上都攥着东西，有刀，有枪。等大家都安静下来，祝队长在黑暗中说："刚才听见了枪声。你们没听见吗？"

他问我们。我们就竖起耳朵来听。果然，有隐隐约约的枪声。后来枪声越来越大，好像在周围的山头，还能听见人的喊叫声，好像有一伙人！

"都听见了！我们怎么办？"姓王的博士说，声音有点颤。

接着又响起了一阵轰隆隆的冬雷声，还有风雨声，呜呜的，一阵一阵地扑向悬崖。加上河谷里澎湃愤怒、捶胸顿足的水声，还有那本已存在的马嘶声，尖声的、固执的马嘶声，现在全来了，在我们吃掉了一只羊后全来了。

"你们真是买的吗？"祝队长突然这时说出了这么一句。

我忙说："是，是买来的。"

"带上重要的东西，赶快撤退！"祝队长端着枪说。

枪声东一阵，西一阵，是不是有人包围了我们呢？我们在密集的枪声里赶快带上东西，特别是仪器，他们包上重要的资料，往后山一条隐蔽的路而去，那儿通向一块高岩。上去有个一线天，易守难攻，一夫当关，万夫莫开。九财叔因枪伤和发烧，就留在了棚子里。我心里挺纳闷的，我们花钱买了东西，人家来找我们什么事啊，未必是打劫的？那时候我没时间想了，我给他们挑着东西，往上爬着。人没休息，又出怪事。来打劫就打劫吧，反正我们没啥。就在我们往上走时,枪声模糊起来。小谭说:"这只怕是个误会。"我听见小杜说,这可能是个自然现象。也许是杨工也许是龙工在黑暗中说:"马嘶岭没马,为何能听见马叫?我看都是风声作怪。"王博士说:"马嘶岭之所以叫马嘶岭,据当地的地方志说,是因为过去这山上有许多野马。"

争论不休时,祝队长一声吼说:"都不许说话!"

我们选定了一线天的一个凹处,那儿背风,避雨。坐下来后,他们又忍不住继续说话了。有说是风声,有说是自然现象,说是一种什么磁铁矿现象,因为这一带过去打过不少仗,土匪火并,官府剿杀,恰好打仗时遇打雷下雨,把那些枪声喊声全录进去了,以后一打雷下雨,这声音就出现了。他们争论我们无权插嘴。不过我心中支持这种说法,这等于是替我跟九财叔解脱,不然就会让祝队长怀疑我们,以为我们是偷了别人的东西,让人追赶来了。不相信我们的还有王博士,他对那种说法反唇相讥道:"老官中了枪也是磁铁矿现象?"

哦,我明白了,枪声加上九财叔腿上的枪伤,这一串起来,我们就完蛋了!难怪难怪!我们成了嫌疑人,这一趟是黄泥巴掉到裤裆里,不是屎也是屎了。我好一阵绝望,这些人咋就不信我们?这些人还是有文化的人呀,咋就跟乡清算队的横子们一样蛮不讲理呢?事情就问到为什么没让对方写个收条。这事我们有愧,这事都是九财叔的鬼点子。我就只好说我不知道,是九财叔办的。这事我不能多讲,免得两人讲的对不上。我只是说羊子肯定是买的，我们要人家杀的，全部是一百二十块钱。

"我们可没有偷羊啊！"我喊道。

"或者，你们是不是跟山里的人说了这儿的事？说我们有钱，有物？"他们问，"你们暴露了我们。"

我对他们说："我们什么也没说，我们只说我们是探矿队的，在马嘶岭探矿。"

"问题是，你们没有打收条。"他们说。再问收我们钱卖羊卖洋芋的那一家姓什么，我也回答不出，我们真没有问人家姓什么。在我们山里，吃过人家的饭不问人家姓名很正常。你走累了，一声大哥，一声大姐，就可以找人家借宿，吃饭，然后只记得"松树坡""柏子岩""赵家坪"这些地名，并不知这家姓甚名谁。

越问我越说不清，他们就越不信任我们。是偷的，抢的，哄骗来的，要追杀我们，老官已经负伤了，他是逃脱的，人家又追过来了……这些狐疑正在我们那里悄悄蔓延，我已经嗅到了那种气味。

我在恐惧中坐着，我希望出现一些有利于我们的结果。

下半夜还没有动静，他们要我去"侦察侦察"，我就下去了。我急急去棚子，九财叔躺在那里，发着高烧，眼睛瞪得贼圆贼圆，嘴里吐着火红的热气，脸颊像泼了一桶猪血。我给他额上渥了个冷毛巾，他醒过来恍恍惚惚地看着我，说："红薯都收不回来了……"

"你说家里的红薯吗？"我问。

"地里的……"

他记挂着他地里的红薯，肯定想着这么大的雨他三个妮子怎么去挖红薯。他问我怎么人都不在了？我说你不知道？我问他听见枪声和喊声没有，他摇摇头。他烧昏了，他肯定没听见，他可能梦见了家里还未挖的红薯地。我弄醒了他，我说坏事了，你中了枪，周围又响起了枪声，没打收条的事他们又问得紧，是不是他们知道了那四十块钱的事？我心里很害怕，就把二十块钱掏了出来，塞到九财叔手里。九财叔不接，说："到哪儿知道去？你这成不了大事的，你就死咬着一百二！"

雷声似乎在很远的地方响着，枪声偃息了，秋雨无力地打在棚顶上。可是我忽然听见了天上有巨石滚动的声音，一阵阵向我砸来，这让我心惊肉跳！我惶顾四处，终于弄清了声音来自我自己的心跳，轰隆隆，轰隆隆，轰隆隆……

天亮了，雨住了，几只猕猴在树上发出了呼唤太阳的安静哼叫。东边，有一晃而过的朝霞，只有浅浅一线，但很爽眼。接着我又看到了一只漂亮的锦鸡在我们前面不远的坡地上跳舞。它亮出了它锦缎一样的通红的腹部，橙红的颈子，金色的冠毛，在晨雾中美艳至极，它亮开清亮的嗓子唱着："茶哥！茶哥！茶哥！"爽脆得就像一对铜镲。视野渐渐地开阔起来，我等着踏勘队的回来。没有事的，他们没有事，我们也没有事，没有什么来打劫他们的人，全是雨天的怪现象，这马嘶岭就是这样的奇怪，不过是虚惊一场，他们没有发现那四十块钱的事，发现不了的，一切随着白天和天晴的到来都会过去，他们要忙他们的去了，会把这一切忘了。我这么祈祷着，祝队长他们果然回来了。

整整一天都平安无事，阳光亮得人晕晕醉醉的，风也温暖柔和起来。睡了一天，那些人神清气爽了，呼朋唤友，要打牌了，要唱歌了。哪来的侵扰我们生活的劫匪和捉拿我跟九财叔的农民啊。没有！我真高兴。

平安无事了。他们吃着我们的洋芋，也无话了。

他们继续在周围圈定矿体边界线。

那天傍晚我们回到营地时，却没见炊烟袅袅，厨房冷火无声。这就奇怪了。大家紧张地走进营地，去厨房一看，翻了天，老麻和九财叔双双躺在各自的铺上，两人头破血流，老麻最可怕，嘴张着，却掉了几颗牙齿。

他们两个打架了。九财叔先动的手，他为什么要动手，他肯定有他的道理。是在替老麻择菜时，老麻伤了九财叔那易伤的自尊。老麻像个领导喊九财叔过去择菜，他是想埋汰九财叔几句，因为那些茄子是些收尾的茄子，又有筋又有虫眼。老麻说："老官哪，你碰见了鬼市吧？"九财叔眼就直了。老麻又说："这像是鬼市上买回来的菜。"他显然不满意这些菜。九财叔就没好气地回了一句："我买的羊肉呢，你切的时候是不是变成了人肉？"老麻一听就打寒噤，这营地没人，就他们两个，老麻可能因为害怕而觉得要在气势上压倒对方，便说："老官你有什么资格凶啊，我说你碰见鬼市又不是我说出来的。""那是谁说的?"九财叔当时就浑身乱颤得不能自持,他又问:"你说是谁说的?"他要问个所以然。他忽然就站起来揪住了老麻的衣领,唾着老麻的鼻子说:"我跟你说,你不要仗势欺人,你跟老子一样,出苦力的,你得乐个什么?这些东西是我拿命换来的,用命换的,你知道吗?!"他可能越想越气,一拐杖扫过去,老麻就倒了。老麻做垂死挣扎,抓到锅铲就铲九财叔的头,九财叔差一点脑袋搬家,一拐杖再横扫过去,打到了老麻的嘴。老麻"哇"地号了起来,他喊:"让省里的领导来判你的刑!"

他把踏勘队的说成是省里的领导。最后"省里的领导"祝队长他们决定扣老麻三天工资,让九财叔挑上箩筐回家。

这是打架后的第二天早上。九财叔听了那个决定,眼珠子就要掉出来了,他的嘴唇嗫嚅着,想说话,说不出,后来终于哭号起来:"为什么要我走?为什么要我走?!"

所有人都蒙了,看他哭。祝队长说,因为你打掉了人家的门牙,这儿不准打架,不是放牛场。因为是你先动的手,为了维护踏勘的正常秩序,经研究,只好让你下山了。可九财叔不走,只是哭,哭得鼻涕都流了下来,埋着头,用一双锉子般的手揩着涕泪。他不接工钱,不签字,坐在那儿,好不伤心。

这事就僵了,也没人再说什么。可老麻急,老麻肿着牙床和腮帮,眼巴巴地要等着九财叔走。他没有等到那个激动人心的时刻,他看见九财叔还在这里,赖着不走。他不服啊,不解气啊,就用猛烈的剁刀声表示着他的态度。等人散了，九财叔偶然抬起头来，看一眼厨房，眼里全是刀子！

"叔，你怎么办？"我问他。

他没回答我。嘴巴在动着。后来我听清了，他在说："我给妮子筹几个学费……"

我听见了"学费"这两个字，我听得很清楚。他未必还想让三个妮子去读书？我后来突然想他真的会的，他多少天来都是这么想的，他一定会这么想的。就冲着那一个红发卡，冲着那些手机和钱，冲着小他一辈的人对他的吼叫，他迟早会下决心把孩子们送到学校去的。

"你是说，让她们去上学？"我问。

他点点头。

看来他们真的想要他走了，我也不想待了，我更加思念我身怀六甲的水香，我拼命地想她。我就对九财叔说："算了吧，要走我们一起走。"可九财叔摇着头。

这样僵持着怎么办呢，九财叔竟挑起箩筐跟踏勘队一起外出了！并没有要他去，再说他的腿还没有痊愈，走路还有点瘸。小谭就出来说老官你不能做，你的腿挑不起，这样行不行？除了不少你工钱，还补助一百块钱，你走吧。这不少了。我想九财叔会同意的，可九财叔不表态，以沉默作答。这更坚定了他们要赶九财叔走的决心。我当时不知道，踏勘队一致认为九财叔是个危险人物，在这样的荒山野岭，必须要提高警惕。种种印象加迹象表明，九财叔对踏勘队有威胁，并非是个善良之辈，这一次斗殴就是一个证明，是一次暴露。

多难受啊，九财叔和大家。大家干着活，九财叔挑着空筐跟着他们。我把我挑的东西分给他挑，他感激地看着我。这一天非常难熬，非常漫长。

而老麻在营地整整一天都在盼着九财叔灰溜溜地回来，乖乖地卷起他的破铺盖滚蛋。老麻甚至用老虎钳子将九财叔的碗夹掉了一只角，并在那个缺碗里撒了一泡尿。老麻看着黄灿灿的尿液，咧着没齿的嘴黑洞洞地笑。到了夕阳西下时，九财叔也没一个人孤零零地出现在老麻面前，而是跟大家一起回的。老麻于是将那些烂了的、长了芽的小洋芋果都煮进了锅里。结果可想而知，那天晚上大家吃了这些毒洋芋后，一个个都拉起了肚子。

在拉肚子的热闹中大家把九财叔忘了，我和九财叔什么都没拉，肚子好好的，我们扛得住。老麻对他导演的这出戏可高兴了，"看你们都吃了什么！"他说，"我也没办法，就这些洋芋了。"老麻把责任推给了九财叔和我，煽动踏勘队对我们的仇恨。九财叔在晚饭吃洋芋的时候吃出了一股尿臊味，可是他没有说什么。即便是大家不停地拉肚子，也没把怨气撒到我们头上，至少没有公开撒到我们头上。老麻就开始索赔了。那天晚上，老麻高声在营地说着："一百一颗！"

他要九财叔赔他的牙齿。若是一对一，老麻是不敢在九财叔面前这么嚣张的，九财叔那只右眼里透出的寒气，让人见了会不由自主打三个激灵，但老麻仗着祝队长们对他的暗地支持，有恃无恐。算算，我们来马嘶岭有二十一天了，也就二百一十块钱，九财叔扣掉二十，只有一百九十块钱，要按这个价赔老麻的两颗牙齿，九财叔还得倒贴十块钱。当九财叔听到他还得拿出十块钱来，他的脸一下子就垮了，他是多么无望。他张着嘴看着祝队长和在灯光尽头龇牙暗笑的老麻，除了乞求之外，看不出他要大肆行凶的念头。他的嘴巴两边稀黄的胡子和皱褶成了一个大大的括号，宽大单薄的下巴就托着那个"括号"，十分地无奈。那只鼓起的眼睛现在只是一个浑浊的晶体，充满了惶然，另一只有些坍陷的眼睛眯缝着，满是意想不到的驯良。

九财叔走出来，他一定是很难办，他算了算，他走，工钱加上踏勘队补助一百，还有个两三百块，不走，赔了老麻的，能剩多少？但现在老麻又不让他走，要索赔——他走又不能走，留又不能留。

晚上的风很大，依然是北风，河谷的冬汛好像在做最后的挣扎，在宽阔无边的河床上扑腾着，整个山岭到处是它们的腥味。九财叔在吃着什么，我闻到了一股刺五加果的味道。九财叔摘了不少的刺五加，那种豌豆样大的黑果子。这两天因为他无法安眠，就吃这个。

"把他们杀了！"

这天晚上，九财叔做出了最后的决定。他狠狠地嚼着刺五加，开始看他的斧头。

"你，咋说？"他问我。

"我，我……"

"事情成了，我们就安逸了。"他说。

"你跟我搞。"他鼓着劲说。

"搞了，我们就过安逸日子了。"他这么说。

"叔，你声音小点行么。"我说。

"不要怕的，跟我搞。"

我也觉得九财叔进退两难的时候他是会什么也不顾的。他的这个决心让那些钱和财物如此逼近我们，好像就在手边，唾手可得了。我在被子里，闭着眼睛，那些钱啊仪器啊就在我的头顶飘荡，还有红牛仔裤和发卡和小小的薄薄的录音机，还有好多手机。它们飘呀飘呀，它们穿行在蓝色的天空里，像一些鸟飞着，穿梭着……我看见水香穿着红牛仔裤，别着红发卡，站在马嘶岭河谷的对面向我喊着：

"回来啊治安，治安快回来！"

我的梦被惊醒了！我听见了真实的男人的喊声："有东西！有东西！"

睁眼一看，营地亮如白昼，瞬间，又倏地进入了黑暗。怪光又出现了！这光总是在晴朗的晚上出现！有人敲起了脸盆搪瓷碗，并且放起了枪。马嘶岭是一片恐慌中的混乱。

"注意隐蔽，不要面对它！"有人喊。

光没有了。

"这东西把我们折磨得太苦了！"祝队长啐着，"怪事，他妈的！"

大家一字排开在门口，要死守我们的营地。老麻抱出了柴火，说："点火吧？"

"点！"火就点起来了。因为没了汽油，已经有几天都没发电了。火点了起来，半干半湿的柴烧得啪啪乱响。

"是不是有什么东西把远处县城或镇上的灯光反射过来了？"有人说。

"别想那么多，把火加大些，烧！去砍树，砍棒子给我们！"祝队长敞着羽绒衣，哑着喉咙在那儿指挥。我就跟九财叔去坡上的灌木丛砍树了。大家打着电筒，有的举起箭竹做的火把。找准了树，一顿砍伐，一根根胳膊粗的树棒就到了大家手里，树枝就被他们抱去投进了火里。

在砍树时九财叔很兴奋，我听他说："来了，来了好！都来都来！"我们砍了一会儿，回到棚子里，祝队长他们的帐篷里全是削砍木棒的声音，是在把木棒砍光滑。老麻一个人也在厨房里砍，还发出"嘿嘿"的虚张声势的声音。九财叔一头的汗，对我说："机会来了，一定要搞！"

"咋搞啊？"我说。

"一斧头一个，你管那么多！"他说。

我说："不能啊，叔，这是犯法的。"

"鸡巴法，"他说，"跟我搞。"

"现在就动手么，叔？"我真的好怕。

他说："迟早的事，要趁他们分散，下狠手，让他们连哼都不能哼。"他咬牙切齿地说。

我松了一口气。他说的是白天趁他们在野外分散工作时下手。

他躺下来又说了一句："搞一次，用一辈子。"

九财叔呀，你害了我！我又想，跟着这种胆大的人，说不定真能一下子翻身呢。谁不想翻身啊，有这个机会，说不定是老天促成的。咱们黄连垭的人没这个机会，我跟九财叔有这个机会，为什么不干呢？

"要是山下的人知道了来找他们呢？"我担心地问。

"我们早就走了，山下的人又不知道我们是哪里的。我估了估，马上要落大雪，大雪封山，进不来了，雪一埋，一直到来年的五月，野牲口都会把他们啃干净了。寻不到，还以为他们跌进河里淹死了……"

早晨，在水沟边洗脸时，眼睛充血的九财叔转过头来问我："今年七月你家的羊渴死了几只？"我说三只。他喔了一声。"我两头种羊全渴死了。"九财叔说。他摸着包头的帕子，帕子上有斑斑血迹，那是头被老麻打破了流出的血。

我正准备走，他突然叫我："你磨磨。"

他要我磨斧！昨晚所说的一切又在我头脑里响了起来。他还是要杀呀？我看看他，就蹲下身在水边磨起斧来。我在问我，我要杀人吗？今天的天气没有什么不同，气氛也没有什么两样。开山斧本来就很快,我无力地磨着,瞅瞅旁边的九财叔,他无事一样,好像很平静,没有什么恶念。

一切都跟往常一样,我庆幸一样。这天继续圈定矿界。

早晨的雾气很大,我们出去四面都没有路,到处烟雾腾腾,像着了山火一般,我们摸索着走路。九财叔跟上来了,他箩筐里的东西不知是谁装的。"带上了么?"他小声地问我,是指我的开山斧。开山斧本来就在身上,每天都插在腰间的。我感到他这天真要动手了。我借故扯鞋跟,落在了后头。我忐忑地走着,雾越来越浓,有人在路上说着话,我什么也没听见。

到了工作地,雾还是很浓。我到处找九财叔,我希望见不到他,可还是看到了他。他袖着手,干坐着,抽着烟,烟锅在雾中忽闪忽闪。我们的浑身都被雾打湿了,雾里有很稠密的鸟叫。这天只要雾散,肯定是个焦晴焦晴的天气。我在想着我怎么办,我浑身不自在,心上巨石滚动的声音又响起了,轰隆隆,轰隆隆……好不容易熬到快中午的时候,突然有人喊我,要我到祝队长那儿去一下。当时我就快昏厥过去了,我在想完了,他们发现我们的计划了!我冒着冷汗,不由自主地摸着腰上的斧子,好在还有雾,喊我的龙工没有看到。到了祝队长那儿,祝队长若无其事地说:"明天,你们挑石头下去,水退了。"我没说话。祝队长又说:"老麻也去,他说他要补牙齿,他去补完牙齿,再挑东西回来。"我放心了,就说:"行哪。"我又问:"那……我表叔也下去吗?"祝队长说:"下去,怎么不下去,你们三人一起下去。"当时他们做了决定,把九财叔交给山下后勤分队的处理,这比较安全些,他们带了信下去。可我不知道,我当时只是说:"他们在路上打起来了咋办?"祝队长说:"你们前后走嘛,不要一起走。"我说:"三个人怎么走还是一条路,老麻也不情愿的。"祝队长就说:"你劝劝他们嘛。"我说:"劝不住的。"

九财叔正伸着颈子在坡上等着我。见我来了,他哼了一声,说:"没用的,留与不留都没用了。"我给他说:"他们要我们明日下山。"他却说:"没用了。"我说老麻也要跟我们一起下山。他说你别给我说这个,没用了。我就骗他说,他们要你挑。他从鼻子里哼了一声,削断了一根树枝,他用手拭拭开山斧的刃口,说:"没用了。"他站起来,用斧头砍进一棵树,一棵糙皮松里,我看到新出的太阳正好照在了那把斧头上。

雾渐渐开了。九财叔的手指头有血珠子滚了出来。他放进嘴里去吮吸,我就开始吃早上带出来的煮洋芋,吃得冷啾啾的。九财叔也吃,木木地嚼着,从嘴角往外掉着洋芋渣儿。

雾全开了。这每天金贵的好时间他们就抓紧忙活起来。我正在搬仪器,就听见有人在树林里大声说:"你干吗老跟着我?"是树林中的一个坎子下,而当时并没有人,我没看到人。但循声看去,坎子上却出现了九财叔。说话的好像是王博士,我没见到他的人。我正在找是不是王博士,总算看见了那个田螺头,黑油油的头发在白晃晃的芭茅里,像一只头朝下的鸭子的尾巴浮在水中。就在这时,只见一道寒光一闪,那黑油油的头发就不见了!

我听见了什么东西倒地的声音,有点像鹞鹰拍击着翅膀的声响,估计是压下了一些树枝和草丛。

九财叔动手了!

九财叔已经冲到了我面前,握着开山斧,脸色惨白地说:"搞!"

我的第一个反应是:王博士已经不在了!九财叔拽住了我,他是在"告诉"我发生的事,指令我赶快行动。他拽着我向另一个地方跑,说:"快!"

我的大脑无法反应过来,就已经被他拖下水了。事情来得太突然,已经出了人命,一条人命跟十条人命是一回事,必须赶快灭口。这容不下我多想,也容不下九财叔多想。就听见有人喊:"小王,小王!"话音未落,斧头就落到了祝队长头上。只见祝队长头上有白花花的东西飞溅出来,眼镜弹到一棵树丫上,手晃晃,就倒地上了。不知为什么,九财叔并没有再给他一斧头,而是挥舞起斧子在树丛中左右开弓乱砍一气,见什么砍什么。

"九财叔!"我喊。

九财叔转过头来,注视着我,他醒了神,丢下斧头就蹲下地去,拉祝队长腰上的那个腰包。没有声息了的祝队长这时候突然在草丛中动弹起来,一只手捂着头,一只手捂着包,不让拉。我看到祝队长睁开了血淋淋的眼睛,九财叔在地上摸起开山斧,祝队长用颤抖急迫的声音对九财叔说:"你……你放了我,我给你——一辆小汽车。"

九财叔大声问:"在哪儿?"

祝队长气短,半天才说出:"在……县城。"

因为祝队长捂包的手死死不松开,九财叔就与他争夺着,回头对我吼道:"快来呀!"

我的开山斧已抽出来了,可我迟迟下不了手,我看看祝队长说:"叔,他给你乌龟车啊!"

我的话让祝队长听到了,他睁开一双血淋淋的眼睛向我求救:"你……你……你……"

"还不快动手!"

九财叔的一声断喝,让我手起斧落,我闭上眼睛就是一下,我听到祝队长在我的斧下一声惨号,就像年猪在刀下的惨嚎一样!我再一睁眼,祝队长的口里就冲出一块黑红色的血块来,并从嘴里发出"噗"的一声,脸突然变成紫茄色,头坚定地歪向了一边。

九财叔拉开了那个腰包,果然掉出来手机,他又抓钱,完全是钱,全都是一模一样的大钱。他要我解祝队长腰包的带子,我去解,解不开,他就用斧头一刀割了,割开了,他把钱再塞进那个腰包。此刻祝队长已经三魂缈缈,七魄飘飘。九财叔抓上那个黑色的腰包,还抽出了祝队长绑腿里的那把美国猎刀,要我提上遗弃在草丛中的仪器,那个像夜壶一样的数字水准仪。我们又去搜王博士的口袋,搜出了手机,还有钱包。没有多少钱,有一张他经常看的照片,他与他老婆的照片,戴方形帽子的照片。

"咋办，叔？"我浑身哆哆嗦嗦地问。

九财叔把箩筐倒空，然后装那些搜来的东西，我也学着他把资料和石头倒出来，只装仪器。我们挑着担子往营地跑去时，就撞上了那四个人。离营地不远，在一个岗坡上，估计全在那儿。杨工和龙工这两个烟鬼都含着烟在小声嘀咕并记录什么，都蹲着的。九财叔向我一招手，丢下箩筐就隐过去了，照那两个人一人一斧，像敲岩羊的头，两个人手上的东西一撒手，就仰面倒地了，烟在草丛里还冒着烟。

这时可能让小谭听到了什么，他突然站起来，像一只受惊的兔子，伸起脖子朝我们这边看了看。他看到了什么？他看到了两个杀红了眼的人，两个农民，手上提着山里人特有的开山斧，他还看见了两个倒地的人。他拔腿就跑！洋芋果小杜还弓着背对着仪器看什么，她背对着我们，她耳朵里塞着耳机，她什么也没听到。小谭撒开脚丫子跑时也没喊什么。他跑错了方向，一堵石崖拦住了他的路，他想爬崖，却又转过身来往另一个方向跑，九财叔已经离他不远了，他就一头迎了上来，从绑腿里抽出一把跳刀："我跟你们拼了！"我听见他这么从喉咙里大吼道，声音是一种哭声，一种类似于哭泣的愤怒的声音，从牙齿缝里射出来的声音。我一转头忽然看到了一双好柔亮的眼睛，是小杜的眼睛！她带着诧异的眼睛！她一定看到了撂在坡上的倒在那儿的杨工和龙工。她一定惊诧，那些低矮的巴山冷杉的枝条把她看到的一切都割得零零碎碎。

"你死了!"

九财叔向我喊,高声骂我。他的声音也变了形。我转过身去看时,他已经与小谭扭打在一起了,我看见血花飞翔,就像有无数只红色的蜻蜓从风中溅了起来,一定有人中了刀!

九财叔完了,我就完了!我拼命向他们跑去,树枝一路抽打着我的脸,好像全是在与我作对,整座山,全在反抗!我被抽打着,脸上火辣辣的,眼睛都花了,我不顾一切地冲了过去。我看见了一只龇牙咧嘴的猴子,薄薄的刀条脸上全是汹涌的血水,现在已经扭曲得像棵秋扁豆了。

"你们这些土匪!"

他来夺我的斧,我不能让他夺我的斧,我的斧举得很高,只是没有砸下去。可九财叔不知出于什么原因,一把将小谭推到我怀里。他手上的跳刀就刺进了我胸口,我一阵尖锐的疼痛,本能地一让。听见了一声尖细的叫喊。是发生在那边的,九财叔的斧敲中了小杜。我看见小杜摇晃着抓住了一棵树,头发散开了,一眨眼,那头又埋在了九财叔的手上,好像是在咬他。

我这儿的事依然在发生,面前的小谭再一次用头向我撞来,我一个趔趄,后退一步,站稳了。他全身都在淌血,像一匹发了疯的野牲口。我看看胸前,棉衣破了个小口,没血出来。我听见九财叔在狂骂我,他用手挡着小杜,向我挥着开山斧,好像在示意要我用家伙。我又闭上眼睛,朝小谭的头上砍去。斧背砸瘪脑壳的声音真的很难听,短促,沉闷,哑声哑气,就像砸一个未成熟的葫芦。我干完了一件事，我握着开山斧站在山坡上，我看到小谭扑倒在地上，抱着一块大石头，好像要亲吻。这个山里娃子就这么完了。接着又响起了小杜的几声连续的尖叫，油嫩嫩的声音。后来就没有了，我知道小杜也完了。我最后看见九财叔直起了他的腰杆，在扬眉吐气，手上拿着一个红彤彤的东西，是一只发卡！

我抹了一把脸上憋出的汗，心尖又疼。我瘫坐在地上，看到旁边的小谭正怒目直视着我。他没有闭眼。我想把他的眼珠子挡住，我没有力量了，我只好自己闭上眼，泪水突然从我紧闭的眼里往外咕噜噜冒出来。我怀疑冒出的是血，是从心里流出的血，又从眼里流出了。我不想证实。那一摊摊的血在我的眼前恣肆飞旋，我一阵恶心，胃里似有千百条蠕虫搅动，胃液顿时冲天而出。

我吐得一塌糊涂。我无力地抬起头，看到九财叔正在拉小杜红裤子前的拉链。

"别这样，叔！"

我冲过去就拽住了九财叔的手，"叔，别这样！"我死死地拽着，我一掌就把九财叔推出了老远。九财叔在地上爬着，支棱起脑壳不解地望了我一眼，他手上拿着许多东西，估计洗劫得差不多了。他恶毒地骂了我一句，就说："快！快！"他挑上了箩筐就跑。

我跟在他后头，我看到了前面不远的树丛间出现了一群红腹锦鸡,好多好多!这些林中的舞女,发出一阵振聋发聩的聒叫:"茶哥!茶哥!茶哥!"这时,天已经大晴,西坠的夕阳突然间挂在万山空阔的天边,苍山滚滚,晚霞滔滔,好像在洗浴那一轮夕阳!我回过头,马嘶岭上,那几个或蜷或卧的人,都在夕晖里透明无比,像一块块形状各异的红水晶,静静地搁在那儿,神奇瑰丽得让人不敢相信!

我被这壮观的景象惊呆了,我站在那儿,手拿着开山斧,脚下像生了根一样。我发现我另一只手在裤兜里紧紧攥着,好像捏着一个东西,拿出来一看,是一张玻璃糖纸。那时候我听见河谷的风吹过来一阵喧哗之声,好像一个窥视的人一样,那声音在山岭上曲曲折折地游动,又折回了河谷,在群山间回荡,就像一阵惊叫!我发现我的泪水像泉涌一样不可遏止,澎湃而下。

我在后头慢慢走到营地,九财叔正在往箩筐里装东西,他要我快装。老麻不在了,我四下寻找,在一个坡前看到了倒下的老麻。

"装啊!装啊!"九财叔喝令我。

"装,你要什么?装!"他问我。他要给我分钱,还丢给我一把好跳刀。

我说:"我不要钱,我不要刀,我只要那个录音机。那里面有我,有我唱的歌!"

他不听我的,硬是把一些乌七八糟的东西塞进我箩筐里。他教训我:"你这个小杂种,你想跟老子过不去?"

我只好挑上他给我装的满满的一担。他还说:"睡袋也是好的,他娘的,他们睡这么好的褥子。"

我们挑着东西,开始往河谷溯水而上。我发现九财叔从离开马嘶岭起就已经神经错乱了,他在前头急急挑着,不停地说:"装啊,装啊,装啊……"

九财叔时不时回过头来骂一句:"蛋尿!蛋尿!"不知道骂谁。他目空一切了,那只杀人不眨眼的右眼环顾四周,真像一个独眼鬼。我陡然觉得那奇怪的白光就是从他的右眼里发出的!

我们在河谷转悠的第三天,天空乌云滚滚,九财叔突然甩下担子,纵身跳进河中。他飞快地划着水,在水中又拍又打,他真的疯了。好在他没被河水卷走,我喊着他,把他从河里拉上岸来,他浑身抖得不行。那天傍晚,我们又遇见了几头野猪,九财叔毫不惧怕,抽出开山斧就杀入野猪群。奇怪的是,那些凶猛的山中之王,那天被他砍得哇哇大叫,四散奔逃。九财叔砍跑了野猪,又在地上拔食野草。

确实没有吃的了,我只好跟着疯了的九财叔啃吃野草,吃蛐蛐菜、鹅儿肠、云雾草。我们在山里转悠了九天,衣衫褴褛,饥寒交迫。第九天的夜里,山里飘起了大雪,这一场大雪一下子就没了膝。九财叔不让我歇息,不让我们进山洞,那个大雪纷飞的晚上,我们不停地在森林里转圈,早晨到了梨树坪河边。白雪皑皑的黄连垭已经在望了!已经快走出森林了,快到家了!我给他说快到家了,我说:"九财叔,那是黄连垭。"我指给他看。九财叔恍恍惚惚地看着远处的山冈,看看我,又看看自己挑着的担子,停了下来。我们坐下,他好像清醒了。他问我:"我们是到哪儿去的?"我说是回家呀。他说我们从哪儿来的?我说是马嘶岭啊。他左看右看,说:"我们杀了他们是吧?"我说是的。他说:"这是他们的东西?"我说是的,我就拿出他给我的钱来说这是你分给我的。他问多少?我数数说三千多。

"三千多?"他说。

我说:"还有这些东西。"

我翻出藏在睡袋里的三个手机说:"还有这个。"

他想起了什么,就去翻自己的箩筐,也翻出了手机和钱。还有那两个红发卡,还有一些仪器。他指着我的东西:"都是我们两人平半分的?"

我说:"是啊,平分的。"

"我们杀了人,你也杀了人,我们都杀了人。你杀了几个?"

我忙说:"我没杀人,我没有!"

他说:"这些钱够你用了。水香生了么?"

我说:"我不知道。"

我说:"他们不会沿我们的脚印找来么?"

"你看看哪有脚印?"他说。

我去看来路,雪真的掩盖了我们走来的脚印。森林里一片恍白,阳光在云中模模糊糊,好像天要晴了。

"你发财了。你没杀人却发财了。"

"我们一起干的!"我说。

"你是个无用的卵货。你这家伙。"九财叔说,"我肚子饿了,你能弄点吃的来么?"

到哪儿弄吃的去?前面梨树坪我记得是有个代销店的,在福利院门口。我说:"前面能买到吃的了,快到家了。"

他说:"我们商量这些仪器先藏哪儿。"

我说:"随便吧,叔,先找个山洞藏着吧。"

他直直地看我,好半天,笑了,说:"今年能过一个好年了。"

我说:"我心不安实。"

九财叔就站起来,重新挑上了担子。走了几步,他忽然指着河里,对我说:"看,水里是什么?"我放下担子就去河边。一阵狂风袭来,我的头上就落下了重东西——九财叔在背后冷不丁给了我一斧头,用的是斧背,就觉得脊椎一阵压榨,我的颅骨顿时瘪进去了,脚一失重,扑通一声,跌进冰冷的河里,就什么也不知道了。

我没想到九财叔会对我动手,他是想独吞那些财产——他清醒过后后悔了,那么些现钱,也不排除他想彻底地杀人灭口。我根本没防备。所有的经过就是这样——我被人救了起来。

九财叔被梨树坪的几十个村民围着搜山抓住了。那也保不了命,他和我一样得毙。我等待死期来临,等着当八大脚的爹来收他儿子的尸骨。

八大脚我爹怕是没想到,他会从这么远的县城抬回他的儿子。又一想,小谭得绝症的母亲假如还活着,她又未必想到会这么远从南山抬回她的儿子——这全乡第一个大学生，魂都丢在了南山的马嘶岭。

高墙外的那轮太阳照着铁窗，我无意间从兜里掏出了那张糖纸——这是唯一没被警察搜走的东西。我把糖纸放在眼前，对着那轮可爱的温暖的太阳，天空全变成了红色。我又想起那个让我惊讶的傍晚，我们离开马嘶岭的那个傍晚，那些红水晶一样的透明无声的死者。我的意识突然觉得，结局只能是这样的，他们最后只能在那儿——在那个时刻，安安稳稳地躺在那里，永远地躺在那里。

这是为什么呢？这种想法让我至死也弄不明白。

爸爸爸

/// 韩少功

一

他生下来时,闭着眼睛睡了两天两夜,不吃不喝,一个死人相,把亲人们吓坏了,直到第三天才哇地哭出一声来。

能在地上爬来爬去的时候,他就被寨子里的人逗来逗去,学着怎样做人。很快学会了两句话,一是"爸爸",二是"×妈妈"。后一句粗野,但出自儿童,并无实在意义,完全可以把它当作一个符号,比方当作"×吗吗"也是可以的。

三五年过去了,七八年也过去了,他还是只能说这两句话,而且眼目无神,行动呆滞,畸形的脑袋倒很大,像个倒竖的青皮葫芦,以脑袋自居,装着些古怪的物质。吃饱了的时候,他嘴角沾着一两颗残饭,胸前油水光光一片,摇摇晃晃地四处访问,见人不分男女老幼，亲切地喊一声"爸爸"。要是你大笑，他也很开心。要是你生气，冲他瞪一眼，他也深谙其意，朝你头顶上的某个位置眼皮一轮，翻上一个慢腾腾的白眼，咕噜一声"×吗吗"，掉头颠颠地跑开去。

他轮眼皮是很费力的，似乎要靠胸腹和颈脖的充分准备，运上一口长气，才能翻上一个白眼。掉头也是很费力的，软软的颈脖上，脑袋像个胡椒碾锤摇来晃去，须甩出一个很大的弧度，才能稳稳地旋到位。他跑起路来更费力，深一脚浅一脚找不到重心，靠整个上身尽量前倾，才能划开步子，靠目光扛着眉毛尽量往上顶，才能看清方向。他一步步跨度很大，像赛跑冲线的动作在屏幕上慢速放映。

都需要一个名字，上红帖或墓碑，于是他就成了"丙崽"。

丙崽有很多"爸爸"，却没见过真正的爸爸。据说父亲不满意婆娘的丑陋，不满意她生下了这么个孽障，觉得自己很没面子，很早就贩鸦片出山，再也没有回来。有人说他已经被土匪裁了，有人说他还在岳州开豆腐坊，有人则说他拈花惹草，把几个钱都嫖光了，某某曾亲眼看见他在辰州街上讨饭。他是否存在，说不清楚，成了个不太重要的谜。

丙崽他娘种菜喂鸡，还是个接生婆。常有些妇女上门来，在她耳边叽叽咕咕一阵，然后她带上剪刀什么的，跟着来人交头接耳地出门去。那把剪刀剪鞋样，剪酸菜，剪指甲，也剪出山寨一代人，一个未来。她剪下了不少活脱脱的生命，自己身上落下的这团肉却长不成个人样。她遍访草医，求神拜佛，对着木头人或泥巴人磕头，还是没有使儿子学会第三句话。有人悄悄传说，多年前她在灶房里码柴，曾打死一只蜘蛛。那蜘蛛绿眼赤身，有瓦罐大，织的网如一匹布，拿到火塘里一烧，气味臭满一山三日不绝。那当然是蜘蛛精了。冒犯神明，现世报应，有什么奇怪的呢？

不知她听说过这些没有，反正她发过一次疯病，被人灌了一嘴大粪，病好了，还胖了些，胖得像个禾场磙子，腰间一轮轮肉往下垂。只是像儿子一样，间或也翻一个白眼。

母子住在寨口边一栋木屋里，同别的人家一样，木屋在雨打日晒之下微微发黑，木柱木梁都毫无必要地粗大厚重——这里的树反正不值钱。门前有引水竹管，有猪屎狗粪，有经常晾晒着的红红绿绿的小孩衣裤以及被褥，上面荷叶般的尿痕当然是丙崽的成果。丙崽呢，在门前戳蚯蚓，搓鸡粪，抓泥巴，玩腻了，就挂着鼻涕打望人影。碰到一些后生倒树归来或上山去"赶肉"——就是去打野猪，他被那些红扑扑的脸所感动，会友好地喊一声："爸爸——"

哄然大笑。

被他眼睛盯住了的后生，往往会红着脸气呼呼地上来，骂几句粗话，对他晃一晃拳头。要不，干脆在他的葫芦脑袋上敲一丁公。

有时，后生们也互相逗耍。某个后生笑嘻嘻地拉住他，指着另一位开始教唆："喊爸爸，快喊爸爸。"见他犹疑，或许还会塞一把红薯片子或炒板栗。当他照办之后，照例会有一阵旁人的开心大笑，照例会有丁公或耳光落在他头上。如果他愤怒地回敬一句"×吗吗"，昏天黑地中，头上就火辣辣地更痛了。

两句话似乎是有不同意义的，可对于他来说，效果都一样。

他会哭，哇的一声哭出来。

妈妈赶过来，横眉瞪眼地把他拉走，有时还拍着巴掌，拍着大腿，蓬头散发地破口大骂。如果骂一句，在胯里抹一下，据说就更能增强语言的恶毒。"黑天良的，遭瘟病的，要砍脑壳的！渠是一个宝崽，你们欺侮一个宝崽，几多毒辣呀。老天爷你长眼呀，你视呀，要不是吾，这些家伙何事会从娘肚子里拱出来？他们吃谷米，还没长成个人样，就烂肝烂肺，欺侮吾娘崽呀……"

"视"是看的意思。"渠"是他的意思。"吾"是我的意思。"宝崽"是"呆子"的意思。她是山外嫁进来的，口音古怪，有点好笑和费解。但只要她不咒"背时鸟"——据说这是绝后的意思，后生们一般不会怎么计较，笑一阵，散开去。

骂着，哭着，哭着又骂着，日子还热闹，似乎还值得边抱怨边过下去。后生们在门前来来往往，一个个冒出胡桩和皱纹，背也慢慢弯了，直到又一批挂鼻涕的奶崽长成门长树大的后生。只有丙崽凝固不动，长来长去还是只有背篓高，永远穿着开裆的红花裤。母亲说他只有"十三岁"，说了好几年，但他的脸相明显见老，额上叠着不少抬头纹。

夜晚，母亲常常关起门来，把他稳在火塘边，坐在自己的膝下，膝抵膝地对他喃喃说话。说的词语，说的腔调，说话时悠悠然摇晃着竹椅的模样,都像其他母亲对待自己的孩子:"你这个奶崽,往后有什么用呵?你不听话,你教不变,吃饭吃得多,穿衣最费布,又不学好样。养你还不如养条狗,狗还可以守屋。养你还不如养头猪,猪还可以杀肉呢。呵呵呵,你这个奶崽,有什么用啊,眯眯大的用也没有,长了个鸡鸡,往后哪个媳妇愿意上门?……"

丙崽望着这个颇像妈妈的妈妈,望着那死鱼般眼睛里的光辉,觉得这些嗡嗡的声音一点也不新鲜,舔舔嘴唇,兴冲冲地顶撞:"×妈妈。"

母亲也习惯了,不计较,还是悠悠然地前后摇着身子,把竹椅摇得吱呀呀地响。

"你收了亲以后,还记得娘么?"

"×妈妈。"

"你生了娃崽以后,还记得娘么?"

"×妈妈。"

"你当了官发了财,会把娘当狗屎嫌吧?"

"×妈妈。"

"一张嘴只晓得骂人,好厉害咧。"

丙崽娘笑了,笑得眼小脖子粗。对于她来说,这种关起门来的对话,是一种谁也无权夺去的亲情享受。

二

寨子落在大山里和白云上,人们常常出门就一脚踏进云里。

你一走，前面的云就退，后面的云就跟，白茫茫云海总是不远不近地团团围着你，留给你脚下一块永远也走不完的小孤岛，托你浮游。

小岛上并不寂寞。有时可见树上一些铁甲子鸟，黑如焦炭，小如拇指，叫得特别焦脆和洪亮，有金属的共鸣声。它们好像从远古一直活到现在，从没变什么样。有时还可见白云上飘来一片硕大的黑影，像打开了的两页书，粗看是鹰，细看是蝶，粗看是黑灰色的，细看才发现黑翅上有绿色、黄色、橘红色等复杂的纹络斑点，隐隐约约，似有非有，如同不能理解的文字。

行人对这些看也不看，毫无兴趣，只是认真地赶路。要是觉得迷路了，赶紧撒尿，赶紧骂娘，据说这是对付"岔路鬼"的办法。

点点滴滴一泡热尿，落入白云中去了。云下面发生了一些什么事情，似与寨里的人没有多大关系。秦时设过郡，汉时也设过郡，到明代"改土归流"……这都是听一些进山来的牛皮商和鸦片贩子说的。说就说了，山里却一切依旧，吃饭还是靠自己种粮。官家人连千家坪都不常涉足，从没到山里来过。

种粮是实在的，蛇虫瘴疠也是实在的。山中多蛇，蛇粗如水桶，蛇细如竹筷，常在路边草丛嗖嗖地一闪，对某个牛皮商的满心喜悦抽上黑黑的一鞭。据说蛇好淫，即便被装入笼子里，见到妖娆妇女，还会在笼中上下顿跌，躁动不已，几近气绝。取蛇胆也不易，据说击蛇头则胆入尾，击蛇尾则胆入头，耽搁久了，蛇胆化水，也就没用了。人们的办法是把草扎成妇人形，涂饰彩粉，引淫蛇抱缠游戏之，再割其胸取胆，那色胆包天的家伙在这一过程中竟陶陶然毫无感觉。还有一种挑生虫，春夏两季多见，人一旦染上虫毒，就会眼珠青黄，十指发黑，嚼生豆不腥，含黄连不苦，吃鱼会腹生活鱼，吃鸡会腹生活鸡。在这种情况下，解毒办法就是赶快杀一头白牛，让患者喝下生牛血，对满盆牛血学三声公鸡叫。

至于满山密密的林木，同大家当然更有关系了。大雪封山时，寄命 塘火。大木无须砍断，从门外直接插入火塘，一截截烧完便算完事。以至这里的火塘都直接对着大门，可减少劈柴的劳累。有一种楠木，长得很直，质地紧密，却虫防蚁，有微香，长至几丈或十几丈才撑开枝叶。古代常有采官进山，催调徭役倒伐这种树，去给州府做官室的楹栋，支撑官僚们生前的威风。山民们则喜欢用它打造舟船，远远行至辰州、岳州，乃至江浙，由那些"下边人"拆船取材，移作他用，琢磨成花窗或妆匣。下边人把这种树木称为香楠。

人们出山当然有危险。木船或木排循溪水下行，遇到急流险滩，稍不留神就会船毁排散，尸骨不存。这是第一条。碰上祭谷神的，可能取了你的人头。碰上剪径的，可能钩了你的车船刚了你的钱财。这是第二条。还有些妇人，用公鸡血掺和几种毒虫，干制成粉，藏于指甲缝中，趁你不留意时往你茶杯中轻轻一弹，令你饮茶之后暴死于途。这叫"放蛊"。据说放蛊者由此而益寿延年，至少也要攒下一些留给来世的阴寿。当然是害怕蛊惑，此地的青壮后生一般不会轻易远行，远行也不敢随便饮水，实在干渴难忍，视潭中或井中有活鱼游动，才敢前去捧喝两口。

有一次，两个汉子身上衣单，去一个石洞避风雨，摸索到洞里，发现那里有一大堆骷髅，石壁上还有刀砍出来的一些花纹，如鸟兽，如地图，似蝌蚪文，全不可解。谁知道这是怎么回事？谁知道这是不是一次放蛊的后果？

加上大岭深坑，山路崎岖，大树实在不易外运，于是长了也是白长，派不上多大用场，雄姿英发地长起来，又在阳光雨露下默默老死山中。枝叶腐烂，年年厚积，若有人软软地踏上去，腐积层就冒出几注黑汁和一些水泡，冒出阴湿浓烈的酸臭，浸染着一代代山猪和野豹的嚎叫。这些叫声总是凄厉而悠长。

村村寨寨所以都变黑了。

这些村寨不知来自何处。有的说来自陕西，有的说来自广西，说不太清楚。他们的语言和山下的千家坪的就很不相同。比如把"说"说成"话"，把"站立"说成"倚"，把"睡觉"说成"卧"，把近指的"他"与远指的"渠"严格区分，颇有点古风。人际称呼也特别古怪，好像是很讲究大团结，故意混淆远近和亲疏，于是父亲被称为"叔叔"，叔叔被称作"爹爹"，姐姐成了"哥哥"，嫂嫂成了"姐姐"，如此等等。"爸爸"一词，还是人们从千家坪带进山来的，暂时算不上流行。所以，按照这里的老规矩，丙崽家那个离家远走杳无音信的人，应该是丙崽的"叔叔"。

这当然与他没太大关系。叫爹爹也好，叫叔叔也罢，丙崽反正从未见过那人。就像山寨里有些孩子一样，丙崽无须认识父亲，甚至不必从父姓。如果不是母亲吐露往事，他们可能永远不知自己的骨血与哪一个汉子有关。

但人们还是有认祖归宗的强烈冲动。对祖先较为详细的解释，是古歌里唱的。山里太阳落得早，夜晚长得无聊，大家就懒懒散散地串门，唱歌，摆古，说农事，说匪患，打瞌睡，毫无目的也行。坐得最多的地方，当然是那些灶台和茶柜都被山猪油抹得清清亮亮的殷实人家。壁上有时点着山猪油灯壳子，发出淡蓝色的光，幽幽可怖。有时人们还往铁丝编成的灯篮里添块松膏，待松膏烧得噼叭一炸，铜色火光惶惶一闪，灯篮就睡意浓浓地抽搐几下。火塘里的青烟冒出来，冬天可用来取暖，夏天可用来驱蚊。栋梁壁顶都被烟火熏得黑如焦炭，浑然黑色中看不清什么线条和界限，只有一股清冽的烟味戳鼻。要是火烧得太旺，气流上冲，梁上一根根灰线子不断摇晃，点点烟屑从天而降，翻舞飞腾，最后飘到人们的头上、肩上，或者膝头上，不被人们注意。

德龙最会唱歌，包括唱古歌。他没有胡子，眉毛也淡，平时极风流，妇女们一提起他就含笑切齿咒骂。他天生的娘娘腔，嗓音尖而细，憋住鼻腔一起调，一句句像刀子在你脑门顶里剜着，刮着，挤着，让你一身皮肉发紧。大家紧惯了，还紧出了满心的佩服：德龙的喉咙真是个喉咙呵！

他揣着一条敲掉了毒牙的青蛇，跨进门来，嬉皮笑脸，被大家取笑一番以后，不劳多劝就会盯住木梁，捏捏喉头，认真地开唱：

辰州县里好多房?
好多柱来好多梁?
鸡公岭上好多鸟?
好多窝来好多毛?

这类"十八扯"相当于开场白或定场诗,是些不打紧的铺垫。唱得气顺了,身子热了,眼里有邪邪的光亮迸出,风流情歌就开始登场:

思郎猛哎,
行路思来睡也思,
行路思郎留半路,
睡也思郎留半床。

德成风流,最愿意唱风流歌,每次都唱得女人们面红耳赤地躲避,唱得主妇用棒槌打他出门。当然,如果寨里有红白喜事,或是逢年过节祈神祭祖,那么照老规矩,大家就得表情肃然地唱"简",即唱历史,唱死去的人。歌手一个个展开接力唱,可以一唱数日不停,从祖父唱到曾祖父,从曾祖父唱到太祖父,一直唱到远古的姜凉。姜凉是我们的祖先,但姜凉没有府方生得早。府方又没有火牛生得早。火牛又没有优耐生得早。优耐是他爹妈生的,谁生下优耐他爹呢?那就是刑天——也许就是晋人陶潜诗中那个"猛志固常在"的刑天吧?刑天刚生下来的时候,天像白泥,地像黑泥,叠在一起,连老鼠也住不下。他举起斧头奋力大砍,天地才得以分开。可是他用劲用得太猛啦,把自己的头也砍掉了,于是以后成了个无头鬼,只能以乳头为眼,以肚脐为嘴,长得很难看的。但幸亏有了这个无头鬼,他挥舞着大斧,向上敲了三年,天才升上去;向下敲了三年,地才降下来。这才有了世界。

刑天的后代怎么来到这里呢?——那是很早以前,很早很早以前,很早很早很早以前,五支奶和六支祖住在东海边上,发现子孙渐渐多了,家族渐渐大了,到处都住满了人,没有晒席大一块空地。怎么办呢?五家嫂共一个春房,六家姑共一担水桶,这怎么活下去呵?于是,在凤凰的提议下,大家带上犁耙,坐上枫木船和楠木船,向西山迁移。他们以凤凰为前导,找到了黄泱泱的金水河,金子再贵也是淘得尽的。他们找到了白花花的银水河,银子再贵也是挖得完的。他们最后才找到了青幽幽的稻米江。稻米江,稻米江,有稻米才能养育子孙。于是大家唱着笑着来了。

> 奶奶离东方兮队伍长,
> 公公离东方兮队伍长。
> 走走又走走兮高山头,
> 回头看家乡兮白云后。
> 行行又行行兮天坳口,

奶奶和公公兮真难受。

抬头望西方兮万重山,

越走路越远兮哪是头?

据说,曾经有个史官到过千家坪,说他们唱的根本不是事实。那人说,刑天是争夺帝位时被黄帝砍头的。此地彭、李、麻、莫四大姓,原来住在云梦泽一带,也不是什么"东海边"。后因黄帝与炎帝大战,难民才沿着五溪向西南方向逃亡,进了夷蛮山地。奇怪的是,这些难民居然忘记了战争,古歌里没有一点战争逼迫的影子。

鸡头寨的人不相信史官,更相信他们的德龙——尽管对德龙的淡眉毛看不上眼。眉淡如水,完全是孤贫之相。

德龙唱了十几年,带着那条小青蛇出山去了。

他似乎就是丙崽的父亲。

三

丙崽对陌生人最感兴趣。碰上匠人或商贩进寨,他都会迎上去大喊一声"爸爸",吓得对方惊慌不已。

碰到这种情况,丙崽娘半是害羞,半是得意,对儿子又原谅又责怪地呵斥:"你乱喊什么?要死呵?"

呵斥完了,她眉开眼笑。

窑匠来了,丙崽也要跟着上窑去看,但窑匠说老规矩不容。

传说烧窑是三国时的诸葛亮南征时路过这里教给山民们的，所以现在窑匠动土，先要挂一太极图顶礼膜拜。点火也极有讲究，须焚香燃炮在先，南北两处点火在后，窑匠念念有词地轻摇鹅毛扇——诸葛亮不就是用的鹅毛扇吗？

女人和小孩不能上窑，后生去担泥坯也得禁恶言秽语。这些规矩，使大家对窑匠颇感神秘。歇工时，后生就围着他，请他抽烟，恭敬地讨教技艺，顺便也打听点山外的事。这其中，最为客气的可能要数石仁，他一见窑匠就喊"哥"喊"叔"，第二句就热情问候"我嫂""我婶"——指窑匠的女人。有时候对方反应不过来，不知道他是扯上了谁。三言两语说亲热了，石仁还会盛情邀请窑匠到他家去吃肉饭，吃粑粑，去"卧夜"。

石仁对窑匠最讨好，但一再讨好的同时也经常添乱，不是把堆码的窑坯撞垮了，就是把桶模踩烂了，把弓线拉断了，气得窑匠大骂他"圆手板"和"花脚乌龟"，后来干脆不准他上窑来——权当他是另一个丙崽。

这使他多少有些沮丧和落寞。他外号仁宝，是个老后生，虽至今没有婚娶，但自认为是人才，常与外来的客人攀攀关系。无所事事的时候，他溜进林子里，偷看女崽们笑笑闹闹地溪边洗澡，被那些白色影子弄得快快活活地心痛。但他眼睛不好，看不大清楚，作为补偿，就常常去看小女崽撒尿，看母狗母猪母牛的某个部位。有一次，他用木棍对一头母牛进行探究，被丙崽娘看见了。这婆娘爱拨弄是非，回头就找这个嘀咕几句，找那个嘀咕几句，眉头跳跳的，见仁宝来了才镇定自若地走开。后来仁宝上山挖个笋子，刮点松膏，或是到牛栏房去加点草料，也总看见那婆娘探头探脑装着在寻草药什么的，死鱼般的眼睛充满信心地往这边瞥一瞥，瞥得仁宝心里发毛。

仁宝没理由发作，骂了阵无名娘，还是不解恨，只好在丙崽身上出气，一见到他，注意到周围没什么旁人，就狠狠地在他脸上扇耳光。

小老头被打惯了，经得打，嘴巴歪歪地扯了几下，没有痛苦的表情。

石仁再来几下，直到手指有些痛。

"×吗吗，×吗吗……"小老头这才感到形势不妙，稳稳地逃跑。

仁宝追上去，捏紧他的后颈皮，逼着他给自己磕了几个响头，直到他额上有几颗陷进皮肉的沙粒。

他哇哇哭起来。但哭没有用，等那婆娘来了，他一张哑巴嘴说不清谁是凶手，只能眼睛翻成全白，额上青筋一根根暴出来，愤怒地揪自己的头发，咬自己的手指，朝着天大喊大叫，疯了一样。

丙崽娘在他身上找了找，没发现什么伤痕："哭，哭死呵？走不稳，要出来野，摔痛了，怪哪个？"

丙崽气绝，把自己的指头咬出血来。

就这样，仁宝报复了一次又一次，婆娘欠下的债，让小崽子加倍偿还，他自己躲在远处暗笑。不过，丙崽后来也多了心眼。

有一次再次惨遭欺凌，待母亲赶过来，他居然止住哭泣，手指地上的一个脚印："×吗吗。"那是一个皮鞋底印迹，让丙崽娘一看就真相大白。"好你个仁宝臭肠子哎，你鼻子里长蛆，你耳朵里流脓，你眼睛里生霉长毛呵！你欺侮我不成，就来欺侮一个蠢崽，你枯胬心毒胬心不得好死呀——"她一把鼻涕一把泪，拉着丙崽去寻找凶手，"贼娘养的你出来，你出来！老娘今天把丙崽带来了，你不拿刀子杀了他，老娘就同你没完！你不拿锤子锤瘪他，老娘就一头撞死在你面前……"

这一夜，据说仁宝吓得没敢回家。

不过，后来仁宝同她并没有结仇，一见到她还"婶娘"前"婶娘"后地喊得特别甜。帮她家舂个米，修个桶，找窑匠讨点废砖瓦，都是挽起袖子轰轰烈烈地干。摘了几个南瓜或几个苞谷，也忙着给她家送去。有人说，他是同丙崽娘打过一架，但打着打着就搂到一起去了，搂着搂着就撕裤子了——这件事就发生在他们去千家坪告官的路上，就发生在林子里，不知是真是假。还有人说，当时丙崽"×吗吗×吗吗"地骑到仁宝的头上揪打，反而被他娘一巴掌扇开，被赶到一边去，也不知是真是假。

反正结果有点蹊跷。看见仁宝有时给呆子一把杨梅或者红薯片，妇女们免不了更多指指点点：真的吗？不会吧？诸如此类。

丙崽对红薯片并不领情，一把掷回仁宝："×吗吗。"

"你疯呵？好吃的。"

"×吗吗！"

"我×你妈妈呢。"

丙崽一口浓痰吐到仁宝的身上。

妇女们大笑：仁宝伢子，这下知道了吧？要×吗吗还不容易啊……她们没说完，差点笑得气岔，羞得仁宝一脸涨红夺路而逃。大概是受到笑声的鼓舞，丙崽左右看看，更加猖狂起来，把自己拉的屎抓了个满手，偏斜着脑袋，轮出一个白眼，继续追击仁宝，一路"×吗吗×吗吗×吗吗"，竟把一条汉子追得满山跑。

仁宝跑下山去了。直到半个多月以后，他才重新出现在人们眼前。他头发剪短了，胡桩刮光了，还带回了一些新鲜玩意儿，一个玻璃瓶子，一盏破马灯，一条能长能短的松紧带子，一张旧报纸或一张不知是何人的小照片。他踏着一双更不合脚的旧皮鞋壳子，在石板路上嘎嘎咯咯地响，很有新时代气象。"你好！"他逢人便招呼，招呼的方式很怪异，让大家听不大懂。你什么好呢？又没生病，能不好么？

仁宝的父亲仲满是个裁缝，看见菜园里杂草深得可以藏一头猪，气不打一处来，对儿子脚下的皮鞋最感到戳眼："畜生！死到哪里去了？有本事就莫回来！"

"你以为我想回来？我一进门就脔心冲。"

"你还想跑？看老子不剁了你的脚！"

"剁就要剁死，老子好投胎到千家坪去。"

"到千家坪，吃金子屙银子是吧？"

"千家坪的王先生穿皮鞋，鞋底还钉了铁掌子，走起来当当地响,你视过?"

仲满没见过什么钉铁掌的皮鞋,不便吭声,停了片刻才说:"皮鞋子上不得坡,下不得河,不透气,穿起来脚臭,有什么稀奇?"

"铁掌子,我是说铁掌子。"

"只有骡马才钉掌子,你不做人,想做畜生?"

仁宝觉得父亲侮辱了自己的同志,十分恼怒,狠狠地报复了一句:"辣椒秧子都干死了,晓得么?"

叭——裁缝一只鞋摔过来,正打中仁宝的脑袋。他不允许儿子如此不遵孝道。

"哼!"

仁宝怕第二只鞋子,但坚强地不去摸脑袋,冲冲地走进楼上自己的房间,继续戳他的旧马灯罩子。

听说他挨了打,后生们去问他,他总是否认,并且严肃地岔开话题:"这鬼地方,太保守了,太落后了,不是人活的地方。"

后生们不明白"保守"是什么意思,更不明白玻璃瓶子和马灯罩子有何用途,于是新名词就更有价值,能说新名词的仁宝也更可敬。人们常见他愤世嫉俗,对什么也看不顺眼,又见他忙忙碌碌,很有把握地在家里研究着什么。有时研究对联,有时研究松紧带子,有时研究烧石灰窑。有一回,还神秘地告诉后生们:他在千家坪学会了挖煤,现在他要在山里挖出金子来。金子!黄泱泱的金子哩!

他真的提着山锄,在山里转了好几天。有几个想沾光的后生,偷偷地跟着看,看了几天,发现他并没有真正动手。

对付同伴们的疑惑,他宽容地笑一笑,然后拍拍对方的肩,贴心地作些勉励:"就要开始了,听说没有?上面来人了,已经到了千家坪,真的。"

或者说:"就要开始啦,真的,明天就会落雪,秧都靠不住。"说完回头望一望什么,似乎总有个无形的人在跟着他。

有时甚至干脆只有一句:"你等着吧,可能就在明天。"

这些话赫赫有威,使同伴们好奇和崇敬,但大家不解其中深意,仍是一头雾水。要开始,当然好,要开始什么呢?要怎么开始呢?是要开始烧石灰窑,还是要开始挖金子,还是像他曾经说过的那样——下山去做上门女婿?不过众人觉得他踏着皮鞋壳子,总有沉思的表情,想必有深谋远虑。邀伴去犁田、倒树,或者砍茅草,干这一类庸俗的事,不敢叫他了。

仁宝从此渐渐有了老相,人瘦毛长一脸黑。他两眼更加眯,没看清人的时候,一脸戳戳的怒气;看清了,就可能迅速地堆出微笑。尤其是对待一些不凡人士:窑匠、木匠、界(锯)匠、商贩、读书人、阴阳先生等等,他总是顺着对方的言语,及时表示出惊讶、愤慨、惋惜、欢喜,乃至悲天悯人的庄严。随着他一个劲地点头,后颈上一点黑壳也有张有弛。当然,奉承一阵以后,他也会巧妙地暗示自己到过千家坪,见识过那里的官道和酒楼。有时他还从衣袋摸出一块纸片,谦虚谨慎地考一考外来人,看对方能否记得瓦岗寨的一条好汉到六条好汉,能否懂一点对联的平仄。

这一天，寨子里照例祭谷神，男女老少都聚集在祠堂。仁宝大不以为然，不过受父亲鞋底的威胁，还是不得不去应付一下。只是他脸上一直充满冷笑。可笑呵，年年祭谷神，也没祭出个好年成，有什么意思？不就是落后么？他见过千家坪的人做阳春，那才叫真正的做家，所谓做田的专家。哪像这鬼地方，一年只一道犁，甚至不犁不耙，不开水圳也不铲田埂，史不打粪凼，只是见草就烧一把火，还想田里结谷？再说就算田里结了谷，与他的雄图大志有何关系？他看到大家在香火前翘起屁股下拜，更觉得气愤和鄙夷。为什么不行帽檐礼？什么年月了，怎么就不能文明和进步？他在千家坪见过帽檐礼的，那才叫振奋人心！

他自信地对身边一个后生说："会开始的。"

"开始？"后生不解地点点头。

"你要相信我的话。"

"相信，当然相信。"

他觉得对方并非知音，没什么意思。于是目光往左边的女人们投过去。有个媳妇，晃着耳环，不停地用衣袖擦着汗珠。跪下去时没注意，侧边的裤缝胀开了，露出了里面的白肉。仁宝眯着眼睛，看不太清楚，不过这已经足够，可以让他发挥想象，似乎目光已像一条蛇，从那窄窄的缝里钻了进去，曲曲折折转了好几个弯，上下奔蹿，恢恢乎游刃有余。他在脑子里已经开始亲热那位女人的肩膀、膝盖，乃至脚上每个趾头，甚至舌尖有了点酸味和咸味……

直到叭的一声,他感觉脑门顶遭到重重一击才猛醒过来。回头一看,是丙崽娘两只冒火的大圆眼:"你娘的×,借走老娘的板凳,还不还回来?"

"我……什么时候借过板凳?"

"你还装蒜?就不记得了?"丙崽娘又一只鞋子举起来了。

四

女人们白天爱串人家,偷偷地沿着屋檐溜进东家或西家,凑在火塘边叽叽咕咕,茶水喝干了几吊壶,尿桶里涨了好几寸,直说得个个面色发白,汗毛倒竖,才拿起竹篮或捣衣的木槌,罢休而去。

一般来说,她们谈得最多的是婚嫁之事。比如说,哪个男人暗取了哪个女子的一根头发,念上七十二遍"花咒",就把那女子迷住了。又比如说,哪个女子未婚先孕,用大凉的蓝靛打胎,居然打出了一个满身长毛的猴子。如此等等。有时候,她们也讨论一些不祥之兆:某家的鸡叫起来像鸭;腊月里居然没下一场雪;还有丙崽娘去岭那边接生带回的消息,说鸡尾寨的三阿公坐在屋里被一条大蜈蚣咬死,死了两天还没有人知道,结果有只脚被老鼠吃去一半——这些事端是不是有些不吉?

但后来又有人说,三阿公并没有死,前两天还看见他在坡上扳笋子。这样一说,三阿公又变得恍恍惚惚,有无都成为一个问题了。

像要印证这些兆头,后来一阵倒春寒,下了一阵冰雹,田里大部分禾苗都冻成了黑水,只剩下稀稀拉拉几根,像没有拔尽的鸡毛。几天后暴热,田里又多虫,稻谷都长成了草。粮食立刻就成了焦心的话题。家家都觉得奶崽太多,太能吃,又觉得米桶太浅,一舀就见底。有人开始借谷,一借就有了连锁反应,不管桶里有谷没谷的,都踊跃地借,大张旗鼓地借,以示自己也会盘算别人。丙崽娘也借得要死要活的,其实她这几年大模大样地积德,义务照看祠堂,偷偷省下了不少猫粮。祠堂里不能没有猫,不然老鼠啃了族谱和牌位怎么办?搅了祖宗的安宁怎么办?养猫也不能没有猫粮。丙崽娘每年从公田收成里分得两担谷,每天拿瓦罐盛半罐饭,吆吆喝喝从一些门户前经过,说是去送猫食,其实一进祠堂就自己吃了。只可怜那只饿猫,只吃点糠粉野菜,饿得皮包骨,成天蚊子一样尖叫。

靠这只老猫,娘崽两个居然混过了春荒。人家似乎知道这个中机巧,有人在她背后指指点点。她横眉竖眼,装着没听见就是。

一直借到寨子里人心惶惶,女人们又开始谈起杀人祭谷神。丙崽娘有点兴高采烈,积极投入了这场对谷神的议论。得闲的时候,就带上针线鞋底,拉上丙崽,矮胖的身子左一顿,右一顿,屁股磨进一家家高大的门槛。对一些没听说过谷神的女崽,她谆谆教导:这可是个老规矩哪。不杀人是不能祭谷神的,要杀人就要杀个男的,选头发最密的杀,肉块都分给狗吃。杀到哪一家,就叫哪一家"吃天粮"……说得女子睁大眼睛,脸色发白,相互挤靠得越来越紧。她又笑起来,神秘地压低声音:"你屋里不会吃天粮的,放心。你男人头发胡子都稀么……不过,也不蛮稀。"或者说:"你屋里不会吃天粮的,放心。你竹哥太瘦了,没有几斤肉,不过……也不蛮瘦。嗯啦。"

她圆睁双眼,把一户户女人都安慰得心惊肉跳之后,才弯着一个指头,把碗里的茶叶扒起来,嚼得吱吱响,严肃认真地告别:"吾去视一下。"

"视一下"有很含混的意思,包括我去打听一下,我去说说情,有我做主,或者是我去看看我的鸡塒什么的,都通。但在女人们的恐慌中,这种含混也很温暖,似乎也值得寄予希望。

实在是割野葱去了。

然后是看鸡塒去了。

鸡塒那边就是仁宝父子的家。丙崽娘看完鸡塒,总是朝那边望一眼。这一眼的意思也很模糊,似乎是招呼,似乎是警惕,似乎是窥探隐私,似乎是不示弱地挑战:看你能把我怎么样?每天都这样偷偷地望几眼,叫仲裁缝心里猫抓似的。

仲裁缝恨女人,尤恨丙崽他娘,那个圆不圆瘪不瘪的家伙。说起来,她还算他的弟媳,又与他为邻,两家地坪相连,树荫相接,要是拆了墙壁,大家会发现对方也不过是吃饭、睡觉、训儿子,没什么两样。但越接近就越看得清楚,看出些不一样来。丙崽娘常常挑起一竹篙女人的衣裤,显眼地晒在地坪里,正冲着裁缝的大门,使他一出门就觉得晦气,这不是有辱斯文么?她还经常在地坪里摊晒一些胞衣，作为大补佳药拿去吃，或卖钱。那些婆娘们腹中落下来的肉囊，有血腥气，在晒席上翻来滚去的，晒出一条条皱纹恰似一个个鬼魂，令人须发倒竖。

不过，这一切都不如她那眼光可恶。似乎是心不在焉地瞅一眼，有毫无理由的理由，有毫不关心的关心，像投来一条无形的毒蛇。堂堂仲满的儿子就是被这样的毒蛇缠住，乱了辈分，毁了伦常，闹出一些恶浊不堪的闲言，岂不是往他仲满耳朵里灌脓？

"妖怪！"

有一天，仲裁缝在大门口怒骂。

地坪里没有他人，只有丙崽娘。她架起一条腿，撕剥脚皮，哼了一声，吐出一口痰，又狠狠剥下两大块茧皮。

就这样交了恶。

但仲裁缝从来不对丙崽做手脚。有一回，小老头怯怯地来到他家门口，研究了一下他脸上的麻子，吐了两个痰泡，把一团绿色鼻涕抹在布料上。裁缝忍无可忍，但还是没有恶语，只是横了一眼，旋即把布料塞进灶口，烧了。

避女人与小子，乃有君子之风。仲裁缝算不算君子，不好说。但他从不与女人交道，从不同后生笑闹，在寨子里是个颇有"话份"的长者。话份在这里也是一个含糊概念，初到这里来的人许久还弄不明白。似乎有钱，有一门技术，有一把胡须，有一个很出息的儿子或女婿，就有了所谓话份。后生们都以毕生精力来争取话份。

有话份，就意味着有人来听你说话。仲裁缝粗通文墨，自婆娘早死之后,孤独度日,晴耕雨读,翻破了几本六叔留下来的线装书,知道不少似真似假的旧事。晋公子重耳、吕洞宾、马伏波,还有他最为崇拜的贤相诸葛亮,都常在他嘴中出入。尤其是坐在火塘边的时候,他把竹烟管喝得嘀嘀地响,慢条斯理说一句,停半天再说一句,三个字一顿,五个字一断,间或夹上一声"哎",久久没有下文,目光茫茫然,不像是在同听者说话,而是在同死去的先人禅对。后生们望着他脸上几颗冷峻的阴麻子,不敢催促他。

"汽车算个卵。"他说,"卧龙先生,造了木牛流马,逢山过山,逢水过水。只怪后人太蠢,就失传了。"

他还说:"先人一个个身高八尺,力敌千钧,日行三百。哪像现在,生出那号小杂种,茄子不是茄子,豆角不是豆角。"

大家知道他是说丙崽。

"先人真有那么高大?"有个后生表示怀疑,"上次我们挖坟砖,挖出来的骨头同我们的差不多,没长到哪里去呵。"

"晓得什么!"仲满哼了一声,"人死了,骨头就缩了。"

"那年千家坪唱戏,诸葛亮还是个矮子。"

"书真戏假,戏台上的事能信么?"

他越这样崇敬古人,越觉得日子不顺心。摇着蒲扇,还是感到闷,鼻尖上直冒汗——呔,妖怪,先前哪有这么热呢?那时候六月天的夜里也要盖被子呵。他觉得椅子也很不合意,吱吱呀呀叫得很阴险——妖怪,如今的手艺也真是哄鬼呵,哪像先前一张椅子,从出嫁坐到做外婆,还是紧紧实实的。想来想去,觉得没有了卧龙先生，这世道恐怕是要败了，这鸡头寨怕是要绝人了。

眼下，听人们都在议论天灾，议论杀人祭谷神，听得让人烦。他坐在家里不知要如何才好。好像出了点问题，仔细思量，才知是自己肚子饿。近来很少有人接他去做衣，即使接他去做上门工，主家的饭食也越来越稀软——此事最不可容忍。人是铁，饭是钢么，人吃饭怎么成了猪吃潲？如果米饭不是粒粒如铁砂，他情愿不摸筷子。当然，更让他寒心的是，今天是什么日子？是他五十岁大寿。想想看，寿星佬居然饿着，这日子还能过？

"仁拐子！"他叫喊。

没有人回答。

"仁拐子，要舂米啦！"

他又喊了一声，上楼去找找，还是没有找到米，只有半箩瘪壳谷，充其量只能拿来喂喂鸡。还有去年攒下来一担苞谷和几十个南瓜，竟然也不翼而飞。他往儿子的房间看看，发现那铺盖上全是灰土，还有老鼠屎，看来很久没有人睡过，使他不免吃了一惊。

他明白了什么，一句话也没说，只是啪啪两下，狠抽自己的耳光。"家门不幸，家门不幸呵。老子前世作了什么孽？……"

他看见墙边几个大瓦坛子，很久没有装酸菜了，倒立在那里，像几个囚犯受着大刑，永远倒栽在那里。他还看见一具棺木，不知是仁宝为谁准备的，横霸中央，不可一世。有一只老鼠钻出棺材，在墙根一晃即逝，更让他明白了什么。妖怪！对了，就是这个妖怪——他梦见过的，这家伙眼红足赤，抹了胭脂一般，拱手而立，眼睛滴溜溜地转,还同情地冲他一笑。这不就是古书上说的红眼媚鼠吗?不就是德龙家那妖婆附体的精怪吗?仁拐子一定是被它媚住的,是被它勾了魂魄的。

仲裁缝气喘吁吁,下楼找到铁尺,回头找媚鼠算账。一铁尺打过去,咣地破了个坛子,老鼠尾巴又缩进壁缝去了。他跑到另一房间,撬破一个木柜,捅烂两只篾篓,还是没有成功捕杀。他咚咚咚地蹿到楼下,对可疑之处一律给予惊天动地的检查。一瞬间,碗钵烂了,吊壶也倒了,桌椅板凳都苦苦地跪倒或趴下,尘灰到处飞扬。当他引火大烧鼠洞的时候,一不小心,黑油油的帐子又接上火,燎起热爆爆的一片金黄色光亮。

幸亏老黑狗前来相助,媚鼠总算被他找到,被他戳死,六只肉溜溜的乳鼠也被他斩首,拿到火塘中烧出了一股奇臭。他听见地坪中有脚步声,回过头,没看见儿子,只有丙崽娘蓬头散发,半掩胸襟,朝这边瞄了一眼。

大概是闻到了奇臭,不知这里发生了什么事。

他更加冒火,一咬牙,把老鼠的尸灰泡在水里,喝了下去。

他脸发黑,感到丹田之气已尽,默坐一阵之后出门而去。此时公鸡正在叫午,寨子里静得像没有人,只有两只蝴蝶在无声飞绕。对面是鸡公岭一片狰狞石壁,斑斓石纹有的像刀枪,有的像旗鼓,有的像兜鍪铠甲,有的像战马长车。还有些石脉不知含了什么东西,呈深深赭色,如淋漓鲜血劈头劈脑地从山顶泻下来,一片惨烈的兵家气象。仲裁缝突然觉得,他听到了来自那里的轰隆隆声浪,听到了先人们正在对自己召唤。

路过瓜棚时,见绿叶丛中冒出一张老人的脸。

"仲爷,吃了?"

"吃了。"他淡淡一笑。

"要祭谷神了?"

"要祭的吧?"

"轮到谁的脑袋?"

"听说……摇签。"

"摇签?"

"摇到我就好了。"

"活着是没什么意思。"

"我都活过了五十,该回去了。"

"谁说不是呢?"

"省得饿肚皮,省得挑担子。"

"还省得蚊子蚂蟥咬。"

"省得日晒雨淋。"

"省得受儿孙的气。"

双方不再说话。

山上的树漫天生长。从茶子坡过去,大木就多了。有些树上扎了篾条,那都是寿木。寨里的人很小就要上山给自己看寿木,看中了,留个记号,以后每年检查一两次,直到自己最终躺进寿木做成的棺材。但仲裁缝很少进山,也一直没选过寿木,而且憎恶这一棵棵居心不良的鸟树。君子坐有坐相，站有站相，死也要有个死威，死得顶天立地，还用得着准备什么？他提着弯刀进山来，就是要选一处好风景，砍出一个尖尖的树桩，然后桩尖对准粪门，一声嘿，坐桩而死，死出个慷慨激昂。他见过这种死法。前些年马子洞的龙拐子就是一个。他咳痰，咳得不耐烦了，就昂首挺胸地坐死在桩上。后来人们发现血流满地，桩前的草皮都被他抓破，抓出了两个坑，翻出了一堆堆浮土，可见他死得惨烈，死得好，不仅上了族谱的忠烈篇，还在四乡八里传为美谈。

他选定了一棵松树，用裁缝的手，不熟练地砍削起来。

五

为什么祭谷神不用猪羊而要用人肉，为什么杀人得杀个男人，最好是须发茂密的男人……这些道理从来无人深究。

有些寨子祭谷神，喜欢杀其他寨子的人，或者去路上劫杀过往的陌生商客，但鸡头寨似乎民风朴实，从不对神明弄虚作假，要杀就杀本寨人。抽签是确定对象的公道办法，从此以后每年对死者亲属补三担公田稻谷，算是补偿和抚恤。这一次，一签摇出来，摇到了丙崽的名下，让很多男人松了口气，一致认为丙崽真是幸运：这就对了，一个活活受罪的废物，天天受嘲笑和挨耳光，死了不就是脱离苦海？今后不再折磨他娘，还能每年给他娘赚回几担口粮，岂不是无本万利的好事？

听到这消息，丙崽娘两眼翻白，当场晕了过去。几个汉子不由分说，照例放一挂鞭炮以示祝贺，把昏昏入睡的丙崽塞入一只麻袋，抬着往祠堂而去。不料只走到半道，天上劈下一个炸雷，打得几个汉子脚底发麻，晕头转向，齐刷刷倒在泥水里。他们好半天才醒过来，吓得赶快对天叩拜，及时反省自己的罪过：莫非谷神大仙嫌丙崽肉少，对这个祭品很不满意，怒冲冲给出一个警告？

这样，丙崽娘哭着闹着赶上来，把麻袋打开，把咕咕噜噜的丙崽抱回家去，汉子们也就没怎么拦阻。

重新商议，重新摇签，杀了另一个短命鬼，是后来的事。不过像很多寨子一样，鸡头寨这次祭过谷神以后还是灾厄未除，地上依然大旱，下种的秋玉米没怎么出苗，稻田里的虫子也没退去。人们更恐慌了，不仅把周边山上的野菜挖了个遍，不仅把镯子耳环都拿去换粮食，而且鬼鬼祟祟张皇失措摩拳擦掌准备炸掉鸡头峰——这是一位巫师的主意。据这位巫师一边揪鼻涕一边说，流年不利，年成不好，主要是叫鸡精在作怪。你们没看见么？鸡头峰正冲着寨子里的田土，把五谷收成都啄进肚了里去啦。

巫师抓狂时发出的大声鸡叫，给人们印象很深。

风声传出去，七里路以外的鸡尾寨立刻炸了锅。道理是这样：若斩了鸡头，鸡尾还如何出粪？没有鸡尾出粪，鸡尾寨还拿什么丰收五谷？要知道，鸡尾寨是个大寨，有几百号人口，在寨前的石头大牌坊下进进出出，全靠叫鸡精一个粪门的照顾，近年来比较富足。那寨子出了一些读书人，据说有的在新疆带兵，回乡省亲都是坐八人大轿。每逢过年,那寨子里家家宰牛,牛叫声此起彼落,牛皮商也最喜欢往那里钻。

不仅鸡头吃谷鸡尾出粪的说法,一直在暗暗流传使两寨生隙,而且鸡尾寨去年一连几胎都生女崽,还生了什么葡萄胎,也是两寨不和的原因。有人说,鸡尾寨路口的一口水井和一棵樟树,就是保佑全寨的阳根和阴穴,是寨子里发人的保障。一年前有鸡头寨的某后生路过那里,上树摸鸟蛋,弄断一根枝丫,不就伤了鸡尾寨的命根?那后生还往井里丢了一只烂草鞋,不就是闹出什么葡萄胎的根由?……眼下,旧恨未消新仇又起,贼坯子们还要炸掉鸡头峰,也太歹毒了吧?

双方初次交手,是在两寨交界处吵了一架,还动起了手脚。鸡尾寨有人受伤,脑袋上留下一条深沟,嘴里大冒白色泡沫。鸡头寨也有人挂彩,肠子溜到肚皮外,带血带水地拖了两丈多远,被旁人捡起来,理成一小堆重新塞回肚囊。

不得了啦,不得了啦。寨子里锣声大震,人人头上都缠着白布条,家家大门上都倒挂着一条长裤,祖宗牌位前还有人们咬破手指洒下的血迹。这都是决一死战的表示。看着大人们忙着扛树木去寨前堵路设障,或是在阶前霍霍地磨刀,丙崽倒是显得很兴奋,大概把热闹当成了过年的景象。他到处喊"爸爸",摇摇摆摆地敲着一面小铜锣,口袋里装有红薯丝,掏出来一两根,就撒落了三四根,引来两条狗跟着他转。他对仲裁缝家的老黑狗会意地一笑,又朝两棵芭蕉树哇地叫嚣了一声,看见前面有一条牛,又低压着脑袋,朝那边一顿一顿地慢跑。

几个娃崽也在路口疯玩,看见了他。

"视,宝崽来了。"

"他没有叔叔,是个野崽。"

"吾晓得,渠是蜘蛛变的。"

"根本不是,渠的妈妈是蜘蛛变的。"

"要渠磕头,好不好!"

"不,要渠吃牛屎,吃最臭最臭的!啊呀,臭死人!"

……

丙崽朝他们敲了一下锣,舔舔鼻涕,兴奋地招呼:"爸爸爸——"

"哪个是你爸爸?吽,矮下来!"

娃崽们围上去,捏他的耳朵,把他揪到一堆牛屎前,逼他跪下去,鼻尖就要顶着牛粪堆了。"张嘴,你张嘴!"他们大喊。

幸好来了一群大人,才使娃崽们停止胡闹,遗憾地一哄而散。但丙崽还在那里久久地跪着,发现周围已无人影,才爬起来朝四下看看,咕咕哝哝,阴险地把一个小娃崽的斗笠狠狠踩上几脚,再若无其事地跟上人群,去看热闹。

大人们牵来了一头牛,牛身上的泥片已被洗刷干净了,须毛清晰,屁股头的胯骨显得十分突出。湿滑的牛嘴一挪一磨,散发出来自胃里的一种草料臭。

一个汉子提着大刀走过来,把刀插在地上,脱光上衣,大碗喝酒。那刀也令丙崽感到新奇。刀被磨得锃亮，刀口一道银光，柔顺而清凉，十分诱人。有花纹的刀柄被桐油擦得黄澄澄的，看来很合手，好像就要跳到你手上来，不用你费什么气力，就会嚓嚓嚓地朝什么东西砍去。"吉辰已到，太上显灵——"随着有人一声大呼，锣鼓齐鸣，鞭炮炸响，那汉子已经喝完酒，叭的一声，砸了酒碗，拔起刀来，一跺脚，一声嘿，手起刀落，牛头就在地动山摇之间离开了牛身，像一块泥土慢慢垮下来。牛角戳地之时，牛眼还圆圆地睁着，牛颈则像一个西瓜的剖面，皮层裹着鲜鲜的红肉——没有头的牛身还稳稳站了片刻。

娃崽们吓了一跳。他们不知道，为什么当牛身最终向前扑倒的时候，大人们都会一齐欢呼起来：

"赢了！"

"我们赢了！"

"我们赢定了！"

"拍死姓罗的那些臭杂种——"

……

其实这是一种战前预测方式。据说当年马伏波将军南征，每次战斗之前都要砍牛头问凶吉，如牛向前倒，就是预示胜利，若牛向后倒，就得赶快撤兵。

人们的欢呼太响亮了，吓得丙崽上嘴唇跳了一下，咕咕哝哝。他看见有一缕红红的东西，从大人们的腿下流出来，一条赤蛇般地弯弯曲曲急蹿。他蹲下去捏了捏，感到有些滑手，往衣上一抹，倒是很好看。不一会,他满身满脸就全是牛血。大概弄到嘴里的牛血有些腥,小老头翻了个白眼。

丙崽娘也提了个篮子来,想看看牛肉怎么分。听人家说,没人上阵的人家没有肉吃,正噘着嘴巴生气。一眼瞥见丙崽这血污污的全身,更把脸盘气大了。"你要死,要死呵?"她上前揪住小老头的嘴巴,揪得他眼皮往卜扯,黑眼珠转不过来,似乎还望着祠堂那边。

"x 吗吗。"

"又要老子洗,又要老子洗,你这个催命鬼要磨死我呵?还不如拿你去祭了谷神,也让老娘的手歇上几天呵。"

"x 吗吗 x 吗吗。"

她把丙崽像提猫一样提回家去。

整整一天,丙崽没有衣穿,全身赤条条。他似乎还知道点羞耻,没有出门去巡游,只是听到远处急促地敲锣,也敲几下自己的小铜锣。看见妇女们哭哭泣泣燃着香火去祠堂,他也在水沟边插上一排树枝,把一堆牛粪当作叩拜的对象。不知什么时候,他倒在地上睡了一觉。醒来时觉得寨子里特别安静,就再睡了一觉,直到斜斜的夕阳投照在他身上,把他全身抹出了一片金色。

他醒来的时候,发现自己在祠堂的大瓦盖下,嘈杂的脚步声,叫骂声,哭号声,铁器碰撞声,响在他的周围。借着闪闪烁烁的松明子,他看不清这里的全景,只见男女老幼全是头缠白布,一眼望去,密密的白点起起伏伏飘移游动。好些女人互相搀扶着,依靠着,搂抱着,哭得捶胸顿足,泪水湿了袖口和肩头。丙崽娘一屁股坐在地上,不时用袖口去擦眼睛,也把眼圈哭红了,显得一张娃娃脸很纯真了。她坐在二满家的媳妇旁,用力收缩鼻孔,捉住对方的手,用外乡口音说:"人生一世,草木一秋,去也就去了。你要往开处想,呵?你还有后,有兄弟,有爷娘。吾呢,那死鬼不知是死是活,一个丙崽也当不得正人用的,比你还苦十倍呵。"

她劝别人莫哭,自己却带头大哭,使对方更加泪水横飞。

"打冤家总是有个三长两短。早死也是死,晚死也是死。早死早投胎,说不定投个富贵人家,还强了。呵?"

对方还是哭出奇怪声调,听上去是剪刀在玻璃上划出的尖声。

大概想到了什么伤心事,丙崽娘拍着双膝更加大放悲声,哭得自己头上的白布条在胸前滑上去,又滑下来。"吾那娘老子哎,你做的好事呀。你疼大姐,疼二姐,疼三姐,就是不疼吾呀。你做的好事呀,马桶脚盆都没有……"

这就不知道是什么意思了。

正堂里烧了一堆柴火,噼噼啪啪炸出些火光。靠三根大树支着,一口大铁锅架在火上,冒出咕咕嘟嘟的沸腾声,还有腾腾热气冲得屋梁上的蝙蝠四处乱窜。人们闻到了肉香,但人们也知道,锅里不光有猪肉,还有人肉。按照打冤家的老规矩,对敌人必须食肉寝皮,取尸体若干,切成了一块块,与猪肉块混成一锅,最能让战士们吃出豪气与勇气。当然,猪肉油水厚一些,味道鲜一些。

为了怕人们专挑猪肉，也为了避免抢食之下秩序混乱，肉块必须公平分配，由一个汉子站在木凳上，抄一杆梭镖往锅里胡乱去戳，戳到什么就是什么，戳给谁谁就得吃。这叫吃"枪头肉"。

前面已经有人吃开了。有的吃到了肺，不知是猪肺还是人肺。有的吃到了肝，不知是猪肝还是人肝。有的吃到了猪脚，倒是吃得很安心。有的吃到了人手，当下就胸口作涌，哇的一声呕吐出来。

柴火的热气一浪浪袭来，把前排人的胸脯和胯裆都烤烫了，使他们不由自主往后挪。油浸浸的那杆梭镖映着火光，油浸浸地发亮，不时从锅里带出一点汁水，就零零星星洒下三两火珠，落入身影后的暗处。一个赤膊大汉突然站起来，发疯般地大叫一声："给老子上人肉！老子就是要吃罗老八的脔心肝肺……"

几个不甘示弱的汉子也站起来：

嚼罗老八的骨头！

嚼罗老八的脚筋！

老子要拿罗老八的鸡巴伴辣椒！

……

场面有点乱。人影错杂之际，火光把人影投射在四壁和屋顶，使那些比真人放大了几倍乃至十几倍的黑影，一下被拉长，一下被缩短，忽大忽小，忽胖忽瘦，扭曲成各种形状。

"德龙家的，过来！"

叫到丙崽娘的名字了。她哭得泪眼糊糊的，还在连连拍膝："吾不要哇，吃命……"

"碗拿来。"

"罗老八是我接生的哇,他还喊我干娘哇……"

"德龙家的,你娘的×吃不吃?丙崽,你吃!"

丙崽穿着开裆裤,很不耐烦地被旁人推到前面,很不情愿地从旁人手里接过一个碗。他抓起碗里一块什么肺,被烫了一下,嗅了一嗅,大概觉得气味不好,翻了个白眼,连碗带肺都丢了,朝母亲怀里跑去。

"你要吃!"有人把肺块捡起来,重新放在碗里。

"你非吃不可!"很多油亮亮的大嘴都冲着他叫喊。

一位白胡子老人,对他伸出寸多长的指甲,响亮地咳了一声,激动地教诲:"同仇敌忾,生死相托,既是鸡头寨的儿孙,岂有不吃之理?"

"吃!"掌竹扦的那位汉子,把碗再次塞到他怀里,于是屋顶上出现了一个无比巨大的手影。

丙崽看着屋顶上黑影,哇的一声哭了。

六

仁宝下山耍了几日,顺便想打打零工,交交朋友。要是机会好,找个机会做上门女婿也不错。他听说前几天有一队枪兵从千家坪过,觉得太好了。嘿,这不就是要开始了么?可枪兵过就过了,既没有往鸡头寨去改天换地,也没邀他去畅谈一下什么理想,使他相当失望。倒是有一个买炭的伙计从山里慌慌地出来,说鸡头寨与鸡尾寨行武了,还说马子溪漂下来了一具尸体,不知为什么脚朝上头朝下,泡得一张脸有砧板大,吓死……

仁宝吓了一跳:还果真打起来了么?

他在外面人缘很广,在鸡尾寨也有一位窑匠朋友,一位铜匠朋友,一位教书匠朋友,堪称莫逆,不可伤情面的。如今打什么冤家呢?同饮一溪水,同烧一山柴,大家坐拢来喝杯酒吃碗肉不就结了?

仁宝回到了寨子里,发现父亲脸色苍白,重伤在床——那天他去坐桩,被一个砍柴的发现,把他救了回来,但下体的伤口一时半刻封不了疤。

"不是渠不孝,仲爹何事会寻绝路?"

"坐桩没死成,兴怕也会被气死。"

"崽大爷难做,没得办法呵。"

"你看渠个脸相,吊眉吊眼的,是个克爹的种。"

"他娘故得那样早,恐怕也是被克的吧?"

……这一类话,从耳后飘来,仁宝不可能没听到。他跪在老爹的床前,抽了自己几个耳光,在地上砸出几个响头,又去借谷米给仲裁缝做了一顿干饭。见裁缝还是不理他,便毫无意义地扫了扫地,毫无意义地踩死了几只蚂蚁,毫无意义地把马灯罩子再研究了片刻,怏怏地往祠堂而去。

祠堂门前一圈人,都头缠白布条,正谈论着打冤家的事。这似乎是仁宝重建形象的好机会,只是大家都红了眼,红得仁宝也有几分激动,一开腔竟完全忘了自己回寨子来的初衷。"鸡头峰嘛,这个,当然么,是可以不炸的。请个阴阳先生来,做点关口,什么邪气都是可以破掉的是不是?"他显出知书识礼的公允,"不过话说回来,说回来。他们姓罗的明火执仗打上门来,也欺人太甚不是?小事就不要争了,不争了——"他闭着眼睛拖出长长的尾音,接着恶狠狠扫了众人一眼,"但我们要争口气,争个不受欺!"

"仁宝说得对,我们被他们欺侮太久了!"一个汉子说。

仁宝受到鼓舞,说得更为滔滔不绝:"人心都是肉长的,总得讲个天地良心吧?莫说是你们,我对鸡尾寨的人怎么样?他们来了,我冲豆子茶,豆子是要多抓一把的。到时候吃饭,我油盐是要多下一些的。怎么能翻脸不认人呢?树活一张皮,人活一口气,对这样不知好歹的畜生,你还有什么道理可讲?……"

打冤家的正义性,由他以新的方式再次解说。众人如果不觉得他的道理有多新鲜,至少觉得那恶狠狠的扫视还是很感人。他眯着眼睛看出这一点,看到自己忤逆不孝和怕死躲战的恶名几乎消除,更为兴高采烈,把衣襟嚓地一下撕开,抢起一把山锄,朝地上狠狠砸出一个洞:"量小非君子,无毒不丈夫。呸!老子的命——就在今天了!"

他勇猛地扎了扎腰带,勇猛地在祠堂冲进冲出,又勇猛地上了一趟茅房,弄得众人都肃然起敬。从这一天起,他似乎成了个预备烈士,总像要开始什么大事,在寨子内外无端地游来转去,好像在巡视哨卡，又好像在检查熬硝一类备战工作，无论看一棵树还是一块岩石，都锁着眉头目光凝重，有种出征临战之际壮士一去不复返的肃穆。转悠完了，他见人就心情沉重地嘱托后事："金哥，以后家父就拜托你了。我们从小就像嫡亲兄弟，不分彼此的。那次赶肉，要不是你，吾早就命归阴府了。你给吾的好处，吾都记得……

"二伯爷，腰子还阴痛么？你老要好好保重。以前很多事只怪吾没做好。吾本来要给你砍一屋柴火，但来不及了。那次帮你垫楼板，也没垫得齐整。往后的日子里，你想吃就吃点，要穿就穿点，身子骨不灵便，就莫下田了。侄儿无用，服侍你的日子不多了，这几句还是烦请你把它往心里……

"庆嫂子，有件事早就想找你说一说。吾以前做了好些蠢事，有对不起你的地方，你千万莫记恨。有一次我偷了你的两个菜瓜，给窑匠师傅吃了，你不晓得。现在吾想起来，裔心蒂子都是痛的。吾今日特地来说声得罪了，对不起呵。你要咒就咒，你要打就打……

"么姐……你在洗衣么？这一次实在是没办法了。你千万莫难过，千万莫伤身子。吾是个没用的人，文不得，武不得，连几丘田也做不肥。不过人生一世，总是要死的。这一点我明白。八尺男儿，报家报国，义不容辞。你话呢？好些事眼下也没法讲了。反正只要你心里还有一个石仁哥，我也就落心落意去了。你千万……硬朗点，形势总会好的。吾这就告辞……"

他很能克制悲伤,不时缩缩鼻子。

弄得连最讨厌他的幺姐也都有些戚戚然,泪水夺眶而出:"石仁,你不要这样,我以前也不是真的恨你……"

"不,吾决心已定。"他低着头,望着路边一块破瓦片。

"不是说不打了吗?"

"你也相信?"他悲壮地一笑。

几天下来,大家都不知道他要干什么,不知道他马上要干什么。听见他的皮鞋子还是在石阶上响来响去,发现他还没有去赴汤蹈火。好在寨子里这一段很乱,又是鸡上屋,又是牛吃禾,又是办丧事和操武艺,众人没顾上研究这位大英雄,甚至也慢慢习惯了。要是他不忙,众人还会觉得少了点什么,有什么地方不对劲。

这一天,从鸡尾寨传来消息:对方准备告官。这样鸡头寨也得有所准备,仁宝在外面的脚路广,更得有所作为才对。不过他并没有同官府打过交道,对文书款式没有太多把握。两位老人想了想,记起仲裁缝说过的什么,对提笔的那位说:"兴许,叫禀帖吧?"

仁宝想起了什么,摇摇手:"不是不是,叫报告。"

"禀帖吧?"

"是报告。"

"总得有上有下,要讲点礼性。"

"要讲礼性,报告就最礼性了。"仁宝宽容地一笑,"没错的,没错的。"

"你去问你叔叔。"

"他只懂些老皇历,晓得个屁呵。"

"你读过好多书?他读过好多书?"

"现在还读什么书?下边人都看报纸了。"

"下边人打个屁也是香的?什么报告不报告听起来太戳气了。"

"伯爷们,大哥们,听吾的,绝不会错的。昨天落了场大雨,难道老规矩还能用?我们这里也太保守了,真的。你们去千家坪视一视,既然人家都吃酱油,所以都照镜子,都穿皮鞋。你们晓不晓得?松紧带子是什么东西做的?是橡皮筋,这是个好东西。马灯烧的是什么东西?是汽油,也是个好东西。你们想想,还能写什么禀帖么?正因为如此,我们就要赶紧决定下来,再不能犹豫了,所以你们视吧。"

众人被他"既然""因为""所以"了一番,似懂非懂,半天没答上话来。想想昨天确实落了雨,就在他"难道"般的严正感面前,勉强同意写成"报帖"。

接下来又发生一些问题。老班子要用文言写,他主张用什么白话写;老班子主张用农历,他主张用什么公历;老班子主张在报告后面盖马蹄印,他说马蹄印太保守了,太难看了,太污浊了,只能惹外人笑话,应该以什么签名代替。他时而沉思,时而宽容,时而谦虚地点头附和——但附和之后又要"把话说回来",介绍各种新章法和新理论,俨然一个通情达理的新党。

"仁麻拐,你耳朵里好多毛!"丙崽娘忍无可忍,突然大喊了一声,"你哪来这么多弯弯肠子?四处打锣,到处都有你,都有你这一坨狗屎!"

"婶娘……"仁宝嘿嘿一笑。

"哪个是你婶娘,呸呸呸……"丙崽娘抽了自己嘴巴一掌,眼眶一红,眼泪就流出来,"你晓得的,老娘的剪刀等着你!"

说完拉着丙崽就走。

人们不知丙崽娘为何这样悲愤,不免悄声议论起来。仁宝急了,说她是个神经病,从来就不说人话么。然后忙掏出几皮烟叶,一皮皮分送给男人们,自己一点也不剩。加上一个劲地讨好,他鸡啄米似的点头哈腰,到处拍肩膀和送笑脸,慷慨英雄之态荡然无存。事后一个汉子揪住仁宝逼问:"你对德龙家的到底怎么样了?她硬是吃得下你。"仁宝捶胸顿足地说:"老天在上,我能怎么样?她是我婶娘,一个禾场碌子。我就是鸡巴再骚,不怕她碾死我?"汉子上下打量仁宝一眼,还是半信半疑。

七

告官的代表从千家坪回来,说官府收是收下了报帖,但还得派人上山来查勘事实,才能最终断案。不过从办案官的脸色来看,好像是凶多吉少。且不说鸡尾寨人脉广,在官场里有关系,就是说话这一条,鸡头寨也不占上风。他们的口音别出一格,办案官听着听着就发脾气:"你们说些什么话?把舌头扯直了再说好不好？"

爹妈给的舌头就是这样，还要怎么个直法？

"下次再在公堂上讲鸟语，先掌嘴三十！"办案官又说。

加上三位代表一到千家坪就水土不服，又是胸闷，又是头晕，又是呕吐拉稀，这官司看来是太不好打，也打不下去的。他们十张嘴顶不了仇家的一张嘴，这官司还能打么？难怪仲裁缝说过，先民有仇不动朝不告官，是祸是福从来都自己扛，那才是好汉。

告官叫作走"舌道"，叫作文胜。行武叫作走"牙道"，叫作武胜。到底是要用舌还是要用牙，寨子里分成两派意见，一时无法统一。有个后生突然想起了一件事，说那天杀牛以占胜败，结果并不灵。倒是丙崽当时在场咒了句"×妈妈"，像是给了个坏兆头，却灵验了……这不十分可疑吗？这一想，大家都觉得丙崽神秘。丙崽有一次从山崖上滚下来，不但没有死，还毫发未损，不是神了吗？丙崽有一次被棋盘蛇咬了一口，不但没有倒地立毙，还活蹦乱跳手舞足蹈追着蛇要打，不是更神了吗？这样一件大神物，只会说"爸爸"和"×妈妈"两句话，莫非就是泄露天机的阴阳二卦？

大家都觉得是这个理，于是连忙取来一架滑竿，就是两根竹子夹一张椅子，把丙崽抬到祠堂前。香火也即刻点燃。

"丙相公……"

"丙大爷……"

"丙仙……"

汉子们伏拜在他面前，紧紧盯住他，对他额上的抬头纹充满希望。

丙崽刚坐过滑竿，十分快活，脸上笑纹舒展，鼻涕炸了一个泡。他把停止不动的滑竿踢了一脚，发现它还是不再动，翻了个白眼。

实在不好理解。

是不是他要高兴了才会显灵？有人狠狠心，把家里珍藏很久的一块粽粑找来，贡献给鸡头寨第一大高人。丙崽这才兴奋起来，急急地掰粽粑，没抓稳，掉了一块，其实就掉在他右脚边，但他脑袋转起来不灵便，轮着眼皮居然朝左边望去。这样个吃法，是吃一半掉一半。每掉一块，他照例去找，照例找错了方向。有时也能阴差阳错，发现了前几次掉下的碎粑，他捡起来就往嘴里塞。

他拍拍巴掌，听见了麻雀叫，仰头轮了个方向不够准确的白眼，最后指定了一个方向："爸爸。"

好，终于有了结果。照事先的约定，他叫"爸爸"就意味着舌道，意味着官司还得继续打。主张用舌的一派因此欢欣鼓舞，一颗悬心总算落到实处。不过，主张牙道的一派还是犹疑，一再琢磨丙崽的其他意思。比方他手里的粽粑总是掉了一半，就没什么意味吗？嘴里吹了一个涎泡，又是什么含义？至于他的手指朝上，所指之处有祠堂一个尖尖的檐角，向上弯弯地翘起，像一只黑色老凤举翅欲飞。那不会是更重要的指点吧？

"渠是指麻雀，还是指树？"

"不，是指屋檐。"

"檐和言同音，是不是说要言和？"

"胡说，檐和炎同音，双火为炎么。他是说要用火攻。"

争了半天，天意又变得茫然难测。

不管是出于天意还是人意，这一天战端再起。鸡尾寨的人主动杀上山来。先是浓烟滚滚，大概是有人故意放火，大火顺着南风，很快就烧焦了鸡头寨的前山，直烧得鸟雀乱飞，一根根竹子炸得惊天动地，黑黑的烟灰到处降落。要不是侥幸碰上一场雨，整个寨子连同后山以及更多的山林，恐怕都得惨遭毒手。接下来，一伙满脸涂着血污的男女，据说嘴里念了刀枪不入的金刚咒，据说头上淋了祛邪避祸的狗血酒，越过大木横陈的路卡，操持刀枪哇哇哇往上冲，如同阎王殿开了大门。他们与迎战的壮丁们混成一团，又砍又劈，又戳又刺，又揍又踢，又咬又啃，经常分不清你我敌友。杀红了眼的时候，一锄头挖到自家人也是难免的。看花了眼的时候，对着一个树苑大砍大杀也有可能。杀呵，杀呵，杀呵——杀你猪婆养的——杀你狗公×的—— 在那一刻，一颗离开了身子的脑袋还在眨眼。一截离开了胳膊的手掌还在抓挠。一具没有脑袋的身子还在向前狂跑。很多人体就这样四分五裂和各行其是。

黑红色或淡红色的鲜血，迅速喷红了草坡和田土，汇入了干枯的沟⋯⋯这一天夜里，特别安静。

活下来的人似乎被遍地鲜血吓蒙了，震呆了，已经不知道哭泣，已经没有泪水。只有竹义家的媳妇疯了，在寨子里走一路就笑一路，唱一路戏文。

一些骨瘦如柴的狗异常活跃，被空气中的血腥味刺激得呜呜乱叫，须毛奋张，两耳竖立。它们也许太饿了，纷纷挤出门缝和跳越石墙，身体拉成一条直线，向血腥味狂射而去，在草坡上或溪沟里找到尸体，撕咬着，咀嚼着，咬得骨头咯咯咯脆响。一只只狗很快就吃得肚大肥圆，打着饱嗝，眼睛红红的，在茅草中蹿来蹿去时闹出很大动静。它们所到之处都会有血迹。肉块也被它们叼得满处都是。有时你去灶房，无意中搬开一捆柴火，也许会发现柴弯里滚出一只陌生的手或者脚。

把人肉吃习惯以后，它们对活人也变得很有兴趣，总是心怀叵测地跟着人影。尤其是见到有人吵架，音容有些异样，它们就会盯住不放，大大方方地露出尖牙，长长的舌头活泼得像一条飘带、一片水波，等待着什么结果发生。据说竹义家的阿公有次在树下瞌睡，竟被狗误认成尸体，把他大咬了一口。

丙崽把一泡屎拉在椅子上了。

丙崽娘照例唤狗来舔："呵哩——呵哩——呵哩——"

狗来了，嗅一嗅，又舔舔舌头走了，似乎对粪便已丧失热情。它们刚才听到召唤，不得不来敷衍一下，只是不想在主人面前过于趾高气扬，显得它们富贵并不忘旧情。

于是寨子里屎多了，苍蝇多了，到处都臭起来。丙崽娘遇到二满家的媳妇，缩了缩鼻子："你身上怎么有股臭味？"

竹义家的瞪大眼："怪事，是你身上臭。"

两人嗅了一阵,发现大家手都是臭的,袖口也都是臭的,连棒槌和竹篮也有股怪味,这才恍然大悟:原来空气早就臭了,连嘴里说出的话都像放屁。

丙崽娘一直自诩自己娘家是大户,最为干净整洁,因此她从来活得与众不同,即便时逢乱世,即便眼下差不多家家举丧,她还是贵人习惯依旧,带上草把和茶枯,把丙崽拉到水井边狠狠擦洗。但她腹中的米粮实在太少,以前吃下的胞衣也不管用,只是洗净了丙崽的屁股,裤子与椅子上的臭味却怎么也洗不掉。她喘着气,翻着白眼,两眼一黑便歪歪地倒下。

不知自己是怎样醒来的,是怎样摸回家的。没有被狗咬,恐怕就是万幸。她听着窗外的激情狗吠,望着蚊帐上和墙上密密麻麻的苍蝇,伤心地号啕大哭起来:"吾那娘老子哎,你做的好事呀。你疼大姐,疼二姐,疼三姐,就是不疼吾呀,你怎么把吾丢到这个黄连罐里来了,一丢就是几十年哇……"

丙崽怯怯地看着她,试探着敲了一下小铜锣,想使她高兴。

她望着儿子,千心朝上推了两把鼻涕,慈祥地点头:"来,坐到娘面前来。"

"爸爸。"儿子稳稳地坐下了。

"你一定不能死,你一定要活下去。伢呵,你要去找你那个砍脑壳的鬼!"

她咬着牙关,两眼像对对眼,黑眸子往鼻梁挤,眸子之外有一圈宽宽的眼白,让丙崽有些惊慌。

"×吗吗。"他轻声试了一句。

"你要去找你爸爸,他叫德龙,淡眉毛,细脑壳,会唱些瘟歌。"

"×吗吗。"

"你记住,他兴许在辰州,兴许在岳州,有人视过他的。"

"×吗吗。"

"你要告诉那个畜生,他害得吾娘崽好苦呵。你天天被人打,吾天天被人欺,人家哪个愿意正眼朝我们看一眼?要不是祠堂里一份猫粮,吾娘崽早就死了。要不是你娘不要脸,把一张脸皮任人踩,吾娘崽也早就死了。你要一五一十都告诉那个畜生——"

"×吗吗。"

"你要杀了他!"

丙崽不吭声了,上嘴唇跳了跳。

"吾晓得,你听懂了,听懂了的。你是娘的好崽。"丙崽娘笑了,眼中溢出一滴泪。

她轻轻拍着丙崽,把对方哄睡了,然后挽着个菜篮,一顿一顿地上山去,大概是去采野菜。但她再也没有回来。后来有各种传说,有的说她被蛇咬死了,有的说她被鸡尾寨的人裁了,还有的说她碰上岔路鬼,迷了路,丢了魂,最后摔到山崖下……据说有人看见过她的一只鞋子挂在树上。

这些都无关紧要。寨子里已经减少很多人,再减少一个,不是什么大不了的事。只是丙崽在一直等母亲归来。太阳下山,石蛙呱呱地叫,门前小道上的脚步声渐稀,他还没有见到那张熟悉的面孔。好像有很多蚊子，咬得他全身麻麻地直炸。小老头使劲地挠着，挠出了血，愤怒起来。他要报复蚊子，便把椅子推倒，把茶水泼在床上，把柴灰灌到吊壶里。一块石头砸过去，铁锅也叭的一声裂开。他颠覆了一个世界。

一切都沉入暗夜中，门外还是没有熟悉的脚步声。只有寨子里的隐隐哭声，有邻居木楼里麻子脸裁缝断断续续的呻吟。

小老头在蚊虫的包围下睡了一觉，醒来后觉得肚子饿，踉踉跄跄地走出寨子。月亮很圆、很白，浓浓的光雾照得遍地如白昼，连对面山上每棵树和每棵草，似乎也能看得一清二楚。溪那边，哗哗响处有一片银光灼灼的流水，大片银光中有几团黑影，像捅出了几个洞，其实是雄踞水中的巨石。石蛙已经沉寂，大概它们也睡了。但远处不知何处传来的密集狗吠，像传说着什么夜里发生的大事。

丙崽咬着指头继续走。妈妈曾带着他出外接生孩子。也许妈妈现在就在那些地方，他要去找。他在月光下走着，在笼罩大地的云雾之中走着，上身微微前倾，膝盖悠悠地一晃一晃，像随时可能折断。不知过了多久，不知走了多远，他踢到了一个斗笠，又踢到了一个藤编的盾牌，空落落地响。他咕噜了几声，撒了一泡尿，把盾牌狠踩了一脚。他发现前面躺着一个人，是女的，有散乱的长发，但丙崽从来没有见过。他摇了摇她的手，打她的耳光，扯她的头发，见她总是不能醒来。他手摸女人的乳房，知道这肥大的东西可以吃，便捧着它吸了几口，不过没吸到什么滋味，只好扫兴地撒手。他发现这个女人的腹部很柔软,有弹性,便骑上去,又是后仰又是上跳,感觉自己瘦尖尖的屁股十分舒服。

"爸爸。"小老头累了,靠着肥大乳房,靠着这个很像妈妈的女人睡了。两人的脸都被月光照得如同白纸。还有耳环一闪。

八

"爸爸。"

丙崽指着祠堂的檐角傻笑。

檐角确实没有什么奇怪,像伤痕累累的一只欲飞老凤。瓦是窑匠们烧制的,用山里的树,用山里的泥,烧出这只老凤的全身羽毛。也许一片片羽毛太沉重,它就飞不起来了,只能静听山里的斑鸠、鹧鸪、画眉以及乌鸦,静听一个个早晨和夜晚,于是听出了苍苍老态。但它还是昂着头,盯住一颗星星或一朵云。它肯定还想拖起整个屋顶腾空而去,像当年引导鸡头寨的祖先们一样,飞向一个美好的地方。

两个后生从祠堂里抬着大铁锅出来,见到丙崽不禁有些奇怪。

"那不是丙崽吗?"

"渠的娘都死了,渠还没死?"

"八字贱得好,死不到渠的头上。"

"怕是阎王老子忘记了。"

"听说渠从崖上跌下来,硬是跌不死。我就不信。"

"再让他跌一次,如何?"

"这个小杂种,上次还吃粽粑。"说话者是指丙崽曾经荣任大仙,享受过特殊优待,因此气不打一处来。

"就是,我们都吞糠咽菜,渠当了官呵?还可以吃粽粑,只怕还要八道酒席?"

两个后生放下锅,大步闯上前来,先把丙崽的全身搜了一遍,没发现红薯丝也没发现苞谷粒。其中一位本就窝火,见丙崽坐瘪了他的斗笠更是火冒三丈,伸手一抹,根本没用什么气力,丙崽就像一棵草倒下了。另一位抽出尖刀顶住他的鼻尖,唾沫星飞到丙崽脸上:"快,抽自己的嘴巴!你不抽,老子剥了你,煮了你!"

"敢!"

身后冒出冷冰冰的声音,两个后生回头看,是铁青的一张麻脸。

仲裁缝是最讲辈分的,伸出两个指头,剑指两个后生的鼻子:"渠是你们叔爹,高了两个辈分,岂能无礼?"

后生立刻想到了自己的地位,想到仲裁缝还是丙崽的伯伯,立刻避开怒目交换了一个眼色,老老实实抬锅去。

仲裁缝向家里走去,想了想,又回转身对侄儿伸出巴掌:"手!"

丙崽往后躲,翻了个白眼,不像是看他,只是看他头上的一棵树。

他全身紧张得直颤抖,上嘴唇跳了跳,是试图压住恐惧的勉强一笑。

他的手太冷，太瘦，太小，简直是只鸡爪。仲裁缝抓住它，如同抓住一块冰，不觉全身颤了一下。他帮丙崽抹了抹脸，赶走对方头上几只苍蝇，扣好对方两个衣扣。这件衣不知是谁做的——他从来没给亲侄儿做过衣。

"跟吾走。"

"爸爸。"

"听话。"

"爸爸。"

"谁是你爸爸？"

"×吗吗。"

"畜生！"

……

裁缝不再看他，只是牵着他，默默地走下坡。不知为什么，看着空空荡荡的寨子，裁缝突然想起自己做过的很多很多衣，长的，短的，肥的，瘦的，艳的，素的，一件件向他飘来，像一个个无头鬼，在眼前摇来晃去。包括那天他看见鸡尾寨的一具尸体，上面的衣不也是出自他一双手？——他认得那针脚，认得那裁片。想到这里，他把丙崽的小爪子抓得更紧："不要怕，吾就是你爸。你跟吾走。"

几条狗兴冲冲地跟着他们。

山里有一种草，叫雀芋，味甘，却很毒，传说鸟触即死，兽遇则僵。仲裁缝今天已采来雀芋半篮，熬了半锅汤水。事情看来只能这样了：寨里已多日断粮，几头牛和青壮男女，要留下来做阳春，繁衍子孙，传接香火，老弱病残就不用留了吧，就不要增加负担了吧。族谱上白纸黑字，列祖列宗们不也是这样干过吗？仲裁缝经常念及自己生不逢时，无功无业，愧对先人，今天总算以一锅毒药殉了古道，也算是稍稍有了些安慰。

裁缝先把丙崽带到药锅前，摸了摸对方的头，给他灌了半碗药汤。

"爸爸。"大概觉得味道还不错，丙崽笑了。

仲裁缝拍拍丙崽的肩，也舒心地笑了，带着他走向其他人家。他们沿着一条石阶，弯弯曲曲地升高，走过路旁石块垒成的矮墙，走过路旁厚重的木柱和木梁。矮墙缝中伸出好些杂草和野花，招引着蜻蜓蝴蝶。有些家户还没有盖房，只有路边的屋基，立了些光溜溜的木柱和横梁。大梁上飘动着避邪的红纸。

几条狗还是跟着他们。

裁缝提着木桶，知道药汤应该送往哪些人家。那些人家似乎也早知约定。见到裁缝与丙崽来到门前，老人们都摆上空碗，在大门边静静等待。

"时辰到了？"

"到了。"

"多舀点吧。"

"小半碗就够。"

"我怕不牢靠。"

"你放心，放心。"

元贵老倌扶着拐杖上来请求："仲满，吾还想去铡把牛草。"

裁缝说："你去，不碍事的。"

老人颤颤抖抖地走了，铡完草，搓搓手，又颤颤抖抖地回来。接过大陶碗，喉头滚动了两下，就喝光了药汤，胡须上还挂着几点水珠。

"仲满，你坐。"

"不坐了。今天天气好燥热。"

"嗯啦，好燥热。"

另一位老人抱着一个瞎眼小奶崽，给仲裁缝看了看，眼里旋着一圈泪："仲满，你视视，兴许要给渠换件褂子？你连的那件，渠还没上过身。"

裁缝眨了一下眼皮，表示赞同。

老人转身回屋，不一会儿，让瞎眼奶崽穿着新崭崭的褂子，还戴着发亮的长命锁。老人枯瘦的手在新布上摸着，划出嚓嚓的响声："这下就好了，这下就好了。让我孙儿到了阴间，好歹有个体面呵。"

"还是蛮合身的。"裁缝说。

"娃崽就是费衣。"

老人先给瞎眼奶崽灌了药汤，自己接着一饮而尽。

木桶已经很轻了，仲裁缝想了想，记起最后一位——玉堂爹爹，实际上是玉堂婆婆。这位老妇人总是坐在门前晒太阳，日长月久，如一座门神，已经老得莫辨男女。她指甲长长的，用无齿的牙龈艰难地勾留口水，皮肤如一件宽大的衣衫，落在骨架上。她架起的一条瘦腿，居然可以和另一条腿同时着地。任何人上前问话，她都听不见，只是漠然地望你一眼，向你展示白蒙蒙的眸子。

裁缝走到她正前面，她才感觉到身边有了人，浑浊的眼里闪耀一丝微弱的光。她明白什么，牙龈勾一勾口水，指指裁缝，又指指自己。

裁缝知道她的意思，先向她跪下，磕了三个头，然后掰开对方的嘴巴，朝无牙的黑洞里灌下药汤。

老门神呛了两下，嘴角边挂着残汤。

在仲裁缝点燃的一挂鞭炮声中，在此起彼伏的狗吠声中，裁缝也喝下了药汤，然后抱着丙崽端坐在家门口。像其他老弱病残一样，他也面对东方。因为祖先是从那边来的，他们此刻要回到那边去了。在那里，一片云海，波涛凝结不动，被太阳光照射的一边晶莹闪亮，镶嵌着阴暗的另一边。几座山头从云海中探出头来，好像太寂寞，互相打打招呼。一只金黄色的大蝴蝶从云海中飘来，像一闪一闪的火花，飘过永远也飞不完的群山，最后飘落到鸡头寨，飘落在一头老黑牛的背上——似乎是世界上最大的一只蝴蝶。

两天之后，鸡尾寨的男人们上来了，还夹着一些女人和儿童。听说这边的人要"过山"，迁往其他地方，他们想来捡点什么有用的东西。官府的什么人也来过了。在官家人主持之下，鸡尾寨作为胜利的一方操办"洗心酒",带来两只烤羊和两坛谷酒,让胜败两方都喝得脸红红的,互相交清人头,一起折刀为誓,表示永不报冤。

一座座木屋已经烧毁,冒出淡淡的青烟,只留下遍地焦土和一些破瓦坛,还暴露出各家各户无锅的灶台,一个个黑色的洞口。屋基窄狭得难以让人相信——人们原来就活在这样小的圈子里?酸甜苦辣的日子就交给了这样的洞穴?鸡头寨的青壮男女仍然头缠着白布条,目光黯淡,形容憔悴。他们准备上路了。一些外嫁的姑娘在这个时候也抛夫别子,回到娘家,决意跟随兄弟姊妹,今后要死要活都捆在一起。他们把犁耙、斧镰、锅盆、衣被、箱篓,都拴在牛背或马背上,错错落落形成一列长队。一个锈马灯壳子,咣咣地晃在牛屁股上。

最后剩下来的十几只羊和几只狗,一声不吭地跟着主人,似乎也知道生活将重新开始。

作为临别仪式,他们在后山脚下的一排新坟前磕头三拜,各自抓一把故土,用一块布包上,揣入自己的襟怀。

在泪水一涌而出之际,他们齐声大喊"嘿哟喂"——开始唱"简":

……他们的祖先是姜凉。姜凉没有府方生得早。府方没有火牛生得早。火牛没有优耐生得早。优耐没有刑天生得早。他们原来住在东海边,后来子孙渐渐多了,家族渐渐大了,到处住满了人,没有晒席大一块空地。怎么办呢?五家嫂共一个春房,六家姑共一担水桶。这怎么活得下去呢？没有晒席大一块空地呵，于是大家带上犁耙，在凤凰的引导下，坐上了枫木船和楠木船。

>　奶奶离东方兮队伍长，
>　公公离东方兮队伍长。
>　走走又走走兮高山头，
>　回头看家乡兮白云后。
>　行行又行行兮天坳口，
>　奶奶和公公兮真难受。
>　抬头望西方兮万重山，
>　越走路越远兮哪是头？
>　……

男女都认真地唱着，或者说是卖力地喊着。尤其是外嫁归来的女人们，更是喊得泪流满面。声音不太整齐，很干，很直，很尖厉，没有颤音和滑音，一句句粗重无比，喊得歌唱者们闭上眼，引颈塌腰，气绝了才留一个向下的小小转音，落下尾声，再连接下一句。他们喊出了满山回音，喊得巨石绝壁和茂密竹木都发出嗡嗡嗡的声响，连鸡尾寨的人也在声浪中不无惊愕，只能一动不动。

一行白鹭被这种呐喊惊吓，飞出了树林，朝天边掠去。

>　抬头望西方兮万重山，

越走路越远兮哪是头?

还加花音,还加"嘿哟嘿"。仍然是一首描写金水河银水河以及稻米江的歌,毫无对战争和灾害的记叙,一丝血腥气也没有。

一丝也没有。

远行人影微缩成黑点,折入青青的山谷,向更深远的深山里去了。但牛铃声和马铃声,还有关于稻米江的幸福歌唱,还从无边的绿色中淡淡透出,轻轻地飘来,在冷冽的溪流上跳荡。溪水边有很多石头,其中有几块特别平整和光滑,简直晶莹如镜,显然是女人们长期捣衣的结果。这几面深色大镜摄入山间万象却永远不再吐露。也许,当草木把这一片废墟覆盖之后,野猪会常来这里嚎叫,野鸡会常来这里结窝。路经这里的猎手或客商,会发现这个山谷与其他山谷没什么不同,只是溪边那几块深色石块有点奇异,似有些来历,藏着什么秘密。

丙崽不知从什么地方冒出来了——他居然没有死,而且头上的脓疮也褪了红,净了脓,结了壳,葫芦脑袋在脖子上摇得特别灵活。他赤条条地坐在一条墙基上,用树枝搅着半个瓦坛子里的水,搅起了一道道旋转的太阳光流。他听着远方的歌声,方位不准地拍了一下巴掌,用很轻很轻的声音,咕哝着他从来不知道是什么模样的那个人:

"爸爸。"

他虽然瘦小和苍老,但脐眼足有铜钱大,令旁边几个小娃崽十分惊奇和崇拜。他们争相观看那个伟大的脐眼，友好地送给他几块石头，学着他的样，拍拍巴掌，纷纷喊起来：

"爸爸爸爸爸——"

一位妇女走过来，对另一位妇女说："这个装得渳水么？"于是，把丙崽面前那半坛子旋转的光流拿走了。

一九八五年一月

西望茅草地

/// 韩少功

茅草地,蓝色的茅草地在哪里?在那朵紫红色的云彩之下?在地平线的那一边?在层层的岁月尘土之中?多少往事都被时光的流水冲洗,它却一直在我记忆深处,像我的家乡、我的母校、我的摇篮——广阔的茅草地。

一

中学毕业那年,正碰上国家动员青年支农和支边——建设祖国的庄严号召,争当英雄的豪迈理想,怎不使一个青年人热血沸腾?父母都以为我疯了,在几本苏联诗集里走火入魔了。照他们的意思,如果不能继续升学,考虑到家里的困难,那么我至少应该去就业赚钱,何况那个金属轧延厂已经同意我上班。我烦透了他们的唠叨。谈判,吵架,绝食,摔打家具……一切都过去了,行李还卡在父亲手里。心一横,我只身混上西去的列车,混在下乡的同学当中,只带了一支牙刷。

道路神圣而漫长。当列车穿过白天与黑夜,驶过重重青山,广阔的茅草地展现在我们面前。拔地而起的巨石,扑扑惊飞的野鸡,木桥下弯弯的河水,还有耳环闪亮的少数民族妇女,一切都令人兴奋不已。据领队的老杨说,这里汉、侗、瑶等多民族杂居,经过历史上多次大规模械斗和迁徙,人口日益减少,留下一片荒凉。可荒凉有什么要紧?一张白纸可以画最美的图画。眼下我们要在这里亲手创建共青团之城,要在这里"把世界倾倒过来,像倾倒一只酒杯"!

一个光着头的小老汉赶着马车来车站迎接我们,帮我们转运行李。见我们一时找不到茶水,他递来一只军用水壶,请我们喝米酒。

"请,请!"他的一只手盖在另一只手的腕节上,据说那是表示恭敬的当地习俗。

"酒?谢谢。老大爷,有冰棍吗?有汽水吗?这里有什么水果吗?"

他显得有点为难。不知是谁,发现路边一个姑娘的背篓里有红薯和藕,大家一拥而去,把他和酒忘在一边了。

直到我们来到欢迎会场,领队的老杨请他上台讲话,我们才吃了一惊:他就是场长?就是那个早有耳闻的转业上校?

他累得全身是汗,不知什么时候脱了上衣,往台前走的时候,被老杨拉了一把,才找来一件白布衫遮去赤膊。他走路的时候,有老骑兵常见的罗圈腿步态。

"说什么呢?我是个大老粗,老丘八,肚子里没词。我要说的第一点,刚才老杨已经说了,就不说了。我要说的第二点,不说你们也知道,也不说了。"

这种开场白真是逗人笑。

扩音器发出尖锐的电流声,大概是被他的大嗓门震出了毛病。他觉得电流碍事,索性把扩音器抹到一边去,直接向我们喊话。这就说到他的第三点了:"……茅草地现在一无所有,丑绝了。但这有什么要紧?锄头底下出黄金,只要肯流汗,只要肯下力,将来这里就是聚宝盆,就是人间天堂!那个歌怎么唱来着?什么江南……江南……老杨,你机西分子呵,也晓不得?……"

后来才知道,他是指一首《江南处处好风光》的歌。他"晓不得"唱,更痛恨老杨同样"晓不得"唱——像本地很多农民,他把"知识分子"说成"机西分子",把"不晓得"说成"晓不得"。我们再次笑得前俯后仰。

"以后我们要有洋房子,有大马路,有电影院,有运动场,有工厂和大学,还有这个这个……"他两手摇了两下,做了个拉手风琴的动作,大概就是指手风琴了,"不实现这个目标,砍掉我的脑袋,就地正法!完了!"

全场爆发出山崩石裂般的掌声。

他笑着摆摆手:"现在不鼓掌没关系,兑现了再鼓掌。嗯?"

掌声更响了。

二

我后来才知道，茅草地一点也不诗意，而是没完没了的地雷阵。那些大大小小的顽石，盘根错节的树蔸，就能把耙钉和锄口每天磨熔好几分，震得我们这些少男少女的手心血肉模糊。要命的是，这样的地雷阵一眼望不到头，还不把我们吓晕？

玉米，木薯，黄豆，甘蔗……我们的脑子里从此只有草本和木本，再加一点大粪和农药的气味。出工两头不见天，一个个都晒得像黑人。晚上回家还要剥麻，剥花生壳，修补箢箕和箩筐。这样还是忙不过来。刚锄完这里的草，那边的草又比苗还高了。累得两眼翻白喘大气了，豆苗还是稀稀拉拉。但我们还要播种，开荒，播种，开荒，朝无边无际的前方抛洒汗水。场长说过，全国大干快上，我们这里也要一年自给，三年大变，建成一个"共产主义的铁营盘"。

伙食慢慢变得糟糕。二菜一汤不过是接风宴，食堂里很快就只剩两个传统节目。一是黑糊糊的咸干菜，像是熬中草药，一揭锅盖就让人反胃。二是干辣椒汤，一沾舌头就像电击，电得你舌头发麻全身冒汗，因此又有了"感冒发散剂"的外号。场长有时也带几个枪手去打野麂和野猪，让大家好歹闻一闻肉香。或者是搅几桶巴豆水去河里毒鱼，只是吃鱼时把鱼内脏全部丢掉。但这样的美事一个月难有三两回，润滑枯肠只在片刻。知识青年们不能不怀念城里的汤面和肉包子,不能不在地头整日期盼开餐的钟声,甚至不能不偷盗——有个外号叫猴子的家伙,有一次在厨房里偷喝猪油,咕嘟咕嘟像喝开水,一碗灌下肚去,闹得自己脸色发青,肚子剧痛,往厕所里接连跑了十几趟。

好容易等到一个雨天,该休息一下了吧?该让大家睡个囫囵觉吧?可天刚蒙蒙亮,厨房那头刚有点劈柴的动静,地坪里就有惊天动地的脚步。

咚咚咚——每张门也被敲得炸响,从东往西一路雷霆万钧。"起床,起床,人家三工区的已经挖了五亩地啦——"这是场长的声音。

队长似乎在讨价还价:"场长,这雨还在下……"

"雨不大,不大。你们把斗笠雨衣带好。"

"有三个人请病假了……"

"他们吃了饭没有?每餐吃得下半斤米的,都是假病。不能吃饭的就关起门来睡觉!"

"可能也是太累了呵……"

"只听过病死的,没听过有累死的。后生怕什么累?力气从来用不完。越用越有,越不用越没有。知道不?"

场长喊工以后,把一杆特大号的耙头往肩上一搭,自顾自朝地里走去,一双大套鞋在泥水里吧嗒吧嗒。

我们怎么也赶不上他。在那一刻,我全身散了架,肩膀找不到胳膊,屁股接不上膝盖,腰杆与背脊两不相干,意识中的手已经伸了出去,明明是去抓耙头把,结果却抓来空气或者雨水。

我的脑子里也七零八落。场长与酸菜交错,队长与厕所重叠,被子在下雨,耙头在唱歌,厨房挤压腰杆,母亲哽在喉头……我费了好大的劲,才把以上这些事物重新编织出顺序和条理,弄清楚我是在哪里,在什么时候,在干什么。我明白了,我正顶风冒雨走在一棵桑树下,雨帽的一角呼啦啦拍打着脸。

赵海光在我前面扑通一声滑倒了,半天没有起来。我去拉他时,发现他已成了软软的一堆。

"猴子,你怎么啦?"

"我要睡觉,要睡觉呵……"他迷迷糊糊。

"你疯啦?这里怎么睡?你不要命呵?"

他摇摇头,算是惊醒过来,看了看四周,对风雨和泥泞恨得咬牙切齿:"催命鬼!害人精!臭阎王!我操你八辈子——"

我赶紧说:"猴子,忍着点,起来吧。"

三

队长外号李瞎子,是本地农民,眼睛不太好,经常眯着眼像刚刚睡醒。他其实很有心计,补个筲箕,做张板凳,用胡琴拉一曲采茶调或西湖调,都是无师自通。但他从不当出头鸟,即算对领导不满也是阳奉阴违,即使耍奸取巧也不露痕迹,有时带着我们早早上地,却听任我们打鸟或者挖蛇洞。他装作没看见。

他的缺点是满脑子迷信,一看见坟就要绕着走,挖野坟时也决不动手，说是怕鬼来敲门，怕先人们生气。这样的人当然对科学不感兴趣，一听到我们说起分子式或者光合作用，就一个哈欠放出来，睡着了。

我们只好直接找场长建言。

"科学？"他倒显得很注意，在地头盘腿坐下来。

"种种种，土质情况也不明，肥料供应也不足，不是纯粹浪费劳力吗？这样还想赶上英国美国？"一个女知青放了头炮。

"伤其十指不如断其一指。广种薄收根本是错误的方针，是好大喜功的左倾盲动主义！"另一位男知青跟上来大扣帽子。

"你们慢点讲。"场长有点慌。

我们七嘴八舌，建议缩短战线，建议注重管护，建议因地制宜，建议广开门路多种经营，养羊啦，养兔啦，养蜂啦，还有自制蜂王浆的生财之道，马尔采夫耕作法，约克夏肥猪，五〇一菌肥——我们只差没说到超音速飞机和人造卫星了。

肯定是我们的渊博知识吓坏了他。他眼睛眯成缝，嗯嗯呵呵听了一会儿，最后给我们一人递了一根烟："你们还真是上知天文下知地理呵。问题是，你们说得花一样，都搞得成器？都能吹糠见米？"

我们后来才知道，他有一次从外地引进高产蚕豆种，不知为什么到头来连种子钱都没赚到，气得他直骂娘，从此对新事物总是敬而远之。

"场长，你放心吧。我舅舅是农学院教授，你不相信我，总要相信他吧?"

"场长,你不要门缝里看人呵,总得给我们机会吧?"

"场长……"

"好,考虑考虑。"他总算点头了。

不过他还是不大放心。据说他事后对别人说:几个书生还来教我种田?我当田把式的时候他们老娘还没动胎吧?他根本不同意缩短战线——当时大开荒正在他兴头上,也不同意养什么蜂——他觉得蜜糖饱不了肚子。他只是对什么菌肥稍感兴趣。理由是,茅草地太广阔了,要种的作物太多了,全场干部群众再加上牛们猪们,满打满算就五六百个屁眼,根本屙不过来。肥源问题确实一直让他很伤脑筋。

四

造菌肥需要一些基本的条件。可我们连量杯和试管都没有,只能拿瓦钵和面盆来代替,更不要说什么搅拌机和恒温室了。场长破天荒让我们买了两支温度计,打了几个木头架子,就好像割了他的肝肠肚肺。他一天来看两轮,问什么时候可以出肥料。见十多天没动静,老是在试验试验,他有点沉不住气,摸摸钵子和温度计,揭一揭蒸笼盖,显得焦躁不宁。一看他那样子,就知道他恨不得我们今天开工,明天出货,后天就是庄稼嗖嗖嗖往上蹿,玉米棒子大得一筐只能装一个。

他拍拍我的肩,把我拉到一边,说起地上工夫如何紧张,说队长们埋怨劳力抽调得太多，说兄弟农场又送来了挑战书，那意思很明显——要我们切实抓紧。

当然得抓紧，可牛顿和爱因斯坦也有失败的时候吧？任何伟大的事业都得有一个过程吧？要命的是，第四次制种又是失败。偏偏在那一天，两个不争气的准牛顿上工时间溜号，去玩一把篮球，正在球场上快活，被场长撞个正着。

他黑着一张脸，气呼呼地闯过来，摇着草帽扇风，把土温室里里外外看了一圈，又盯住了我们这些劳动力脚上刺眼的鞋和袜。

"下午挖地，都去挖地！"他终于一扬巴掌。

我没听懂："我们还有棉饼没有磨完……"

他背着手走了，再一次挥掌："挖地！"

"场长，你得有点耐心，这次失败是有原因的。我们已经找到了办法……"

他冷笑一声："你们是做粑粑呢，还是做面条？一点臭气也没有，还说是肥料？有了这么多的日子，你们就是屙也能给我屙两担了吧？"

一位女知青当场气得要哭。

场长是相信大粪的。这没有办法。他嗅了半个月，还没嗅到大粪的气味，就认定我们的菌肥完全是骗人，因此必须把骗子们轰回地上去。

五

又是挖地，播种，挖地，播种……我们咬紧牙关，捶打自己的腰背，揪出衣角的汗滴，然后敲锣打鼓向场部送开荒喜报。好像出大力流大汗是我们唯一的本分，是这辈子过早定型的宿命。天呵，连我这个最不叫苦的人也隐隐不安起来。

场长好像没有这些不安。相反，他一上地就高兴，一上地就来了气力，简直是个天生的劳动疯子。不论在哪个工区，他比年轻人更卖力，手里的耙头三抢两舞，一晃眼就把别人甩下好远。饿了，咬个生红薯或生萝卜。渴了，到溪边或者塘边喝一捧生水。他的两个干儿子，据说都是抗洪时得救的孤儿，只有八九岁，也被他带到地上去，一人扛一把特制的小耙头，跟着他参加生产劳动，累得哇哇大哭也不可回去。干部们更跟着他遭罪。在他的命令下，会计做账，秘书写材料，基本上只能在晚上加班，以至有个会计经常暗地里冲他瞪眼睛。

歇工时，他就抽燃烟，笑眯眯地说点往事，诸如新四军、汉阳造、黄桥战役、板门店谈判、扒铁路埋地雷、拿棉絮当烟丝烧什么的。

如果受到什么人邀请，他还会走腔走调地唱歌：

光荣北伐武昌城下，
血染着我们的姓名；

孤军奋战罗霄山上,

继承着先烈的殊勋。

千万里转战,风雪饥寒……

最初,即使是不太准确的音调,也能唤起我庄严神圣的情感。但肚子里越来越空洞和枯索的时候,累得一倒下去就天旋地转爬不起来的时候,武昌城还与我有什么关系?大刀与硝烟,老兵的笑脸,离我实在太远,远得模糊起来。

我很难把认真倾听的样子坚持下去。我担心自己的思想已经出了毛病。

六

猴子自称会算命看相。他解说天庭和地角,断定这个有桃花运,预告那个仕途广阔,唯独说到场长时口出恶言。照他的说法,场长耳垂短,一定是短寿;左眼角有杀气,将来定有血光之灾。不可泄露的更大天机是,他说场长前世一定是老虎和猪配的种——否则今生为何又蠢又恶?

知青们哄堂大笑。

我却没怎么笑。说实话,场长也让我恼火,但有几招令我不得不服。他枪法精,出门打猎从不空手归。扶犁掌耙也有一手,没有什么功夫拿不下来。估猪羊的重量,估地上的产量,总是一眼准,眼睛就是一台磅秤和天平。何况——他还是小雨的父亲。

认识小雨是我的不幸。她是我们工区的猪倌,人缘好,手脚勤,却不大讲话。与男知青们接近的时候,你们讲话,她只是听;你们打球或拉琴,她只是看。你要是同这个"哑巴"开开玩笑,把她逼急了,逼得红了脸,她最激烈的抗议也只是朝你打一拳。

这一拳通常很重,让你明白猪司令不是白吃饭的。

有一次她在甘溪边洗衣,我们刚好从木桥上过,放下几担棉饼,望着河水打主意。甘溪的水从远山流来,绿得发蓝,清澈而冷冽。黑色、黄色以及白色的石头在水中闪动。水面跳跃着太阳的光花。

真想到水里过一把瘾,可农场有禁止下河游泳的命令。猴子鬼头鬼脑地朝我挤眼皮:"不准下河,掉下河的另当别论吧?"

我心领神会,身子晃了晃,大叫一声"不好",便连衣带鞋跌落下水。伙伴们当然个个都高风亮节,关键时刻舍己救人,迅速脱掉衣履,一个个飞燕式滚翻式炸弹式马桶式纷纷扑向水中,在浪花中大显共产主义的身手。

小雨不知是计,在岸边大喊救人。

"再吓她一下怎么样?"我对猴子丢了个眼色。

"完全赞成!"

我和他潜下水去,故意伸手在水面挣扎,咕噜咕噜大口吐出水泡,一个惨兮兮行将灭顶的样子。

我们事后才知道,她当时吓哭了,忘了自己不大会游泳,也呜呜呜扑进水里来了。当我们把她救上岸,冲着她哈哈大笑,她情知上当,气得抓住身边的稀泥,一把把朝我们猛射。"你们可耻!可耻!可耻——"

她水淋淋地冲上岸,就找队长告状去了。这家伙!

七

小雨的告状害人不浅,让我们不得不在会上作检讨。一气之下,我们联合起来对她实行制裁,在路上遇到她,故意装作没看见。看见她劈柴劈不动,也不再帮忙。知道她夜里常到父亲那里去,我们在半路上装鬼,叫出狼嗥般的尖声,吓得她没命地狂跑。或者去她房间,在虚掩的门上放一个扫把,想象她回家时一推门,扫把打在头上的可笑情景……我们的恶毒中其实不全是恶毒,这是我后来感觉到的。

她猜出了扫把是谁安放的,气呼呼地来算账,用粉笔在我们每张门上写了个大大的"猪"字,一泄心头之愤。

办完了这件大事,再收走我们的脏衣。

洗衣?这倒是求之不得。

我们不会洗衣,累得不愿洗衣,在很长一段时间里都是求女知青们帮忙。后来她们也累得天昏地暗,开始批判我们的懒惰,把臭东西一把把扔回来,你叫"姐姐"叫"姑姑"叫"奶奶"也无法打动她们的铁石心肠。想想看吧,在这样一个内外交困危机深重万念俱灰的时刻,小雨还能伸出援手,向阶级兄弟奉献劳动加肥皂,怎能不让人刮目相看?即使我们毛深皮厚,也得做做感激的样子吧？

这一天，我去她那里取衣，看见她在打扫猪圈，便假惺惺地抄起竹扫把，要助她一臂之力。

"你做什么呀？放下，放下。"

"不能让你一个人把雷锋学完了，也得留点给我们学学吧。"

"你这算什么？不扫还好，越扫越脏了！"

"你懂什么呢？你看着，看看我这示范动作……"我越是想亮一手，越是出乱子，不但把扫把戳得散了把，而且裤子被柱头上一口铁钉挂住，拉开了一条大口子。

她哈哈大笑，回到屋里取来针线，意思是要我脱下裤子，让她缝几针。

想到长裤下面只有一条短裤衩，我可能红了脸。

"想什么呀？同志！"她瞪了我一眼，转过身去等待我的破裤子，嘴里还嘟哝着，"有什么要紧呢，知识青年居然还封建……"

她背对着我开始缝补，偶尔哧哧一笑，不知想起了什么乐事。我这才看清了她盘在头顶的辫子，看清了她柔嫩的耳朵和下巴。居高临下之际，我还无意中瞥见一个女子衣领里从不示人的部位，洁白的肩膀，起伏胸脯的一角，以及隐隐可见的一颗黑痣。脑子里轰隆一声，我的纯洁性可能就在这一刻丧失殆尽。

更重要的是，当我昏头昏脑回到房间，我发现裤袋里有一个柑子。我仔细回想当天的一切，再一次在柑子面前心烦意乱。接下来的几天，我在半夜里起床，在出工时瞌睡，洗澡忘了提水桶，端着饭菜却走进了厕所,刚才还在莫名其妙地骂娘和动粗,转眼又捧着一本书豪情万丈,大谈普希金和共青团之城……猴子鬼得很,肯定察觉了蛛丝马迹,挤眉弄眼地要给我看手相,指着我手中的一条掌纹,说不得了哇,不得了哇,你正处在发情期,有遗精的嫌疑,不过很快就要当上乘龙快婿!

我恨不得一饭钵盖在他脑袋上,把他一路追打出门。笑话,我发什么情?冲着老猪婆发情么?那两条小辫子算什么呢?老实得像只羊,傻气得像只木瓜,就算额头长得宽大一些,里面不过是装了些猪菜吧。更重要的是,她那个阎王爹要是成了我的什么什么,我往后还活不活?

八

一定是我在操作方向盘时走神了。我刚换了挡位,轰了一下油门,让履带拖拉机爬上八号坡,就听到车后有隐隐约约的叫喊。

我探出头,看见小老头在车后追赶上来。

他像头发怒的狮子,深一脚浅一脚地追赶。直到停车熄火,我才听到他的大吼:"臭小子,你混账!混账!"

我还没有来得及回话,他就捡起一个大泥块朝我砸来,虽然被我闪身躲过,但砸在机窗上四处迸溅,留下一块黄泥印痕。

他疯了吗?

"场长……"

"你下来!"

我手忙脚乱跳下履带。

"帽子给我戴正！"

我扶了扶帽子，仍不知天是怎么塌下来的。

他扬起手里两截树苗："你看看，睁开眼看看，这是什么？"

我明白了，一定是刚才上坡时思想溜号，不知道拖拉机轧倒了路边的柚树苗。树干的断口太新鲜，我无法抵赖。

"你长没长眼睛？简直是破坏！破坏！我同你们讲过多少遍，这是从江西农科院搞来的苗子，盘得比肉价钱还贵，买都买不到。你当大少爷？当败家子？你你你，你骆驼斯基（托洛茨基）！"他一急，冒出了从军时期记下的这个洋名。

地上的人都围过来了。有人偷偷朝我伸舌头，做鬼脸。几个未能当上拖拉机手的家伙则有点幸灾乐祸，把树苗看来看去，夸张地表示痛惜。幸好副场长老杨也来了。他也是来自省城，同我们的关系较好，眼下想把场长拉开。

场长还不肯走，回过头来指着我："你听着，你们大家都听着，哪个再破坏公家财物，我张种田一枪崩了他！"

我终于忍不住了："你凶什么？崩啊！"

"你他娘的还嘴硬……"

"不就是几根苗吗？我赔钱！"几张钞票被我掏出来，狠狠地摔在地上。

"你是这种态度？好，就凭这一条，你马上滚！从机耕队滚出去！我今天不把你整得出屎我就不姓……"他的声音终于远了。

不知什么时候，老杨返回来，整整我的衣领，笑着安慰了几句，大意是要我以后注意点。至于场长么，他性子急躁，把一草一木都当成命，不过发一阵火就过去了……我其实最听不得软话，心里一酸，委屈的泪水夺眶而出。

"小马，你不要哭嘛……"

他越劝我不哭，我倒越是忍不住。我受不了，受不了！我跳起来鼻涕泪水四溅："军阀！反动派！法西斯！"

九

结束了在机耕队的短暂日子，我重新扛起了耙头。这天晚上，我奉命提一根梭镖去站岗，看守工区堆放在路边的杉木，防范附近村里的小蟊贼。

公路那一头有点动静，大概是来自老鼠或野兔。我刚想去看看，突然扑通一声倒在地上，梭镖也不知去向。我还没明白是怎么回事，感觉两眼发花，胸中气堵，脖子剧痛，后来才知道是脖子被一条毛巾紧紧勒住。

什么人？我吓得差点尿了裤裆。

我被蒙上双眼，反捆双手，押着往什么地方走。我在黑暗中听见一些人声，但口音有南有北，不像是小蟊贼说话。当蒙眼布带取下来，我发现眼前是一个山洞，就是茅草地附近常见的那种大溶洞。松明火把散出烟焦味，手电筒到处乱晃，七八个人影约隐约现。一个缠土布头巾的黑脸汉踢了我一脚，手中大马刀泻一道寒光,逼近我的喉管:"喂,晓得我们是什么人吗?"

应该表现勇敢,表现沉着,我提醒自己。

"听清楚了:我们是反共救国先遣军第八纵队……"

什么?我根本不相信自己的耳朵。

"今天晚上全县暴动,有国军的飞机来增援。你们农场已经被包围了!明天一早我们还要占领县城,要兴兵北上,改换乾坤。你这个嫩崽子识相点……"

我立刻想起了烈火、刑具和尸体,就是革命电影里的那些场面。

"说!"黑汉子眼一瞪,在火光中逼上前来,满嘴酒气喷在我脸上,"你们场里哪些是共产党?都住在什么地方?你们武装部的枪放在哪里?你们的场长、书记、队长、副队长叫什么名字?统统说出来!说了就没有你的事。"

"快点!"

"快点!"

其他人一齐起哄,黑洞洞的枪口一齐对准我胸口。

"打倒反动派!打倒狗特务!打倒帝国主义……"我担心迟疑会使我胡思乱想,于是不停地高呼口号,挣扎,撕咬,吐唾沫,不给自己留下时间。

我惹恼了他们,被他们一顿好打。拉枪栓的声音也清晰传来。这就是最后的一秒乃至半秒了吧?我头上是洞顶,是波浪般的岩石。说实话,我害怕就这样死去,求饶的话已到了嘴边。那黑森森的波浪里有茅草地,有甘溪水,有很多朋友,还有她——我怎么能就这样结束?我应该妥协和讨好吧?至少可以暂时屈服,等有了机会再传送情报或里应外合什么的……我后来没有那样做,是觉得敌人不会轻易受骗。

再见了,我所有的亲人……我忍住泪,忍住心中的悲屈,绝望地盯着洞顶,体会着生命的最后一刻。奇怪的是,过了好一阵,我还活着,还能睁开眼睛吐出长气,还能咬一咬自己的嘴唇。

一只手拍拍我的肩。我回头看,发现场长变戏法一样出现了,腰扎皮带,手提驳壳枪,眼睛闪着激动的光辉。他捶了我一拳,"嘿嘿"两声,没说出话。

"搞什么鬼?"我大叫起来。

"不要闹,不要激动。"刚才那个拷问我的黑汉子笑了,"马小钢同志,恭喜你考查合格了。刚才没把你打得太痛吧?"

我事后才知道,刚才这一切不过是场长导演的一出戏,是一次演习,目的是配合全国阶级教育运动,抽查一下大家的革命立场和思想觉悟——你说这算怎么回事?我还好,算是幸运过关的一个,在全场员工大会上登台亮相,与其他考查合格的英雄们一起,戴上了大红花,喝到了庆功酒。场长把我们一个个拉到台前介绍,如示家珍,爱不释手。"这才是共产党的好伢子呵,好妹子呵。碰到第三次世界大战,我们要靠什么人?就靠这号人……"

当然,一些没通过考查的倒了大霉,是党员的丢了党籍,是团员的丢了团籍。据说猴子一见"反共救国军"的枪顶上火,吓得立即报告他父亲也是国民党员，解放前还是个戴金丝眼镜戳文明棍的人物……虽然他后来没有团籍可丢，但挨了场长一顿臭骂，受到的惩罚是担大粪，整整担了两个月。

十

形势教育和阶级教育并没有使大家鼓起劲头，倒是泡病假的越来越多，擅自溜回城的也时有耳闻。场长找下面的人了解情况，也找到了我。

"我没意见。"我瓮声瓮气地说。

"你还在怄气？"他笑着拍拍我的肩膀，"你这伢，那次在地上我骂你，是一时性躁，官僚作风。其实呢，我这个人是老鸹变的，只是嘴巴丑。"

我还是冷冷地摆弄着一根草。

"你大红花也戴了，庆功酒也喝了，心里还不痛快？这我就不明白了，我张种田还有哪一点对你不起？"

看他真像是不明白，我气不打一处来，随口点出几件大事：伙食太差，休息太少，缺少文化生活，两三个月没看上电影……"场长，你揣着明白装糊涂吧？"

他摸摸头，想了想："这些事，好办好办。"

他这一回算是真听意见了，尤其山洞考验以后，他对我高看一眼，似乎也少了一些疑心。第二天他同几个头头商量了一下，宣布全场放假一天，吃豆腐煮肉，晚上看电影。他看到银幕上抗美援朝的战火纷飞,兴致大发,忘乎所以,把宣教科长叫到面前说:"今晚要看个痛快,你现在吃点苦,骑我的马到县里去,找电影公司再搞两部片子来。要好看的!"科长吓了一跳,说看得太晚的话,大家会肚子饿。场长扬扬手:"叫食堂煮饭!"结果,那天看电影一直看到后半夜三点钟,几百号员工吃了夜宵以后连夜再看。一锅香气扑扑的萝卜煮鱼,是场长个人出钱请的客。

场长是老革命,工资高,请客是常事,用钱从来很大方,除了给自己留点烟钱,剩下的钱只要有人开口,他有多少给多少。他买烟也是一买好几条,丢在抽屉里没个数,张三李四都可以去"共产"。有一次猴子溜入他的住房,也摸来了一包飞马牌,在我面前洋洋得意吞云吐雾。"马儿,"他叫我的外号,"你也去搞双军鞋来吧,我看清了,他还有两双,就放在衣箱的后面。"

当时我父亲身体有病,而且怨我不孝,很少给我寄钱来。我一双胶鞋早就底面分了家,但我不愿意去场长那里揩油。没想到有一天,他在路上碰到我,看了我一眼,目光落在我露出鞋面的几个红红指头上。

"你来。"他说。

"有事吗?"

"你来。"

他领着我来到草市街。这是甘溪边的一个小镇,四周有残存的小城墙,是以前防土匪的工事。墙内有麻石道直通小码头,串起各种木板房,有店铺也有民居。遇到赶集,即本地人说的"赶闹子"，这里人流拥挤，热热闹闹，出售着知青们最有兴趣的柑子，柚子，板栗，西瓜，一种粉红色的酸萝卜片，由一些老太婆叫卖。

场长背着手把我带进供销社，一座破旧的观音古庙。"妹子，"他朝柜台后一个侗族姑娘点点头，"打盆热水来好不？"

本地人都认得这位大名鼎鼎的老革命，女售货员立刻照办。场长又撞开经理的房门，抽来一张椅子，随便大方得像回到了家。

"洗脚吧。"

我猜出了他的意思，不免有点慌乱。

"洗！"他蹲下去脱了我的破鞋，随手远远地扔到门外，然后几乎是压着我洗脚，"你穿好多码的？"

"场长，我自己有鞋……"

他分开指头量了一下我的脚，去柜边选了一双大胶鞋，往我脚上一套。捏捏鞋尖，看来还合适。他点了点头。

"场长，我真的不要……"

"穿！"

他满意地看看鞋，从口袋里摸出一大把乱七八糟的东西，子弹呀私章呀什么的，从中挑出两张钞票，在柜台前算是付了鞋钱。

像没发生任何事，他丢下我就走了，在庙门口同几个熟人打了打招呼，背着双手，迈开八字步，朝小码头走去。

十一

场长是不准谈恋爱的。他说过，现在是创业期间，三年内谁都不准搞对象，要是哪个把资产阶级的香风臭气带进来，他就要不客气地打流氓。每次看电影，他命令男女分开坐，还叫民兵四处搜查，看有成双作对的地下活动分子没有。在场长面前，我们男的就是和尚，女的就是修女，谈笑一下都有犯罪感。有次，一位女知青在床头贴了一张《罗密欧与朱丽叶》的剧照，场长一见皱起眉头，咕哝了一句："无聊！"

气得那位朱丽叶哭了一场。

场长偏偏是小雨的父亲。据我所知，小雨老家在苏北，父母是进步教师，被反动派杀害。场长收养了她，解放后把她从老家带到城里读书。听说她考进了某农学院，场长不以为然，说在城里学什么农业，还不如跟我到农场去学，这就把她带到了茅草地。她是场长最重要的家庭温暖，常常在晚饭之后，不但帮助两个弟弟洗澡和做作业，还要给父亲捶捶背，或者陪他下一盘象棋，给他读一段关云长什么的。

我对他们的家事了解得越来越多，心头也越来越沉重。这样一个家庭同我有什么关系吗？会不会发生什么关系？入夜，巨大的圆月冒出茅草地，一片宁静随着银雾般的月光洒在大地上。隐隐约约的甘溪像一抹水银，发出蓝宝石的光芒，像童话中的一个梦境。天地间一片无边的神秘的柔软的流动的蓝，像有支蓝色的无字之歌在天边飘荡，融入了草丛，浸染着星空。

知青们坐在溪边上谈天说地，唱歌唱戏，背诵诗句，或者为一个有关苏德战争或物理公式的问题争得面红耳赤。偷偷看一眼，我看到身旁的一些女知青,虽然没看见我要寻找的身影,但我能想象那镶上了月色的两只小辫,就在桑树下,就在堰石上,就在机用铧犁车上,反正不管摆在哪里都艺术。

"你说,马克思的女儿叫什么名字?"猴子突然问我。

"小雨……"我糊糊涂涂脱口而出。

"什么?"他们哄堂大笑了。

我这才醒过来,费了好多口舌,一口咬定张种田最马克思,才使大家相信我不过是来了句幽默。

我想摆脱胡思乱想,就发狠读书,但书本反而增加了我的勇气——看,这是马克思的爱!看,这是伏契克的爱!看,这是巴金、茅盾、柔石……呵呵呵,我在爱情前辈们的鼓舞之下决心孤注一掷决战决胜。行动就这样开始了。我把她约到晚上在甘蔗地东头,事先背记了几首诗,几十句格言,预谋了主动牵手的位置和姿态。我的暗暗算计是,等走到前面第三棵桑树,就开始第一个动作……

她显然注意到我的粗重呼吸,还有手不是手脚不是脚的全身尴尬。"你不要说了……"她低下头去,"你要说的事,根本不可能……"

我两眼一黑:"为……为什么?"

"爸爸说,不应该在这个时候搞对象。"

"什么叫搞对象?"

"说恋爱也行,反正是一个意思。"

"那你的柑子……"我话一出口就自觉很傻。

"什么柑子？"

"上次你给我的柑子，你忘记了？"

她知道怎么回事以后，还是眨眨眼："我给过吗？再说，就算给了，就是给你吃么，这有什么错？"

这一下活该我无地自容。我一直拿来自鸣得意的柑子，一直以为含义无穷重若千钧的宝贝，原来什么也不是。我不过是把驴粪蛋错当金元宝的傻财主。

"小雨，你听我说，我这一段睡不好觉，总是有点……"

"你不要说了。爸爸说过的，我们现在应该一心一意创业。"

创业，创业，一提这个创业就让人憋气。小雨呵小雨，爱情是风雨中的火把，是航途上的风帆——我差一点要开始背诗了。

"你不要生气。爸爸说……"

"总是你爸爸，你爸爸，你爸爸！"

"不，你不要这样说他，我求你。"她知道我的意思，眼角有月光的闪动，"他是好人，我最心疼的人……"

完了，一个父亲的崇拜者，一条父亲的尾巴。希望已经风一样无影无踪。看来我所有的话都白准备了，都纯属自作多情。我不记得后来还说了些什么，突然，远处有一束手电筒的射光朝这边一晃。小雨一把抓住我，声音有些发抖："他来了。是他。你快走吧。"

没怎么细想，没像样的告别，我拔腿就往坡下逃窜。我听到身后有场长的声音，是大骂小雨的声音，又听到他朝我大喊：

"站住！站住——"

他追上来了，追过甘蔗地，追过花生地和粪棚子，追过那台山上的拖拉机，一直追到公路上……足足追了两里来路，还在后面穷追不舍。我像风箱一样出粗气，鞋子掉了一只，脚上又被什么扎了一下。我在剧痛中突然醒悟：我好糊涂！为什么要跑？我是杀人了还是放火了？居然要跑得这样狼狈？不站住老子就开枪了——他把我当成什么人？

"混账！"他追上来，指着我的鼻子大骂，"我一猜就知道是你这臭小子。你还要不要前途？还要不要脑袋？小小年纪，学会耍流氓？"

"我没有耍流氓！"

"胡说！"

"我没有错！"

他脚一跺大吼一声："举起手来！"

如果不是手电筒照得我眼花，我肯定能看见他气歪了的脸，还有那冲着我脑门的驳壳枪。

十二

我被捕之后受到禁闭——被关进了化肥保管室，满嘴子都是刺鼻的氨气。这是场长新近实行的家法，只差没配上老虎凳和辣椒水了。同我一起受难的还有几个伙计。有的是偷了场里的西瓜，有的是违反禁令下河游泳，大炮他们几个是私自去闯溶洞，想看看洞里是否藏了空投特务。听农民说那个洞一直通到四川峨眉山,他们还想去探探险。

"坐牢算什么,我们骨头硬。爬起来再前进……"我们唱着革命囚歌取乐,但每天被扣掉三两米,还得去修渠,日子不好受。

场长决定召开批斗大会,整一整我们这些害群之马。这天派人送了个亲笔条子来工区,但他的字太差,差不多是甲骨文,没人能看懂。李瞎子横看竖看忙了半天,把字条往衣袋一塞,还是带我们去修渠。

不知什么时候,嘀嘀嗒嗒,大路上溅起一线黄泥水,是场长骑马一阵风赶来了。他手执马鞭,脸色铁青,怒气冲冲,耳下方一道伤疤涨得红红的。"全体集合!"他大喊了一声。

我们赶快排列成两行。他在队列前走来走去,气得好一阵没说话,最后拿队长是问:"你好大胆了,目无领导,不听指挥!"

"我哪里目无领导?"

"叫你们开会,为什么不去?"

"晓不得呵。"

"没看见我的通知?"

"你那号天书,恐怕只有神仙才认得。"

"不认得?你胡说!我在扫盲班里拿了奖状的,军区司令都说我的字写得好,你他娘的敢说不认得?"

"我是没文化,他们知青也说不认得呵。"

"不认得就不能派人去问?你晓得这是什么通知?军机要

事,十万火急,你以为是好玩?"

我记起来了。他的字条上有三个红手指印。他以前说过,当年他们打游击的时候,信上打一个红指印表示紧急,两个表示加急,三个表示特急。

没等我们笑出声,他又冲大家一瞪眼睛:"活见鬼,这么多喝墨水的人,字都不认得,读了书有什么用?读到屁眼里去了?还戴着眼镜片子,装猫头鹰吓老鼠?听好了:立正——向右转——齐步——走!"

我仍然是又臭又硬的石头,蹲在地上不肯走,始终扭着脑袋。我以为这会把场长惹怒。奇怪的是,他发现这一事态后策马返回,既没打,也没骂,态度倒是出奇地耐心。"你想逼我发火是不?你想让我犯错误?臭小子,我今天偏不。你贼胆包天勾引我丫头,我张种田今天还偏要同你慢慢来。你等着。"

这天的批斗大会以后,他把我留在办公室,搬来一大堆学习资料重重地砸在桌上,叫秘书挑出一些文章开读。他自己闭上眼睛也陪着我一起听。

我急了:"你有话就直说,别来这一套!"

"你不是骂我阎王爷吗?我今天要当一回观音娘娘。"他得意地冲我点点头。

学习资料一直读到深夜,读得我招架不住哈欠滚滚,在他面前的英雄相荡然无存。我只能自认倒霉,再大的罪名也先认下再说。我不知道自己是什么时候睡着的,只知道早晨醒来以后,发现是在他的床上,而他不知道已经去了哪里。

十三

据说场长想不通,为什么我这号人没被刀枪吓住,倒会被糖衣炮弹打中。他百思不得其解,决定对全场进一步严加管理。在生病吐血的日子里,他还来我们工区抓整风。知青们的日记、书信以及各种书刊都要接受审查。女宿舍窗前的玫瑰也被拔掉,改种场长觉得顺眼的蔬菜。他可以容忍唢呐和胡琴,但对"下巴琴"疑虑重重——这是指小提琴——只是后来听说北京也有下巴琴,才没有真下手收缴。看见一张泰戈尔的画片,他就指着问:"是不是资本家?开什么铺子的?"看见一本诗集封面上有新月图案,立刻发现敌情,跳起来大叫:"土耳其!土耳其!"——因为他在朝鲜战场遭遇过土耳其军队,对方的旗帜标有新月。

除非家里病人和死人,知青们一般不得请假回城。在场长眼里,城里灯红酒绿,是腐化蜕变的发源地,在那样的鬼地方多混些时日,一个人的骨头不轻几斤才怪,不成"骆驼斯基"才怪。他还经常发牢骚,埋怨中央不把机关学校统统迁到乡下来。

大家都怕他,但并不会因此而更加努力干活。只要干部不在场,好些人就撑着锄头把磨蹭。看见牛上地吃花生苗,也懒得去驱赶。机耕队两台拖拉机坏在山上,买不到配件,谁也不去想办法,眼睁睁地看着它们生锈,都成了老鼠窝。这一年加上旱情严重,花生豆子什么的大多只有一堆空壳。直到冷冽的冬天来了,工资还发不出,每人只领得两斤霉花生过年。看到这个场面,场长也急得吐血。他带着一些人截了三辆粮车,凭着一张蛮不讲理的欠条,算是把大家的度荒粮食保住了。他又带着几个干部出外四处"接头",就是找关系求助,也不管什么组织程序,冲到县政府的这个局那个局,一屁股坐下就不走,就安营扎寨。县里干部都比他级别低,县委书记也让他几分,一见他就头大。结果,靠了这点老资格的权威,他还真募来两车半新的工作服,不知是矿工的还是劳改犯的,反正每人有一套,虽不合身,也可挡点风寒。

我的家在东北松花江上,
那里有无尽的煤矿,
还有那满山遍野的大豆高粱……

除夕之夜就在这样忧郁的歌声中到来。没有鞭炮,没有欢笑,甚至没有像样的年饭。大家烧着棉花秆,敲打着铝饭盒和洋瓷缸,目光里一片茫然。

场长带着几个干部来工区拜年。他带来了一壶酒,还有几包好烟,想让大家高兴和活跃一点。他见人就分烟,见人就敬上酒壶,讲了些笑话,什么李瞎子掉到了粪坑里,什么猪八戒到高老庄做女婿。

有个干部听出笑声太勉强,提起另一个话题:"张胡子,你经常说你小时候练过武打气功,可以刀枪不入,飞檐走壁,怕是吹牛吧?"

"胡说,我张种田吹牛?"场长喝了口酒,有意逗个趣,"不信我就来两手给你看看。"说着把棉衣一脱,一个马步,全身运气,额上青筋直暴,脸盘子涨出了紫红色,然后是青色,然后是黑色,十个粗短的手指头随之痉挛颤抖。"嘿!"他大喝一声,脚一跺,一掌劈下去,果然劈断了砖块,劈得粉末飞溅桌椅颤抖。

好哇——有人鼓掌喝彩。

掌声一落,场长又来了个节目,挑两个气力最大的后生,一人抱住他的一条腿,看他们能不能把他掀翻。

几个节目下来,他已忙得一身老汗,可惜气氛还是不够热烈。有人不辞而别,火堆边的空座位越来越多。有人不再喝彩,只是搂住双膝瞌睡。李瞎子其实并不瞎,一看这场面就故意闹腾,又是添柴又是添茶,还装装酒疯开口骂人:"李建国你这个王八蛋,我喝一口你怎么只喝半口?看不起我乡下人是么?"

"唔……"场长其实心里明白,偷偷往左右看了一眼,沮丧地穿上棉衣,摸到了手电筒,"哦,我们也该走了……"

像个不讨好的演员,他筋疲力尽地退场,轻轻叹了口气,摇摇晃晃出门去,佝偻的身子闪入风雪之中。

这一夜我没有怎么睡着。不知为什么,总想起那个佝偻的背影。唉,场长,太刺伤他也许是不公正的,他的汗水并不比我们少流。那么是怎么回事呢?我们不缺乏手茧,但只得到几把霉花生。我们也不缺乏先进工具,但拖拉机在山头生锈。我们也不缺乏热情，但最终眼前都是一张张冷漠的面孔。那么怪谁？

好大一场雪呀。

十四

小雨调到另一个工区以后，我还是经常到猪场边去，好像那里还有她的余音和气息，她还有可能从哪个猪圈里冒出来。我遥望另一个工区的灯火，想象她现在的景况。她在做什么呢？会不会想念一个什么人？不会是一个劲地在油灯下写思想汇报吧？

有一位女知青的肚子大起来了，自己还不知道，是医生先把消息告诉场领导的。生米既已煮成熟饭，场里只得赶快揪出孩子他爹，命令这家伙与孩子他娘火速结婚。场长在婚礼上讲了些祝贺的话，还赠给新婚之家两个热水瓶。可以想象，一场热热闹闹的婚礼使恋爱禁令不了了之。不过有意思的是，知青们眼下都认为茅草地非久待之地，不愿背上婚姻的包袱，见到异性反而谨言慎行起来。

"见鬼，让他们搞对象吧，他们都像阉了似的！"场长经常一见到队长们就打听恋爱动态，在干部会上动员大家都当媒婆，还从附近农村招收了一些青年女职工，平衡场里的男女比例。听队长说，他就是想让大家安心农场，在这里成家立业落地生根，包括给他生出一窝窝小劳动力。

这天晚上，猴子突然来告诉我，说小雨来找我，在老地方等我。

"找我干什么？我要睡觉了。"其实我心里已咚咚跳。

"你就这样对待妇女？就没有一点怜香惜玉之情？"

"你讨打么？"

事情有点可笑。她父亲的号令枪一响，她就开始起跑了，要完成爱情指标了，最近又是找我借书又是向我讨教什么，但我一想到号令枪反而腿软。

我还是去了，看见她消瘦的身体，还有稍显突出的颧骨。她似乎没什么事，只是说说她去参加州团代会的感受，说茅草地对比兄弟农场的差距，什么三个"不如"，四个"不一样"，五个"没想到"……说到兴致勃勃之际，差一点吓得我抱头就跑。我的团代会大代表，居然要在花前月下给我再上一堂团课！

"你还没说完？"我伸了个懒腰，喷出哈欠。

"你累了？那……去休息吧。"

"再见。"

我向宿舍走去，但刚起步就听到她呜呜呜，回头一看，是她捂住了脸。天边一道闪电，亮一下又赶紧藏进云里。山坡上有几堆没有烧尽的火土灰，发出忽明忽暗的红色。萤火虫在游动，有时扑到了我的脸上。

她一直哭着，哭得背脊剧烈地起伏，一拳拳捶打着桑树干："你知道我找你是为什么，你明明知道我要找你……"

"为什么事？"

"你知道。"

"我能知道什么？"

"你装蒜！装蒜！"

"不就是场部墙报的事？你已经说过了……"

她失神地睁大眼："不，你就没听说？就没听说那个姓袁的……"

我当然听说了，知道有个姓袁的转业兵在向她求婚，还知道媒人是一位场党委委员，州里某领导的亲戚。我得抓住机会表现一下清高和大度。我用一种特别诚恳的腔调，夸奖那个姓袁的——他嘛，相貌，才干，家庭背景，各方面都好，一定有远大前途……我说得自己全身暗颤。

她眼睛越睁越大，眸子里透出惊讶、失望以及愤怒。五秒、十秒、十五秒……我们在对视中交流着一切询问、回答以及倾诉——这里面包含着多少词汇和语法！要是在两年以前，我一定会抓住她大声说：跟我走吧，你什么也不要问，什么也不要想，什么也不要怕。可我已经是两年后的我了。我已经没有勇气向一位团干部，向一位老革命的孝顺女儿，伸出自己的手。

"你，回去吧……"我费了很大的劲把这句话说完。

"你说完了？"

"好困呀……"我假装再喷出一个哈欠。

"你——你去死！"她一咬嘴唇，扭头跑了，消失在一道闪电里。

美丽的小雨就这样去了。她的心我明白了，我的心她也该明白了吧。她走了，没有告别，只有暗夜里的放声诅咒"你去死——"。

十五

小雨最终死于一次烧荒,一同遇难的还有三女一男。最可悲的是,场长对这次事故负有重大责任。他不知道南线隔离带还没砍好,仓促下令按时点火。结果没料到风势突然转强,荒火呼啦啦轻易越过了隔离带,扑向林木丰茂的另一片山坡,也扑向了前来打火的一些青年……

各个工区几天来死一般寂静,食堂里总是剩下很多饭菜,没法让人咽下去。连油嘴滑舌的猴子也揪着自己的头发号啕大哭,扑到我身上,在我肩头狠狠咬了一口。我后来才知道,他也一直暗暗喜欢小雨,在梦中还喊出她的名字。

可怜的朋友。我没有同他说什么,也流不出泪来。悲伤使我反常地平静,只是独自朝外面走去。前面是蒙蒙细雨,亮滑滑的路。我不知道哪里是她走过的路,哪里是她锄过的地,眼下到哪里还能听到她的声音,看到她的小辫子和宽大光洁的额头。说起来,我算不上她的什么人,只是几页诗撕碎了,雪片般飘落甘溪——这是关于她的诗,最终应该交还给她。我希望它变成白色的蝴蝶,去追赶匆匆离去的身影;或者变成白色的玫瑰,永远开放在一个人的心里。

这个世界有多少东西值得用白色花朵埋葬?天地是这样广阔,好像使劲喊你也听不到回声。远山看起来是一座座巨大坟墓,随着你的前行而一步步远退,好像要与你永远分隔,不让你走近它们的秘密。

场长一下子老得白发飘飘。有人看见他傍晚时骑马狂奔，顺着甘溪跑过去，又顺着甘溪跑回来，朝着天边静静的红霞大喊："丫头——你回来——丫头——"

叭叭叭，驳壳枪朝天响了。

枪声像破竹之声，惊飞几只野鸟，尖锐地升入寒冷的高空，最后消逝在一抹暗紫色的晚霞中。

谁也不敢去劝他，只有他两个儿子追着马屁股喊：

爸爸——

爸爸——

十六

场长很快病倒了，农场乱得更加没有头绪，到第二年只好作为长期亏损单位解散。省农垦局一个工作组来了。中央一个副部长也来了，据说就是当年给场长取名"张种田"的某位老首长。场党委开了七天会，会后又召开职工大会，传达了全面整顿精神，在肯定了全场员工几年来的功绩以后，宣布农场将由附近几个公社分区接管。清理财产和安置人员也马上开始，大部分知青将转到一个铁路工地去筑路。

据说可望转为铁路建设公司的职工，大家当然高兴。我们杀鸡，打狗，吃掉种子，劈掉板凳和箱架烧火，连门板有时也难幸免。一些附近农民先下手为强，来偷铁丝、偷砖瓦、偷锄头粪桶。菜地上吃不完的菜，我们就把猪和牛赶去吃。大家要离开了，也不再怕场长，场部出现了一些大字报，意见五花八门。群众说他瞎指挥。干部说他独断专行。一个会计说他那次募来寒衣是破坏财经制度，截粮车更是耍特权，目无法纪，土匪作风。

人们吃饱肚子以后就可以骂他"土匪"了。

我清理书籍和行李，发现那双已经破了的胶鞋，不觉心里一动——场长呢？这个茅草地王国的酋长，已经四面楚歌的"土匪"，这些天来在哪里？

听人说，几天来他经常在地里走走，到天黑也不回家。那匹马被人们开枪打死。他将要调到某个农业学校去当书记，不需要马了，不能骑马了。食堂里吃马肉那天，人们看见他没尝一片，只喝了整整一壶酒。

我去看过他。房里乱糟糟的，人不知在何处。他可能还在地里游走？还在雨雾中寻找自己的女儿？他将要去领导一个学校了，是否还将重复茅草地的欢乐和痛苦？

雨滴泼打在窗子上，拉出了很多流痕，模糊了窗外的一切。我等了好一阵，扫净了地，抹净了桌子，给主人铺好了被子。发现墙角有一双沾满泥灰的皮鞋，我取来一点一点擦拭，好容易擦出了黑色，然后整齐地摆放在床边……我终于走了，轻轻地拉上门，一点声音也没有。

我不知道自己为什么会这样做。

动身离场的那一天，我去买点绳子和面包，在草市街看见了场长。他在冷清清的供销社里，靠着水泥柜台，端一只酒碗，喉结在滚动。他显得老多了，背有点驼，左眼充血发红，没有女儿在身边，衣服显得还有些脏乱破旧。要不是那两道虎生生的目光，我真怀疑他是哪个瑶寨里来的贫困老汉。

他朝我点点头，勉强一笑："喝酒不？"

我摇摇头。

庙门外熙熙攘攘，一些农民赶着农场的牛走过，拖拉机喷着黑烟摇摇摆摆，拖着农场一些财物不知要到哪里去。再看过去，又一队汽车停在城墙边，知识青年把行李挑到这里，正往车上码放。人语喧哗之中，球鞋与运动衫在晃动，让人看得有些眼熟。

场长眼里掠过一丝凄凉，喝了口酒："你们到这里有几年了？"

"四年。"

"哦，四年，四年，好快呀……"

"是好快。"

"你们，行李都清好了吧？没掉什么吧？……到新地方要注意安全，要搞好团结，慢慢地适应水土。修铁路不比做地里功夫，经常要放炮，经常碰到塌方，容易出危险。你们做事宁肯慢点，莫慌手慌脚。嗯？"

真是奇怪，离别可以使粗人变得细心，硬汉变得心软，存怨的人忘记对方种种过失。我从他嘴里听到了母亲的口气。

远处汽车喇叭响了，大声点名的声音也在传来。他苦笑着闭了眼睛，挥挥手："好了，你走吧，走吧，时间不早了。"

"场长，"这两个已经陌生的字，这个现在已经没有意义的称呼，使我的声音异样，"你不去送送我们？"

"去的，要去的……"

"你会要去的吧？"

"当然，当然……"

他拿着酒壶踉踉跄跄出了门。我后来才发现，送行的人群里并没有他。也许他是怕受大家冷眼，也不想看到这样的场面。

汽车开动了，一片"再见"声响起来。刚驶出街口，我突然看见甘溪桥上一个黑影，一动不动。我可以断定，黑影就是场长，一定不会错。他也许正朝大路这边张望，在目送我们这些熟悉的面孔。渐渐地，黑影变成一个黑点，看不见了，看不见了……但我分明看见一张老脸上痛楚的表情，眼角一滴酸泪。

光荣北伐武昌城下，
血染着我们的姓名；
孤军奋战罗霄山上，
继承着先烈的殊勋……

场长，你还唱这首歌吗？我这一辈子里还能看到你吗？我多么想抱住你，痛痛快快地哭一场，哭你和我，哭小雨，哭大家……但我不会这样做。

明亮的甘溪从落日之处缓缓流来，落霞晚照，水天一色，茅草地似乎在燃烧。那台废拖拉机还摆在山上，像刻记一切往事的碑石，像经历了无数次失败的英雄，面对自由的暖风，静静地注视过去和未来。锈红色的空气在微微波动。这样一个美好的世界，锈红色的世界，像一道闪电，就要滑过去了，就要消失了。

车身晃荡，车内一片笑声。猴子与大炮在抢夺香烟，你一掌我一拳的，笑声特别响。他们在笑什么呢？笑手里的香烟？笑今后各自的前景？笑总算离开了茅草地？笑兄弟们终于摆脱了一个不堪回首的地狱？可能，是该笑笑了，但过去的一切都该笑吗？茅草地只配用几声轻薄的哄笑来埋葬？——你们到底笑什么？

我笑不出来，双手抵住膝，手掌从额头往下遮住眼睛，在任何人不知道的情况下，偷偷流出一滴泪。

飞过蓝天

/// 韩少功

它是一只鸽子，但有人的名字，叫晶晶。

它饿了，落在屋檐"咕咕"叫，左顾右盼，总希望看到那个人的身影。晚霞已越来越暗，炊烟已快飘尽。要是平常，那个人早就回来了，担着柴，或扛着锄头，或提着柴刀，老远打响一个长长的呼哨。于是，晶晶飞过去，落在那个带有汗渍气味的肩上，挺胸四顾，得意洋洋，尾巴在主人脸上挤挤蹭蹭。那个人会轻轻抚摸它，从口袋摸出一把稻谷或绿豆，有时还有它吃上了瘾的野葡萄。

那个人把晶晶的名字叫得多了，它知道那就是自己的名字。它迎上去，任主人给它梳毛，任主人给它装哨子，在自己难受的时候，任主人填喂一种气味奇怪的白色粉末。有时候，他会带着它出门旅行，一次比一次走得更远，于是它兴奋无比，翅膀越飞越健壮，升腾和俯冲的动作越来越熟练，掠过附近一个大湖的时间也一次次缩短。如果带上足够的食物，它相信自己几乎可以啄来天上那些熠熠闪光的银色颗粒。

它当然不能全部听懂主人的话，但也能慢慢琢磨出对方的很多意思。比方说一声呼哨，那是他召唤它。比方说几声巴掌，那是他放飞它。如果几声巴掌之后还加一声"着——"，那它就得飞向北山，飞越大岭，飞到山谷里一间木屋前。它在那里会见到一个女人，就是一个长头发的人。对方解下它腿上的一个小竹筒，取出里面的纸条。

当它从长发人那里带回了纸条，主人常常会笑容满面。"这样快？老子要给你提高工分！"他可能这样说。"亲爱的，你是我的幸运之神。求求你，行行好，不会带来什么坏消息吧？"有一次他还这样说。

一般来说，他看完纸条后会特别高兴，挠挠脑袋，伸伸手臂，在地上翻一个筋斗，摸出一个闪亮的铁匣子塞进门里左右拉动。奇妙的声音就在这时发出来了，像清晨雀噪，像流水回环，像阳光流经密林，雨点敲打绿叶……它常常在这种声音中发呆。

可现在，它很久没有去过那个木屋，没听到铁匣子里的奇妙声音，甚至好几次在例行进食的时候没有见到主人。牛犊饱了，正舔着母亲的肚皮。乳燕困了，正躲进妈妈的羽翼。人们呢，在一片片屋顶下与亲人们团聚。而它正面临着孤独与饥寒。

它要找他，要找到他。它飞到桌上，桌上只有几个臭烘烘的烟头，还有半钵剩菜。它飞到床下，床下只有破鞋烂袜。它飞到门外的大树上，四周仍然不见那个人的身影。如果说鸽子的锐目可以帮助它发现云外的来客，那么眼下无论如何睁大眼睛，它也没法发现天边那张圆乎乎的黑脸……他是一个人，但有鸟的名字，外号叫"麻雀"。

在公社里整整一天的外交活动，累得他筋骨酸痛和喉干舌燥，脸部肌肉也紧张到了极点——那都是赔笑脸的结果。唉，招工，招工，招工！这件要命的事闹腾得自己脸面扫地，人不人，鬼不鬼。给公社秘书递烟，请招工师傅喝酒，装出谦恭和诚实，又迫不及待地吹牛自夸。要招有专长的人吗？你看看吧，我马上给你来一个底线切入反手上篮——嚓！这可是市甲级队主力的水平呵。不行吗？那我再给你来一段草原红卫兵之舞吧。你们要吹口琴的吗？要装收音机的吗？我还会杀猪和爬树和修锁配钥匙。可这样说出来的结果，是对方的哈哈大笑，然后还是摇头。

当然，有的知青竞争优势明显，不必这样劳神费力。他们到邮电所给局长老爹挂长途电话去了，或者到公社干部耳边打小报告去了，或者拿着钱打酒砍肉大摆宴席去了……谁都不是省油的灯，都有秘密武器，关键时刻一个个都彻底暴露，他妈的乱纷纷英豪四起一决雌雄。

他必须投入最后的一搏。现在，他坐在床上，靠着墙卷完第四根旱烟，长吁了一口气，无耻的目光落在鸽子身上。

晶晶从未发现过这种目光，感到有点紧张。

"好鸽子呀,一看就是名门出身,军鸽世家,祖上在比利时或者意大利立过战功的。行家哪看不出来?"

"咕咕"一声,晶晶感觉到什么,更增添了慌乱。

"不要怕,不要怕,你这样子人见人爱,人家不会把你怎么样。说不定让你更加吃香喝辣呢。"

晶晶可以听懂鸽子的语言,基本上可以听懂鸡鸣狗吠,但人的语言对于它来说还是过于复杂。它小心地继续观察着。

主人摸摸它的头,理了理它的羽毛,还从木箱里摸出半捧绿豆送到它嘴前……看来情况正常,没有什么事要发生。晶晶放心了,伸展一下翅膀,"咕咕嘟嘟"地表示兴奋和感激,啄掉第一颗绿豆。

主人的声音又透出了沉重:"兄弟,这事只能你来帮我一把了。实在对不起,我舍不得你走,可有什么办法呢?人家还看得上你。我也只有你这件宝贝。那个老王八蛋,那个臭杂种,居然也是个玩信鸽的家伙,居然看上你了。你说这事……"

晶晶对这种语气和脸色再一次感到奇怪。他在跟谁说话?是跟门边那条狗吗?或者是对门外那棵树吗?不然神情为什么这样陌生?

"朋友总要分手,你不要怪我,好好地跟着那个王八蛋去吧。你帮了我这一次,我一辈子记得。你要是这一次帮成了,你就是我的大恩人,大救星,我会天天为你祷告……"他已经盘腿而坐,两手合十,闭上双眼,"天灵灵,地灵灵,保佑我的兄弟一路平安,无病无灾，长生不老，阿弥陀佛……"

晶晶不懂这些声音，但懂得脸色和语气。它不再啄食，飞到屋梁上，占据了一个随时可以逃飞的安全地带。

"吃吧，吃吧，你不要怕，下来吧。这就算咱兄弟一场，也有个告别宴会……"主人看着它，不再说话，眼里突然有了亮晶晶的东西。

也许是想让它安静，让它放松，让它最后一次听到主人的吹奏，他把铁匣子再次塞到嘴里，吹响了俄国的《三套车》，知青中的一支流行歌曲。他吹出了呼啸的雪花，颤抖的冰凌，一望无际的茫茫大雪原，还有从冷冷历史中飘来的马嘶。那是在一个异邦的河岸上，一个车夫在孤独而哀伤地歌唱——你看吧这匹可怜的老马，它跟着我走遍天涯，可恨那财主就要把它买了去，今后苦难在等着它……晶晶觉得主人的泪花不怎么危险，"咕咕"一声，再次飞落桌面。

第二天一早，主人把晶晶塞进一个硬纸盒。里面多暗呵，多闷呵，多狭窄呵。鸽子开始不安地大叫，扑扑地挣扎。

主人找来剪刀，给它挖了两个方方正正的透气窗。

鸽子把头探出窗口，还在叫。

它是有点不习惯吧？主人嘀嘀咕咕，把它的食盆、衔来的树枝以及经常戏耍的乒乓球，都塞进了纸盒。

"咕嘟嘟，咕嘟嘟"——窗口里透出的声音仍然凄婉而惊慌。

主人提着纸盒出门了。一开始，晶晶虽有所不安，但以为现在不过是再一次出门旅行，倒也不像是什么灾难。但它渐渐有了疑心，因为过了好一阵后，它不再听到主人的说话声，更没听到口琴声。窗外有时明亮，有时昏暗，有时人多，有时人少，但都是陌生面孔和陌生话语。它还先后嗅到了汽油味、沥青味、皮革味等等它不知道的气味，先后听到了汽车喇叭声、火车轮子声、列车广播声等它不知道的声音，看来一切都非同寻常和凶多吉少。它在剧烈晃荡的黑暗中一直紧张万分，咽喉里抽出嗖嗖嗖的弱音。它只有在遇到猛兽时才有这种喉音。

窗口里塞进米粒和绿豆，还有盛着水的瓶盖，但它不吃也不喝，直到自己昏昏沉沉有点站立不稳。

不知什么时候，眼前突然变得明亮，一股新鲜空气扑面而来。是天亮了吗？是放飞了吗？是……它本能地缩紧全身，往后一坐，再猛地一弹，就箭一般射了出去。

"哎呀！你怎么搞的？随便打开盒子！我的鸽子，鸽子，鸽子哟……"一个中年人的粗嗓门留在了它身后。

一个小孩的哭泣声也留在了它身后。

晶晶不知道那些声音是什么意思，也不想知道，只是一头扑进了无边无际的开阔与自由。它又能飞了，又开始飞了，再一次让地面在翅下唰唰唰地微缩和模糊。当然，它很快就觉出些异样，忍不住打了个寒战。这是什么地方？空气太冷了，太干了，也似乎太粗硬了。它记得家乡充满着绿色，而这里黄蒙蒙的灰乎乎的。它记得家乡流动着白雾，而这里奔跑着一浪浪迷乱的飞沙。它记得家乡的群山中,有个美丽的湖,里面总是蓝天、白云以及一只与自己相像的鸽子。湖边还有一片林子,其中靠水的那棵老树旁,有几块构成三角形的大石头。它只要找到那些石头,就可以找到穿过竹林的小路,找到熟悉的屋顶,还有主人圆乎乎的黑脸。而那一切眼下都无影无踪。

这里离家乡大概太远。

它越飞越高,想望到更远的天边,哪怕看到一丝家乡的痕迹也好。但它绕飞了一圈又一圈,仍然一无所获。它呼叫了一遍又一遍,仍然没有听到任何回应。

高空中风小了,很宁静,但寒气更重。它已经有点昏眩和疲惫,但突然有一种不祥的预感袭来,抬头一看,眼睛睁得大大的。不好,那是什么?穿透云层而来的一个黑点,不正是一只兀鹰么?黑云般的翅翼,阴森的眼光,尖嘴利爪,甚至根根须毛,都已经越来越清晰,如一股无声的阴风迅速逼近……它只剩下一个意识——逃!

他一早醒来,觉得这个早晨少了点什么,想了好一会儿,才知道是少了鸽子的叫声。他看了看窗外屋梁上那个空空的鸽笼,心里很不好受。

他恨不得抽自己两个耳光。有什么办法呢?这次鸽子外交同样失败,虽然过五关斩六将,好容易讨得了招工师傅的欢心,但在"公社推荐"这一关仍踩了地雷。他妈的,公社书记明明是想安排老上级的儿子,明明是要做一把人情,却满嘴的漂亮话。先算了他偷狗和偷菜的老账，说他思想改造还不达标，狠狠打下了他的气焰。然后又笑嘻嘻地来拍肩膀，说革命工作行行都重要，山区尤其需要知识青年，需要像你这样有文化的一代新人……呸，真是笑里藏刀的老行家呵。

一个老人喊着他的名字，咳了一声，把光光的脑袋探进房门："还没吃早饭啦？要吹哨子了。上午在丝瓜冲散函粪。"

"队长，我……手痛。"

"你昨天背痛，怎么今天又手痛？"

他挪下床，右手腕一弯，好像再不能伸直了："哎哟哟，哎哟哟，怕是骨折了，怕是生了骨瘤……"

"那，那你就去看牛吧。"

"看牛……"

老队长没注意他的暗笑，咂了口烟，走了。临出门补了一句："快些搞饭吃吧。我摘了点辣椒和黄瓜，就在门口。你那个菜园子，也要趁天晴上点粪水了。莫懒呵。"

一把菜蔬又放在门槛边——不知这是队长第几次送菜了。当然，老人的关心还包括讲授各种为人处世的道理，包括给他找一把治感冒的草药，包括给他削一根扁担或补一顶草帽。更重要的是，他不知道养鸽子有什么用，总说应该养几只下蛋的鸡。他也不知道铁哑铃有什么用，总是劝主人把它拿到铁铺去打两把好榜锄……他不知道这个城里伢身上的哪个地方接错了筋。

麻雀有点感动，但并不后悔刚才的手腕弯曲表演术。他实在不愿在这个山冲与泥粪打交道了。记得六年前刚下乡时的情景，那时他有多么火热的幻想呵。他是瞒着母亲转户口的，是揣着诗集偷偷溜进下乡行列的。他渴望在瀑布下洗澡，在山顶上放歌，在丛林中燃起篝火，与朋友们豪迈创业就像要建起一座康帕内拉幻想中的"太阳城"。他还想靠自学当一个气象专家或林业专家，登上现代化科学的殿堂。当然，他也要让手上生出那值得自豪的硬茧，让腿上留有那英雄勋章似的伤疤。第一次上山砍竹子，他凭着年少气壮，不顾劝阻砍了百多斤。不料下山时，他逐渐跟不上队伍了，一步一跪，忍受着肩上火辣辣的痛，竟远远落到了最后。在一个急弯处，竹子太长，两端都抵住了岩石，卡得他既不能动，又放不下，加上草丛里沙沙地响，一条蛇倏然逝去，他急得哇哇哭起来……后来，是老队长举着松明子来找到了他。

但这些并不使他泄气。那么是什么使他学会了手腕表演术呢？他想不太清楚。他只知道，第一次招工给人们的震动太大了。地位分化的可能和现实，使朋友们的热情消失得太快，算计增加得太多。关于托洛茨基和德热拉斯的讨论不知道什么时候停止，社会调查记录什么的被人们撕了卷烟，连菜园子也变得荒草丛生。对干部的顶撞，与农民的纠纷，知青户内部为大事小事发生的争吵，使大家在入睡前更多地想起了今后的出路。"光阴飞快地流逝，一去不再来……"一位知青经常唱起这支印度歌。

一个个都走了。有的是靠爸爸一张字条当兵走了，有的是招工或升学了，有的则公开宣布姑娘和金钱是目标，户口也不要，藏着匕首下山。连山那边那位热情为自己掌管衣服钱粮的姑娘，也不再让鸽子带来纸条，一走就没有音讯……于是，这个一度热闹的知青户，只剩下一只鸽子——就像他的影子。

现在，他连影子都没有了。

没有影子的人，还是一个人吗？还是个东西吗？

好久没打柴了。稻草也潮湿，根本不接火。小收音机里正在播气象预报，说是今后几天内还要下雨。他啪的一声把收音机关掉。

收音机旁有一封信，是一位老同学写来的："……老弟，你白长了一个脑袋，要干部推在（荐）你，实在容易。让他们喜欢你，有这号本事没有？如果没，就得让他们怕你。专给他们找麻烦，让他们脑壳痛，逼他们甩包付（袱）！我陆大爷的成工（功）（经验）就是这样的……"

他用信纸点火的时候，把信再看了一遍，脸上冒出恶毒的冷笑。对呀，如今软的怕硬的，硬的怕狠的，狠的怕亡命的。老子破罐破摔，要让他们六神不宁！

晶晶感谢那只灰鸽。要不是它，自己早被老鹰撕成碎片了。当时自己一个劲奔逃，忽而俯冲，忽而腾空，但那个巨大的敌人紧紧咬住它，始终像一片乌云笼罩头顶。不知什么时候，自己被刺树挂住，掉了两片羽毛，未感觉到痛，但身体不平衡了，速度开始放慢。就在这千钧一发的时刻，晶晶看到了它。"咕嘟嘟——"，那是召唤还是在声援？晶晶飞过去，跟着它飞越一片枣林，滑过一个麦场，然后钻进一个大石磨下的窄缝里。这里老鹰无法挤进来，而且附近有人影，有狗吠，老鹰果然只敢在高空盘旋，绝望地叫喊一阵，最后丧气地走了。

晶晶向灰鸽子拍拍翅膀，发出亲切轻柔的咕咕声。

灰鸽子走了，不一会儿，又带来一大群鸽子。这是个多么热闹的群体呵。雄的，雌的，大的，小的，白的，灰的，此起彼落地飞翔和跳跃，鸽哨声响成一片。大家都打量着这个浑身雪白的新朋友。几只雄鸽还大声叫唤，蓬松羽毛，显示声音的圆润洪亮，展示宽阔的肩幅和挺健的龙骨。

"咕咕咕——"，晶晶听出了它们的欢迎和安慰，也尽可能做出了回答，只是它关于湖水和水田的描述，似乎使对方觉得不可思议。它觉得自己已经说得够清楚了，但新朋友们还是一个个目光茫然。但不管怎么样，它眼下结束了孤单，重新进入火热的集体。是的是的，它记起了母亲的话，没有集体，活着还有什么意思呢？尽管在集体里也会有不愉快，也会出现争食或争偶的打斗，但群居才会有安全，有交流，有游戏，有欢乐的歌唱。它们扑扑地从一块麦田飞向另一块麦田，从一个屋顶飞向另一个屋顶……在这个过程中，晶晶已经学会了吃麦粒和高粱米。

它吃饱了，喝足了，但还在东张西望，瞪大眼睛寻找什么。这里的一切使它没法忘记"那个地方""那个人"。那里有青山中的湖面，有山沟里的小木屋。它不是应该飞到那个小木屋去，取来小竹筒里的纸条吗？它不是应该在那棵熟悉的老树枝上，等待主人在晚霞中归来吗？它怎么能停留在这里？

当然啦，这里有食物，有朋友，也有草窝，但好像还少了点什么。是的，这里似乎什么也不缺，唯独没有它日日相守的图景和动静。

它扶摇直上，又徘徊飘落，引得鸽群追随它求索上下，投来种种惊疑和询问的目光。天色暗了。首先是两只胖鸽发出了疲倦的呻吟，接着是一只麻色雄鸽发出了回家的号召。什么新鲜东西也没发现的鸽子们，渐渐不满意外来者的引导了。"咕嘟——咕嘟嘟——"，它们用嘴梳理羽毛，清洗泥灰，摇着尾巴，恢复了如常的自在和安闲。当它们动身回巢时，发现晶晶还孤零零地立在一个废碉堡上。

如果附近有人，如果人可以听懂鸽语，那么就可以听到这样一场对话：

"你还要干什么呢？"有一只鸽子问。

"我要寻找。"晶晶回过头来。

"你找什么呢？"

"我……要寻找。"

鸽子们耸耸肩，发出杂乱的咕咕声：奇怪，奇怪。它们劝晶晶不要胡思乱想——是的，它们什么也不缺少，什么也不必去寻找。"咕咕"，它们吃了就玩，累了就睡。"咕咕"，在满足之后，它们是慷慨大方的。在饥寒面前，它们并不缺乏勤劳。但它们这些菜鸽从不幻想，只有刚出壳的乳鸽才幻想啦。"咕咕"，它们有祖先，也有后代，有自己的窝巢。它们虽然一旦长得肥满就会死于人类的刀下，但谁又能免一死呢？它们虽然飞不了多远，但谁又能逃出天地的大限？既然如此，那么大家就安于现状，至少赚一份舒适，不必自寻烦恼和自找苦头吧？

不，我要寻找。晶晶低下头去。

菜鸽们终于扫兴地飞走了。大地寂静下来，冷冷的夜雾漫淹过来。地头冒出一个金闪闪的圆，记得它有时像一个钩，有时像一个桃，今天怎么变得这样又大又亮？记得有一次晶晶向它飞去，想啄一啄它，但飞了好久好久，它还是远远的。现在，晶晶要去寻找心中的一切，会不会也像那次一样无功而返？

它完全没有把握。

它突然听到身边有扑扑的声音，回头看，是一只灰鸽——哦，它没有回去。

他开始了新战略。那天，燕子低飞，水缸出汗，蚂蚁筑坝，明明是要落雨的征兆，而且收音机里明明有大雨的预报，但他作为气象员偏偏不去通报消息。眼看一场暴雨喊下就下，晒的一坪油菜籽全被打湿了。刚下田的千多斤碳氨，被山水一盖，只怕肥水跑走了一半，急得老队长跺脚喊皇天。

公社秘书下来检查工作，他正好利用这个机会耍赖，口口声声说没衣服换了，要借秘书身上那件中山装。衣服虽没借到，但衣袋里一包烟却被强行"借"走了。秘书脸上红一块白一块,不好发作,只得拔腿就走,怕他又来搜钱和粮票,说不定还要抢手表。不几天,秘书的话就风传下来了:"那个叫麻雀的,什么知识青年?简直是城里的街痞子。第三次世界大战一打,先把他捆起来!"

看牛当然也不能太老实。一上山,他就一个大字躺在地上呼呼睡觉,要放牛伢给他打扇,摘杨梅来供奉他。结果牛吃禾,牛打架,闹得队上鸡飞狗跳。那天收工点数,发现少了一头黑牛。

"我的娘,何得了!"队长在禾坪里急得团团转,"那只牛婆刚抱福,万一跌到山下,出手就是千多块呢。"社员们也惊动了,围拢来叽叽喳喳,对他投射埋怨的目光。

"我一双眼睛,哪里管得那样多?鬼知道它到哪里去了。"他坐在地上满不在乎。

"你是一个人,你要拿工分的呀!"

"我根本不稀罕工分。"

"那你吃什么?要你喂头猪,你懒。要你出粪平田,你又说做不了。看牛也当好耍?你你……"

"我怎么样?我早就不想在这里干了。你们讨厌我,谢天谢地。我就是希望你们讨厌我。快去给公社进一言,把我送走吧。"

队长的胡子都翘起来了,一跺脚:"你枉吃了二十多年的谷米哟!"转身就急匆匆找牛去了……老饲养员甚至急得呜呜地哭了起来。

深夜,队长带着几个人找牛还没有回来。山上有松林的呼啸和竹林的喧哗，间或有野猪叫或野鸟叫，还有一些不可名状的声音。唉，他们找到牛没有？他们会碰上野猪或者毒蛇吗？他们肚子饿了吗？会摔跤吗？他们的老婆孩子还在门边等待吧？……麻雀有点六神无主，终于提着马灯出门。高一脚，低一脚，四野黑森森，只有点点萤火飘忽不定。他后悔自己不该故意怠工，惹下这一场大祸。

但他捶捶脑袋，又停止了脚步。不行，他不能中止自己的战略战术，做事得做到底。他要咬牙关挺住，要继续表演下去。这个世界上强者生存，是蜂得有刺，是狗得有牙，是牛得有角，自己怎么能这样心肠软？对，应该回去，喝酒，睡大觉……他挠挠脑袋，把一包香烟塞进队长家的门缝，然后跑回家了。

它们飞向南方。

脚下有波浪撞击的声音，大概是一个大湖，或是一条大江吧？到处弥漫着浓雾，浓得简直是一团团水。晶晶和灰鸽分不清白天还是黑夜，既看不到阳光，也看不到星光，更听不到人或者禽兽的声音。它们只感到翅膀已经潮湿，沉重如铅，麻木如无，一股无形的力量拖着自己下坠。但一听到波浪声逼上来，它们意识到灭顶的危险，于是尽最大的力量升飞……它们不记得这些天来飞过了多少高山和大江。记得那天的暴风雨，真是惊心动魄。天地似乎卷进了一个无底的深渊，树干嚓嚓地被风刮倒，巨风抓住杂乱的沙石抛向高空，又重重地摔下去。它们无法控制自己，被风一次次掀倒，撞在树干或岩石上，撞得自己昏天黑地。踉踉跄跄飞了整整一天后，它们发现自己竟飞回原地，一眼就看见那根曾经告别过的歪脖子树，还有自己停栖过的小桥……它们没有灰心，继续挣扎着向前，向前，向前。好，现在终于有希望了。空中渐渐变得暖和，地上的绿色也多了起来。还有那镜子般的湖泊，玉带般的渠道，多么眼熟呀。晶晶甚至隐约嗅到了故乡炊烟特有的气味。感谢灰鸽一路相伴，增添了旅途中的热情和勇敢。遇到老鹰，它掩护晶晶先行逃走。夜里栖息，它警觉地发现黄鼠狼的脚步声。晶晶打冷噤时，它亲切地靠过来献出温暖。它还那样善于歌唱："咕——嘟——咕——嘟——"它们飞呵飞，寻找呵寻找。对于晶晶来说，寻找成了性格和习惯，成了生命的寄托和生活的目的。为了不能忘怀的一切，它穿过了白天和黑夜，从远方飞向远方。

雾渐渐消散了。绿树上布满了金色的斑点，随着太阳冉冉升起，这些斑点在纷纷燃烧又纷纷熄灭。大雨把大地上杂乱的气味全部洗掉了，只剩下一片清新。鲜花摇动湿润的花瓣，与晨风低声交谈，与蝴蝶互送眼波。

应该休息一下了。晶晶回过头去，突然发现灰鸽子不在身边，却停落在远处一个树墩上，眼光直愣愣的。它怎么啦？

是发现什么动静了？还是累得不想动了？如果晶晶现在能看见自己，就会理解灰鸽的眼光了——阳光下，晶晶显得多么瘦，多么脏，哪是什么鸽子，完全是一只老乌鸦。如果晶晶是一只从未远行过的鸽子，也能理解灰鸽的眼光了——这是一次多么茫然的寻求，多么疯狂的胡闹，多么可笑的一厢情愿！他们还要向前飞吗？还要投向没完没了的苦难么？

爱唱的灰鸽今天有一种反常的沉默。相反，沉静的晶晶今天反而成了个饶舌妇，"咕嘟咕嘟"唤个不停，一股脑地吐出焦急、惊疑、央求和鼓励……可惜它的声音既细弱又嘶哑。它不知道，这种破沙罐的凶音不能再使雄鸽们摆尾挺胸，也很难再换来灰鸽的歌唱。

灰鸽犹疑着，焦急着，躲躲闪闪地支吾，终于长啸一声飞向天空，不过嘴指的方向不是南方而是北方。晶晶明白了什么，大声惊呼紧紧追上，在对方的前面绕飞一圈，想拦住对方，又在对方的侧面伴飞了一阵，想纠正对方的方向。但灰鸽看来去意已决，在空中来了几次躲闪，再次脱离晶晶的指引。

抛开情侣对于哺乳类和爬行类来说也许不算什么，但对于鸽子来说很不容易。悲伤浸透在晶晶的目光中。它追呵追，声嘶力竭，筋疲力尽，眼前只有那个飘飘忽忽的灰点。它根本不在乎灰鸽也瘦了，也掉毛了，但它不能没有对方的温暖，不能没有对方的保护，不能在劳累之后没有对方来清扫自己的羽衣。"咕嘟嘟"，"咕嘟嘟"，它叫得还不凄厉吗？它要怎样才能打动对方的铁石心肠？它边飞边哭，眼前不再有霞光和湖泊，不再有鲜花和露珠了，甚至也没有那个该死的故乡。它们一前一后又穿过了白天和黑夜。在向北的路程中，它们又看见了曾经飞过的高山和平地，一步步得到的，正在一步步丧失。

这一天早晨，灰鸽醒来时，突然发现身边并没有晶晶，只有一堆小松籽，大概是晶晶留下的。当它真的发现身边空空荡荡，也感到一种莫名的恐慌和孤独。它大叫一声，闪电般升入高空，纵目四望，仍不见晶晶的踪迹。它已经不辨方向了，向东，向西，向南，向北，有点手忙脚乱和四处乱窜。终于，当太阳高升时，它发现脚下一片白光中有一只鸽子。白光在雾中闪着鳞波，而鸽子时隐时现，似真似幻。那就是晶晶吧？它为什么不回答？

它猛扑下去，失神中竟没注意到水的声音。扑通——它惊恐地挣扎出水面，但水淋淋的羽翼很难伸展，刚拍打出水面，又落了下来，再拍打起来，再落了下来……直到最后一只大鱼咬住了它的爪子，直到更多的鱼扑了上来。

水纹一圈圈渐渐平息了。

晨光从大树的枝缝里筛落。蘑菇笑眯眯抬起头的地方，蜜蜂和蝴蝶又开始了工作……这里没有工作。这些与城市和农村同时疏远了的生物，只有笑骂，扑克牌，空酒瓶，来自父母的汇款单，《三套车》和《献你一束玫瑰花》。今天在这里吃完了，明天游击队向哪里出动呢？吃光用光，身体健康！来，干杯！为了友谊，为了户口，为了我们的好运气！

不好，酒没有了，现在到处缺烟缺酒，物资供应太紧张。听说河南水灾，辽宁地震。地震怕什么呢？在这里震震也好。第一把公安局的户口管理处震掉，第二把县政府知青安置办公室震掉，这样我们就可以返城了，就可以再次享受可爱的电影、足球、冰激凌、霓虹灯以及跨着脚踏车的街头聚谈了。

麻雀狠狠地抽着烟，一直没吭声。如果说，他第一次到这里来还有些不安，那么现在他已经对这里的空气渐渐习惯。自己似乎正在做一场梦。他学会了打扑克输了以后钻桌子和夹耳朵，学会了骂人、打架以及讲下流笑话，学会了大段背诵老电影里的台词，学会了用酒米引来社员的鸡，然后抓住塞进书包……可不这样又能怎么样？有时候，他也犹豫过，觉得日子不能这样瞎混，他也许应该去找另一些伙伴，比如那些爱因斯坦的崇拜者，或者那些能一气拉完整本练习曲的小提琴手，让自己多少活出点知识来，活出点豪气来。但他有点怯，觉得自己是一只疲乏不堪的麻雀，翅膀已经折断。

"你太懒了！"外号叫"瓦西里"的黑大个敲敲锅瓢，发布命令，"今天罚你和猪头去捕凤，有摆尾子也要得。"他是指打鸟或者抓鱼。

"凭什么要我去？"有人站起来，"我搞来了葱！"

麻雀倒没有争辩。

"那……"大个子为难了，只好求助于这个集体的最高裁决方式，"划拳吧！"

麻雀和瓦西里一出手都输了，好汉不食言，只好提起气枪出发。两人转了两个山冲，并未见到凤。好容易见到一条狗，瓦西里舔舔嘴唇，打了个响指，刚要举枪瞄准。麻雀猛然发现那是队长家的,一挥手,让黑大个的枪打偏了。

枪托一拐,还磕痛了射手的下巴。

"你疯了?"瓦西里怒吼起来。

"那条狗……算了吧。"

"它是你祖宗?"

"是你老祖宗哩!"麻雀也是喝了酒的,也是练过拳的,两人眼一瞪,像公鸡斗架,差点用拳头交锋起来。

"你他妈的一见母狗就起骚吧?要是在战场上碰到国民党的女兵那还得了?你还不哇啦啦就举白旗当叛徒?"

"你他妈的才起骚呢。见条狗就分得出公母,你看见苍蝇也分雌雄是不?"

有鸟叫的声音传来,就在不远。

这种可爱的声音使他们暂时休战。黑大个拍拍灰,赶快上子弹,弓着腰潜身树下,悄悄向前方运动。枪举起来了,呼吸停止了,"嘣——",树叶抖了一下,并没有打中。奇怪的是,那只鸟没有飞走,反而向前面飞过来,落在一个枝头上。可以看清,它个头较大,全身灰黑,像一只小野鸡。

"咕咕咕——",声音急切,好像有点耳熟,但又陌生。加上近旁有蝉灵子叫,他们听不太清楚。

"真没用!"麻雀低声骂了一句,弯腰上前,猛地夺过枪,毫不犹豫地举起来瞄准了。这一枪可要打中呵。射手暗暗假定:如果打中了,那一定是爸爸快平反了。如果还要第二枪,那一定就是只平反不复职也不补工资。如果还要第三枪,那一定是连平反都没戏……他觉得全家的命运此刻都掌握在他手中。

"嘣——",糟糕,爸爸不会被平反。慢点,它还没走,再来一下。"嘣——",它闪了一下,扑腾着飞离,但有点摇摇晃晃,没出三步就栽了下去。打中啦!两人一跃而起,跑过一个草坡,看到了苞谷地里的尸体。

这原来是一只鸽子。它软软地躺在草丛中,半闭着眼皮,胸脯流着血。不过它太瘦了,简直像一包壳,也太脏了,全身都是泥灰。实在是让人败兴。它是谁家的鸽子?大概飞了很远很远的路吧?大概是失群和迷路了吧?射手想起了什么,上前捡起鸽子,摸摸鸟嘴边黑色的血污,身上的泥垢,大腿上化脓的伤口,还有胸前稀疏欲脱的羽毛。突然,他眨眨眼,惊得脸色突变:

这是怎么回事?它腿上有一条破烂褪色的红绸带,还系着一个眼熟的鸽哨……他慌慌地梳理羽毛,发现一旦泥灰剥落,羽毛就展现出洁白。

晶晶!

他大叫了一声。

确实是晶晶,确实是。但它目光已经呆滞,凝望着射手,嘴喙轻轻颤动,像要说出什么,不过已经说不出来了。即算说出来,人类也永远无法听懂。

你要说什么?你说吧,说吧。真是你从远方回来了吗?你是怎样从千山万水之外回来?你变成这个样,我认不出了,辨不出你的呼叫了。你刚才扑着双翅飞过来,声声喊着什么?你是想像人一样笑,像人一样哭,像人一样诉说,像人一样大喊"不要杀我",是吗?呵,我还是扣动了扳机。

捧着逐渐冷却的鸽子,带血的手指在哆嗦。

入夜了,小屋里飘出吉他声和鸽汤的香味。晶晶的故事使大家感叹惊讶,议论了很久,但鸽汤还是要喝的。只有那个射手还在沉默,脸被炉火映得一闪一闪。他的思绪总离不开晶晶。不可想象,蓝天这么大,路途这么远,遥遥千里云和月,它从未经历过这么远的放飞训练,居然成功地飞回来了。当他酒酣昏睡时,它却在风雨中搏击前进,喷吐着满嘴的血腥气味向他一步步接近……他捂住了眼睛。

"同胞们,战友们,为诸位不会死于地震,干杯!"瓦西里举起了酒碗,使屋里又哄闹起来。没有酒,以汤代。没有汤,以水代。酒碗不够的时候,有人把茶缸、瓦钵、锅盖都凑上来了。有人发出傻笑,有人突然想起父母或者城市,眼里不觉流出了泪水。吵闹声和腾腾热气,冲得油灯的火苗直晃……麻雀没有伸手。像突然悟到了一种什么,他深深吸了一口气,把一件上衣往肩头一搭,走向门口。临别时他回头扫了大家一眼,神情严肃,仿佛变成了另一个人。

"我……再也不到这里来了。"

"麻雀,麻雀,你怎么啦?"

"你们……王八蛋。"

"麻雀,你不要太娘娘心肠吧?不就是一只鸟么?"

"我也是十足的王八蛋。"

他播下一片惊疑,然后默默地走了,沿着山路走向自己的家。那里有他的柴刀、锄头、扁担,还有口琴和鸽巢,以及散发出桐油香味的斗笠。

晚风吹来,山峡里一片蛙鸣。一条没牵进栏的牛在村头树下甩着尾巴,喷着粗气。小路上有游动的黄点,那是什么人举着松明子来寻找孩子吧?

天地间有这么多的生物,生来,又死去,死后化作泥和水,变成煤和石头,草木和鲜花。有一个人在这个夜晚相信:晶晶死后一定变成了那种淡蓝色的小花,有金色的花心。它在黎明时开放,像蓝宝石一样闪烁光芒。它在说:"我回来了。"

这个人望着蓝天。

归去来

/// 韩少功

很多人说过,他们有时第一次到某个地方,却觉得那地方很熟悉,不知道是什么原因。现在,我也得到这种体验。

我走着。土路一段段被山水冲坏,留下一棱棱土埂和一窝窝卵石,像剜去了皮肉,暴露出一束束筋骨、一块块干枯了的内脏。沟里有几根腐竹,有一截烂牛绳,是村寨将要出现的预告。路边小水潭里冒出几团一动不动的黑影,不在意就以为是石头,细看才发现是小牛的头,鬼头鬼脑地盯着我。它们都有皱纹、有胡须,生下来就苍老了,有苍老的遗传。前面的芭蕉林后面冒出一座四四方方的炮楼,冷冷的炮眼,墙壁特别黑暗,像被烟熏火燎过,像凝结了很多夜晚。我听说过,这地方以前多土匪,什么"十年不剿地无民",怪不得村村有炮楼,而且山民的房子决不分散,互相紧紧地挤靠着,都厚实,都畏缩,窗户开得小眉小眼的,又高,盗匪不容易翻进去。

这些很眼熟,也很陌生;像平时看一个字,越看越像,也越看越不像。见鬼,我到底来过这里没有呢?让我来推测一下吧:踏上前面那石板路,绕过芭蕉林,在油梓房边往左一折,也许可以看见炮楼后面一棵老树,银杏或者是樟树,已经被雷劈死了。

片刻之后,推测果然被证实了。连那空空的树心,树洞前有两个小娃崽在烧草玩耍,似乎都在我的想象之中。

我又怯怯地推测:老树后面可能有栋矮矮的牛房,房前有几堆牛粪,檐下有一张锈了的犁或耙。当我走过去,它们果然清清晰晰地向我迎来!甚至那个歪歪的麻石舂臼,那臼底的泥沙和两片落叶,也似曾相识。

当然,想象中的石臼里是没有泥水的。但细一想,刚下过雨,屋檐水不应该流到那里面去吗?于是,凉气又从我的脚跟升上来,直上我的颈后。

我一定没有来过这里,绝不可能。我没得过脑膜炎,没患过神经病,脑子还管用。也许是在电影里看过?听朋友们谈过?或是在梦中……我慌慌地回忆着。

更奇怪的是,山民们似乎都认识我。刚才扎起裤脚探着石头过溪水时,一个汉子挑着两根扎成 A 字型的树,从上边来。见我溜溜滑滑,就从路边的瓜棚里拔出一根干树枝,丢给我,莫名其妙地露出一口黄牙,笑了笑。

"来了?"

"嗯,来了……"

"怕有上十年了吧?"

"十年……"

"到屋里去坐吧,三贵在门前犁秧田。"

他屋在哪里?三贵又是谁?我糊涂了。

随着我走上一个小坡,一片檐瓦门庭在前面升了起来。几个人影在地坪中翻打着什么,连枷摇得叭叭响,几下重,又有一下轻。他们都赤脚,蓄寸头,脸上有棕色的汗釉,釉的边缘残缺不齐。日光下一晃,颧骨处的汗釉有一小块反光。上衣都短短地吊着,露出软和的肚皮和脐眼,裤边也松松地搭在胯骨上。只有发现他们中的一个走向摇篮开始解怀给小孩喂奶,又发现都挂了耳环,才知道她们是女人。有一位对我睁大了眼。

"这不是马……"

"马眼镜。"另一个提醒她。觉得这个名字好笑,她们都笑了。

"我不姓马,姓黄……"

"改姓了?"

"没改。"

"就是,还是爱逗个耍啊?哪里来的?"

"当然是县里。"

"真是稀方客。梁妹呢?"

"哪个梁妹?"

"你娘子不是姓梁?"

"我那位姓杨。"

"未必是吾记糟了？不会不会，那时候她还说是吾本家哩。吾婆家是三江口的，梁家畲，你晓得的。"

我晓得什么？再说，那个什么又与我有什么关系？我似乎是想去找她，却来到了这里。我不知自己是怎么来的。

这位大嫂丢下连枷，把我引进她家里。门槛极高，极粗重，不知被多少由少到老的人踩踏过、坐过，已经磨得中部微微凹了下去。黄黄的木纹，像一圈圈月光在门槛上扩散浸染开来，凝成了一截化石。小娃崽过门槛要靠爬，大人须高高地勾起腿才能艰难地倾着身子拐进去。门内很黑，一切都看不清楚。只有一个高高的小窗眼涌下一点光线，划开了潮湿的黑暗，还有米潲和鸡粪的气味。好半天瞳孔才适应过来，可以看见壁梁上全是烟灰，还有同样苍黑的一个什么吊篓。我坐在一截木墩上——这里奇怪地没有椅子，只有木墩和板凳。老妇和少妇们都叽叽喳喳地挤在门边，喂奶的那位毫不害羞，把另一只长长的奶子掏出来，换到孩子嘴里，冲我笑了笑，而换出的那一只还滴着乳汁。她们都说了些奇怪的话……

"小琴……"

"不是小琴。"

"是吧？"

"是小玲。"

"哦哦。小玲还在教书吧？"

"何事不也来耍耍啊?"

"你们都回了长沙吧?"

"是长沙城里还是长沙乡里?"

"有娃崽没有?"

"一个还是两个?"

"小罗有娃崽没有?一个还是两个?"

"陈志华有娃崽没有?"

"一个还是两个?"

"熊头呢?找了娘子没有?"

"也有娃崽了吧?一个还是两个?"

……

我很快察觉到,她们都把我错当成一个既认识什么小玲也认识什么熊头之类的"马眼镜"了。也许那家伙同我长得很像,也躲在眼镜后面看人。

他是什么人?我需要去想他吗?从女人们的笑脸来看,今天的吃和住是不成问题了,谢天谢地。当一个什么姓马的也不坏。回答关于一个还是两个的问题,让女人们惊讶或惋惜一阵,不费气力。

梁家畲来的大嫂端来一个茶盘,四大碗油茶,我后来知道,这是取四季平安的意思。碗边黑黑的,令我不敢把嘴沾上去,不过茶倒香,有油炒芝麻和糯米的气味。她把地下两条娃崽的脏衣捡起来,丢进木盆,端到里屋去了,于是一句话被分切成两截:"老久没有听到你的音信,听水根夫子话……(半晌才从里屋出来)你一回去,就坐了大牢?"

我吃了一惊,差点让油茶烫了手:"没有。什么大牢?"

"背时的水根,打鬼讲!害得吾家公公还吓心吓胆,为你烧了好多香。"她捂嘴笑起来,"哎哟,要死了。"

妇女们都笑起来。有一嘴黄牙的还补充:"还到戴公岭求了菩萨呢。"

真是晦气,扯上了香火菩萨。也许那个姓马的真的撞了什么煞,有牢狱之灾,而我代替他在这里喝油茶,在这里蠢笑。

大嫂又端上了第二碗茶,一只手照例搭在端茶这只手的腕子上,大概是一种礼节。而我第一碗还没有喝完,水干了,芝麻和糯米却没有滑到碗边来,不知用什么办法才能斯文体面地吃上。"他老是挂牵你,说你仁义,有天良。你那件袄子,他穿了好几个冬天。他故了,我就把它改了条棉裤,满崽又穿……"

我想谈谈天气。

屋里突然暗了下来,回头一看,一个黑影几乎遮挡了整个门。看得出是男的,赤着上身,隆起的肌肉没有曲线,有棱有角像一块块岩石。手里提着一个什么东西,从那剪影来看,是个牛头。黑影向我笼罩过来了,没容我看清面孔,哧的一下丢掉了手里的东西,两只大掌捉住了我的手搓起来:"是马同志啊,哎哟哟,啊呀呀……"

我又不是一条毛虫,惊恐什么呢?

当他转到火塘边，侧面被锁上了一层光亮，我这才看清是一张笑脸，有黑洞洞的大嘴巴，两臂上都刺了些青色的花纹。

"马同志，何时来的？"

我想说我根本不姓马，姓黄，叫黄治先，也不是深沉而豪迈地来寻访旧地的。

"还识得吾吧？你走的那年，还在螺丝岭修公路，吾叫艾八啊。"

"艾八，识的识的。"回答得很卑鄙，"你那时候当队长。"

"不是队长，吾记工。你嫂子，还识不识哟？"

"识得识得，她最会打油茶。"

"吾同你去赶过肉的，识不识得？（赶肉，是否就是打猎？）那次吾要安山神，你话（说？）那是迷信。收末还不是，你碰上牧麻草，染了一身毒疮。那回你还碰了只麂子，从你膀卜过，没叉着……"

"嗯嗯，没叉着，就差一点点。我眼睛不好。"

黑洞洞的大嘴巴哈哈笑起来。女人们慢慢起了身，摇晃着宽人的臀部，出门去了。自称艾八的男人搬出一个葫芦，向我大碗大碗敬酒。酒很浑浊，有甜味，也有辣味和苦味，据说浸过什么草药和虎骨。他不抽我的纸烟，用报纸卷喇叭筒，吸一口，烟纸烧起了明火。他不急，甚至看也不看一眼，待我急了好一阵，才从从容容一口气把明火荡灭，烟还是好好的。

"如今酒肉尽你吃，过年，家家都宰了牛。"他抹着嘴巴，"那年学大寨,谁都没得禄。你晓得的。"

"是没得禄。"我想谈谈大好形势。

"你视见德龙哥了吗?他当了乡长,昨日到捉妹桥栽树去了,兴许回来,兴许不回来,兴许又会回的。"他谈起一些令我糊涂的人和事:某某做了新屋,丈六高;某某也做了新屋,丈八高;某某也要做屋了,丈六高;某某正在打地基,兴许是丈六也兴许是丈八。我紧张地听着,捕捉这些话后面的各种脉络。我发现这里的话有些怪,"看"成了"视","安静"成了"净办"。还有一个个"集",是起的意思,还是站立的意思?

我有点醺醺然了,对丈六或丈八胡乱地表示着高兴。

"你这个人过得旧,还进山来视一视。"他又把烟纸吸出了浅浅的明火,又让我暗暗急了两秒钟,"你当民师那阵发的书,吾还存着哩。"他咚咚地上楼,好半天才头顶几丝蜘蛛网下来,拍着几页黄黄的纸。这是几页油印的小书,大概是识字课本,已经撕去封面了,散发出霉气和桐油气。上面好像有什么夜校歌谣、农用杂字、辛亥革命,还有马克思论农民运动及什么地图,印得很粗糙,一个个字大得很,还有油墨团子。我觉得这些字我也能写出来,没什么稀奇的。

"你那时也遭孽,饿得脸上只剩一双眼睛,还来讲书。"

"没什么,没什么。"

"腊月大雪天,好冷啊。"

"好冷的,鼻子都差点冻落。"

"还要开田,打起松明子出工。"

"嗯啦,松明子。"

他突然神秘起来,颧骨上那一小块光亮,几颗酒刺,朝我逼近了,"吾想打听件事,阳矮子是不是你杀的?"

什么阳矮子?我头盖骨乍地一紧,口腔也僵硬了,连连摇头。我压根儿不姓马,也没见过什么阳矮子,怎么刑事案都往我身上扯?

"都话是你杀的。那家伙是条两头蛇,该杀!"他愤怒着,见我否认,似乎有点怀疑,又有点遗憾。

"还有酒没有?"我岔开话题。

"有的有的,尽你的量。"

"这里有蚊子。"

"蚊子欺生,要不要烧把草?"

草烧起来了。又有一批批的人来看我,拐进门来,照例问起身体可好和府上可安一类。男人们接过我的纸烟,嗞嗞地抽得很响,靠门或靠墙坐下,眯眯笑,不多言语。听他们自己偶尔说上两句,有的说我胖了,有的说我瘦了;有的说我老多了,有的说我还很"少颜",当然是由于城里的油水厚。直待烟烧完,他们又笑一笑,说是去倒树或下牛粪。有几个娃崽跑过来,把我的眼镜片考察了片刻,然后紧张得兴高采烈,恐惧得有滋有味,"里面有鬼崽!有鬼崽!"一边宣告一边四下奔逃。一位姑娘,总是咬着一根草站在门边,痴痴地望着我,还好像亮晶晶地旋着泪花，不知是什么意思。弄得我很不自在，只好正经地总不时地盯住艾八。

这类事我已经碰得多了，刚才去看他们种的鸦片，路上碰到一位中年妇人。她一见我就显得恐惧，脸像一盏灯突然黯淡，赶紧拔着鞋后跟，低头择路而去。也不知道是什么意思。

艾八说我还应该去看看三阿公——其实三阿公已经不在，说是不久前被蛇咬死了，只是在人们的谈论中，还留下一个名字。在砖窑那边，还有他一栋孤零零的小屋。已有一半倾斜，眼看就要倒塌。两棵大桐树下，青草蓬蓬勃勃地生长，有腰深，已从四面八方包围过来，阴险地漫上了台阶，摇着尖舌般的草叶，像要吞灭小屋，像要吞灭一个家族的最后几根残骨。挂了锁的木门，已被虫蛀出了密密的黑洞。我不知道主人在的时候，房屋是否会破败得这么厉害。难道人是房屋的灵魂，灵魂飞去，躯壳就会腐朽得这么迅速吗？草丛里倒栽着一盏锈马灯，上面有几点白白的鸟粪。还有一个破了的瓦坛子，你一碰，坛子里就嗡地一下涌出很多蚊子。艾八说这瓦坛总是浸酸菜，当年我经常到三阿公家里来吃酸黄瓜的。（是吗？）墙上灰壳剥落，隐隐约约有几个油漆字，仅笔触的边沿还未完全褪色："放眼世界……"艾八说那还是我写的。（是吗？）艾八扯了一把车前草，又打望树上的鸟窝。我则朝窗里瞥了一眼，见屋角有半筐石灰，还有一个大圆盘，细看，发现是铁杠铃，锈得不成样子了——我感到惊异，这种罕见的体育用品，怎么会出现在深山里？怎么运到这里来的？

大概不用问，也是我送给三阿公的，是吗？我把它送给三阿公去打锄头或耙头，而他终究还是没有打。是吗？

有人在坡上唤牛："呜吗——呜吗——"于是对面的林子里有隐隐的牛铃声。这里唤牛的方式比较奇特，像喊妈妈，喊得很凄凉。也许那炮楼的砖壁就是被他喊黑的吧。

一位老阿婆背着小小的一捆柴，从山上下来，腰弯得几乎成了直角，走一步，扯出的下巴就一锄，像锄着步子。她深深地仰望了我一眼，似乎不是看我，而是从前面看到了我脑后的桐树，模糊的黑瞳孔全顶着上眼皮，没有任何表情，只有满脸皱纹深刻得使我一震。她看看三阿公的老屋，又回头看看寨子口上的那棵老树，没头没脑地咕噜了一声："树也死了。"又慢慢地锄着步子远去，头上几根枯枯的银丝，随着风压下去，压下去。

我现在相信，我确实没有来过这里。我也无法理解老阿婆的这句话——一个无法看透的深潭。

晚饭弄得很隆重，牛肉和猪肉都大模大样，神气十足，手掌大一块，熬得不怎么熟，有一股生腻味。堆出了碗口，就系上草箍，一层层往上码，像码砖窑——几千年前就有这种吃法吧。男客才能上桌。有一位没到，主人在空着的位子上放了一张草纸，大家吃一块，往纸上夹一块，算是他也吃了。席间我谈到了香米，他们根本不肯出价钱，简直是要白送。至于鸦片，今年鸦片好是好，但国家药材站统购。我不好再说什么。

"阳矮子该杀。"艾八呵呵地喝下一口热汤，把汤勺放回桌面那黏糊糊的老位置上,又眼盯肉碗敲着筷子,"翘屁股,圆手板,什么功夫都做不像,还起屋,不就是阴毒?"

"就是,哪个没挨过他一绳子?吾腕子上现在还两道疤。操他老娘顿顿的!"

"他到底是何事死的?真的碰了血污鬼,跌到崖坎下去了?"

"人再狠,拗不过八字。命里只有一升,偏要吃一斗。夏家湾的洪生也是这个样。"

"连老鼠都吃,几多毒辣!"

"是蛮毒辣,没听见过的。"

"熊头也遭孽,挨了他两巴掌。明明是几袋颜料,吾视见过的,染不得布,只画得菩萨伢子。他总是炮子。"

"也怪熊头的成分大了一点。"

我鼓足勇气插了一句:"阳矮子的事,上面没派人来查过吗?"

艾八咬得一块肥肉吱吱响:"查过的,查卵!那天来找我,我就去寻鸡婆。哎,马同志,你的酒没动啊?来,取菜取菜,取。"

他又压给我一大块肉,我喉头紧缩,只好再次做出去装饭的模样,躲入暗处,把肉拨给了膀下一挤而过的狗。

饭后,他们说什么也要让我洗澡,我怀疑这是不是当地一种风俗,得装得很懂。

没有澡盆,只有澡桶,很高大,足可以装几大锅热水,就放在灶屋一角。女人们可以在桶前来来去去,梁家畲来的大嫂还不时用瓜瓢来加水，使我不好意思，往桶内一次次蹲。只有她提桶去喂猪，才偷偷出了口长气。我已经洗得一身发热，汗气腾腾了。大概水是用青蒿熬出来的，全身蚊虫咬出来的红斑也不怎么痒了。头上那盏野猪油的灯壳子，在蒸汽中发出一团团淡蓝色的光雾，给肉体也抹上一层蓝。穿鞋之前，我望着这个蓝色的我，突然有种异样的感觉，好像这身体很陌生，很怪。这里没有服饰，没有外人，就没有掩盖和作态的对象，也没有条件，只有赤裸裸的自己，自己的真实。有手脚，可以干点什么；有肠胃，要吃点什么；生殖器可以繁殖后代。世界被暂时关在门外了，走到那里就忙忙碌碌，无暇来打量和思量这一切。由于很久以前一个精子和一个卵子的巧合，才有了一位祖先，这位祖先与另一位祖先的再巧合，才有了另一个受精卵子，才有了一个世世代代以后可能存在的我。我也是连接无数偶然的一个蓝色受精卵子。来到世界干什么？可以干些什么？……我蠢头蠢脑地想得太多了。

我擦拭着小腿上一道一寸多长的伤痕，这是足球场上被一只钉鞋刺伤的。似乎也不是，而是……一个什么矮子咬的。是那个雨雾蒙蒙的早上？那条窄窄的山道上？他撑着阳伞过来，被我的目光吓得颤抖了。然后跪下，说他再也不敢，再也不敢；还说二嫂的死与他毫无关系，三阿公的牛也不是他牵走的。最后，他反抗，眼球凸得像要掉出来，咬住了我的腿，双手开始揪住套着喉管的一根牛绳，接着又猛地伸开去，像两只螃蟹在地上爬着，弹着，抠进泥沙里。不知什么时候，这两只螃蟹才慢慢地休息了，安静下来……

我不敢想下去，甚至不敢看自己的手——是否有股血腥味和牛绳勒出的痕迹？我现在努力断定，我从来没有来过这里，也不认识什么矮子。这一团团蓝色的光雾，甚至梦也没有梦见过。没有。

堂屋里很热闹。有一位老人进来，踩灭了松明子，说他以前托我买过染布的颜料，欠了我两块钱，现在是还钱来的，又请我明天到他家去吃饭和"卧夜"。这就同艾八争起来了，艾八说他明天接裁缝，已经砍了肉，明天我毫无疑问地该到他家去……

趁他们还在争执，我潜出门，浅一脚深一脚，想去看看"我"以前住过的老屋——听艾八说，就是树后的牛房。前年才把它改作牛房的。

又经过桐树下，又看见了杂草将要吞灭的老阿公——倾斜茅屋的黑影。它静静地望着我，用乌鸦的叫声咳嗽，用树叶的沙沙声与我交谈。我甚至感到了一股似有似无的酒气。

孩子，回来了吗？自己抽椅子坐下吧。吾对你话过的，你要远远地走，远远地走，再也不要回来。

可是，我想着你的酸黄瓜。我自己也学着做过，做不出那个味来。

那些糟东西有什么好吃呢？那时候是视见你们饿，遭孽，一犁拉到头，连田塍上的生蚕豆也剥着吃。吾才设法子做一点。

你总是惦记着我们，我知道的。

谁没个出门的时候呢？那是该的。

那次担树杈，我们只担了九担，你记数，总说我们担了十担。

吾不记得了。

你还总要我们剃头，说头发和胡须都是吃血的东西，留长了会伤精气。

是吗？吾不记得了。

我该早一点来看你的。我没想到，变化会这么大，你走得这么快。

该走了。再活不快成精了吗？吾就是喜欢一口酒，现在喝足了，可以安安稳稳睡了。

阿公，你抽烟吗？

小马，喝茶自己去烧吧。

……

我离开了那股酒气，举着将要熄灭的松明子，想着明天早上的农活，不时听到脚边的青蛙跳到水圳里去，回家了。但我现在手中没有松明子，我的家也变成了牛房，显得如此生疏和冷漠。看不清什么，只有牛反刍的声音，还有牛粪草热烘烘的酸气涌出门来。牛以为是主人来了，头挤头往外探，碰得门栏咔嗒响。我一走，脚步声就从牛房的土壁上回过来，像还有一个人在墙那边走，或是在墙土里面走——这个人知道我的秘密。

对面的山壁黑森森的，夜里比白日里显得更高大更近了，使你有呼吸困难的感觉。仰望头上那宽窄不匀的一线星空，地近天远，似乎自己就要被一股莫名的力量拉住，就要往这地缝深处沉下去,再沉下去。

巨大的月亮冒出来,寨里的狗好像很吃惊,猖猖地叫。我踏着树影筛下的月光,踏着水藻浮萍的圈圈点点,向溪边走。我猜测,在溪边可能坐着一个人,也许是一位姑娘,嘴里正含着一片木叶。

溪边没有人。但我回来时,终于见老树下有一个人影。夜色这样好,是该有个剪影的。

"是小马哥?"

"是我。"居然应答得毫不慌张。

"从溪边来?"

"我……你是谁?"

"四妹子。"

"四妹子,你长得好高了。要是在外面碰到,会根本认不出你。"

"你跑的世界大,就觉得什么都变了。"

"家里人都好吗?"

她突然沉默了,望着那边的榨房,声音有些异样:"吾姐,好恨你……"

"恨……"我紧张得瞥了瞥通向灯光和地坪的路,想逃跑,"我……很多事不好说。我对她说过……"

"那天你为哪样要往她背篓里放苞谷呢?女崽家的背篓里,随便放得东西的吗?她给了你一根头发,你也不晓得吗?"

"我……我不懂,不懂这里的规矩。我……想要她帮忙,就让她背几个苞谷。"

大概回答得不昏，还可以混过去。

"人家都这样话，你是个聋子吗？我都视见过，你教她扎针。"

"她喜欢学，想当个医生。其实，我那时也不懂，只是乱扎。"

"你们城里人，是没情义的。"

"不要这样……"

"就是！就是！"

"我知道，你姐姐是个好姑娘，我知道的。她歌唱得好听，针线也做得巧。有一次带我们去捉鳝鱼，下手就是一条。我病了，她哭得好厉害……我都是知道的。可是，有好些事你们不懂，也说不清楚。我一生都会奔波辛苦，我……有我的事业。"

终于选择了"事业"这个词，尽管有点咬口。

她捂着脸抽泣起来："那个姓胡的，好狠毒哩。"

我似乎知道这是什么意思，继续试探着回答下去："我听说了，我要找他算账。"

"有什么用？有什么用？"她跺着脚，哭得好伤心了，"你要是早说一句话，也不会成这个样。苢姐已变成了一只鸟，天天在这里叫你，叫你。你听见没有？"

月光下，我看见她瘦削的背脊在起伏，上面是光滑的脖颈，甚至头发中缝中白白的头皮也清晰入目。我真想给她擦泪，想抓住她的肩膀，吻她那头皮，像吻我的妹妹，让她的泪水贴到我的嘴唇上，咸咸的，被我吞饮。

但是我不敢,这是一个奇怪的故事,我不敢舔破它。

树上确实有只鸟在叫唤,"行不得也哥哥,行不得也哥哥",声音孤零零的,像利箭射入高空,又飘忽忽地坠入群山,坠入绿林,坠入远方那一抹乌云和无声的闪闪雷电中。我抽了支烟,望着雷电,像在对无声的历史问话。

行不得也哥哥。

我走了,行前给四妹子留了封信,请梁家畲来的大嫂转交。信中说她姐姐以前想当医生,终究没当成,但愿妹妹能实现姐姐的愿望。路是人闯的,她愿意投考卫生学校吗?我将寄给她很多很多复习资料,一定。我还说,我不会忘记她姐姐。艾八把那只树上的鹦鹉捕住了,我将带回去,让它天天在我的窗前歌唱,与我成为永远的朋友。

我几乎像是潜逃,没给村寨里的人告别,也没顾上香米——其实我要香米或鸦片干什么呢?似乎本不是为这个来的。整个村寨,整个莫名其妙的我,使我感到窒息,我必须逃。回头看了看,又见寨口那棵死于雷电的老树,伸展的枯枝,像痉挛的手指。手的主人在一次战斗中倒下了,变成了山,但他还挣扎着举起这只手,要抓住什么。

进了县镇的旅社,在床头鹦鹉的咕咕嘟嘟声中入睡。我做了个梦,梦见我还在皱巴巴的山路上走着,土路被山水冲洗得像剃去了皮肉,留下一束束筋骨和一块块干枯了的内脏,来承受山民们的草鞋。这条路总也走不到头。我看着手腕上的日历表,已经走了一小时,一天,一个星期了……可脚下还是这条路。甚至后来我不管到哪里,都做这同样一个梦。

我惊醒过来,喝了三次水,撒了两次尿,最后向朋友挂了个长途电话,本想问问他在牌桌上把那个曹癞子打"跪"没有,出口却成了打听自学成才考试的事。

朋友称我为"黄治先"。

"什么?"

"什么的什么?"

"你叫我什么?"

"你不是黄治先吗?"

"你是叫我黄治先吗?"

"我不是叫你黄治先吗?"

我愕然了,脑子里空空的。是的,我在旅社里,过道里蚊虫扑绕的昏灯,有一排临时床。就在我话筒之下,还有个呼呼打鼾的胖大脑袋。可是——世界上还有个叫黄治先的?而这个黄治先就是我吗?

我累了,永远也走不出那个巨人的我了。妈妈!

爬满青藤的木屋

/// 古华

多年来,雾界山林区流传着"瑙格劳玉朗"的故事。"瑙格劳玉朗"就是瑶语"瑶家阿姐"。说是在雾界山古老幽深的森林腹地——绿毛坑,有个守林子的瑶家阿姐,名叫盘青青。她在山里出生、长大,招郎成亲,连林场场部这样远的地方也只来过一次。所以林场的后生子们只听说她是位仙姑般的阿姐,没有见过她本人。她家祖辈都住在绿毛坑,一栋爬满青藤的木屋里。木屋是用一根根枞木筒子筑起来的,斧头砍不进,野猪拱不动。枞木筒子埋进土里的那一截,早就沤得发黑了,长了一层层波浪形花边似的白木耳。木屋后头是一条山溪,山溪一年四季都是清幽幽的。木屋和外界的联系,除开一条小土路,"文化大革命"前还架设过一根报火警的电话线路。有年冬天落大雪,把电话线压断了。"文化大革命"以来林场领导上台下台像走马灯,夺权反夺权的政治烧饼都翻不赢，也就没顾上再派人把电话线路修复。因而那根象征着现代文明的铁线线，没能再进入到这古老的森林里……平常日子呀，白日黑夜，几万亩林子，要不是这木屋里偶尔有几声鸡啼狗吠、娃儿哭闹，木屋上头飘着一线淡蓝色的炊烟，绿毛坑峡谷就清静得和睡着了一样。就是满山的鸟雀叽喳，满山的花开花落，也不曾把它唤醒。

盘青青的父母过世得早。她男人名叫王木通，是个汉族，生得武高武大，有一副打虎将似的好身骨。夫妇两个都是林场的守林人，王木通喜欢顿顿饭前喝两杯盘青青烤制的苞谷酒，除了偶尔发酒疯，把盘青青打得青一块、紫一块外，还不算个坏丈夫。他也晓得疼女人，从不要青青上山打柴禾，木屋门口的劈柴总是堆是堆，垛是垛；从不要青青去砍修防火道，绿毛坑十几年来也没有起过山火；从不要青青去挖土种地，溪边的一大块自留地里总是四时青葱、新鲜瓜菜，一家四口吃不赢。盘青青只管喂猪、奶娃娃，浆洗缝补应家务，所以二十六七岁了还像个没成亲的阿妹那样水灵鲜嫩。王木通目不识丁，却十分自信，什么都懂。在绿毛坑，他觉得自己是真正的"主人"：女人是他的，娃儿是他的，木屋山场都是他的。当然，他又是归林场领导的。领导派他在这里看林子，他就像个小小的一方诸侯似的。盘青青生娃娃前，曾多次提出要到九十里外的场部去看看，都被他阻止了，还因此挨过他的蛮巴掌，甚至罚过跪。他是怕自己的俊俏女人到那种热闹地方见了世面，野了心，被场部那些抻抻抖抖、油光水滑的后生子们勾引了去。直到盘青青给他生下了一个男娃，后又生下一个女娃，才落了心。好像盘青青这才在他的腰带上系牢了，真正成了他的女人。巴掌、罚跪一类的家道自然就轮着小一辈分的受用了。他把全家人的日子治理得有规有矩。夫妻、父子，在绿毛坑木屋里各就各位，居然也讲究点尊卑高下，组成了一个小小的社会。

王木通和盘青青过着与世隔绝似的日子，虽然算不得夫唱妻随，却也彼此习惯，相安无事。王木通每月去场部一次，一来领回夫妇两人的工钱，二来挑回全家人的白米、油盐。每次出门回家，少不了也要和盘青青讲些场部发生的事，或是从场部听来的一些传闻。盘青青总是睁大了乌黑乌亮的眼睛，心里充满了新奇，仿佛男人讲的是些天边外国的事情。这几年，男人给她讲的尽是些外边的学生娃娃造反闹事啦；戴眼镜的先生们像串猴子一样被牵了挂牌游山啦；做了半辈子学问的林技师竟在一汪水牛滚澡的水凼凼里自尽，连脊背都没有打湿啦；后来又是批鹿（儒），这个鹿不是山里跑得飞快、只有枪子才追得上的野鹿，听讲，读书人都算鹿……"唉。还是住在我们绿毛坑里好！泥巴黑得发亮，肥得出油，就是插下根柴棍棍也能抽枝出芽！我们没有文化，不招惹人家，人家也不来惹我们……"

男人讲的这些，盘青青有的能懂，有的不懂，混混沌沌，还为外边那些读书人担惊受怕过。读书识字是个祸。她不禁暗暗为自己和男人庆幸。"还是住在我们绿毛坑里好。"这话听多了，也就相信了。场部那种明争暗斗乱糟糟的鬼地方,她连想都不去想了。她对男人没有太高的要求,只望他发火打人时,巴掌不要下得太重。他们每天天一落黑,就早早地关紧木屋门,上床睡了。打回半斤煤油够点半年。只有天上的月亮和星星,偶尔透过那高高的木格窗子,窥视过他们夫妇的夜生活。

"青青,你还要替我多养几个娃儿!"

"我们有小通、小青两兄妹了。你不是讲如今场里不准大家多养,女的都要去阉一刀?"

"不管,我们再养五个不为多!"

"你就不怕苦了我。"

"苦?女人养娃还怕苦?"

"怕场里骂人。"

"怕个卵。顶多不发口粮。我们绿毛坑有水有土。你看看,我这双手巴子粗得和量米筒一样,还养不大儿个娃娃?冬下我再开出一块棉花地,明年你把你阿妈留下的花车、木机搬下来,洗干净……"

"看你,把我当山鸡,喂在这山里。"

"你是我的!"

盘青青被男人搂在发着汗酸味的腋窝里,不作声了。她温顺驯服。她是男人的。男人打她骂她也是应分的。她正在青春盛期,生娃儿就和树上结果子一样,不痛。喂起娃儿来,那白生生的奶子哟,也和树浆一样,流不尽。她男人呢,年富力强,打得死大虫捉得来野猪，那双铁箍似的手臂搂紧了她，做些大约是山外边的夫妇也做的事儿，力气大得没有地方用似的。

一九七五年夏天，绿毛坑来了个"一把手"。不要误会，这"一把手"不是哪位负责同志，而是个一九六四年来林场落户的城市青年。他真名实姓叫李幸福，说是解放那年出生的。他瘦高条子，长相秀气，采种育苗手勤脚快，见了场里工人、干部嘴巴乖巧。可是一九六六年红卫兵大串联使他着过魔，有一回他扒火车，把好端端的一只手臂丢在铁轨上了，从此一边衣袖空荡荡的，在城里逗留了几年，重又回到林场来，林场工人才给他起了"一把手"这个美名。场领导可就拿他作难了，打电话给各个采伐工区、营林队，谁都不肯要。都讲"一把手"干不了体力劳动不说，还是个"革命小将"，若在哪条山沟沟里串联起来，就好比领了块水豆腐跌到火灰里，吹不得，拍不得，如何了得？一天，绿毛坑的守林人王木通来挑一家四口人的口粮，被林场政治处王主任撞见了。王主任一拍后颈窝：对了！何不发配李幸福到绿毛坑协助王木通两口子看林子去？活路不轻不重，倒挺合适，再加上那地方方圆百里没有人家，就一对老实巴交的王木通夫妇，他还能和猴子、山鸡串联去？王木通初听给他添个人手，归他领导，倒很高兴。但一问李幸福就是"一把手"，便面露难色了。"木通老王！你不是多年来就要求入党？这回可是组织上给你的一个考验！"王主任拍着他的肩膀，"李幸福只手单拳，有什么不好领导的？回头我亲自找他谈话，约法三章，叫他在绿毛坑一切行动听你指挥，凡事向你汇报，离开绿毛坑必须向你请假。你嘛，也要拿出点气魄，把这个犯有错误的知青教育、改造过来！"王木通这才点了头，决心接受组织上对他的考验，挑起"教育人、改造人"的重担。

"一把手"李幸福来到了绿毛坑。以王木通为首的小社会增添了一个重要成员。王木通夫妇就在离古老的木屋二三十步远的地方，也就是紧挨着清澈如玉的山溪，用圆木筒子竖墙，杉木皮盖顶，替"一把手"盖了间小小的、矮矮的木屋。于是一大一小、一旧一新两栋木屋就做了邻居。开初，王木通对"一把手"还没有什么恶感，倒是觉得李幸福一口一声"王大哥"蛮落耳的。

新来乍到，李幸福被绿毛坑里秀丽幽静的景色陶醉了。王木通每天都派他到山腰上去坐寮棚。他每天早晨沿着一条蛇一样弯弯曲曲的小路走进大森林的雾里，恍若走在迷蒙的梦里。满山满谷乳白色的雾气，那样地深，那样地浓，像流动的浆液，能把人都浮起来似的。特别是早上九、十点钟，日头露脸、云雾初散时，他坐在山腰寮棚口，头顶千柯竞翠，万木葱茏，脚下却仍是白茫茫一派雾海，只见一簇簇高大的粤松和铁杉从这团团滚滚的雾气中浮出，真是仙山琼岛、蓬莱玉树一般，迥非人间境界了。李幸福当然不会把这峡谷山林当作仙境。他倒是觉得王木通夫妇都还年轻，"青青阿姐"又那样温柔俊秀，有一双会讲话、会唱歌似的乌黑大眼睛，便识趣地注意着和人家保持个应有的距离。但年轻人总是不耐寂寞啊,在这个满眼青绿的大峡谷里,难道真的和金丝猴、画眉、松鸡搞串联,交朋友去。

王木通有两个娃儿,男娃小通,七岁;妹儿小青,五岁。开始两个娃儿有点怕"断手"。但"一把手"给小通捉过几回红雀,给小青摘过几回山花戴在头上,并用一块小圆镜子给她左照右照,局面就改变了,兄妹俩就开始"李阿叔""李阿哥"地乱叫开了。过了些日子,小通就赖在"一把手"的小木屋里睡觉了。盘青青来叫也叫不回。山里娃儿有山里娃儿的可爱处。有天一条长虫溜进小木屋来,把"一把手"吓了个浑身乱颤。小通就告诉他:蛇只要不被踩痛,是不随便咬人的。小通还边讲边学样子,说绿毛坑里主要有三种蛇:"青竹蛇,这种蛇最懒了,平时盘在毛竹上一动不动。"小通仰起脸,闭上眼睛,嘬拢嘴巴,"就这样,'伏,伏伏'地喷着毒水,招引鸟儿。鸟儿一拢来,它忽地蹿上去,咬住了,就又懒懒地盘在竹枝上,慢慢来受用。喊蛇就不同,它的鳞皮和泥巴一个色,走起路来好威风,茅草都朝两边分,抬起半人高的身子,就这样。"小通说着瞪圆眼睛,张开嘴巴,伸长脖颈,脑袋向前一伸一伸地学着,"'呼!呼!呼!'好吓人的!还有种蛇有柴刀把粗,扁担那样长,阿爸叫它四十八节,走起路来脑壳乱晃,好狂的!""一把手"怕小通又要学银环蛇,连忙按下了他的小脑壳,问:"这些,你都是怎么晓得的?""青竹蛇是我自己看到的,喊蛇和四十八节,是阿爸讲把我听的。阿爸会捉蛇,到山外边去卖钱……""一把手"看着这个本应上学的娃儿,却在这里模仿各种长虫的动作,再又想起那条从屋里溜走的阴冷的长家伙,心里不禁好一阵凄惶。

大人观察娃儿,娃儿也观察大人。"一把手"每天早晨都要刷牙漱口。小青阿妹就总是从她家木屋门边探出半边脸子,瞪着眼睛看稀奇。

有天早晨,"一把手"在刷牙,小青怯生生地走拢来,问:"阿叔,你的嘴巴臭吗?""一把手"正含了满口牙膏泡泡,没听懂小青的话。

"嘴巴不臭,怎么天天用刷了刷?"

"一把手"忍不住哈哈笑。他洗过脸,才对小青讲:"日后叫你阿妈给你和小通都买支牙刷,早晨起来刷刷牙,牙齿雪白雪白的,好看。"

小青却不服气:"阿妈从不用毛刷子刷,牙齿也雪白雪白的,好看。"

为了说服小青,"一把手"又问:"你阿妈的嘴巴有什么不好闻的气味吗?"

"阿妈最喜欢和我亲嘴了,她的嘴巴好甜!你不信,就自己去亲一下,闻一闻……"

"小青!鬼妹崽,你在外边乱讲些什么呀!快回来!"木屋里,她阿妈答腔了。

"一把手"忽然脸热心跳,仿佛自己有了什么不正当行为似的,连忙一闪身躲进他的小木屋里去了。

事情很小，却被王木通撞上听见了。小青立即被拖到木屋门口罚了跪。他的用意很明显，是做给"一把手"看的！尽管还没有发现什么可疑迹象，他可是脑后都长了眼睛，提防着呢！

绿毛坑两户人家的生活，就像木屋后边那条碧玉般清澈的山溪，静静地流着，流着，深处浸到腿肚子，浅处盖住脚背脊。然而这浅浅的山溪，却也倒映出了婆娑的树影，清朗的蓝天，轻悠的白云。如今又多映出了一样东西，"一把手"在他那小木屋边上竖了一根高高的杉木条子：收音机天线。

这可成了个惹是生非的东西。"一把手"木屋里那个长方块的黑匣子，能讲话，会唱歌的，打破了这深山老林亘古以来的夜的宁静。开初只是小通和小青麻起胆子一傍黑就到小木屋里来听，渐渐地，盘青青也借喊小通小青回家睡觉为名，进来听上一会儿。当然，这就该轮着王木通每晚上出马，来催女人和娃儿回去睡觉了，有时王木通声气粗了一点儿，盘青青竟敢撒娇似的回嘴："还早哪！傍黑就上床，天难得亮哪！"听听，傍晚就上床，女人觉得天难得亮了。王木通心里不觉地蒙上了一层雨雾。这个武高武大、一顿饭吃得下两升米的护林员，从没有去听过黑匣子里的鬼腔鬼调。他保持着大丈夫那种不容触犯的威严，严密地注视、防范着事态的发展。

不久，"一把手"带动盘青青和两个娃儿，在两栋木屋之间的空坪上来了次大扫除，把木屋门口的劈柴、杂物堆砌得规规整整。原先高低不平的土坑泥洞，狗屎猪尿，也收拾得平平展展、干干净净。"一把手"还说要在这坪地里栽花种草,还说要教盘青青和两个娃儿认字、学广播操!把盘青青喜得哟,嘴角眉梢都是笑。就连两个娃儿,也一天到晚地跟着"一把手"的屁股转,开口闭口都是"李阿叔讲""李阿叔不准"的,比他王木通这亲阿爸还亲了。这些更是惹得王木通心里不舒服,眼里长了刺。别看"一把手"只手单拳,却在不知不觉地改变着绿毛坑里的生活,好比蚯蚓悄无声息地翻耕着土地。

"娘卖乖!他倒想在绿毛坑露一手,显出他是个有文化的角色,跟老子比高低!"

果然不出王木通所料,对于护林工作,"一把手"也提出了四点建议:一是要求场部立即派人修复多年不通的电话线路,并在两栋木屋里各装一个有线广播喇叭;二是在绿毛坑四周的山口上,树立油漆木牌,上书护林公约;三是巡山防火,他和王木通实行两班制,一个上午班,一个下午班,每班八小时。上班时间不得放树吊、挖土牛、干私活;四是建立学习小组,学政治,学文化,吸收小涌小青参加。盘青青一听,就喜眉笑眼地瞟了王木通一眼,嘴里没出声,那明眸大眼分明在说:"看看人家,有文化,想事就不同,讲话就好听!"

王木通早把这一切看到了眼里,心上像长了刺。他绷着脸,嘴巴闭得铁紧,眼里闪着火星:"新开茅厕三天香,收起你那八百钱!"他恶狠狠地横了女人一眼,接着不客气地对"一把手"说:"城里来的后生家,老辈人讲入乡随俗,客从主便。当然你不是客，但也算不上主。绿毛坑一二十年没有起过山火，雾界山林场哪任领导不表扬？我王木通哪年不当护林模范？我可没靠过什么铁线线、木牌子、两班制，还有什么组。还是磨快你的那把砍山刀、练练你的手劲脚劲吧！场里早派定了，绿毛坑里的事由我来管！政治处王主任对你的约法三章，你不要当耳边风！"

王木通双手叉在腰上，目光炯炯，神色严峻，讲得"一把手"目瞪口呆，脸色发白。盘青青看着过意不去，但对丈夫的蛮扯横筋不敢怒也不敢言，就宽解地对"一把手"说："阿李，他没有文化，就是气粗……"但一看到丈夫虎下脸要发作，连忙收了口。王木通冷笑着说："我是个老粗，他可是个老细！如今这世道就兴老粗管老细，就兴老粗当家！你李幸福嘛。莫要忘记领导放你进绿毛坑，是来接受教育、改造的！"说着他晃着粗大的身坯走开了。脚下咚咚响，仿佛一步能踩出一个坑来！

"一把手"的四点建议碰在王木通的岩壁上，白印子都没有留下一点。他气馁了。是啊，他是被发配到绿毛坑来接受教育、改造的。没有文化的教育改造有文化的，这是当今一项发明创造呢。他对王木通不由得生出了一种畏惧心理。他晓得自己很难做出什么成绩来改变眼前的处境。但他精力充沛，不能让自己闲下来。他一闲下来就寂寞、孤独，就觉得活着没有多大意思，不如跳崖死去。他收有两本"文化大革命"前的书，一本叫《树木志》，一本叫《林区防火常识》。他每天巡山时都带着《树木志》，对照书里的标本图片，学着辨认山里的数百种常绿阔叶乔木。他打算自己在绿毛坑搞一次林木资源调查,以便为日后的采伐工作准备下第一手资料,也就算没在这里白混。他觉得盘青青能理解他,就把这想法和她讲了。果然青青阿姐像待自己的兄弟那样温柔、亲切:"傻子!你想做的事,就自己去做,不要再和旁人商量了。""王大哥不会见怪吧?""你难道是去做坏事?你呀——"青青阿姐这声"你呀——"拖得老长。她的眼睛乌黑乌亮,照得见人的影子,照得进人的心。不晓得为什么,"一把手"怕看这双眼睛。青青阿姐的这声"你呀——"乐曲似的,山泉似的,九曲十八弯,萦回在他的心田。

时候正是秋天。"一把手"用旧信封采集下一些珍贵的稀有树种,什么美丽崖豆杉啦,金叶木莲啦,南华木姜啦,想着办一个小小苗圃,以后把苗子背到场部去,交给技术员们去栽种。办苗圃就要烧一片荒,开几分地。他晓得王木通对这类事毫无兴趣,只好又去求助盘青青。

那天,王木通上山放树吊去了,"一把手"和盘青青选中菜地边上,也正是王木通准备开做棉花地的那块野茄子坡,放火烧了起来。 时浓烟滚滚,风呼火啸。两人像兄妹似的有讲有笑,彼此都觉得欢畅愉悦。谁知王木通气急败坏地跑下山来,冷冷地横了一眼,从腰背上取下砍山刀劈下一棵小松树,双手挥舞着一顿扑打,把火扑灭了。"一把手"连忙向前解释。王木通立即虎起脸,吼道:"少搞新名堂!这地我另外有用场!李幸福,你不经我允许,就胆敢烧荒,今晚上必须写份检讨!""写检讨交把哪个？""交把哪个？你以为我认不得字，领导不了你？实告你，你在我手下可要规矩、老实！"听听，都是些什么话哟，盘青青看了丈夫一眼，想哭。"还不死回去喂猪！潲都烧煳了！"王木通凶神般地训斥她。

"一把手"可怜巴巴地偷看了青青阿姐一眼，只见她没敢回嘴，转身走了，边走边用手背揩眼睛。

人都有自信，也都有自尊。小坼不补，大坼难堵。连地球都开有裂缝。王木通觉得自己面临着"一把手"的挑战，屋里女人也在变野，不再像过去那样柔顺、服帖了。

那天，王木通又去场部挑全家的口粮。往常他总要在场部住上一晚，但这一次不晓得什么鬼，他一大早出门心里就发慌，总觉得有件事心里搁不下。这条彪健汉子发了发狠劲，担着一百二十斤大米，来回一百七八十里山路，硬是连夜打了转身！到家时，一身汗都臭了。木屋门虚掩着，里头还亮着灯。怪了，女人还没有睡呢。进到屋里，却没有人。一听，"一把手"那屋里却传来笑声、歌声。他摸摸火塘，锅凉灶冷。他心里那盆子火哟，怎么熄得下来！他冲出门去站在"一把手"木屋的窗下，看了个清楚：自己的女人正双手撑着下巴，小通伏在她膝头上，都出神地听着那鬼匣子里传出来的一个女人妖里妖气的歌声。"一把手"呢，竟搂着小青坐在腿上，脸贴着脸！王木通听得出来，黑匣子里唱的是支瑶山情歌，什么"阿哥阿姐芭蕉心"！

"真好听，我阿妈在世时，就喜欢唱这样的歌子……"王木通见自己的女人那贼亮贼亮的眼睛盯着"一把手",亲亲密密的。"你们瑶家本来就能歌善舞……""一把手"也以那种不正经的眼神看着自己的女人。王木通实在看不下去了,他强压住心里的火苗,才没有吼出粗话来:"小通!小青!两个鬼东西都学会坐歌堂了?这下子天易得亮了吧?"盘青青这才发觉是自己男人回来了,慌里慌张地一手拉了小通,一手拉了小青,走了出来:"哎呀!你这个鬼,没在场部住一夜?看看把你累得这身臭汗!"王木通没有搭理。他咬着牙关,有句话没有讲出来,也不情愿轻易就讲出来:"我要是在场部过一夜,只怕你就会在人家木屋里过一夜了。"

回到自己的屋里,盘青青连忙生起火,边烧水边热饭菜。她没有烫酒,怕男人借了酒兴打人。王木通这晚上却表现出了一种异乎寻常的克制,一种令人战栗的沉默,屋里的空气都仿佛凝固了似的。他用热水擦了身子洗了脚,没有理会女人摆在桌子上的饭菜,就闷不做声地上床睡了。女人仿佛晓得他窝了什么气,几次抖着双手和解地推了推他光赤条条的脊背。但他就像只沉甸甸的火药桶,倒在那里动也不动,真吓人。

王木通不光有一身好力气,还是个有心计、有主见的人,他感到自己在绿毛坑的地位受到了威胁,背叛的苗头就来自盘青青,以及小通和小青。能眼睁睁地看着"一把手"一步一步把自己的女人娃儿都勾引了去?自己一个堂堂正正、苦吃蛮做的模范护林员,能败在一个只手单拳、吊儿郎当的下乡知青手里?呸啾!他决定先稳住自己木屋里的阵脚。第二天一早，他就铁青着脸，圆睁着豹子眼，用打闷雷似的声音宣布："小通、小青，你们给老子跪下！跪下！好好听着！从今天开始，你们和你们阿妈，谁要再敢走进那小木屋里一步，老子就挖了你们的眼睛，打断你们的脚杆！"盘青青听了这禁令，脸色发白。小通、小青双双跪在她身后，牙巴打着颤颤，像两棵小树苗在寒风中抖索。

趁着"一把手"还没出工，王木通又来到小木屋里，问"一把手"要前些天布置下的检讨书。"一把手"回说还没有写。"你把我的话当耳边风？不作数？李幸福！实话对你说，场领导把你的命簿子交在我手里捏着！今后不准你乱说乱动，只准你老老实实！宽你一天期限，明天一早你把检讨书交把我！"王木通豹眼圆睁，晃着两只铁锤似的拳头，还定下了三条戒律："听着！从今天起，你每晚上要给我汇报一天的活动，地点就在你这小木屋里；你有事要离开绿毛坑，先要向我请假；你没有事，不要随便到我那木屋里去！还有，你要是再用你那鬼匣子来招引我屋里的人，我的拳头可是不认人。我用根指头就扯起你那根杉条铁线扔到山那边去！"

安内攘外，双管齐下。王木通为了增强自己禁令的效力，还采取了一项具体办法。本来，从他家木屋走出，不论是去东边通往林场场部的那条小土路，还是过小溪去西边山上坐寮棚，巡山场，都要路经"一把手"的小木屋门口。王木通却挥锹舞锄，另挖出一条小土路，供一家人出入行走。当然，无论是上山还是去场部，就都要绕个大弯子，多走百十步了。

　　局面就这样明摆着，"一把手"不能不接受。王木通在绿毛坑的身份和地位，就像一个勇武的古代森林国王那样强悍稳固，不容置疑。他原先很少进"一把手"的小木屋，如今老婆、娃儿不敢来了，他倒是每晚必来坐一会子，听"一把手"汇报一天的活动。他仿佛也品尝到了做一个拥有权力的领导者的滋味，把"一把手"管得像个"五类分子"似的服服帖帖。

　　这一来，小木屋和它的主人就像蜗牛一样在壳壳里龟缩着，连那黑匣子的歌声都低微了。"一把手"在严峻的现实面前，又一次碰得鼻青额肿，低头认输了。绿毛坑的生活，又回到往时那种睡眠一般的寂静里。

　　这一年冬天，气候有些反常：没有落雪，尽打霜。老辈人讲这是干冬和干春的预兆。绿毛坑数万亩老树林子天天早晨结着狗牙霜，常绿阔叶树就像披上了银缕玉衣，成了白花花的世界，不过晌午不得消散。绿毛坑峡谷底的那一高一矮两栋木屋，每天早晨、上午都戴着洁白的玉冠。木屋后头那山溪水，也结上了一层硬壳，僵直地躺在那里，失去了往时叮咚流淌的声息。

　　干冷干冻的打霜天，盘青青除了一天喂两次猪，煮两顿饭，没有外边的活路做，就翻出一篮子旧衣烂衫来替娃儿贴几双鞋底。小通、小青则被男人带到了山上玩去了。盘青青常常手里拿着布片，一动不动地坐在火塘边，有时一坐就是半上午，神思恍惚。王木通每天都从山上捕回野兔、獾狗，皮剥下来张钉在屋壁上，肥咚咚的肉块炖在砂锅里，能香几里路。可是真出鬼，盘青青身子又坐了喜似的，一闻肉香就腻。她觉得心里压着块石头，石头底下还压着个有生命的东西。近来她常常挨男人的打，身上青一坨，紫一块。一天到晚看着男人的脸色、眼色，大气都不敢出。就是在他抡拳打来时，也只能巴望着那拳手落到背上腿上，不当紧的地方。她眼里的泪水湿了干，干了湿，哭自己命苦，恨男人蛮横。她觉得只有"一把手"还尊重她，把她当个人看；霸道的男人却像管制坏人一样对待自己。那后生家和自己一样的可怜……但有时她也恨"一把手"，你什么地方不好去，偏偏来到绿毛坑，搅乱了她一家人的生活……

　　如今盘青青最怕傍黑上床，去闻男人身上的汗酸味。她常常在漆黑的夜里暗自饮泣，渐次滋生出一种反抗。每到傍黑一上床，她就执拗地脸朝墙壁，像被木钉钉在那里，任男人拉和推，也不肯转过身子来。王木通恨得直咬牙："老子要你死！""死就死！""娘卖的，你只想着野汉子！""哎哟！你又打人？人家听着笑话哪！""骚货！""哎哟阿妈！你再打，我就喊！我就喊！"盘青青如今敢和自己的男人硬碰死顶了。她不晓得为什么，男人十分害怕"一把手"听去自己家里的隐私。其实盘青青也生怕"一把手"晓得了自己在家里受遭践，晚晚都挨打……

　　生活是畸形的，感情也就畸形。盘青青觉得自己在变。是在变好，还是变坏，她不晓得。今年这个干冷干冻的冬天，她和过去不同的是有点爱打扮，爱戴那块平日压在木箱底舍不得戴的银灰色直贡呢头帕，爱穿那件玫瑰红灯芯绒罩衣。一天到晚都是干干净净的，就像随时准备出山去做客一样。她还喜欢用阿妈传给她的那个铜脸盆打满清幽幽的山溪水，照自己投在水里的面影。几年前她就曾经要男人在场部替自己买块那种可以挂在屋角的梳头镜子，男人却每趟回来都讲不记得。现在想起来，男人是在耍心计，怕她照见自己的这样一副好容颜：脸盘像月亮，眼睛水汪汪，嘴巴嘛，像刚收了露水的红木莲花瓣，还有两个浅酒窝，一笑就甜，不笑也甜，谁个不喜欢……"一把手"喜不喜欢？呸！丑死了。她心里乱跳，神思有点摇荡，双手捧着火烫的双颊，不敢抬头，就像做了什么见不得人的事情一样。的确，近来她常常不由自主地要朝"一把手"那小木屋打望。好怪哩，男人越是不准自己进那小木屋去，她就越觉得那木屋好。"一把手"用的收音机、香胰子、雪花油，还有天上地下、海内海外的各种奇闻，就像一个崭新的世界在诱惑着她……李幸福，人家的名字都叫"幸福"！可是那个身子瘦长、脸色发白的后生子幸福吗？每天用一只手劈柴、洗衣、煮吃，连看都不敢看自己一眼，见到王木通就像遇到老虎一样，真可怜。她对"一把手"十分怜悯、温柔，常带着种瑶家少女般的妩媚和羞涩。有一回"一把手"从场部回来，偷偷地塞给小通和小青两把金纸银纸包的糖块块。还是小青懂事，小手手剥了一块糖塞到阿妈的嘴里来。盘青青立即把小青紧紧搂在怀里，嘴对着嘴地亲了又亲，还神思痴迷地问："小青，阿妈的嘴巴有没有不好闻的气味？""没得没得！""甜不甜？""甜！阿妈的嘴巴真甜！"哎呀，该死，你看自己都和妹儿乱讲了些什么呀？她想起半年前"一把手"刚来绿毛坑，早起刷牙时和小青的那次对话，不觉地绯红了脸。糖在她嘴里慢慢地化着，那甜丝丝的汁液像流进了心里去似的。她又在妹儿那粉红娇嫩的脸蛋上印满了自己带着甜味的唇印。这些，都是她那威严的男人看不见、管不着的，要不真会立时打死了她。

有天王木通上山放树吊去了，盘青青提了个溮桶到溪边提水，见"一把手"正在刺骨的冰水里用一只手摆洗衣服，手杆冻得通红。她放下溮桶，就走拢去，接过"一把手"的衣服摆洗了起来。"一把手"慌忙站起身，离开两步，劝阻说："青青阿姐，这不好，叫王大哥看见了，又……"盘青青没有抬头，只顾洗着："有哪样不好？我又不是做坏事。"

"我晓得……王大哥又该打你了。"

她愣了一下，住了手。

"看看，你的手巴子都是紫的。"

"你闭口！蠢子，我这手巴子是在猪栏里叫猪撞的……"

她含着泪水，死命忍着，才没有哭出来。真该跑到什么地方去放声大哭一顿才好啊！她三下两下，将衣服搓搓抖抖，提起来拧成一把大麻花似的，丢进"一把手"的白铁桶里，头也不回地提起溮桶走了，水都忘了提。回到木屋，她身子靠在门背后，手脚发软，浑身没有了一丝丝力气。她的心却在厉害地怦怦跳着，就像要从胸口里蹦出来似的。她没有哭,反而有点想笑。背着男人替另一个后生子做了件事,这算生平头一回。每个人都有这种使人浑身战栗的头一回。盘青青倒是在心跳过后,高兴了好久。男人傍黑从山里回来也没有察觉。她成了胜利者……

到了这一年的年底,冬旱仍在延续,霜冻依然不断。绿毛坑四周的许多常绿阔叶树都光秃了枝桠,像一个个饥渴的老人向苍天伸出了瘦骨嶙峋的双手。山坡上铺着厚厚一层焦枯的落叶,一当霜风吹过,各种形状、各种色泽的落叶就如同金箔玉片一般,满山里沙沙啦啦,纷纷扬扬,倒也色彩富丽,景象壮观。

长时间的干旱,使得"一把手"无法龟缩在自己的蜗居里。他每天天不亮起床,腰上别着砍山刀,腋下夹着那本《林区防火常识》,上山去游转巡看。他几次大着胆子向王木通提出,应当立即把几条防火道砍修一次,把道上的枯枝落叶清扫掉。王木通因对他反感,从不把他放在眼里,大凡他的建议都不予理睬,只说绿毛坑的事由他王木通做主,旁人不消多嘴,不消充什么积极。"一把手"这时却表现出了一股倔劲,就像预感到了什么似的,采取了一些防范措施。他说服青青阿姐,带着小通、小青,把两栋木屋四周的茅草杂柴、枯枝落叶,来了次大清除。还利用一切时机,读那本《林区防火常识》给小通、小青听,也是读给盘青青和他王木通听。有天早晨,王木通听"一把手"和小通在一问一答:"李阿叔,什么叫逆风跑?"

"就是山火来了,要朝着它烧来的方向冲过去,才跑得脱。"

"阿叔,要是我们这木屋也烧起来了呢?"

"你们就蹲到溪水里去,蹲到近边没有大树的溪水里去……"

"放屁!不吉利的东西!"王木通听不下去了,恶狠狠地骂了一声,先吓走了小通,才问"一把手":"李幸福,你是打算在绿毛坑里放一次山火还是怎么的?"

"一把手"被问得瞠目结舌。

"要不你怎么天天琢磨着起了山火时哪样逃命?"

"王大哥,水火无情啊!"

"这样讲来,你认定今年冬下山里一定会起火了啰?"王木通鄙夷地从"一把手"手里抽过那本《林区防火常识》,目不识丁却又不屑一顾地翻了两下,就又抛给"一把手":"这书里写的大约是算命先生的口诀,会测凶吉啰?"

"王大哥,天旱了这么久,满山的落叶……电台晚晚都广播……"不晓得为什么,"一把手"在王木通面前,总是显得秽神愧色,苍白无力。

王木通却一听什么电台广播就冷笑了起来,打断他的话问:"你那黑匣子近些日子还唱没唱'阿哥阿姐'那些浪荡歌?""一把手"哭笑不得,但还是赖着脸皮说:"王大哥,我有个建议……是不是向场领导报告一下,请求立即派人修复电话线路?免得万一我们绿毛坑出了险情,没法和外边联系。"

"你要报告就向场里去报告吧,我准你两天假!看看场里肯不肯派支打火队住进绿毛坑来。"王木通嘲弄地斜了"一把手"一眼，又满不在乎地打了呵欠，"不是我吹牛，我在绿毛坑二三十年了，还不知道什么叫山火！"

当天晚饭后，王木通又照例到"一把手"的小木屋里来了。使"一把手"觉得奇怪的是，往常王木通总是摆出一副教训人的架势，像对"五类分子"似的，这晚上王木通却一反常态，竟和和气气地说："小李，你不是想回场部去一次？顺便替我做件事……"他拿出一张白纸，叫"一把手"代他写一份入党申请书。"一把手"心里正在暗自惊奇，王木通已经把一个指头放进嘴里，"咯嘣"一下就咬出了血来！而且把这冒着血滴的指头举到了"一把手"面前，像举着一杆小小的旗帜："快给我蘸着写！敬爱的林场领导，我写血书，要求入党……我没有文化，是个大老粗，可是我有一颗红心，最听党的话……"这可把"一把手"吓坏了，连忙找到一支破毛笔，蘸着王木通手指上的鲜血，以最快的速度，代写下一份血的申请书。妈呀，他怕看见这血，通身都在颤抖，都叫冷汗浸透了……

血书写好后，王木通小心叠好，放进了贴身的里衣口袋里。他终归不信任"一把手"，不能托付政治不可靠的人去场部呈交自己这份神圣的申请。

可是第二天早晨，王木通连手指的伤口都没有扎一扎，就在自己的荒地里烧开了草木灰，划算着再扩大一片自留地。他是个好劳力，开出的菜地有三四亩大。场里规定他夫妇每年养三头肉猪，年底烘成腊肉上交，多养的归他自己宰了吃。他可不管什么思想和主义。他信仰党就是信仰他自己。他喜欢党,党也喜欢他,觉得党就是应该由他这样的人组成。他把山边的枯枝落叶、腐根烂草,大堆大堆地拢到地里来烧。他年年冬下都这样烧灰积肥,今年虽是冬旱也不能例外。"一把手"却因王木通在这干燥的冬日里烧山灰而忧心忡忡,但又不敢出面劝阻。他晚上睡不安稳,做噩梦,梦见的总是光怪陆离的火,云霞一样绚丽的火,江河一样奔流的火。有两晚,他悄悄爬起来,到山边砍下一根小枞树,守候在王木通白天遗留下的火堆旁。一站就是大半晚。霜风吹扑着他,手、脚、脸就像刀割一般生痛。他为什么要来守着这火灰?他又没有写血书。即便写了血书,谁又会相信他?火堆上火苗直跳,火星子直爆。只要有几星火点爆落在山边的枯枝枯草里,山火就会风卷残云似的蔓延开来……真的回场部去作一次汇报?一来要求场里立即派人修复电话线路;二来要求场里来人检查绿毛坑的护林防火工作,来说服、劝阻王木通。他把自己的打算偷偷地和盘青青讲了讲。青青阿姐近些日子眼睛肿得和桃子一样,泪汪汪的,朝他点着头,对他这个可怜的人有疼有怨有恨,那神情总像有一肚子话要对他讲。

　　这天下午,"一把手"正猴在灶门口生火煮饭,准备一点路上吃的干粮,盘青青突然撞进他的小木屋来了!要晓得她这是公然违反她男人几个月前的严厉禁令呀。"一把手"登时慌了手脚,赶忙站了起来。青青阿姐看样子是刚从地里做了活路回来,只穿了件薄薄的衣衫。衣衫有点紧,领口下的一颗纽扣都绷开了,使得她丰满的胸脯上那具有强大诱惑力的部分，半遮不掩地显露了出来。

"青青阿姐，你……""一把手"抬不起头，惊惶得连句话都没有勇气问完。

"蠢子，你有时灵聪有时蠢……我又不是山精……"看着"一把手"丢魂失魄的样子，盘青青越发觉得爱怜。一种母性的爱怜。

"青青阿姐……你，你……"

"我是来问问，你回场部去，能不能帮我做件事？"

"一把手"这才定了定神，抬起头来看了看盘青青。

"这是一百块钱，你替我们家买回一个你这样的收音匣子，再买块圆镜、香胰子，还有你用的那种打霜天涂脸的香油，再给我和小通、小青各买一支早晨刷牙的刷子……我那木屋边，也要竖根杉木条，接根铁线线……"

"一把手"瞪大了眼睛盯着盘青青，心里十分吃惊。这个大森林的女儿真像尊美神。她胸脯饱满，四肢匀称，身体健壮。她温柔文静，身上透出一股压抑不住的青春活力。

"你呀，尽看着我做什么？一个和你一样遭孽的人……"盘青青娇嗔地侧转身子，红着脸庞，垂下了眼帘。

"啊啊，好，好，青青阿姐你真好！我，我……""一把手"一时就像着了迷，仿佛在盘青青身上发现了一种闪闪发光的东西。但不一会儿，他就从痴迷中清醒了过来，涨红了脸说："青青阿姐,你一次花这么多钱,怕不怕王大哥他……"盘青青本来正喜滋滋地看着他,但一听"怕不怕王大哥"这话,心里的一缸蜜糖就像被撒进了一把咸盐,立时败了味。

"怕?我都怕了十多年了……他冬冬捉野物,春春卖毛皮,加上两个人的工钱又都没大花,十块钱一张的票子压在木箱底……他不舍得花,也不晓得怎么个花法……我不怕,和他住在这坑里,至多是个死!"

说着,盘青青眼睛里溢满了泪花。"一把手"眼睛里也溢满了泪花:"阿姐,钱我收下,东西我替你买。莫哭,莫哭。你遭孽,我可怜。我恨自己!恨自己……青青阿姐,莫哭了,啊?叫王大哥下山撞见了,你又会挨打,我又会遭骂……"

"你呀,不像个人,还不如爬在我家木屋上的青藤!"盘青青满心怨恨地瞪了"一把手"一眼,车转身子走出了木屋。

"青青阿姐!青青阿姐……""一把手"不由得赶到门口,做了个下意识的动作:伸出双手去,像是要把什么美好的东西搂住——虽然左手臂下是一截空荡荡的袖筒。

"一把手"到了林场场部。场部到处都有人在刷写新的大幅标语,"反击右倾翻案风""批判党内资产阶级"等等。林场政治处宽大的办公室里,干部、工人们吵吵嚷嚷,出出进进。"一把手"觉得找政治处王主任汇报情况比较合适,因为当初就是王主任把他打发到绿毛坑去的。他在办公室门口差不多等了一上午,快到下班时，才侧着身子进去了。

"嗬嗬，李幸福？你回来有什么事？"王主任站在办公桌前正准备离开，只好停住了，他拍了拍发胀的脑门，又双手叉腰扭动了几下身骨，但态度还算好。

"一把手"连忙见缝插针地把要求修复绿毛坑电话线路的事，尽量扼要地讲了讲。

"修复那根废弃了十来年的电话线路？"王主任现出一副不胜惊讶的样子，"是木通老王的意见？哟，原来是你的！李幸福，绿毛坑的工作，我们依靠的是木通老王。他虽然没有文化，但政治可靠。十几年来都是模范护林员……电话线路的事，要投资，要材料，不是喊修就修得了的。眼下又要开展大运动了，举国上下'反击右倾翻案风'，压倒一切的中心！你懂不懂？"

"一把手"又把请场部派人到绿毛坑去检查护林防火工作，以及王木通在干旱的季节里烧山灰的情况汇报了一下。他生怕王主任要下班了，听得不耐烦。

"嗬哟，李幸福，你这一段日子倒像大有进步啰！"王主任又现出不胜惊讶的样子，但接着就拉下脸来，"再对你讲一次吧，场部领导完全信任木通老王！你在绿毛坑应当服从他的领导，接受他的教育、改造。不要另搞一套。而且，据反映……嘿嘿，人家的老婆年轻，标致水灵，你可不要眼馋嘴馋心痒痒。要不，你剩下的这条胳膊也叫人打断了，怎么办？嗯，你是个知青，还有前途嘛……"

就这样,"一把手"非但没能在场部反映上情况,反而听了一回冷面冷心的训斥。很显然,领导根本就不信任他。他觉得这样子活下去实在没有多大意思,如同一条长了一身疥疮的癞皮狗,到处遭人踢,受人赶。他独自在场部小街上、供销社、饮食店、小酒铺等处徘徊了两天。他真恨爹妈供自己读了书,恨不能变成个文盲愚昧大老粗,加入王木通们的行列里去。因为如今世道以没有文化为光荣,认定知识越多越反动,只有王木通们才能干革命,随便哪个角落都有这样的人……最后,他还是想起了绿毛坑,想起了青青阿姐和小通、小青两兄妹。起码在那个与世隔绝似的地方,还有三个人不歧视他,不把他当坏人看。于是"一把手"仿佛想通了一点。他在林场粮店买了两个月的油盐米,又到供销社替青青阿姐买了半导体收音机、香皂、雪花油、牙膏、牙刷、一面有小盆口大的圆镜子,又到饮食店去买了两斤粮票的馒头,第二天一早做一担挑着,回绿毛坑来。

他一直走到日头西斜,才到了黑山坳。再翻一座岭,就是绿毛坑了,不等天黑就可以回到他安身立命的小木屋去了。他已经看到了从绿毛坑里飘上来的黑烟。王木通还在烧山灰?黑烟怎么这样大?不,这不像是烧山灰……他已经很疲乏了,但顾不上歇息,他要赶快爬上山口,就什么都看清楚了。他心里越急,脚步就越重,有一种不祥的预感袭上他心头。快爬到山口时,他闻到了隔山飘来的焦煳味儿,听到了哗哗剥剥的燃烧声。天啊,难道绿毛坑真的烧起来了?不然这焦煳味、哗剥声是哪里来的?这时天色慢慢地暗淡了，山那边却是红光冲天。是夕阳？晚霞？还是森林燃烧的烈焰？

他在山道上奔跑！浑身热汗淋淋，额头上的汗珠有指头大一粒。像是有一股神力把他推上了山口。立时，一派红光、漫谷流火在他眼前晃荡，使他几乎晕厥过去……绿毛坑！天哪，绿毛坑果然是一片火海！山风卷起排排火舌，火舌就像千万条巨大的红蜈蚣，沿着四面的山脊，暴戾地肆意蹿动。山谷浓烟翻滚，烈焰奔腾。整株整株的千年古树燃烧成一支支烛天的火柱。被烧灼的岩脊在爆破，如同地雷一般轰鸣……滚动的火球、奔突的红色箭镞，飞舞的赤练蛇，连同热浪气流，汇成一幅景象奇丽的森林燃烧图……

"青青阿姐——！小通，小青——！"

"一把手"把担子丢在山口，呼喊着，朝正在燃烧的峡谷奔跑了下去。大难临头，他不能丢下青青阿姐不管，不能丢下小通、小青不管。他们是他活在这山林里仅有的三个亲人……他没命地奔跑，竟然没有跌倒。不知跑了多久，钻过一阵阵呛人的浓烟，才见一个蓬头垢面、衣衫褴褛的女人，手脚并用地朝他爬来。

"青青阿姐！阿姐！怎么啦？你们怎么啦！"

"一把手"发现这女人就是盘青青时，竟高兴得大叫了起来。谁想盘青青一见到他，就双手求救似的向前伸出，栽倒在地。他冲了下去，半蹲半跪，把盘青青抱起："阿姐！阿姐！我是李幸福！李幸福！青青阿姐……""一把手"喉咙发干，声音嘶哑,一面喊,一面哭。足足有十来分钟,盘青青才醒转过来。她一睁开眼睛,嘴巴只咕哝了一句"你,你,我总算看到了你……"就躺在他怀里嘤嘤哭。

"阿姐,莫哭莫哭。先告诉我,山火是怎样烧起来的?小通、小青和王大哥呢?"

"一把手"摇着盘青青的肩膀问。

"走,你扶我起来……"盘青青说着,强挣着站了起来,踉踉跄跄地要朝山上走。

"一把手"连忙扶住她,只听她说:"那个天杀的……无情无义的黄眼贼……就在你回场部的那天中午,他发觉木箱里少了一百块钱,就硬讲我偷钱养了野老公……我怎么讲他都不信,劈头盖脸地打我,打得我身上没有一块好肉……天杀的,还把我反锁在你的小木屋里,三天三晚水都不给一口喝……我昨天后半夜用指头抠、扳,才弄开一块板子,爬到溪边喝水……就见山里起了火,他烧的山灰……烧吧!烧吧!把山里野物都烧绝……"

"小通、小青呢?"

"那个天杀的,大火烧起来以后,他背了那个装票子的木箱,领着小青、小通顺着山水走下去了……这法子还是你告诉的……"

盘青青身子软塌塌的,倚靠在"一把手"肩头,没再哭泣。她甚至欣慰似的拢了拢自己的头发,还伸手替"一把手"也拢了额头上那几丝汗津津的头发。

"一把手"被这巨大的灾祸吓蒙了。他们一直攀上山口,找到了先前丢下的担子。"一把手"这才记起来,他的口袋里还有两斤馒头和一壶冷开水。他赶忙拿出来给盘青青吃。盘青青饿坏了,一个馒头只够她三四口。吃到第四个,"一把手"没让她再吃,只给她水喝。盘青青仍是偎依在他的怀里,闭着眼睛歇息。

"一把手"紧紧搂着盘青青,愣愣地望着山下那奔腾的烈焰,狂阔的风火。他忽然记起来了,对面山背后,是相思坑。相思坑里有一片美丽的崖豆杉和金叶木莲树。听场部的技术员们讲过,这是两种小冰河时期幸存下来的珍贵树种,地球上濒于绝迹的活化石。他心里一亮,对盘青青说:

"青青阿姐,趁着山火还只是烧到山腰,我们绕到对面山上去,守着山顶那条防火道。要是我们能护住相思坑里的一片林子,今后万一能回到场部,也有话说……"

说着"一把手"望了望回场部的那条小土路。那眼神却分明在做着最后的告别。

"随便你,反正你到哪里,我就跟你到哪里。"食物和短暂的憩息,使这位本来身体强健的瑶家阿姐,又恢复了生命的活力。

绿毛坑的森林火灾是被一百多里外的一座解放军雷达哨所发现的。哨所立即打电话通知了雾界山林场。林场的头头们这才慌了手脚,动员了大批人马进山打火。但绿毛坑的好几万亩原始阔叶混交林,已经十停烧了三停。剩下满坑满谷光秃秃、黑乎乎的树干丫杈,如同一群从地狱里冒出来的鬼怪囚徒。

七天后，王木通领着两个娃儿，提着一只木箱，不晓得在哪里躲过了大劫大难，回到了林场场部。盘青青和李幸福却失了踪。王木通泪流满面地一口咬定，山火是盘青青和奸夫"一把手"放的！跟他烧的山灰毫无关系。十几年来他一直是林场的模范护林员。为了表白自己，他还向林场党委双手呈上了那份血写的入党申请书。场领导当然相信了他的哭诉，派出民兵在绿毛坑一带搜捕了好些日子。民兵们在遍地黑灰的山场里只发现了一些烧焦了的野兽残骸。盘青青和李幸福是死是活，谁晓得？

其时林场和全国每一个角落一样，正忙着进行"决定党和国家命运前途的阶级大搏斗"。为了不干扰、转移"反击右倾翻案风"运动的大方向，他们习惯地按照阶级斗争的理论，向上级打了个"阶级敌人纵火烧山，已被革命干部和群众及时扑灭"的报告，就此了事。王木通却死也不肯回绿毛坑去了。恰好这时林场有块紧挨着广东、广西交界处的老林子——天门洞，老守林人病故了，场领导就派王木通带着两个娃儿去接任，继续过他那苦吃蛮做、自给自足的日子。据说王木通当年就娶了个广西寡妇。于是他照旧日出而作，傍黑上床，精力旺盛。正好那寡妇也带来一男一女两个娃儿，日后长大成人，跟王木通的两个娃儿配对，在天门洞的古老木屋里传宗接代，大约是顺乎人情天理的了。

不过，在万恶的"四人帮"倒台后，林场也有蛮多的人议论，要是盘青青和"一把手"李幸福还活在什么遥远的山场里，他们过的一定是另一种日子。更有些人在猜测，全国都在平反冤假错案，讲不定有哪一天，盘青青和李幸福会突然双双回到林场来，要求给他们落实政策呢。可不是？连绿毛坑里那些当年没有烧死的光秃秃、黑乎乎的高大乔木，这两年又都冒芽吐绿，长出了青翠的新枝新叶哩！

一九八〇年四月初稿
十一月四日改于北京

你是一条河

/// 池莉

1

那夜月色微黄。就在辣辣从铺着青石板的小巷出来,踏上麻石路面大街的一瞬间,大街对面的好义茶楼轰然倒塌。大地在颤抖,一股巨大的烟尘在喧嚣声中冲天而起。透过鼠窜的人们和飞舞的楼房木板,辣辣看见她丈夫仿佛自天而降,坠落在大堂中央那口沸腾的开水锅中,像一条大鱼泼刺泼刺一阵乱翻,紧接着烈焰便吞没了这幢百年茶楼。

辣辣纵身冲向火海,蒋绣金抱住了她的双脚。

以沙哑嗓音唱天沔花鼓尤其是悲调而蜚声江汉平原的女演员蒋绣金,蓬头垢脸躺在瓦砾中,一双戏子特有的多情媚眼哀哀地望着辣辣。

辣辣愤怒地喊道："你这个小婊子！还我丈夫！"

将绣金死不松手，说："去不得啊，嫂子。"

辣辣一边嚎叫一边奋力抽脚，结果跌倒在蒋绣金身上。两个女人扭抱着，翻滚在大街上，一脉鲜红的血流从她们身下淌出来，缓缓地在麻石路面上洇散开去。

沔水镇的居民被这桩奇祸震惊了，竟然有好一刻，人们只能呆呆地望着。直到见多识广的糖模匠孙糖模发了一声呐喊，大伙儿才一齐冲了上去。

辣辣在三十岁那年成了寡妇。

那时候辣辣有七个孩子。最大的儿子得屋，十三岁。最小的是一对花生双胞胎，男孩福子和女孩贵子，刚刚满了两周岁。而她肚子里还怀着四个半月的身孕。当身强力壮的王贤木在世的时候，辣辣从来没有想过节育的问题，她认为只有做婊子的才不愿生养孩子。

一九六四年十一月十一日的凌晨，沔水镇热心快肠的居民将三十岁的孕妇辣辣从好义茶楼的废墟里抬回了家，她一看见七张哭哭泣泣嗷嗷待哺的小嘴便又晕死过去了。

辣辣再度醒来已是第二天中午。趁满屋人一片忙乱办丧事，她偷偷溜出后门，爬上襄河大堤，闲逛一般地踱到码头上，待四周无人，便掀起衣襟蒙住自己的脸面，一头扎进了襄河。

岂不知辣辣的三女儿冬儿是个极有心窍的女孩子，她始终暗暗注视着母亲的行动。当辣辣吃力地爬上襄河大堤的时候，冬儿赶紧告诉了叔叔王贤良。如果不是高度近视的王贤良在堤坡上与一头驴子相撞，辣辣根本就不可能跳下水。尽管晚了一步，王贤良还是比较顺利地从襄河的漩涡里救出了嫂子。

在沔水师范附属小学教书的王贤良，对伏在他背上湿漉漉的嫂子说："你怎么能这个样子呢？生命属于人只有一次呵！"

辣辣没有答理小叔子文绉绉的安慰，狠命捶了一下自己的脑袋，嚎啕大哭起来。

关在房间擦身子换衣服的时候，辣辣看见了自己肚脐上方的一粒红痣。她激灵了一下，想起了十四年前相面先生指着她这颗红痣说的一句谶言：水深火热呵——你将来的丈夫一定要格外当心！

当年百思不得其解的晦涩谶言今朝居然灵验了。这不就是吗？那么多人在二楼听戏，唯独王贤木一个人掉进了开水锅随即又被烈火烤干——这不就是水深火热吗？这不是命中注定是什么？辣辣被命运力量的显示震慑住了。她陷入梦一般紊乱的沉思中不能自拔，以至于只穿进了一只袖子；在昏暗的房间里一直坐到汉口上来的客轮发出呜呜的长鸣。

自清朝光绪二十一年开始，日本三井洋行将第一艘收购鲜茧的洋船开进沔水镇，之后每天夜晚十一点半就有一班轮船靠码头。九十五年来，世道沧海桑田，轮船几易其主，但是这艘轮船始终按时准点到达,到达时的鸣笛就成了沔水镇居民的报时钟。一般家庭都是在汽笛响过之后熄灯睡觉。王贤良被汽笛声从繁忙中惊醒,深夜十一点半啦,又有几个小时没看见嫂子的踪影了。王贤良急切地撞开了房门,辣辣"哎呀"一声如梦初醒,手忙脚乱掩住了裸露的胸怀。

当清晨的浓雾笼罩着整个沔水镇的时候,辣辣在天主教堂附近的零落人家中寻找相面先生的屋子。十四年前是姥姥将她哄骗来的,十六岁的辣辣正和王贤木等一伙男青年在扭翻身秧歌,腰上还系着腰鼓,当那个面皮青白的相面先生冰凉的长指甲触到她肚皮时,她痒得咯咯直笑。

"这是迷信。"她说。

姥姥啪地打她一巴掌,说:"快别瞎说,到时候吃了苦头你就笑不出来了。"

由于毫不在乎,辣辣根本没有记忆相面先生的家,只是途中经过了爬满葱绿的爬墙虎的天主教堂,辣辣才留下一个大概印象。解放以后,天主教堂改为沔水镇第一中学,逐渐地,爬墙虎就枯萎了。见不到那葱绿的爬墙虎,辣辣差不多要怀疑自己找错了地方,幸好一个早起的老婆子却告诉她没错,从前的相面先生就是居住在这里,在镇压反革命运动中被政府一枪崩了。

"为什么?"辣辣非常吃惊。

"说是他散布了一些反动话。什么台湾要反攻大陆——"老婆子在慢吞吞说话的同时观察了辣辣。正当辣辣满脸失望不无遗憾地离开，老婆子说："大姐啊，我们这里还有神仙呢。我就知道你的亲人还没走远，你是不是想和他说话？"

辣辣知道她遇上灵姑了。在古老又广袤的江汉平原，千百年来巫风盛行，民间到处有神仙。辣辣一把攥住老婆子的手，说："让我和我丈夫说说话，求您了老神仙。"

老太婆将辣辣让进家里，给她倒了一杯水，她们坐下。一会儿，老太婆就变成了灵姑。老婆子打了一个大大的呵欠，慈祥的神态骤然变得冷淡，这就是召来了王贤木的亡灵，"他来了。"

辣辣叫了声："贤木，我的夫哇！是你来了吗？"

灵姑的腹部立刻发出了王贤木的声音：是我！是我！

辣辣大惊，一膝跪倒在灵姑的面前，哭叫道："贤木！你怎么能够撇下我和孩子们啊！你叫我怎么活啊！你等着我，我很快就来了。"

王贤木的亡灵便呜呜痛哭起来，说："你不要这样啊！我是阳寿尽了，没有办法啊！你还年轻，孩子们不能没有娘啊！"

夫妻俩隔着灵姑的肚皮，哭诉了好一场生离死别的衷肠。亡灵由于悲痛过度说得含糊不清的话语全部都由灵姑翻译。王贤木的亡灵再三叮嘱辣辣千万不可轻生，要多多保重，好好扶养孩子们。人死不能复生，阳寿都是天定的。只可惜我不能亲手擦干你的泪，我的妻啊！你只要把我的一群儿女抚养成人，我九泉之下也就瞑目了。

忽然，灵姑又打了一个大大的呵欠，说："时间到了，阎王召他呢。"

辣辣一迭声呼叫:"等等!等等!"

亡灵却叽哩咕噜飞快说着告别的话,好像被谁带走了。灵姑又是一个长长的呵欠,用她枯藤般的手抹了两把脸,慈祥的原貌就恢复了。慈祥的老太婆执了辣辣的手,转告亡灵临别的最后几句话,说:"他说你还这么年轻,人又生得好,若有合适的就嫁了吧,只要待儿女们好就行。"

老太婆说:"大姐啊,你丈夫真是通情达理,好多女人来我这里和丈夫说话,都管束得严着呢,死活不让改嫁哩。依我老婆子看呢,倒是不能轻易再嫁,怕苦了他的孩子们,寡是守得苦,可也守得出女人的志气。"

辣辣舒出了积郁在胸的生生作疼的闷气,说:"是啊老神仙。"

老太婆说:"好了。回家去,该做什么就做什么。古今只有一个理,明白了就行了:天要你死你不得不死,天要你活你不得不活。夫妻本是同林鸟,他的大限到了让他走吧。从此你好好做你的事情,尽你的责任。明白了吗?"

辣辣明白了。

老太婆说:"明白了就好。况且只要你们夫妻想说话,你可以随时过来,当然要秘密的,莫让政府知道了。"

最后辣辣付了老太婆五毛钱。出门时大雾正在消散,阳光亮堂堂的,辣辣感到人轻松多了。

辣辣终于迈出了她的房门。她梳理好了头发，穿了一身素净衣服，用一条手帕扎在额头上以制止那难以忍受的头痛。

她问小叔子："得屋他们还好吧？都吃饱饭了吗？"

在得到了王贤良肯定的答复以后，她点点头，自己也去吃了饭，喝了茶，上了厕所。然后取出针线箩，逐个为七个孩子的鞋面缝上了带孝的白棉布。

2

一九六四年的沔水镇，还是个古道热肠的镇子。王贤木的惨死轰动了全镇，居民们无不唏嘘。他们扶老携幼来看望辣辣及其孩子，有钱捐钱，有物捐物，有力出力。辣辣领着七个孩子，在大门口站成横排，不住地向人们作揖磕头。

短短三天，众人的集资就足可以办上一个排场的丧事了。于是，大门口的场子上扯起了油布大篷，垒起了两口大灶，餐馆主动借过来的桌子条凳满满当当地摆开来。灶上高耸的蒸笼里开始腾腾地冒着热气。义务帮厨的人们为前来吊丧的来宾终日开着流水席，荤素菜肴的香气不间断地钻进沔水镇的大街小巷。辣辣家的大门上贴出了蓝底白字的白喜事对联，王贤良的毛笔字引来许多文化人的观看与赞赏。街坊邻居的小孩子们窜来窜去东放一个炮西放一挂鞭，把热闹传到了千家万户，四里八乡。与王家沾亲带故的人们陆续赶来，觉得不向一个带着七个孩子的寡妇表示一点意思，良心都无法安宁。

后来辣辣一直都觉得非常庆幸的是，那时候火葬还没有在沔水镇推广，王贤木虽然尸首不全却睡上了一副上好的柏木棺材，因此安然入土。

出葬那天，送葬队伍走了大街。那天天空晴朗，略微干冷。愈显得红缎子棺罩色彩斑斓，富贵堂皇。辣辣率领众儿女三步一跪，九步一叩，哭声震天。码头工会的铜管乐队全体出动，为本队失去一名优秀的小号手长久地吹奏民间哀乐。当送葬队伍经过好义茶楼原址的时候，蒋绣金披麻戴孝前来奔丧，全然不顾鞭炮烧灼了她的衣服。蒋绣金选择这种方式不是为了出风头，实在是出于无奈，因为只在这种时刻，辣辣才不好意思母老虎一般地驱逐她。

这一天沔水镇万人空巷，居民们挤在大街两边引颈观看，啧啧连声地夸奖辣辣一个寡妇人家，居然把丈夫的丧事办得如此热闹堂皇。人们认为，从王贤木角度来说，一个人死了能有这样的送终也就死得值了。

下葬回来，有十五桌冥席等待着客人们。辣辣端坐在堂屋里，守着丈夫的灵位。场子上吃酒的人们逐渐地热闹了起来。七个孩子也都吃得红光满面。辣辣看着这副场面，心里明白，她的丈夫是彻底地走了。事情办完了。接下来，该清清场子。该归还餐馆的家伙了。

铜管乐队的乐手们清一色是五大三粗的码头工人，他们吃完了酒，不敢直接向辣辣告辞，生怕双方又触景生情。于是就在大门口吹奏了几支意气风发的曲子，意在鼓励王贤木的未亡人。他们推开堆着残羹剩酒的桌子，在满是肉骨头鱼刺的地上迈着进行曲的步伐走来走去，吹奏了《志愿军进行曲》《咱们工人有力量》和《我们走在大路上》。

乐曲终了，辣辣走出堂屋，倚靠着门框，向大伙露出了她丈夫死后的第一个微笑以表示她深深的谢意。

因为手里还有办丧事剩余的几十块钱，没有丈夫的日子很快就适应了。冬天已经到来，辣辣赶紧给七个孩子拆旧缝新，准备过冬的棉衣。

镇民政局的一个干部，由居委会组长陪同，家访辣辣，问她是否愿意参加工作？参加工作成为国家职工几乎是所有人都期盼的好事。

辣辣却没有冲昏头脑，她反问："假使参加的话，每月薪水多少？"

干部详细地给她介绍了工厂的情况。由于辣辣文化水平不高，也没有技术，按规矩就是从青工做起，当然薪水也只能从最低的等级开始。

辣辣说："我是一个寡妇人家，能照顾照顾不从青工做起吗？"

干部笑了，说："学技术的级别是任何人都不能跳跃的。"

辣辣也笑了，"那我不参加。"

干部很负责地问："你不参加工作以后怎么生活？"

辣辣说："嗨，在沔水镇，只要勤快还能饿死？"

沔水镇的确是一方饿不死人的土地，它靠着襄河大码头，卖给江西景德镇烧瓷器的原料，卖给苏杭人蚕茧，卖莲米，卖麻，卖竹篾器，卖芦席。买卖是商人的事情，加工活可就是全镇居民的事情了。早在一个多世纪以前，家庭型的加工作坊，在沔水镇就已经十分普及。新中国成立以后，所有商业经营和工厂作坊，都收入了国家的管理体系，不再允许私人参与。但是沔水镇就是沔水镇，如果沔水镇的丰富物产不经过初步加工然后再提供给国家工厂和商店，那么问题就太大了。因此，沔水镇的家庭加工依然继续存在着，政府有关部门睁一只眼闭一只眼，甚至会给予一些支持。因此辣辣就不稀罕成为国家职工了。

辣辣选择了三种加工活：剥莲子，搓麻绳，拣猪毛。这些加工活都是一种类型：将粗糙的半成品加工成精细一些的半成品。多做多得，按劳付酬。

得屋、艳春放学回家，一见地上堆着几十斤莲子、两捆麻和一大筐猪毛就叫了起来："啊！见了鬼！"

辣辣噼啪一人给了一巴掌，说："都听着，谁不愿意做活谁就别吃饭。"

冬儿说："妈，我们会做的。"

就在这个时候，冬儿还是母亲最贴心的小棉袄。在冬儿的带头作用下，孩子们都围了过来，听候母亲分派活计。

剁莲子是艳春和冬儿的事，这活路需要灵巧的手指和一定的智慧，加上还需使用锋利的莲刀，太小的孩子成不了事。搓麻绳比较简单，但是需要手掌有劲，男孩子得屋自然就是干这个了。老四社员六岁半，他必须带领四岁多的老五咬金一起工作，这两个调皮男孩的工作就是拣猪毛。他们要将一把一把的杂色猪毛撒在桌子上，用镊子分门别类将白色、黑色和黄色归档。这工作有一点类似于游戏了，辣辣觉得对于社员和咬金来说没有任何坏处，又做了游戏又赚了钱，一举两得。可她没料到的是，四岁多的咬金居然还认不清黑白黄三种颜色，这使她非常吃惊和恼火，拧住这小男孩耳朵，教了至少几十次，最后总算教会了。

活路一旦分配停当，艳春抢先拣了一把小巧玲珑的莲刀，将笨重的刀留给了妹妹冬儿，还背着母亲的面，掐紫了冬儿的腮帮，说："我们会做的！我们会做的！你这个讨好卖乖的小婊子。"

得屋趁艳春上厕所的机会悄悄征求冬儿的意见，问她是否要他替她向艳春报仇？冬儿坚决地摇头谢绝。而艳春却已经在外面偷听到了，过来便向得屋大打出手。得屋虽是兄长，却远不如艳春凶蛮，到底又是男孩子，力气大，两人厮打得难解难分。辣辣见状，二话不说，端过一脸盆凉水，当头泼在两个孩子身上，成功地镇压了这场斗殴。辣辣以冬儿为榜样，给每个孩子的活计下了定量：得屋每日搓五十尺麻绳；艳春每日剁六升莲米——清早剁一升之后去上学，放午学回家剁两升后吃饭，晚饭后剁三升才准写作业。冬儿的定量可以比艳春稍少，但她必须时刻照料最小的双胞胎福子和贵子。

辣辣是总工头，也是勤劳的表率，她一刻不停地劳动着，还时不时地在孩子们耳边大声提醒："要保质保量啊！质量不行是要罚跪和饿饭的啊！"

万事开头难。头十来天终于熬过去了。得屋一手的血泡变成了茧子，艳春和冬儿割伤的手指头也渐渐愈合，除了社员和咬金两个小家伙懵懵懂懂需要经常敲打之外，三个大孩子只是有点勾心斗角。人大了就会勾心斗角，没什么值得注意的，辣辣才懒得管他们呢，只要他们出得了活计就好。

日子一长，送交了一批货，钱就拿回来了。莲米破碎率比厂家的标准要低得多，再加上在送货之前，辣辣往莲米里喷了一杯水，因此斤两就足够了，足够到辣辣还可以扣留一升莲米，当然她扣留的都是最完整无损的饱满莲米。

每当拿了钱，辣辣就买一整根猪的脊椎骨煨一大砂罐汤，让全家都饱喝一顿沔水镇的传统名汤——龙骨汤。每两月一次的喝汤吃肉极大地促进了孩子们干活的积极性。良性循环很快就形成了。

只要是月光皎洁的夜晚，辣辣就吹熄煤油灯，率领孩子们搬着家伙到大门口做活，一直做到襄河上的轮船到岸。

从邻家屋顶那深绿色瓦松里升起的月亮，静夜中的笃的笃剁莲子的声音，那讲不完的可怕的鬼故事，那困乏里面夹杂着的母亲粗鲁催促与呵斥，手腕永远的酸痛和对轮船汽笛声暗暗的热切的期待——这便是辣辣的五个孩子共同而特有的童年记忆。

3

平静的守寡生活只过了一个月。一个月以后的夜半三更，辣辣的窗户被神秘地敲响。头几个夜晚，辣辣根本不予理睬，她以为只要她不理睬对方就会灰心的。可是敲窗人非但没有灰心，反而夜夜都来，越来越响。

辣辣恼火地起了床。

"谁呀！敲什么敲？窗户都敲坏了！整条街都吵醒了！"

外面的人说："没有办法呀，你睡得好死。"

辣辣听出是什么人了，说："哦，是老李呀。有事吗？"

老李是镇里国营粮店的职工，平日老是穿一件四个口袋的中山服，打扮得像干部。辣辣做大姑娘的时候就在他手里买米，那时候他每次都用贼一样的眼睛偷瞥她。辣辣出嫁后再去买米，他就趁交接钱票的一刹那碰碰她的手。一九六一年大饥荒，沔水镇的居民饿得上襄河堤剥树皮吃的时候，老李给辣辣送来了十五斤大米和一棵包菜。辣辣怀里正抱着奄奄一息的咬金，可怜一周岁的孩子还没吃过一口米饭。辣辣笑笑，收下了礼物。老李以为王贤木不在家，正要动手，王贤木的声音从后门口传来："辣辣，谁来了？"

辣辣说:"不相干的过路人。"

王贤木说:"干什么呢?"

"讨点饭吃。"辣辣飞快地把大米和包菜藏进床底下,急急推老李,要他赶紧离开。

老李说:"说个时候还我米袋子呀,说个时候还我米袋子呀。"

辣辣说:"今夜里襄河边上还你米袋子。"

后来,老李又偷偷送了两次大米。辣辣都是在深夜的襄河边还了他的米袋子。王贤木下了趟汉口,设法弄回了一担烂菜叶子和一些米面。辣辣就告诉老李说不要他再送了,家里有粮食了,孩子们饿不死了。老李以为他们已经有了肉体关系就当然可以嬉皮涎脸,说:

"我偏要送呢。"

辣辣说:"那你就送吧。还你米袋子的肯定是贤木。"

谁都知道辣辣绝对是一个说话算话敢作敢为的女人,老李果然就没敢再送任何食物过来。

辣辣怀孕以后,心里明白这孩子是老李的野种,就背地里寻了偏方打胎。别人一吃就灵的打胎药,偏偏辣辣吃了没有动静。急得她又去寻别的方子,试试还是没有动静。试到后来,胎儿没有堕下来,时间却无情地过去了。一对双胞胎就在辣辣不断喝各种打胎药的过程中成长落月了。

贵子两斤半,福子才两斤三两,合起来没人家一个婴儿重,生下来都睁着迷惘的眼睛但是不会哭，肤色就和中草药药汤的颜色同样酱黄。孩子满月后，老李几次三番到门前试试探探，辣辣瞅准他，当头泼了一盆双胞胎的洗尿布水。从此，老李便销声匿迹了。

尽管事情过去了三年，老李却还像昨天和辣辣睡过觉一样用理所当然的口气对她说话。男人一旦搞了某个女人好像就拥有了某种权利一样，辣辣气忿不过的就是这个，她故意又问一遍："你有什么事？"她知道老李会回答什么，她正等着他上圈套。

老李说："让我进屋说好不好？"

辣辣说："那不成。先说有什么事？"

老李说："你现在需不需要米？"

辣辣冷笑了："八张口吃饭，当然需要呀。"

"我送来了六十斤呢！"

一听有六十斤大米，辣辣吱呀开了门。她看见一辆自行车停在她门口，后架上放着一大口袋的米。她过去掂了掂，老李说："六十斤你提不动的。"辣辣说："哎呀，怎么比过去大方多了呢。"

老李只是笑笑，说："还是明天夜里到襄河边上还我米袋子吧！"

辣辣让老李站好别动，她嗨地一声抱起米袋，用牙齿嗤嗤扯断扎口的绳子，围绕着老李倒掉了米，将口袋往老李脚背上一扔，说:"现在就还你了。滚!"

老李站在大米的圆圈中央,气得发抖。半天才说出话来。"臭婊子!你以为我是找你干事来了?我惦记我的孩子的,那双胞胎——"

"呸!放你祖宗的狗屁!"辣辣很神气地叉着腰,说:"你给我少胡说八道痴心妄想!他们根本和你没有关系。老娘小法多得很,还会让你真正占到便宜不成?也不摸摸后脑勺好好想想!"

老李从喉管里挤出了几声吭哧,骑上自行车飞快地走了。

辣辣说:"嗨,你的米袋子。"

老李没有回头取走他的米袋子。这种米袋子白色细棉布,红字印着粮店的单位名称,可不是一般老百姓可以拥有的。辣辣先把米袋子藏好了,又到孩子们的房间,悄悄拍醒了得屋和艳春,吩咐他们拿上扫帚撮箕和米桶,把门口的大米弄回来。两个孩子睡得迷迷蒙蒙,问:"哪儿来的大米?"辣辣说:"天上掉下来的米!去!弄回来就得了。"

冬儿出现在母亲面前的时候像一个幽灵,把辣辣吓了一跳。

三年的饥荒,使八岁多的冬儿个子只有五六岁小孩那么高。她穿着姐姐小时候的夹袄,夹袄长及小腿,摆满蓝色和深灰色的补丁。她一双冷冽的大眼睛活像个看穿妇人心的八十岁的老巫婆。她说."妈妈,我们不要那臮米。"

辣辣简直不敢相信自己的耳朵。

"什——么?"

"我们不要臭米!"

辣辣在狠狠盯着女儿的这一刻里发现了这个小女孩的阴险,嫌恶强烈地涌了上来。她想她从前真是疼错了人,这几年白白疼了冬儿。八岁的小女孩,偷听并听懂了母亲和一个男人的对话,真是一个小妖精。既然她这么精怪,她怎么就不知道心疼母亲?怎么就不明白一个寡妇人家喂饱七张小嘴何等不容易呢?人家——不管是谁,送上门了六十斤雪白花花的大米,他们家能够不要吗?

辣辣照准冬儿的嘴,抡起胳膊挥了过去。冬儿一个车轮转,跌在地上,鼻子里喷出一注鲜血。她用衣袖堵住鼻子,抬脸看她的母亲,她拼命忍住眼泪涨得两侧太阳穴嗡嗡作痛。

辣辣非常惊奇她的孩子中居然还有一个挨了重创而不哭鼻子的。母女俩都像重新认识一般地对视了好一会儿,辣辣叹了一口气,说:"你是在什么时候变成小大人了?真讨人嫌!"她说完扭身走开了。

母亲一离开,冬儿的泪水夺眶而出。

冬儿是在父亲去世的那一夜早熟的。她当时就在现场,躲在大人们的阴影里,目睹了父亲可怕的死亡和母亲疯狂的悲痛。那一夜她彻夜哆嗦,睁着眼睛做了许多噩梦。所有的人都忙碌着,被母亲的几次晕死弄得顾不上瞧他们七个孩子一眼。从此,她就贴近了母亲,期待有朝一日,母亲会单独与她共同回忆那一夜的惨祸,抚平她小小心中被烙下的恐惧。小女孩天生的羞涩和胆怯使她无法主动向母亲倾吐她的秘密,可她坚信母亲会觉察到的,她的性格发生了巨变,她一点不像个孩子了。她坚信母亲总有一天会揽她入怀,探询女儿心里藏匿的所有苦楚。母亲将加倍疼爱她,她将加倍安慰母亲,在这个家里,只有她们母女才能真正地互相帮助,互相爱护,共同抚养和管教其他孩子。她的父亲,若九泉有知,该是怎样地感动,该是怎样地信任她,该是怎样地指望她代替父亲的义务和职责。冬儿正是这样,主动分担着母亲的重负,以父亲的身份来保护这个家庭。可是,母亲一个重重的耳光打破了冬儿天真的理想。她在心中呼唤父亲出来主持公道的同时逼视着母亲,她对母亲想说的只有一句话:"我恨你!"

辣辣几乎每天都要打骂孩子,不是这个就是那个。所以她根本没有过多介意与冬儿的龃龉。整个家庭都没有人重视冬儿的沉默和阴郁。粮食够吃,辣辣经常能连买带捡地弄回一大筐蔬菜,不到七岁的社员居然可以背回一篓篓木柴和煤炭,全家人每两个月大喝一次龙骨汤,日子过得似乎比父亲在世的时候还要滋润一些。一家八口,不论是谁放了个响屁,立刻就有人摹仿取笑,闹成一片,这个家里逐渐恢复了快乐生机。

4

也正是这段时候,孩子们的叔叔王贤良越来越明显地表示出要加入这个家庭的愿望。

按沔水镇的风俗习惯，亲上加亲是一桩好事，但是也难免需要勇气对付善意的取笑和流言蜚语。因为王贤良是一介书生，人们当面绝对不给他半点难堪，总是鼓励他的追求，这样，便使一贯谨小慎微的王贤良颇有些心荡神怡，胆大妄为了。

王贤良每天中午放学之后来为嫂子挑满水缸，下午放学给嫂子带点小礼物，比如两块喜饼，比如一包酥糖，再比如半斤柿饼等等，偷偷塞到嫂子手里，把她推进房间，替她带上房门，让她独自吃掉。他自己就在外面的堂屋与侄子们玩耍周旋为嫂子作掩护。偶尔，王贤良也给侄子们买糖吃。那时候的糖果一分钱一粒，学校附近那家副食店售货员的儿子是王贤良的学生，售货员卖给他的糖总是一分钱两粒甚至三粒。王贤良不愿经常受惠于人，所以只是偶尔去买一次。

小叔子的举动使辣辣感觉到了一种甜蜜的意味。她也就心照不宣地回敬小叔子：为他炒个爱吃的菜哪，在他的面条碗里卧个鸡蛋哪，每日里嘘个寒问个暖哪，等等。在武汉市读师范大学时期屡屡失恋的三十三岁的光棍王贤良对亲情和爱情都极为敏感，他是那样地珍惜，就连吃鸡蛋，都是小口小口用舌头吮化，仿佛品尝的就是爱情本身。本来，他对家乡沔水镇的姑娘是极看不上眼的，可是辣辣作为一个少妇而不是姑娘走进了他的世界。辣辣的丰乳总是散发着热烘烘的乳香在他鼻尖上悠来晃去，辣辣紧绷绷的臀部，爽朗的笑声，泼辣的怒骂都深深迷住了他。有一次晚饭后闲聊，王贤良回忆起十六七年前辣辣在街上扭秧歌的情形，大胆地暴露了自己的内心思想。

"当时你最好看了,我恨不得杀了哥哥和你结婚。"

辣辣红了半个脸,说:"那我还真没想到呢。"

这时,王贤良发现辣辣还别有一种情致,这泼辣女人还如此羞涩动人!他心中激动得没有办法。他想他这辈子别无他求了,只求能够娶上这个性格内涵丰富的女人。

一天,艳春在给叔叔洗衣服时发现了王贤良藏在口袋里的一首诗,得屋便抢着在弟弟妹妹面前卖弄他小学毕业的文化水平。

他念道:

啊,我年青的女郎!
我不辜负你的殷勤,
你也不要辜负了我的思量。
我为我心爱的人儿
燃到了这般模样!
啊,我年青的女郎!
你该知道了我的前身?
你该不嫌我黑奴卤莽?
要我这黑奴的胸中,
才有火一样的心肠。

这是郭沫若的诗,是《炉中煤》的节选。王贤良加了自己的题词——谨以此诗献给我襄河岸边的爱人。

得屋念白了许多字,全家只有两个人听懂了。这就是母亲辣辣和女儿冬儿。辣辣知道这就是小叔子在向她提男女情事。冬儿知道这就是一种叫作诗歌的东西了。冬儿感觉有一种波浪温热地柔软地起伏在她胸口,她说:"得屋,你再好好念一遍。"

"得了。"辣辣夺过纸片,折了,揣进了自己腰间。

晚饭后,辣辣把小叔子叫进房间,还给了他纸片儿。

"你不接受我的爱情?"王贤良结结巴巴说。

辣辣忍不住哈哈大笑。她拍着大肚子,说:"贤良啊,对一个快生孩子的女人写诗什么的呀,不滑稽么?"

辣辣一刻也不愿意耽误地坐在床沿上做起了针线活。一边飞针走线一边劝小叔子别鬼迷心窍,正经地尽快找个黄花大姑娘结婚。

王贤良说:"为什么要找一个黄花大姑娘?"

辣辣倒被小叔子问得一愣。"人之常情呗。"她说:"一个童男子的小叔子填进拖着八个孩子的寡嫂房里,你不怕人笑话,我还怕人笑话呢。"

已经享受到了家庭温暖的光棍汉难以自拔,王贤良观察嫂子不是在欲擒故纵,便坚决地说:"我爱你!"

辣辣惊愕地抬起头,看见了小叔子眼中的光芒,她将这灼灼光芒理解为生理欲望。"你怎么啦?"她有点紧张地推开了针线箩。

王贤良说:"我不在乎别人笑话不笑话。我总之是要你了!"

辣辣说:"贤良,看在你哥哥分上……"

王贤良单腿跪下。"嫂子啊,正是看在哥哥分上,我不能不替哥哥抚养这一大群孩子。还有你!"

辣辣抢着一口吹灭了煤油灯。"小心人看见!快起来!"她低声道,"你作什么孽呀!想折我阳寿是怎么的?"

王贤良越发固执,"你不答应我就不起来!"

辣辣"咳"了一声,跺跺脚:"好吧,权当我做个善事了。"

辣辣扯起小叔子,一同摸到床边。辣辣仰面倒在床上,吩咐说:"轻点儿啊,我的月份不小了。"

王贤良吓得魂飞天外,"不!不不!"他磕磕绊绊地爬了起来,退了开去,说:"等你生了,等我们结婚了再……再……"

黑黑的房间里半天没有声响,忽听"嚓"地一声辣辣用火柴点亮了煤油灯,她重新拿过针线箩,又仔细地做起针线来,头也不抬,说:"今儿就给你一个实话吧,我这辈子为你哥哥,守寡是要守到底了。你死心吧!"

王贤良这辈子哪里经过这样的阵势,和一个女人搂抱着滚在床上,他腿都软了,大气不敢出,耳朵里一片惊涛骇浪之声,整个人热乎乎地发烧。直到听见辣辣说了声:"你走吧。"才如临大赦地打开了房门。

叔嫂二人不再提起婚嫁之事。日常生活却一如既往。王贤良甚至更加温情脉脉，仍然写些情诗，装作遗忘在衣服口袋里，通过得屋的朗诵送入辣辣的耳朵。他借古今中外的爱情诗来说明肉欲和爱情的区别；委婉地感谢辣辣的奉献精神。辣辣对诗哪有什么兴趣，活计做不完，家务事也忙不完，整日里脚不沾地的。她有时候发出笑声并不是对诗的理解和赞赏，只不过觉得小叔子这书呆子很是有趣罢了。

唯有冬儿一个人默默无声地接受着诗的陶冶。

除了王贤良之外，还有三四个码头上的鳏夫前来表示求妻的愿望。他们总是笑容可掬地提来几条鱼或一些糕点糖果，很有耐心地替得屋、社员、咬金几个男孩子削木头手枪或大刀。

辣辣是任凭风浪起，稳坐钓鱼台。她打定主意不再嫁人。这么一大群姓王的孩子，拖到谁家谁都会烦的，时间一长，她的儿女准定要受罪。另外，她再也不想生孩子了。生够了！尽管没有丈夫，后半生的养老，辣辣一点不发愁。八个孩子，她一家只住一个月，一年就去了大半了。不愁将来，还嫁人做什么？哪个男人不是看她会生养，会做事，她可不是傻子，这辈子再也不供什么汉子在家当大爷了。王贤良也许不是粗人不会耍大爷脾气，可是他连挑担水都喘大气，上屋顶拾个漏瓦都不会，哪是个真正的男人，要他做什么？他是王贤木的兄弟，镇上受人尊重的教师，在他们家常进常出地关照着，别的男人不敢随便轻薄他们寡妇人家，这就足够了。

不过，辣辣不吭气。她就是不开口。对所有男人都给予礼貌的微笑。所有男人都不知道辣辣的真实想法。凡有人送礼物来，不计多少轻重，辣辣一概收下，然后高高兴兴和孩子们吃掉。

一时间，辣辣屋里屋外，进进出出的都是些充满爱意的人，再加上得屋绵绵不断地朗诵情诗，这个世界果然是春光明媚，鸟语花香，厨房里饭香菜美，诗情画意。王贤木的遗腹子四清，就在这美好的环境里呱呱坠地了。婴儿白白胖胖，五官生得有鼻子有眼，和他父亲一样是个虎相。日后的性情，也与他父亲一样，看上去似乎平庸，可是忽地闹出了个天大的奇迹。这是后话了。

5

老八的名字四清，是辣辣起的。沿袭的是他哥哥姐姐们的习惯：随着当时社会的重大事情起名。

老大得屋是王贤木夫妇继承上辈的老屋的纪念。

生大女儿有些特别。头一年襄河发大水淹了沔水镇，翌年的阳春三月，襄河两岸格外地柳绿桃红。码头搬运工王贤木是个戏迷，就有许多见景生情的感觉。给女儿取名叫艳春。这新鲜漂亮的名字还在码头上轰动了一时。

冬儿是冬至那天出生的，那一天下了一场沔水镇百年不遇的鹅毛大雪。

往下便可以此类推：社员是闹"大跃进"和人民公社的年代出生的，那时候，家家户户装上了有线小广播，广播里成日高唱

"公社是棵常青藤,社员都是藤上的瓜"。王贤木也顶喜欢这歌,一支小号吹个不停。

咬金是三年困难时期的先天不足婴儿,准备他活不长,也就没取名。谁知他一口气悠了两年,存活了,他就像戏文中那个打不死的程咬金一样命大,饿都饿不死,故此起名王咬金。

花生的双胞胎又唤作龙凤胎,就像一道上了菜谱的菜名,是很喜气很有讲究的。总之,得了龙凤胎象征吉祥和好运,尤其是在六二年那时候,新媳妇都饿得坐不上胎。辣辣屁股一撅就生了一对儿女,可真是一个有大富大贵之命的女人。于是两个萎靡不振的黄脸婴儿一个叫了福子,一个叫了贵子,福贵临门。

第八个孩子出生的那一个月,中国又开始了一场政治运动,人们简称为"四清"运动。运动的具体信息,是由得屋艳春冬儿社员四个在学校的孩子带回家的。"大跃进"和人民公社年代挂在横梁上的有线广播,在后来的饥饿年代被辣辣卖了废铁,好在他们家里有一群天真活泼的学生。外边流行什么歌,家里就日夜不息地飘动着杂乱的歌声。中国的政治运动有这么一个特点,只要开展一场运动,就会流行关于这个运动的歌曲。辣辣分娩的阵痛中,"四清"运动的主题歌在嘹亮地唱着:"四不清干部哟,快快醒过来,两条道路在你面前摆——资本主义泥坑哟脏又臭唷喂,社会主义道路放光彩,放呀嘛放光彩!"

后来在给婴儿报户口的时候,辣辣不假思索地对民警说:"就叫王四清吧。"

尽管辣辣的八个孩子中有三个人的名字记载着重大的历史时刻，但是，除了六十年代的饥荒，其他重要历史似乎与他们家总是隔膜着。一般都是在波澜壮阔的政治运动结束了以后许久，辣辣才道听途说一些震动人心的事件。例如沔水镇一中的郭一棠校长，在反右运动中被打成右派，下放劳改去了。例如副镇长刘咬脐反对大办钢铁给抓了起来丢进大牢了。等等。

这一天，辣辣在门口坐着奶四清，对门孙糖模的老婆端着饭碗，趿在自家后门槛上和她拉闲话，说道：粮食局的股长李启孝原来是一个四不清干部，被清查出来了，现在天天挨斗争。

"辣辣，你道那李启孝是谁？"

辣辣说："谁？还不是从他娘屁股里蹦出来的一个人。"

"咳，就是老李啊。从前在我们这边粮店卖米的老李，也不知什么时候升的官，忽儿就又倒了霉。倒霉了我们才知道他叫这么个名字。人啦，真说不准福祸凶吉，你说是不是？"

辣辣说："你说这老李是眼前的事么？"

见对面的女人给了一句肯定的答复，辣辣起身就把四清交给了咬金。还没等五岁的咬金抱稳孩子，福子和贵子就被辣辣从屋子的角落扯了出来，这对寂寞的双胞胎正在泥巴堆堆玩耍。

"快！"辣辣说："快跟我上街去。"

辣辣一手牵一个孩子，连拖带拉将福子贵子拽到了粮食局。在福子贵子三岁多的生涯里，还不曾有过上大街的经历，一路只是惊惶地挣扎哭泣。但是辣辣已经来迟了，人家告诉她李启孝已经被处分了，撤职开除下放农村劳改去了。

"造孽！"辣辣咕噜着把一腔怨气发在两个孩子身上，她左右开弓指戳着两颗小脑袋，说："只是见一面都见不上，没出息的货，没缘分的货。"骂了一通，辣辣又心酸，虽然她绝对不会现在就让这双胞胎去认亲生父亲，但是在父亲倒了大霉的时刻，让他们父子互相看上一眼却是应该的，说不定这两个小东西一辈子再也难得看见生身父亲了，这算什么事呢？生身父亲和孩子就在一个镇上生活，将来总有适合认亲的机会的，怎么说四不清就四不清了？说开除就开除了？说下放农村就走人了？哎！于是，辣辣痛下狠心，拉着孩子到了好吃街，将双胞胎带进"人和"米粉馆，让他俩一人吃了一碗原汤鳝糊米粉。

沔水镇是个古老的镇子，青砖黑布瓦的民宅蜘蛛网一样密密层层盘旋着。大街上掀起多大的风波吹到民宅深处也是些些微微有点飘动头发罢了。居住在小街小巷深处的人们，对大街上的风波，即便不是无动于衷，最多也是无可奈何的。对于老李的命运跌宕，辣辣也就只能偷偷让他的私生子吃一碗价格最贵的米粉罢了。

民宅里的男人清早出去上班，他们大多是上码头搬运货物和上竹器厂做竹器。女人们早起端着尿罐，曲曲折折去下河。所谓下河，不是到河里去，是到小街的街口那里。每天大清早，每条街口都有一个老头挑来一担粪桶，一头是空粪桶，一头是清水桶，便摇着小铃铛吆喝"下河了么——"。正如男人上班是一种公共生活，家庭妇女的公共生活就是每天的下河了。在清早的这个时间里，家家户户的女人，都拎着马桶，逶迤而来，聚集在街口子，排队等候，逐个地倒掉并清洗马桶，所有女人都有意无意地展示着自己，都在暗暗比武，张家长李家短的战争与和平此起彼伏连绵不绝。

没有了当家男人之后，辣辣下河的时候心气就高不起来了。她一心指望大儿子得屋挑起大梁，没有想到大女儿艳春却脱颖而出。

冬儿失去了母亲的偏爱之后，艳春便获得了解放。她在母亲坐月子的时候开始夺取下河的权利。每天早晨，她蓬松着用火钳烫过的刘海辫梢，敞着雪白的颈脖，端着尿罐或者马桶，嗲声嗲气与邻家小媳妇结伴而行。令街坊邻居刮目相看。冬天到了，她在家门口的场子上，晒了上百斤的雪里蕻和萝卜干腌咸菜，一竹竿一竹竿地晾晒红红绿绿的蔬菜，一扭一扭的水蛇腰身，一波一波地说说笑笑，便有三五成群的男孩子争先恐后地替她做力气活了。她用菜油梳头。她将母亲的衣服改得贴身贴腰以突出她刚刚发育的小胸脯。艳春十分地忙碌起来，剁莲子的重任无形中全部落在冬儿一个人身上。辣辣坐满了月子，出得房门的时候，艳春已经会用手叉着腰，在家里走来走去，斥骂哥哥和弟弟妹妹是懒骨头小贱人，刚满十三岁的艳春活脱脱是一个地道的小女人了。

她的功课极差而操持家务的能力很强,辣辣索性连上街买菜的权利也下放给了她。看着艳春买菜回来一复秤,锱铢必较的精明小模样,辣辣不由喜上心头,感叹道:"这小婆娘!"

艳春通过下河和上街,能够得到外界的许多新闻和信息,因此成为全家消息最灵通的权威。正是她,在某一天,向全家人宣告"文化大革命"的到来,这可不是以前那些运动的规模了,这是一场全国性的史无前例的大革命。艳春跷起二郎腿警告母亲。

"你得趁早打断得屋的腿,不打断他的小腿儿,他肯定要出去造反。"

辣辣鼻子里哼了哼,并没有把女儿的话往心里去。辣辣就是嫌她的大儿子太窝囊了呢,要是敢于出去闹腾闹腾才好呢,大革命小革命又怎么样?可他未必有那份胆量和兴趣。王贤木家祖宗三代都是码头工人,都是无产阶级,无产阶级革命从来不会革到他们家,他们家也懒得出去革别人的命。

6

谁都没料到,这一次的"文化大革命"居然进了王家的门。首先投入革命的是书呆子王贤良。

辣辣永远记得那是一九六六年六月的一天,农历五月初五,端阳节。辣辣煮了一大锅粽子,热腾腾堆在桌子上全家围着吃。王贤良剥了一个粽子,几次欲吃又放下,辣辣问:"你怎么哪?"

王贤良说:"是这样的。这个,这个……"

孩子们哄堂大笑。

王贤良说:"巷子口的自来水管装好了没有?"

艳春很能干地抢着说:"装好了,现在已经开始卖水了。居民委员会派孙糖模的老婆看守水龙头,每担水收费两分。我们家里有一担水桶比一般的大桶小,又比一般的小桶大,一分钱可以挑一担,划算得很,而且得屋和冬儿都挑得动。"

社员说:"艳春也挑得动。"

艳春瞪社员一眼,说:"关你什么事?不说话没人当你是哑巴!"

社员说:"不是哑巴就要说话。"

王贤良耐心地等侄子们争论完毕,对嫂嫂说:"总之,这样就好了,自来水已经安装到巷子口,就方便多了。就不用再到襄河挑水了。从明天起我就要完全到学校吃住去了。"

辣辣以为小叔子对她彻底死了心,好事自然是好事,但是,事实上小叔子已经成为这个家庭不可分割的一部分了,孩子们也都喜欢这个温和寡言的人,辣辣也为有一个年轻男人持久的追求而兴致勃勃,健康饱满;况且,王贤良每天回家吃饭,还每月交她一半工资。

含着一口粽子吞不下去,辣辣唻咙哽哽地说:"那敢情好!"

王贤良知道嫂子误会了自己。他之所以当众宣布就是因为没有勇气与嫂子私下告别。关键时候,王贤良的小聪明冒了出来。

"来来来，我给你们唱一段现在流行得热火朝天的革命京剧，新学的。"

王贤良手把粗瓷碗，作腔作调念了一句京白："谢谢妈！"然后自己哼哼过门，唱道："临行喝妈一碗酒，浑身是胆雄赳赳，鸠山设宴和我交朋友，千杯万盏会应酬。时令不好，风雪来得稠，妈要把冷暖时刻记心头。"

他揽过艳春和冬儿的肩，接着唱："小铁梅出门卖货看气候，来往账目要记熟。困倦时留神门户防野狗，烦闷时等候喜鹊唱枝头。家中的事儿你奔走，要与妈妈分忧愁。"

他将最后一句词中的"奶奶"巧妙地改成"妈妈"，顺势拍了拍辣辣的手膀子。

辣辣甩甩手膀子，说："什么破戏，总不如蒋绣金的李天保吊孝好听。"

王贤良赶紧捂住了嫂子的嘴巴，到大门外望了望有无人偷听。现在是什么形势了啊！天沔鼓戏那是一些什么戏啊！绝大多数都是封建文化的糟粕啊！都在横扫和批判之列，蒋绣金已经被红卫兵揪出来了，她可是个牛鬼蛇神呢，头发都被剃成阴阳头了，胸前挂着"破鞋"的牌子，在大街上游街示众呢！

这下子，家里便有了几丝紧张空气。大家停止了咀嚼，趴在桌子周围，聚精会神地听王贤良解释"文化大革命"到底是一场怎样的大革命。

王贤良面容焕发出了红光，说了伟大领袖毛主席，说了大字报,说了史无前例、破旧立新、横扫批斗等等一大通话。辣辣只觉得紧张气氛强烈,而弄明白的一点也只是小叔子要去保卫毛主席了。且不管毛主席远在北京城也好,他老人家是否亲自号召了王贤良也好,反正王贤良都必须去参加"文化大革命"。看见小叔子换了一个人似的模样,辣辣就知道事情大了,恐怕就不光是对她死心不死心的问题。

"去吧。去吧。"辣辣豁达地说。何况,"文化大革命"一来就把蒋绣金整了,这使得辣辣很开心,因此也对这次的革命有了极大的兴趣。

"文化大革命"头两年,辣辣简直被热闹冲昏了头脑。就连家里的加工活一天必须出五升莲米、十斤麻绳和三斤猪毛,都被辣辣忽略了。她整日里驮着四清,满街跑着,看游行,看抄家,看批斗。

码头工会的铜管乐队差不多成了"文化大革命"的专业乐队。乐手们不再上码头扛麻袋而工资照发,他们的任务就是全心全意为毛主席的革命路线大鼓大吹就行了。在那些日子里,沔水镇的大街小巷都响彻嘹亮的乐曲声和乐手们踏踏的脚步声。不论在哪条街道,乐手们只要遇见了辣辣,总是朝她扬扬喇叭以示致意。每当这时,辣辣便不禁为自己丈夫的早逝感到无比伤心和遗憾。否则,她丈夫也会在这个队伍里,多威风多热闹啊!

值得宽慰的是王家还有个王贤良。王贤良一改从前走路怕踩死蚂蚁的迂夫子形象，当上了红卫兵造反司令部总司令。他经常威风凛凛在街头演讲，穿着没有领章帽徽的军装，腰间的武装带使他挺胸收腹，斗志昂扬。他有一只专用的电喇叭，身边总是跟着年轻漂亮的刘志芳。刘志芳曾是县广播站播音员，现在是王贤良的宣传部长，专门听他的指示领呼口号。

四清只要看见王贤良，就会扯着嗓门叫唤"叔叔，叔叔——"，王贤良则循声望来，向嫂子行个很标准的军礼。"咔嚓"一声，牵动了辣辣的满腔自豪。自豪之余未免有些酸溜溜地想小叔子一定会和刘志芳结婚的。她仔细观察过刘志芳的举止神情和体态，认为她已经和小叔子那个了。

曾一度，辣辣也参加了居委会家庭妇女们组织的"爱武装"战斗兵团，戴上了红袖章，背上了毛主席语录袋，上街游了行，揪斗了两次蒋绣金。后来，有人把蒋绣金的腰打断了，辣辣感觉这就过头了。不管怎么说，戏子的腰是人家的饭碗，把她腰打断就是断了人家一辈子的口粮，这就不是一个道理了。这戏子再喜欢招惹男人，也不是死罪，批判批判就行了，做事情不能够丧天良的。此外，辣辣还实在闹不清县委书记罗山奎是不是走资本主义道路的当权派，码头工人是坚决保护罗山奎的，王贤良是坚决打倒罗山奎的，公说公有理，婆说婆有理，都说对方这么做就是反对毛主席。算了，辣辣谁也不想得罪。加上忽然惊觉到，家务劳动荒废太久，家里快要坐吃山空了，于是就退出"爱武装"兵团，当了"文化大革命"的逍遥派。

在红卫兵横扫一切牛鬼蛇神,大破"四旧",大立"四新"的行动中,辣辣有生以来见识了那么多的高级物什:珠宝首饰、金银餐具、观音菩萨、大厚本的书籍。最使她怦然心动的是一双黑亮黑亮的女式高跟皮鞋。那么小巧秀丽,雍容华贵,她竟不顾当时的革命形势发了一个十分反动的心愿——此生此世她辣辣一定要穿一双这样的皮鞋!

在愤愤不平心情的支配下,辣辣从工农兵广场焚烧的书堆当中偷了一本厚厚的书。他们家还没有过这么厚的书呢,可是人家已经拥有过了,现在又要被红卫兵白白烧掉。这么厚的书,这么好的纸张,上厕所擦屁股不好吗?或者生炉子当引火不好吗?

辣辣偷的书是翻译小说《钢铁是怎样炼成的》,她至死也没明白为什么正是这本书竟然改变了两个女儿的人生道路。艳春和冬儿先后都读了这小说。

书拿回家之后,就被艳春霸占了。艳春首先挑着章节阅读了保尔与冬妮娅的恋爱故事,撕下了有关插图自己珍藏。然后开始用书诱惑妹妹冬儿。冬儿反复哀求姐姐把书借给她看看。最后艳春才说:"送给你都行,可你得用东西换。"

"你要什么东西?"

"绒线衣。"

冬儿早就知道姐姐想要她的绒线衣。这件绒线衣是叔叔王贤良送给她十周岁的生日贺礼,也是因为她背会了他的全部情诗而获得的奖励。母亲将红绒线掺进一股白棉纱，织成了一件红白相间的花色上衣，非常漂亮。艳春一直垂涎这件绒线衣，冬儿就是顽强地抵抗着不给她。

当艳春把书伸到冬儿面前时，冬儿含着眼泪脱下了身上的绒线衣。

艳春穿上这件漂亮的衣服，逛遍了沔水镇包括四周的近郊。在红卫兵大闹革命寻求真理的时候，艳春在革命中目的明确地寻找爱情。在艳春眼里，五官端正一些的男青年都很像革命者保尔·柯察金，遗憾的是，红卫兵们似乎对漂亮的绒线衣不感兴趣，对游手好闲没有政治热情的艳春也不感兴趣。

冬儿如饥似渴地读书，第一遍几乎是生吞活剥，往后是逐字逐句，每个标点符号都品上一品。繁体汉字对于她是一种诱惑，诱使她认识它，理解它，然后给她回味无穷的意味。在许多个深夜里，冬儿凑近窗户，借着路灯射进的光亮悄声阅读，她那十二岁的瘦小胸脯像一只共鸣箱，被书中的激情震动得剧烈颤抖。小说中苏联革命青年的理想和生活方式使她发现了一个新的天地，她握紧她的小拳头一遍又一遍揩去眼中的泪水，发誓将来绝对不能够像母亲这样生活，绝对不做像母亲这样生一大堆孩子的粗俗平庸的女人！

冬儿把书珍藏在母亲床前的踏板底下，这是所有人都意想不到也决不会翻动的地方。家里的清洁卫生一向都是冬儿做，除了她以外，没有人觉出他们家的凌乱与肮脏。

艳春的变化是明显的，辣辣讥笑大女儿像只春天的猫，企图用难听的话阻止她过多的外出。冬儿一直平静得秋水一般，直到寒冬时节，她被冻得患了严重的感冒，高烧不退，住院的时候医生责怪母亲怎么只给女儿穿这么一件薄薄的旧棉袄，辣辣这才发现冬儿的绒线衣穿到她姐姐身上去了。

辣辣说："艳春真是搞邪完了！"

冬儿连忙说："妈！绒线衣是我自愿送给她的，请您别管我们的事好不好？"

辣辣说："嗬，请！您！真新鲜，我们家什么时候像过去资本家一样说话了！"

经济来源的断绝使辣辣掉进了冰窖里，使她根本无暇顾及两个女儿之间的扯皮拉筋。莲米、麻绳和猪毛的加工厂相继停产了。辣辣到处询问这些工厂什么时候开始正常生产？忙于革命的人们都懒得回答这个家庭妇女愚蠢的问题。当手里还只剩下两天的饭钱时，辣辣诅咒起来："该死的！这场热闹还有完没完？"

7

"文化大革命"当然不是辣辣希望结束就会结束的。不久，这个家庭的第二个男人——得屋，被"文化大革命"的洪流卷出了小巷。

得屋虽是长子，却既不如大妹妹艳春大胆泼辣，又不如二妹妹冬儿心眼透明，老是受制于两个妹妹，体现不出长子的精神。

他一直处于窥探状态，时时刻刻在寻找时机大闹一场。

自恃是头男长子，得屋原以为母亲无论如何是偏爱他几分的。他不懂皇帝才爱长子，百姓疼的是小儿。辣辣早就瞅着大儿子那缩头乌龟的德行老大瞧不中他。待长着两颗虎牙的社员雨后春笋般尖尖地冒出来之后，辣辣就老是比着社员数落得屋。

"你是哥哥，裆里又不少一套家伙，怎么偏偏像一个太监的样子，看了就恶心人。什么时候你才能像你弟弟社员一样来去如风，利利索索地为这个家里做一点实事呢？"

光是骂骂咧咧，得屋还有些不以为然。可是后来，辣辣给他的一顿死揍总算彻底让他明白了他在这个家庭和母亲心目中的地位。

事情是冬儿起头闹出来的。

王家的格局一直是两个房间两张大床。辣辣带最小的四清、老五咬金住一个房间。另一个房间一张大床睡六个孩子。得屋和社员两个男孩子共一个被筒子，艳春和冬儿一人带一个双胞胎共一个被筒子。

大约是从得屋十岁左右开始，晚上上床以后，他就教唆弟弟社员说下流话，他自己下床撒尿就光着屁股，还在妹妹们面前拨拉生殖器，十五岁就大胆地将脚伸进妹妹们的被子里，乱蹭妹妹的大腿。

起初，艳春还叫骂得屋几句，逐渐地，艳春变得不吱声了，再后来她就吱吱乱笑。这样冬儿只得挺身而出，她毫不客气地死掐哥哥的脚，坚决地把他的脚推出被子。有一天半夜，冬儿被刺痛惊醒，原来是哥哥得屋的脚伸进了她大腿内侧，冬儿取下头发上的铁发卡猛刺得屋。

"小婆娘，你还真刺吗？"得屋不知羞耻地叫起来，艳春又是吱吱乱笑。

第二天，冬儿要求母亲设法替他们兄妹分床睡觉。

辣辣头一摆，说："哦——还是一群小屁孩子就这么懂事？"

冬儿不在乎母亲的嘲讽，坚决地说："我们不小了，天天都在长大，应该男女分开的。"

辣辣说："我看只有你一个人大了，你的心眼大了。"

辣辣拒绝了冬儿，忙自己的去了。她哪有闲工夫又哪里有精力来满足这个精怪女儿的要求呢。

到了夜里，冬儿自己采取了措施。她卸下房门门板，用两条条凳搭成床，抱着贵子睡在门板上，两人就裹着一条父亲在世时候使用过的棉絮。床板毕竟狭窄，条凳又不稳当，半夜里两人翻身，贵子滚落下来，床板轰隆一声垮了。贵子在黑暗中惊惶失措，一跤跌倒在剁莲子的木盆里，被插在木墩上的莲刀刀背砍开了眉骨，鲜血顿时涌出来蒙住了眼睛，所有孩子吓得鬼哭狼嚎。

辣辣深更半夜地抱着贵子跑到医院，缝了七针，还打了破伤风的针，花了五块多钱，气得她连夜审问，从得屋至福子，睡在一个房间一个床铺上的五个孩子，全都赤脚站在碎瓷片上。尽管受了刑，得屋、社员和艳春还是死不吭气，福子只是哭泣，他还小，对发生的事情一无所知。最后只有冬儿叙说了实情。冬儿把她带着贵子搭门板睡觉的前因后果一说完，辣辣刷刷刷给冬儿的嘴巴一顿好打。

"是不是女孩子能说的话你都说得出口！"辣辣说："活活是个小妖精！给我把你那嘴巴闭紧些！"

冬儿的嘴唇立刻肿胀了起来，半个多月里都像一朵盛开的喇叭花。

比起得屋受到的惩罚，冬儿这就是小巫见大巫了。

辣辣用儿子自己搓的麻绳，将他吊在堂屋的横梁上，浑身上下只留下一条红领巾改做的小裤衩。一盆盐水。扫大门口禾场用的大竹条扫帚。扫帚蘸蘸盐水，不分上下狠命乱抽。不一会，得屋就皮开肉绽成了个花人，得屋野狗一般的惨号惊动了一条街坊的人，孙糖模的老婆把大门拍得哐哐响，辣辣就是不理睬。得屋已经死去活来好几次了。社员见势不妙，偷偷从天井攀爬了出去，到司令部找来叔叔。王贤良大声叫门，辣辣这才取下顶着大门的门杠。王贤良夺下嫂嫂手中的扫帚，救了大侄子一命。

辣辣汗流浃背坐在椅子上，说："畜生，明白了吧。老娘养的是人，不是畜生。谁要做畜生老娘就打死他！"

足足花了四个多月，得屋的身体才完全康复。自从他身上剔出最后一根竹刺之后，他再也不敢轻举妄动了。他主动与社员合作，利用家里的废旧木材做了一张床，并且在男女两张床之间挂了一道帘子，晚上起夜再也不敢光屁股招摇了。凡家庭成员中的女性，得屋都敬而远之，恭恭顺顺，老实得见人就躲。当"文化大革命"的热浪破门而入的时候，他还战战兢兢不敢响应。

一伙学生冲进家里，大叫大嚷说："得屋得屋，你这样红的出身还不去保卫毛主席？还不去造反当红卫兵？你就愿意看着中国和平演变？"

得屋根本就来不及回答就被学生们闹闹嚷嚷拖走了。

二十多天以后，得屋突然闯进了家门，他的身后跟了一群红卫兵，大家都穿着军装，戴了红艳艳的袖章，十分整齐威武。得屋扬眉吐气地解下腰间的武装带，在空中抡得噼啪作响。

由于先前有王贤良巨变的例子，全家人对红卫兵小将得屋的巨变并没有表现出太大的惊奇。得屋指挥战友们强行剪掉了母亲的发髻和冬儿的辫子。冬儿的头发是得屋亲手剪的，故意剪得很短并且参差不齐。好在辣辣和冬儿都深明人义，知道女人的发髻和长辫子都属于封资修的东西，迟早逃不过被红卫兵剪掉，因此在耀武扬威的得屋手下，都只轻轻嘀咕了几声。

参加造反派之后的短短几个月，得屋长高了半个头，下巴上冒出了胡茬，喉结像锥子一样刺出来。嗓音由童声变为打鸣小公鸡似的，又很快变为青年男子清亮的喉音。他以他惊人的精力日以继夜地破四旧，揪斗走资派，张贴大字报，大伙对他全都刮目相看并拥戴他做了一名头目。

王贤良和王得屋经常在公共场合碰见。叔叔称侄儿为王副团长,侄儿称叔叔为王司令,神情都很严肃端庄,俨然出身军人世家。

沔水镇对于得屋来说很快变成了蚕茧,大大小小几百个走资派他滚瓜烂熟,只能炒剩饭一样斗来斗去。他不懂也不想弄懂那些纠缠不清的路线、方针、政策问题,只热衷于狂暴的批斗游街。而沔水镇的街道也就那么长,游街一个来回也不到半天的工夫。通过与战友们的思想交流,得屋开始思考这么个问题:他是否应该到更大的大风大浪中去锻炼?

在一个闲得无聊的夜晚,得屋忽发奇想,拿了杆红缨枪到街上去巡逻——这本来是红小兵们的事。得屋拦住每一个路过的行人,这人就必须老老实实停下来,自觉地背诵一段毛主席语录。因为冬夜月色昏暗,路灯已被破坏,得屋红缨枪一拦,拦住了头裹围巾的辣辣。

辣辣根本没抬眼看对方是什么人,就匆匆忙忙应付道:"伟大领袖毛主席教导我们:'人民万岁!'"

得屋听出了母亲的声音,他被母亲的狡猾和敷衍激起了革命义愤。

"太简单了!人民万岁——才四个字!再背诵一段,'革命不是请客吃饭'!"

辣辣听出是儿子的声音,应声抬头,责备说:"嘿,冬儿住院了!"她随便就拨开红缨枪,蹬蹬地走了。如果得屋想追回母亲并不困难,但是扣留她肯定得他到医院去给妹妹送夜饭。这就是沔水镇,拦不到一个阶级敌人却劈面拦住了自己的母亲,多没意思呵！这件事促使得屋连夜下了出去串联的决心。

次日得屋回家了。他宣布他马上要出去串联，他首先去北京见毛主席，然后去革命圣地延安、韶山、瑞金、遵义、井冈山、泸定桥以及大寨大队等等。

"你支不支持我的革命行动？"得屋逼着母亲赶快回答。

辣辣没上儿子的当，直奔主题说："我一分钱都没有！"

得屋恼羞成怒，掀翻了饭桌，大声嚷嚷："没有！没有！这个破家里什么都没有！没有钱，没有权，连一个像模像样的走资派都没有！你们就是一群蛆啊！个婊子养的！"

辣辣上前拽住儿子的挎包，说："你一分钱盘缠都没有，你不能走！"

"没有钱就不革命了吗？看看谁敢阻拦我！"

得屋一掌推开母亲，大步奔了出去。

得屋从此一去三年，三年里音讯杳无。

不久，洿水镇发生了抢枪事件，造反派和保皇派都冲击了人民武装部，从而获得军火，开始了逐步升级的巷战。大街上拉起了电网，一枚六零炮弹误入民宅，炸死了一家三口。王贤良在疯狂的武斗中左腿重伤。全国的大规模武装斗争传来许多令人震惊的新闻，满目硝烟使辣辣猜测得屋一定客死他乡了。每念及此，她便会流下一注清泪。但是辣辣几乎没有工夫去认真地为大儿子悲伤，这年月家里发生的祸事太多了。

8

首先是双胞胎之一福子的死亡。福子和贵子在得屋外出串联的第二年满了七岁。辣辣认为学校没有正常上课,送去上学也是白白浪费钱,所以就让到了学龄的双胞胎仍旧呆在屋子的角落里。

永远阴暗的角落是双胞胎福子贵子盘踞了七年的据点,这对双胞胎在这儿玩泥巴,互相捉虱子,自得其乐。他们在生长的七年中很少开口说话,与兄弟姐妹们格格不入,长期受社员咬金的欺负,近年来才学会用牙齿咬人的方式进行反抗。

由于他们是二位一体,辣辣误以为他们是强大的,就疏忽了对他们必要的呵护、教养和帮助,她从来不担心其他孩子会把他们欺负得怎么样。以至于福子和贵子长到七岁还没刷过牙,浑身都是虱子,患恙染疾都是自生自灭,形成了后天所致的弱智。

当福子刺猬一样团着身子从角落滚到堂屋中央时,辣辣才发觉这个儿子有点不同寻常。她用脚尖拨了拨福子。

"喂,你怎么回事?"

福子不出声。

辣辣吐了一口痰又继续缝补衣服。这时候,贵子突然凄厉地哭起来。说:"福子的肚子疼死了。"

辣辣再拨弄福子,福子已经是昏厥过去的状态,酱黄的脸色越发黄得怕人。

"是肚子疼吗？"辣辣问贵子。贵子点头，指自己的肚脐部位。辣辣根据经验断定是肚子里头有蛔虫。

"我来替他打虫。"辣辣说。

冬儿插嘴说："我看要送他去医院。"

辣辣说："你少给我逗能。"

辣辣吩咐冬儿舀一瓢凉水来，吩咐社员去挖苦楝树的根。她用凉水噎醒了福子，给他在额头、喉管、背脊上刮了痧。

在喂福子喝药时，一直没开口的福子突然十分清楚地说："我不喝中药！"

辣辣让冬儿、社员和咬金按住福子，往他嘴里灌了一大碗苦楝根熬的打虫汤。就在大家给福子灌药的时候，贵子奔出他们的角落，用牙齿撕咬母亲的衣服，哭喊道："他说不喝中药，不喝中药！"

半夜里，福子的病势沉重起来，浑身灼热，腹胀如鼓，牙齿磕得直响。冬儿敲响板壁大声央求母亲送福子去医院，辣辣吼道："别大惊小怪好不好？扇下虫来不就结了！"

冬儿只好为福子不停地抚摸肚子，小声安慰他。

天亮时分，福子喉咙里咕噜作响，嘴里冒出一大堆肥皂泡似白沫。辣辣赶到床边时，福子正伸手乱抓。辣辣递上自己的手，福子甩开了它；摸到了冬儿的手，一下子捏得紧紧的，清晰地叫了声："二姐！"头一歪，就断了气。王家的八个孩子之间从来都是不分长幼，直呼姓名的，福子临终一声亲昵呼唤猛地弹拨了孩子们的心弦，他们不由自主心酸得大哭起来。

艳春一夜未归，天明刚进家门，本来是满面春风的，一下子也怔在那里。

辣辣一把搂住福子，呼天抢地"儿啊肉啊"嚎啕不已。她后悔得恨不得在墙上一头撞死。邻居们帮忙料理了福子的后事。孙糖模手巧，叮叮当当几下钉成了一口白皮棺材。孙糖模的老婆和其他女人替福子擦了澡，换上了最好的一套半新衣服。孙糖模以他挑小担走南闯北获得的经验，调了一点锅底灰，抹黑了福子的脸，说是这样，福子就找不到回家的路了，免得这没成年的孩子不懂事跑回来害人。

辣辣一直倒在艳春怀里哀哀恸哭。福子被埋葬一天后，冬儿怨恨的眼光盯醒了母亲。辣辣试图摸摸冬儿的手表达自己真诚的悔恨，但冬儿躲开了。辣辣找了个借口，指着艳春的鼻子大骂一通，骂她在外面野疯了一点不顾家不顾弟妹，像个爱玩的烂婊子，借此来间接表扬冬儿。

艳春对母亲和妹妹的心理洞若观火。

"得了得了。"她说："别拿我当靶子。我不过在同学家多玩了一会儿。你们之间的矛盾该怎么样就会是怎么样。"

冬儿却不承母亲的情。她不需要母亲如此拙劣的表扬。她承认姐姐的说法，在福子夭折的这件事情上，她绝对不肯原谅母亲，决不！辣辣自然也明白冬儿的态度，她可以理解女儿但更加讨厌她了。

辣辣暗地里派社员去粮食局秘密打听老李的下落,粮食局已经没有人还记得以前的股长李启孝。社员在回家的路上偷偷撕了几张黄裱纸的大字报,辣辣把它们剪裁了一下,凿了钱眼,在夜深人静的时候,烧给了福子。

福子的死亡对其他孩子没有很大影响,对贵子却是深不可测的创伤。辣辣怀着无比的内疚一改从前对贵子的漠不关心,而贵子却鲜明地表现出对母亲的拒绝和反感。她屡屡甩掉母亲的手和吐掉母亲夹给她吃的菜。而且从此她再也不叫"妈妈"了。后来,贵子更加长久地蜷缩在黑暗的堂屋角落里,用猫一样发绿的眼睛盯着人。不论春夏秋冬,她都瑟瑟发抖。无论大家采取什么办法,也都改变不了贵子那种唇亡齿寒的孤寂模样。久而久之,辣辣只好放弃自己的努力,将母爱通过冬儿传达给贵子。辣辣很不情愿与冬儿打交道。但无奈的是,贵子只认冬儿一个人。

9

福子死后不到五个月,社员又差点被人打残废。

那一天,辣辣正在菜市场的垃圾堆里扒菜叶子。街坊上的一个小孩飞跑过来告诉她,说社员在百货大楼门前被人打死了。辣辣刚刚丧失了一个儿子,哪里经得起这种打击。她跑了几步,哇地吐了一口血痰。

社员其实没死,他直挺挺躺在地上,身上鲜血淋漓,看上去很吓人。辣辣冲开人群，一头扑到社员身上号哭。摸摸社员鼻子里还有热气出入，辣辣心头一松，朝四周的人大吼大叫："为什么打我儿子？他才十一岁，是个没父亲的孤儿啊！你们好狠心！"

人们一听这话，生出了一些恻隐之心。被盗的人经大伙一劝，也消了一半火气，同意不再打社员，但要辣辣劝儿子交出窃走的四十元钱。

任凭辣辣乞求或者怒骂，社员仍然死狗一般躺在地上，不吭气也不动弹。辣辣不知道社员怎么了，她生怕再失去这个儿子，为了能够尽快把儿子送到医院去，辣辣双泪横流，狠下心厚了脸皮，给人们跪下了。辣辣这么一跪，人们也就只好放过社员了。

到了医院急诊室的门口，社员忽然挣脱了母亲的搀扶，执拗地往自己家里走。

"不，儿子，别怕用了钱，我们有钱。"辣辣说，她被十一岁儿子的体恤感动得涕泪交流。社员始终不说一句话，只用亲热的眼光看了看母亲，有些调皮地碰了碰母亲的手，辣辣再也没有办法不依顺儿子。

辣辣亲自动手为儿子清洗伤口，跑到襄河边野草丰茂的防波林中采了鸡血藤和马齿苋，毫不犹豫地用积攒了十天的准备拿去换盐的鸡蛋调制了草药，为社员一处一处地敷贴。

流血和疼痛止住了，社员拉住母亲的手，张开嘴，吐出了一团被血和涎水湿透的钞票。辣辣恍然大悟，心里头小鼓咚咚咚地敲，惊叹社员这个儿子的精明和吃苦能力，面子上却还是恼怒，立眉冷脸,扬起巴掌就要揍人。

社员说:"妈呀,我不能让你白白给人下跪啊。"

"混账!"辣辣举着巴掌却打不下去,说:"你是先做的,妈是后跪的。"

"可我让他们打了呀,我流了血呀!现在我们没有活做了,妈妈你拿什么买米给我们吃?我得帮你啊。"社员的眼睛稚气而明亮,脸还是圆乎乎的娃娃脸,腮边一个小酒窝时隐时现,说着话还朝母亲翘起嘴角撒娇地笑。

辣辣的指头落在儿子额上,重重点了一点,又忍不住亲了亲。

辣辣展开了四张十元的钞票,拿手轻轻地抚平它们的皱褶,对于他们家来说,这是一笔巨款啊,没说的,这是全家的救命钱了。

"社员,我的儿,妈告诉你,人穷要穷得有志气。妈这一辈子算是完了,一个寡妇拖七个孩子还能怎么样,唯一的念想就是你们后辈有出息,给妈争点脸面。懂吗?"

社员频频点头。

"那你就再也不能做这种没有出息的丢脸的事情了!答应我。"

社员说:"哎。"

冬儿一步跨了进来,看样子她已经在房门外听了很久。她的嘴唇嗡嗡了好半天,鼓足勇气说了话:"按道理,这钱应该归还失主。"

社员对姐姐说:"去你的!"

社员说:"妈是说以后嘛!"

冬儿说:"说以后就是包庇,被包庇了以后你还会再犯的!"

社员扭头不理睬冬儿了,说:"妈,你让冬儿出去吧,让我歇一会,我身上疼死了。"

辣辣沉默了一刻,终于依了儿子,冷漠地说:"冬儿你先去厨房拣菜吧。"

冬儿噘起嘴扭身冲了出去。辣辣随后来到厨房,试图给女儿解释她弟弟的行为纯属年幼不懂事,好心做了坏事,他也知道错了,也答应往后不做,这不就行了吗。这次的事情,从此大家都不要再提了好不好?

辣辣为了全家有饭吃为了保全社员的自尊心和名誉,有点儿低声下气地哀求冬儿了。她说:"你不要大声嚷嚷让邻居们听见。你弟弟将来还要成家立业的呀。"

"正是因为这个才应该让他送还人家的钱,给他严厉惩罚,让他自尊心受不了,他以后才会悔改,才会成为一个懂得爱护名誉的人啊!"冬儿说。

"放屁!"辣辣一刀拍在砧板上,她忍无可忍了。"你知道不知道,现在我们这个家有一半是社员撑着的,他小小一个孩子,一心体贴做娘的,一心顾念兄弟姊妹有没有饭吃。如果不是他这样,你早饿死了!我就是喜欢这懂事的孩子,你就怄气吧!这个家里好像就你能!就你是个人物!就你懂得道理!

没有饭吃就要饿死的道理你懂不懂啊？我是你们的妈妈，我生养了你们就不能让你们饿死，你懂不懂这个道理啊！一个小姑娘，才十三岁，就像个小妈似的，喜欢管这管那，我烦死你了！你给我滚一边去！"

冬儿摔了手中的菜，叫道："我不滚！这是我的家！你们净做些丢人现眼的事情，就不怕丑吗？"

辣辣奔上来捂女儿的嘴，冬儿灵活地闪开了。冬儿叫道："我要说，要说。"平日文静的冬儿脸涨得紫紫的，脖子上青筋鼓起老高。辣辣更是横眉立眼，怒发冲冠。母女俩终于爆发了一场面对面的恶战。她们都直截了当地刺伤对方，话语里全是赤裸裸的仇恨。辣辣一口一个"婆娘长婊子短"的，全骂脏话。冬儿伶牙俐齿历数事实，显然占了上风。李启孝的夜半送米，福子的夭折，得屋身无分文的出走，贵子的孤僻，艳春的缺少家教，社员的小偷行为，孩子们褴褛而肮脏的衣服，头发里的虱子，满地的痰和渣滓，家具上随意擦上的鼻涕……冬儿跳着她的小脚一一数落，辣辣眼珠都气翻了。直到艳春回家，命令并指挥孩子们劝开母亲和妹妹，咬金四清都上来扯的扯，拉的拉，王家历史上最为尖锐的也是空前绝后的一场母女舌战才告结束。

辣辣有生以来第一次因为生气而吃不下饭。冬儿则大吃特吃，比以前任何时候都快活。可是她遭到了大家的报复，她添了饭回到桌边，坐下的时候坐了一个空，一屁股摔到地上，等她爬起来重新吃饭时，碗里撒了一把沙子，她倒掉饭再去添饭，饭锅已经空了。社员和艳春坐在冬儿两边,冬儿怀疑是他俩捣的鬼,但是没有抓住证据,好像只有她一个人在饭桌上上下下折腾,其他五个孩子都平平静静在吃饭。冬儿顿时明白:尽管今天她把所有事实都揭穿了,但是大家依然站在母亲一边而不是她一边。她是这个家里的外人了。

社员的伤口刚一结痂,他就频频外出。家里一会儿多了几个馍馍,一会儿又多了一捆菜。有一天,邻居告诉辣辣,说他们半夜起来解溲,发现她家屋顶上有人影蹿动,提醒她注意小偷。一个凌晨,辣辣突击检查了孩子们的房间。她发现社员看上去在熟睡,可是球鞋底子上沾满了湿润泥巴,床枕头下面藏了几件崭新的显然是别人家的衣服。辣辣抱走了衣服,交给了居民委员会,说是她的儿了在外面捡到的并且主动要求上交归还失主。不一会儿,居委会负责人就来登门表扬社员了,摸着社员的脑袋,夸奖他的拾金不昧。社员到底脸红了,看了母亲一眼,又是感激又是惭愧。

辣辣再也不敢大意,果断地挖出了埋在踏板底下的一只金戒指,这是她珍藏了十八年的母亲给她的陪嫁,也是全家唯一一件值钱的财产。摩挲着金戒指,辣辣眼睛潮湿了,传了三代人的东西,到底在她手里流失出去了。有什么办法呢?孩子要吃饭啊!人穷了什么也保不住。

辣辣把金戒指塞进了孙糖模老婆的手心,托她私下找个好主子卖掉或者直接换粮食。辣辣对这个神通广大的老婆子说:

"明白我的苦处了吧，无论如何，你要设法给我找个长久挣钱的事。"

在取金戒指的时候，辣辣发现了踏板底下的书。这书分明是两年前辣辣偷回来的，艳春抢过去说先看看再还给她去用，可是后来告诉她丢失了。现在这本书看上去绝不是丢失的样子，而是被人精心藏匿在这儿的。书是用几层报纸包扎好的，靠着书的一层居然还是防潮蜡纸。凭直觉，辣辣就知道这不是社员干的事情。社员绝对不会偷自己家里的东西。而且，社员并不喜欢书。喜欢书喜欢咬文嚼字的孩子只有冬儿一个。冬儿总是要表现自己很正派，但是偷自己家里的东西也是偷盗，甚至更糟糕。辣辣翻开书，折叠了一页，咳嗽出一大口绿色浓痰吐在折叠处，以表示自己的憎恶和警告，然后原封不动放回踏板底下。

待辣辣一个小时以后从外面回来，特意去踏板底下查看了一下：书被取走了。晚饭时候，冬儿眼皮红肿脸色难看，像被霜打过的小草。

辣辣砰地顿下饭碗，说："都给我听着，这家里出了家贼！我把丑话说在前头，谁要再干窝里偷的事，我就砍断她的手指！"

孩子们面面相觑，都不知道母亲指的是谁。

10

在揭穿了冬儿之后，辣辣准备收收艳春这匹野马的缰绳。但是她迟了一步，艳春突然做出了一件她做梦都梦不到的事情。

一个秋风秋雨的阴霾上午,猛烈的捶门声惊醒了正睡懒觉的辣辣全家。社员闻声跳下床,眨眼穿好衣服,攀上了天井的树准备逃走,再一听,外面是一片革命造反口号声而不是叫喊抓小偷,他便警惕地停止了动作,拭目以待。

辣辣莫名其妙地打开大门,迎进了一大群革命造反派,好半天都弄不清他们要干什么。辣辣大声地反复地宣称他们王家是根正苗红的,祖宗三代都是工人阶级,家里一向清贫困苦,"四旧"和"封资修"的东西想有都不可能有。

为了避免辣辣的纠缠不清,革命造反派们停止了叫嚷和呼口号。一位干练的红卫兵说:"我们找王艳春。她与我县最大的走资派罗山奎勾勾搭搭,在昨天深夜里挖穿牛棚劫走了他。"

大家这才一起发出明确的呐喊:"揪出王艳春,交出罗山奎!"

辣辣知道罗山奎,就是解放前打日本鬼子威镇沔水洪湖两镇的罗白麻子,解放后的县委书记,他老婆有双黑亮洋气的高跟皮鞋。艳春,是小巷深处一个十五岁的黄毛丫头,这是哪里跟哪里啊!

红卫兵一把推开了她。

艳春披着衣服,战战兢兢从房间出来,倚着墙壁,抽抽泣泣说不成话,只会摇头。辣辣奋力冲过来,搂住女儿的肩膀,要女儿别怕。辣辣大笑着,说真是天大的误会,她的大女儿从来不随便外出,更没有深夜里不归家的事情。辣辣的话还没有说完,罗山奎就被红卫兵从艳春的床底下拖出来了。艳春"哇"地捂住脸,软倒在地上,热尿润湿了一大片地面。辣辣目瞪口呆。红卫兵大获全胜,口号声欢呼声霎时间响彻云霄,看热闹的邻居街坊人山人海。

社员的机灵和神腿又为家里立了一大功,他及时找到了叔叔王贤良。

王贤良的到来使艳春避免了陪绑游斗乃至收监坐牢的厄运,但他还是声色俱厉地斥责了艳春政治上的糊涂。幸亏艳春还只有十五岁,如果是十八岁,作为一个成年的公民她将以窝藏走资派的反革命现行罪被捕判刑,那将是谁都救不了她的!王贤良的话又一次吓晕了辣辣。

辣辣将艳春关进房间,轰走了围观的人们。端个凳子守在艳春房门口,结结实实骂了大女儿一天。辣辣被大女儿的胆大妄为激起了无比的愤慨,现在这是一个什么世界?一个黄花闺女怎么可以白白让 个半老头子断送了一辈子的名誉?看起来那么精明的女孩子怎么也不让做娘的省心?她怎地养了这么一个傻丫头。他们家这是怎么哪——一出事情都是要性命的事情,这让她一个寡妇人家怎么担待得起呢!嫁汉嫁汉,穿衣吃饭——这个道路都不懂吗?往后艳春吃什么穿什么?她怎么嫁得出去呀!

艳春将脑袋捂进被窝,以免听到母亲的声音。在出事之前,她一直恍若自己是冬妮亚小姐。她在郊外的水塘边遇上并认识了罗山奎。尽管罗山奎在放牛,但是他相貌堂堂,谈吐不凡。革命、党、人民、国家、路线、政策等等他全都懂。艳春相信他是个真正的共产党人。艳春对他微笑,他居然是那么地尊重和感激她。艳春不假思索地就进入了幻觉中浪漫的恋爱。她天天去郊外小河边。她装作洗衣服的村姑对着牛棚唱歌。她听他讲过去的革命故事。为他采桑枣和无花果吃。当他说了他的想法:想逃出去上北京直接找党中央毛主席告状。艳春主动为他献计并在深夜里勇敢地扒穿了土墙,借风雨交加的夜色掩护,救出了罗山奎。艳春一直以为罗山奎要说"我爱你"这三个字了,可是当他躲进床底下的时候,他悄声说:"你真是一个勇敢的好孩子!"

真是一场梦啊。艳春回头一看,觉得与罗山奎交往的那个女孩完全是她自己虚构出来的,根本就不是自己,那女孩的所作所为全部都是在小说影响之下的游戏,她自己根本就不会那么做。在造反派们从床底下拖出罗山奎的那一刻,艳春突然醒悟了,后悔得要命,怎么读了几页小说闹着玩闹出了这么大一场丑事。

三个月的时间,艳春就那么捂着头脸躺在床上闭门不出。如果不是春暖花开,棉絮里长了跳蚤,她还不知道躺到哪年哪月。

冬儿一向与艳春不太融洽。这件惊天动地的事情却令冬儿不得不对艳春刮目相看。在整整三个月里,冬儿为艳春端水送饭倒尿罐,就像服侍病人一样,无微不至地照顾姐姐。

艳春下床以后的第一件事,便是推心置腹地向冬儿坦白了她和罗山奎的故事,只是虚荣心使得她没有在傲气的妹妹面前暴露自己的后悔。

冬儿听艳春的故事听得如痴如醉，热泪盈眶。

"艳春，你真行啊！"她反复赞叹。

为了促使艳春和母亲重新和好，冬儿低声下气，主动赶着辣辣叫"妈妈"。冬儿以妙龄少女的狂热和纯情，将艳春塑造成了一个美丽崇高的公主般的姑娘。辣辣当然也是喜欢听好话的。于是终于答应坐下，听完冬儿讲述艳春的故事。

辣辣不太相信艳春是这样的姑娘，怀疑冬儿"是不是你看多了闲书瞎编乱造了一个新的艳春"？

冬儿说："妈，你自己有这么好的女儿你还不知道呢，不信你自己问艳春嘛。"

辣辣说："艳春你出来，冬儿讲的是实话？"

艳春楚楚可怜地走到母亲面前，说了声"是"。辣辣伸手拉过了大女儿："要说呢，你也还是做的仁义的事情。只是可惜外面人也不知道事情的真实经过，到底对方是一个走资派老男人，还是坏了你的名誉。"

艳春趴在母亲怀里狠狠哭了一场，消解了三个月的委屈和痛苦。

一场蒙受羞辱的意外事件倒使辣辣母女三人的关系得到了空前的改善。

学校勒令艳春退了学。即使没有学校的勒令，艳春也没再去学校。冬儿主张据理力争，去学校上课，以便获得一张初中毕业文凭，还有半学期的学农活动之后就毕业，艳春是应该得到毕业证的。

艳春对毕业证丝毫没兴趣。"算了。去丢人现眼干嘛。"她说。对社员她倒说了实话，"要什么毕业证！要什么读书！书上都是假话！就是书害了我。我讨厌书。"

艳春从此深居简出，在家里做做饭，逗逗四清，给长了一身虱子的猫捉虱子。她巴不得沔水镇的人们尽快忘记她的故事。然后，她好设法找一个家庭富裕点儿，相貌好看点儿的对象，结婚。

11

得屋是在一个炎热的中午回家的。

那天中午，全家都在知了的高叫声中午睡。不知是哪一辈祖宗传下来的青砖黑瓦老屋到了王贤木和辣辣手中就从来没有在白天关过大门——不管家中有人无人。得屋像早上出去上班中午回来一样旁若无人，大摇大摆跨进门槛，穿过睡在堂屋里的母亲和弟妹们到厨房里喝水。他到处找不到三年前的葫芦水瓢，好一会儿才发现水缸上头悬着个自来水龙头，原来自来水已经安装到家里来了，很好。得屋拧开水龙头，仰头喝水，因水龙头开得太大呛咳了起来。

贵子是全家人当中一年四季都不午睡的人。她在暗处看见一个人走进来，又在她家厨房喝水，她便从屋角出来，推醒冬儿，指了指厨房。

从来不轻易动弹的贵子使冬儿意识到家里发生了什么大事,她努力驱走睡意,四下里迷迷糊糊瞧着。一旦看清楚家里一个人都不缺地都在堂屋里,她猛然清醒了:厨房里有别人!她轻轻拍醒社员,示意家里发生了异常情况。社员猫一样敏捷轻柔地跳下竹床,抄起铁锹,无声地进了厨房。

得屋已经喝足了凉水,用手当筷子大吃橱柜里的剩菜。那正是他最喜欢吃的菜:霉干菜炒干子。

社员在得屋身后紧握铁锹,拉开马步,面带他那娃娃般的笑容,说:"伙计,回头看看你偷到谁家来了?"

得屋回头说:"别闹。"说完又去吃他的。

社员愣了足有一刻钟,扔掉铁锹,跑回堂屋,叫道:"妈,哥哥回来了!"

辣辣说:"得屋吗?"

辣辣起身太快,一阵眩晕使她差点摔倒,艳春和社员扶住了她。

"得屋吗?"她又问。

社员说:"是的,我以为是个叫花子哩。"

一个月前,辣辣敦促小叔子发出了面向全国的第三批信件。第一批信件是在外出串联的红卫兵陆续回到沔水镇的时候发出的。王贤良召集串联的红卫兵回忆得屋的行踪,有人说,在韶山大家一起进了毛主席故居,然后就好像没有发现得屋出来,有人说好像是在井冈山，得屋跟着北京的一支队伍走了，还有人说好像是最初去北京的时候，途中他下错了车站。既然谁也说不准，王贤良就谁也不能信任。只好又写信求助于他在全国各地的革命战友们。第一批回信来了，战友们都没有发现得屋的踪影。一九六七年上半年，在中共中央决定停止全国大串联之后，王贤良又发出一批信件，这次的一百封信如石沉大海，竟没有一处回音。王贤良有点怀疑是艳春冬儿抄录通讯地址时出了差错。辣辣一再哭哭啼啼，老是说得屋准死了，王贤良只好亲笔写了三十封信，希望获得一个准确的消息，让嫂子定下悬悬的心意，该怎么生活就怎么生活。辣辣是从最坏的方面做思想准备的，同时也暗中准备了丧礼需要的一些纸钱鞭炮，怕在万一的时候，说声要用又弄不到手。可是忽然，得屋就在自家厨房里头了。

辣辣仰望着高她两个头，满脸青春疙瘩的大儿子，说不出一句话来。这孩子猛一看是得屋，细一端详，嘴眼鼻都跟肿了似的，五官大得不协调，陌生得不像是王家人的模样。

辣辣受不住和大儿子的对视，她转移视线，拉住大儿子的手，说："好了。你可平安到家了！"

得屋并没叫妈妈，看见四清远远望着，问："这是谁家的小孩？"

四清畏缩地后退着，冬儿抱住了他，让他上去叫大哥。四清忸怩着不愿意。得屋说："算了，革命不是请客吃饭，不是做文章，不是绘画绣花，不能那样雅致，那样从容不迫，文质彬彬，那样温良恭俭让。革命是暴动，是一个阶级推翻一个阶级的暴力的行动。"得屋一口南腔北调的普通话，越说话目光越灼亮。说完之后来了一个"李玉和"式的亮相："战友们，我走了！"得屋说话间又要冲出屋去。

辣辣说："快，社员快拖住得屋！"

辣辣明白了是什么使三年不见的母子亲近不拢：得屋精神出毛病了。一盆凉水当头浇下，她真不想说那个"疯"字，但是她心里分明知道她的大儿子得屋疯了。辣辣让社员赶快去给王贤良报信，说得屋回来了但是傻了。

辣辣对外人封锁了得屋回家的消息。躲在天井的竹躺椅上，光是望着得屋发愁，想哭也哭不出来。

两天过去了，辣辣感觉自己适应了新的灾难。得屋虽然谁也不称呼，但似乎谁都认识——除了四岁的四清，得屋走的时候他还是一个婴儿睡在摇窝里。得屋也没有什么暴力行动，只是强迫全家人一天三次按时准点地向毛主席早请示晚汇报。其他时间，他精力旺盛地在屋子里来回走动，嘴巴无声地翕动，眼睛永远不停留在人身上。

与丈夫王贤木酷似的脚步声，终于唤起了辣辣的责任感，"唉，谁让我生养了他呢。"辣辣说。

辣辣召集艳春、冬儿、社员三个大一些的孩子一起动手，给得屋洗了澡，理了发，清除了脖子和耳根的污垢，消灭了数不清的虱子及虱子卵，换上了他父亲生前穿过的衬衣。衬衣特意用米汤浆过了，使得屋看上去挺括一些。

得屋当然是拼命反抗，水溅得满屋都是，贵子和四清都给吓哭了。因为寡不敌众，得屋还是被修理一新。

在一个还算清爽的夜晚，辣辣陪着得屋到街上转了一圈，她买了两斤糖果，散发给向得屋打招呼的邻居街坊，说是得屋从外地给您老带回来的礼物。

不知是熟稔的老街唤醒了得屋的理性，还是他根本就没失去全部心智，他与母亲配合得比较好，没有朗诵毛主席语录，也没有说些有悖常情的话，就如母亲事先嘱咐的那样点头微笑。一般十七八岁的大男孩见到街坊都可能有这种腼腆表现，因此没有人感觉得屋有什么不正常。结果不久之后，就有前街的吴姥姥来给得屋提亲。辣辣说："他有女朋友呢，是同学。等他们小孩子把戏玩够了，吹了以后，再请您正经做个媒吧。"

街坊邻居的友好，冲淡了得屋刚回家带给辣辣的烦恼忧伤，她坚信得屋的毛病可以治好。她想只要有了钱就送得屋去武汉治病。

日子一长，险峰恶水的事就平淡下来了。最让人操心的还是怎么活下去，怎么才能活得好一些。具体一点说就是，全家人吃什么，每天是否能够吃饱肚子，能否隔上一段时间可以弄点肉汤喝。

一个正发育的大姑娘闲在家里，蓦地又添上一个正发育的大小伙子，吃的负担陡然增加了几倍。尤其是得屋，饭量大得惊人，辣辣不断减少了自己的分量也挡不住一个严峻事实的降临：家里就要断炊了。

12

在一个又一个睡不着觉的夜晚，辣辣仿佛听到遥远的地方传来小号的声音。她以为命运又一次明确地向她显示亡夫对她的召唤。一天深夜，辣辣悄悄地唤醒大女儿艳春，嘱咐了几句要她今后带好弟妹之类的话，便蹀躞着寻到了发出小号声音的地方——襄河堤坡上。结果，辣辣吃惊地看见她的儿子咬金站在那儿吹着他父亲的小号，并且已经吹得十分熟练，《大海航行靠舵手》里还充满了音乐的激情。

平日被几个大孩子淹没了头角的咬金，在一九七一年秋天的一个深夜露出了他的峥嵘。他为自己的号声能引来母亲而自豪得手舞足蹈。他让母亲坐在散发着野草清香的堤坡上，给母亲表演了一段"忠"字舞。

"我跳得怎么样？"咬金问母亲。

辣辣说："好得没法说！沔水镇没人比得上你！"

辣辣并没有被母爱遮住目光，她的评价基本是正确的。

咬金经常在码头工会俱乐部玩耍，他和父亲的同事相处很好并展露了他天生的文艺才能。他不仅学会了小号，而且能歌善舞，擅长编排大型群众演唱。在工人阶级队伍极度缺乏文艺人才的情况下，码头运输公司招收了咬金，以使工会毛泽东思想宣传队在名目繁多的演出中赢得应有的荣誉。咬金自动退了学，成天忙碌在宣传队里，直到通知他明天是领薪水的日子，他才真正意识到自己已经是国家的一名工人了。

咬金想在明天领到工资以后，再把一切告诉母亲。他要让母亲惊喜交加，获得母亲的亲热抚摸和公开赞扬——就像对哥哥社员那样。但是在母亲真诚地夸奖了他的舞蹈之后，他忍不住满心的得意，终于提前告诉母亲他凭自己的本事找到了工作，他已经成为中国伟大的工人阶级的一员，明天他将领到十八块钱的月工资。他说："十八块钱可以买一大缸米，对吗？"

辣辣说："对。"

辣辣一把搂住了咬金，就像咬金私心里渴望的那样抚摸着他的头顶。"我的好儿子！你帮了妈的大忙，真是大忙呵！"

咬金感到母亲柔软怀抱里暖烘烘的细细震颤快要震出他的眼泪了。他害羞地快活地溜出母亲的臂弯，拾起小号，说："妈妈，我们回家吧。"

这是咬金自懂事以来得到的唯一的一次母亲的拥抱，也是他这辈子仅有的一次，仿佛剪断了十一年的脐带又亲合在一起了。他永远都记得十一岁秋天的这个夜晚，襄河堤上的星空，野草苦涩的带着蒿子气的清香，秋虫的鸣叫和堤那边河里船家的说话声。这一团温馨的记忆使他的歌舞富有灵气，使他在众兄弟姐妹中和蔼敦厚，使他对母亲无怨无恨——尽管辣辣始终都还是偏爱着社员。

第一次领到工资的十一岁的码头工人王咬金请全家大喝了一顿龙骨汤。王家的饭桌上洋溢着对咬金的溢美之词,只有冬儿说了句扫兴的话:"这么小年纪不读书多可惜呀。"

艳春立刻把妹妹的话反驳了回去:"读书还不是为了找工作。如今学校又不好好上课,读书有什么用?"

不过两个姐姐的争论一点影响不了咬金的情绪。

这时候,孙糖模老婆也来给辣辣报喜,她给辣辣找到工作了,是参加献血队。在家庭加工业瘫痪的"文化大革命"时期,沔水镇有一大半家庭妇女差不多急疯了,献血队因此急剧膨胀,变成了十分紧俏的工作。当时沔水镇拥有储存血浆设备的医院只有一所,血库组织的民间献血队只需要十五至二十人就够了,因此血霸应运而生。想献血的人只有用厚礼与交情打动了孙糖模老婆,她才会推荐到血库头目老朱头那儿。最后由老朱头挑选淘汰,说谁就是谁。为了辣辣,孙糖模老婆过五关斩六将,排挤掉一名四十岁的妇女,让辣辣顶了这个名额。

孙糖模老婆拿来的是一份"献血光荣"的卡片,只登上个名字,到医院去检查一下有没有肝炎,如果没有肝炎,就可以成为光荣的献血员了。

"献血员"是沔水镇妇女公开的称呼,私底下,就说三个字:"卖血的"。"卖血的"到底不是一个光荣的职业,为了丈夫孩子家庭的名誉,始终是一桩地下买卖,这就愈使竞争格外地激烈起来。

孙糖模老婆说:"卖血你敢不?"

辣辣眼皮都没眨一眨:"敢。怎么不敢呢!"辣辣唯一要求孙糖模老婆送佛送到西天,替她严格保密,她怕儿女们知道了不依。穷得卖血——孩子们将来找个对象都抬不起头。

孙糖模老婆与辣辣开了句玩笑:"怕什么怕?咱又不是去卖身。"

两人拍肩打手乐了一回。

夜里,躺在枕头边,辣辣还是难过得淌了一会子泪,生生将父母给的血抽出去,能不亏身子?这种事情说出去能够好听?

见老朱头的这一天是个大好晴天,辣辣买了两瓶沔水大曲准备送给掌握生杀大权的这个人。只要老朱头不为难,辣辣就可以挣钱了。

辣辣这年三十六岁,还有着浓黑的头发和比乡下女人白嫩的肌肤。这天她梳洗了头脸,穿了身干净衣裳,看上去是个好看的青年与中年之间的妇女。老朱头却意外地是个乡下人模样,厚嘴唇阔鼻子,开口说话有些土拙拙味儿。两人相互看了一眼,心里却都有一阵轻松一阵愉快,两人当即也就明白他们这就是有缘分了。

老朱头不仅接纳了辣辣,还破天荒当天就安排辣辣工作了。辣辣提心吊胆地躺上一张洁白的小床,在将胳膊伸进墙壁上的圆孔时,她发抖了。老朱头微笑着拍拍她的额头,说:"不怕,像蚂蚁咬了一口。"

果真，胳膊上就像被虫子蜇了一下。前后不到十分钟，辣辣已经坐在休息室里喝肉丝汤了。喝完大碗免费的肉丝汤，辣辣领到了四十五块八角钱和特供的鸡蛋票、红糖票各半斤。

辣辣像做梦一样不敢相信这么简单就赚了一大笔钱，"这款子是我的？事情完了吗？"她问老朱头。

老朱头说："可不就是你的。你可以回家了。三个月以后才可以再来一次。"

辣辣没等三个月。三天之后，辣辣买了一包烧腊和一块布料，登门拜谢老朱头。老朱头住在医院分配的一间单身宿舍里，老婆孩子全在农村。辣辣没想到老朱头同自己一样也是个养活一大家人的劳碌苦命。两人说着铺开烧腊喝起酒来，一边喝一边把人生之苦倾吐了一个痛快，两人都醉了，天色也晚了，很自然地，辣辣就留下来睡了。

在一群孩子里面，又是冬儿对老朱头异常敏感，在他第二次来喊辣辣去献血的时候，冬儿抢在母亲之前说："你是谁？找我妈做什么？"

辣辣当场就恶了冬儿一通。倒是老朱头劝住了辣辣，让她不要伤孩子的心。

"冬儿没错，有错的是我们。"老朱头说。

"我们有什么错？也没错！"辣辣虽是犟了一句，也就没再找冬儿的茬。

从此老朱头再也不亲自喊辣辣献血了，一般都在巷子口用糖果收买一个孩子或是托人捎个口信。

家里有了咬金的工资,还有王贤良每月五元的按时支援,每三个月辣辣还有一笔比较高额的款子,总共就有三笔较为稳定的收入了,大米和蔬菜再就没有断顿了,孩子们的脸蛋逐渐饱满起来了,辣辣也添了一两件新衣服,这样日子就很好很好,非常令人满意了。

社员被辣辣叫到面前,郑重地警告了一番并象征性地扇了两下耳光。

辣辣说:"我的儿,现在我们有饭吃了,从此你给我好好念书,不要做鬼事。假如再犯,我就用莲刀剁你的手,一次剁一个指头。"

社员嘻嘻笑说:"好的。"

又说:"妈,我能弄点煤和木柴回来吗?"

辣辣又被机智的社员难住了。他们家如果用钱买煤和木柴,那么大米和蔬菜就有可能出现危机,何况辣辣还在攒钱准备给得屋治病。

社员替母亲解围说:"这样吧,妈,我只是偶尔在驳船上扒点煤和木柴,决不拿人家现钱。"

辣辣戳了戳儿子的脑瓜子,宠爱地说:"可别耍你那点小聪明,我的儿啊,上天有眼呢。"

"放心吧,妈。"社员向母亲做着滑稽鬼脸,一步一跳地走开。

这时候发生了一件天大的怪事：横梁上的马灯突然坠落，不偏不倚正砸在社员头顶上。社员哎哟一声惨叫蹲在地上，鲜血漫出他的指缝。

自从辣辣嫁到王家，这盏马灯就吊在横梁上，做新娘的那几天，她挑剔的目光曾发现马灯上堆满积年的灰尘，拴它的绳子上尽是油垢。辣辣当时曾经想过，以后有空了就换一根新绳了擦擦灯罩，可是这二十年来就没得出这个空。五年前，家里装上电灯后，这盏马灯就再没有使用过。今天无风无浪马灯自行坠落，在辣辣看来是个预兆，就像乌鸦报凶一样，要不怎么就偏偏砸上了最灵巧的社员。

辣辣十分后悔自己巫婆一样对儿子说什么"上天有眼"，马灯仿佛就是受到谶语的感应来警告人类的。后来社员额上的伤口经久不愈，这就使辣辣更加坚定了自己的判断。辣辣冒着风险到处寻觅黄裱纸和锡箔，偷偷坐渡船到襄河北岸的荒郊野外，求菩萨千万保佑她的宝贝儿子社员。

13

在辣辣秘密而紧张地凿纸钱，折元宝，为每张大面额阴间钞票盖上流通印的那天，王贤良回家了。他提着一卷铺盖一箱子书籍，跛着一条腿。辣辣只是将头伸出门缝和小叔子打了个招呼。她以为他不过是回家看看侄子们。

王贤良异常冷静地说："我回来了。永远！"

辣辣惊骇地跳出房来，她真怕家里又回来了一个疯子。

王贤良是在一九七三年八月初的一天回家的。

当时他是沔水镇革命委员会第五副主任，兼教育局副局长，沔水师范副校长。他长年住在县委政府招待所里，一年里难得回家两三次，每次回家也都是来也匆匆，去也匆匆，身后颠颠跑着随从人员。每个月，他也就是差遣一个头戴癫痫纱帽的哑巴给辣辣送来五元钱生活费，好让辣辣以及孩子们感觉王贤良对他们亲情犹在。一九六八年，王贤良在沔水镇著名的"三一三"武斗事件中被打断左腿，消息传到家里已经是半个月以后的事。辣辣带着偏方草药去看小叔子，结果很不好意思地回来了。王贤良不需要她，他身边围满了点头哈腰的大夫和慰问的下属，日夜照顾他并亲手喂他吃饭的是年轻漂亮的刘志芳。

王贤良在四十三岁的壮年以腿疾为由提前退休，在沔水镇政界引起的轰动不小于当年他哥哥之死在百姓阶层的轰动。各种猜测和谣言蜂拥而起，各色人等走马灯一样在王贤良周围不停地旋转。王贤良笑傲政界，坚定不移地回到了小巷深处。

侄子们为叔叔的归来欢呼雀跃，就连贵子都例外地离开了她那黑暗的角落，纠缠在王贤良的腿边。七年的革命造反经历已经把王贤良锤炼成一个口若悬河的职业政治家。在孩子们眼里，他是一个英雄，一个传奇人物。他一回家，就把一盘散沙的侄子们凝聚到了身边。一只昏黄的十五瓦灯泡在堂屋照着亮，王贤良给侄子们滔滔不绝地作着关于"文化大革命"来龙去脉的政治报告。讲到近期发生的张铁生事件，他暴露出了他退隐的真正缘由。作为知识分子出身的教育局副局长，他认为：张铁生高考交白卷可以视为反潮流英雄但决不应该录取他上大学。无论是古今中外的先例，还是他自身的经历，交白卷者被大学录取简直是滑天下之大稽！王贤良激动地站起来，俯视一群侄子，对他们挥舞着坚强有力的手臂，说："我们干革命是为了什么？造反是为了什么？流血残废是为了什么？为了中国！为了人民！无产阶级'文化大革命'的宗旨就是破坏一切旧的，建设一个新的。新的应该是更好的！现在就是建设的时候了，林彪的自我爆炸，使我们清除了最大的定时炸弹。生产恢复了。学校走上正轨了。可是，在这个关键的历史时刻，却又要树起这个张铁生，这不就是倒退与反复吗？我王贤良承认张铁生就是否定自己。不！我不可能否定自己！我没错！我是毛主席的好学生，我决不否定自己。照我的革命经验看来，毛主席身边一定又有坏人了。如果我们继续干下去，革命生产就陷入了恶性循环，建设新文化的目的就完全达不到。因此，我们绝对不能再干了！"

辣辣扑哧一声笑了。说："多可惜，练出这样一副好口才，却不做官了。"

得屋忽然十分清楚地说："再造反！再造反！"

"不啦。"王贤良长长叹了一息，骤然苍老。他身心交瘁地倒在椅背上。"识时务者为俊杰。我只有洁身自好,学个陶渊明算了。"

王贤良不想告诉孩子们革命者阵营中也充满了争权夺利的丑事。按他的功绩,他是完全有资格当一把手的。为了顾全大局,他忍辱负重坐了第五把交椅。可全国革命形势又发生剧变,冒出个张铁生。他算是和张铁生别扭住了,不定哪一天说话就漏了风,他的对手肯定会揪住他的小辫子不放。没完没了,你方唱罢我登场。他忽然觉得自己看破了一切。知识分子的劣根性一下子占了上风,他的斗志彻底消遁了。他将自己好有一比,比作贾宝玉出家。

冬儿接了话,说道:"也真像,中乡魁宝玉却尘缘。"

"什么?"王贤良大惊,一把拉过了冬儿。他真正是没有料到这一群衣衫褴褛的侄子中居然还有一个读过《红楼梦》。尽管他一直在狠批"封资修",但从学术意义上说,他还是十分敬重《红楼梦》的。

王贤良仔细端详冬儿,发现她果然骨骼灵秀,眉宇清洁,皮肤晶莹。在冬儿未开口之前,他还以为她的脸比别人白净不过是女孩子爱洗脸罢了。

王贤良的意思很明显:他是回家了,是要居住在这里了。一个四十多岁的人了,光棍一条,腿脚又不便利,辣辣实在不忍心拒绝他。再说,这祖传的老屋子理所当然有他一份。只是孤男寡女住在一个屋檐下难免让街坊邻居生闲话。辣辣在那里心头盘算着，左右都不是，孩子们却已经动手为叔叔腾房间了。

天井后面堆破烂的棚子变成了厨房，先前的厨房镶上了房门做成了一个房间。房间用新报纸糊了四壁，摆上了书本，铺上了干净的床单，一跃而成为全家最漂亮的房间。

辣辣参观这个房间时，王贤良让侄子们都出去了。他掩了门，拉过嫂嫂，说："我干了那么大一场革命还干不了你？"

王贤良在革命时期向工人阶级学的粗话说得辣辣脸红心跳。辣辣深知她的孩子们会在外面偷看，便扭脱身子，正经八百地说："我肯定是要为你哥守一辈子的，你要放尊重些。"

这本是辣辣对付和讨好儿女们的一句话，却将王贤良羞愧得从此再也不敢冒失唐突，从而恢复了从前温文尔雅的追求。辣辣见小叔子依旧是一盆温吞水，就有心别扭，希望逼得他粗犷实在一些，叔嫂俩又开始了新的一轮老调重弹。

腿跛使王贤良暗地里十分自卑。他坚信没有哪个年轻漂亮的姑娘会心甘情愿陪伴一个跛子逛大街和睡觉。刘志芳也正是被王贤良迂腐惹恼的。刘志芳过去对王贤良的爱慕被他理解为对权势的爱慕，因此他要考验她，在考验的过程中他不幸受伤腿跛，腿跛又成了新的问题，即刘志芳到底图他什么？不还是权势和地位吗？在张铁生的问题上，刘志芳与他的政治态度截然相反，与他的对手却一拍即合。王贤良自然再也不屑正眼看待刘志芳了，尽管刘志芳一再试图接近他。

王贤良与刘志芳进行了一场累人的恋爱包括曾一度过频的房事。实际上他并不是光棍汉,男人应该有的经历他都经历过了。赋闲下来,他唯一想学的就是陶渊明。他在后门开辟了一块菜地,种了些白菜萝卜;他养猫养狗,填词赋诗,郁闷了读读史书,烦躁了读读经书;谈话有冬儿,爱情寄托给朴实的嫂子;侄儿们都喜欢他,每天都给他带回外面的形势动态和街坊趣闻。粗茶淡饭,肠胃舒适,大小便通畅,革命者王贤良倒真是过了几个月神仙也难得的好日子。

十二月初的一个晚上,冬儿敲门进来对他说:"叔叔,我要下放了。这一去也许就不再回来。你多保重啊。"

王贤良怅然若失地愣住了。

第二天上午又有人敲门,是他过去的部下,但不是他一条路线上的人。来人不卑不亢地叫他"老王",公事公办地向他调查关于林彪小舰队的保密材料。

王贤良再次愣了:他与林彪有联系吗?

14

知识青年上山下乡运动夹杂在"文化大革命"中轰轰烈烈进行了好几年。出了些邢燕子、侯隽之类的模范人物。辣辣对这些知青模范均不屑一顾。那都是大城市的少爷小姐们,按照毛主席说的,是应该下来尝一点民间甘苦。可是,辣辣认为,她的孩子们苦够了,四体也勤,五谷也分,用不着去接受乡下人的再教育。贫下中农是什么?就是乡下人。乡下人就是乡下人,总归是没有多少见识的。王家祖祖辈辈都是沔水镇的城市居民,从来不种地,辣辣决不愿意让儿女这辈人在她手里沦落成种田人。

趁着社会的混乱,利用王贤良的地位和威望,辣辣一次又一次成功地抵抗了来动员得屋和艳春下放的基层干部。王贤良一退休,辣辣就被叫到街道办事处去了。人家郑重地通知她再不是像从前那样与她商量。基层政府工作人员郑重地告诉她,他们家有四个中学毕业以后滞留在城市的青年,他们都属于应该下放的知识青年,即是:已经毕业却留在城里吃闲饭的王得屋和王艳春,本届高中毕业的王冬儿,本届初中毕业的王社员。按国家照顾寡妇的政策,他们四个当中可以有任何一个留城,由劳动局安排工作,其余的必须马上下放。

辣辣是个知趣的人,她情知王贤良凤凰落毛不如鸡,也不吵闹,也不叫骂了。只是冷冷静静细细察问了有关政策就走了。

得屋是一个精神病人,按政策可以因病留城。辣辣带得屋去医院,他却对答如流,和正常人一模一样,医生就不肯开诊断证明了。辣辣脑子拐了一个弯,找老朱头弄出了一份医院证明。

社员是辣辣这辈子的靠养,她是无论如何都不会放走这个心爱的儿子的。辣辣求了孙糖模老婆,托人给学校老师送了礼,想让社员继续读高中,随便哪一所中学都成。但是,因为社员成绩太差和有偷窃前科,他的档案随便到哪所中学都被退了回来。辣辣整日在镇上东奔西走,是能办事的人,是不能办事的人她一概都送礼,都央求人家。也该是社员运气好,这一天在大街上,辣辣与刘志芳撞了个满怀。刘志芳抬眼一看,脸就成了一尺红布。纯粹是为了解除双方的窘态,辣辣信口胡诌了一句:"贤良老惦念你呢。"

刘志芳便以为辣辣对他们的恋情无所不知了,便索性把她当了自己人,对她说了知心话。"只要他不恨我那就好。请嫂子转告他,我刘志芳绝不是那种趋炎附势的人。他有什么困难,只要我能办的就一定会尽力而为。"

辣辣马上想到了儿子的留城问题。她拉刘志芳到一个角落,大大虚构了一番小叔子对刘志芳的赞美和怀念。不管男女间发生任何矛盾冲突,女人总是相信男人在背后对她的思念并情愿为之投桃报李。辣辣虽然没有什么文化但她用女性的本能俘虏了刘志芳。当刘志芳听说王贤良正为侄儿干社员的高中就读问题寝食不安,这个教育局副局长满口答应这事包在她身上了。

一个星期以后,辣辣如约得到了儿子的高中录取通知书和一封信。

送辣辣出教育局大门的时候,刘志芳再三叮嘱一定当天将信转交王贤良。信是封了口的,按辣辣的理解,刘志芳准会告诉王贤良她办了他侄子的事。照王贤良提起刘志芳就头疼的那神气,他肯定不愿让刘志芳替他办任何事，他宁愿看着社员下放，王贤良这个人向来都是这么迂腐的。辣辣揣着信过了三天，等社员去学校报了名之后，她才悄悄把信塞到了贵子的衣袋里。贵子上小学三年级，刚好能认出王贤良的名字，她又是一个绝不会拆信，绝不会多话的主儿。

果然，贵子发现了自己口袋里头的信之后毫不理睬艳春的追问和争夺，径直把信交给了叔叔。

王贤良看了信，说："活见鬼了！"

王贤良再三追问信的来历。贵子一问三摇头，她根本不知道信从何来。而信纸上写的约会的日期已经过期了。辣辣看见信纸上只有一行字，就问写的什么。王贤良念道："今晚八点老地方见。"

辣辣建议小叔子主动找刘志芳再约个时间，王贤良淡然一笑，说："我腻了捉迷藏的把戏。约个昨天的日子，不就是暗示一切都是过去了吗？世界上并不就她一个聪明人。"

辣辣并不完全懂得小叔子的话，她只需看见小叔子没有十分痛苦就行了。

辣辣没有精力参与小叔子的爱情游戏，她忙于解救她的孩子们。

下放的圈子缩小到了艳春和冬儿身上。辣辣还在奔走，期待天上掉下另一个奇迹，可是街道办事处规定的最后期限到了。

艳春高度地紧张起来。五年前出了罗山奎事件之后，艳春就落下了不停地东张西望的毛病。一个大姑娘家，整日里凄凄惶惶四处张望很不成体统，辣辣甚至采取了用绷带固定的办法将艳春的头绑在柱子上，一绑就是几个小时，结果也无法改变现状。现在到了两个女孩必须下放其中一个的关键时候，艳春就和笼子里受惊的小老鼠一样，成天拨浪个头，睁着红丝丝的眼睛盯人。辣辣实在看不过去了，只好乞求女儿，说："艳春，我的小姑奶奶，妈求你别这样，你看你妹妹多稳重啊，学学啊！"

冬儿声色不动，安之若素地等待着某个时刻的到来。

冬儿早就向学校递交了积极响应毛主席伟大号召，上山下乡接受贫下中农再教育的申请书。她万分感谢这场伟大的运动给她提供了远走高飞的机会，而不仅仅是为了艳春能够留城。从八岁那年目睹父亲的死亡到今天的十七岁，漫长的九年，冬儿过的什么日子？母亲的谩骂和讽刺是她的家常便饭。一个疯子哥哥。一个小偷弟弟。一个自私自利的姐姐。一个死在怀里的福子和半痴半傻的贵子。一个当了童工自以为是的咬金。一个幼小不谙人世的四清。一口留在她书里的浓痰。唯一一个母亲，却不知是和姓李的男人还是和姓朱的老头好，偏偏不和叔叔好。

家里永远不清扫，大门永远不关上，永远没有人问她一句冷热。冬儿早就恨透了这座黑色的老房子。可怜而又蔑视这群兄弟姐妹，叔叔毕竟是这家里的过客，短暂的阳光温暖不了她冰封的心。还是母亲，只有母亲是她又恨又爱，又想离去又舍不得离去的复杂情怀所在。

母亲一贯嫌恶她,这是冬儿知道的,也是他们家最表面的现象。表面现象不等于事物的本质,因此冬儿还是要最后证明一下母亲对于她是爱还是恨。如果她公开她已经作出的决定,母亲和姐姐就不会如此焦急,她不,她死死瞒着自己的决定,她要把刀把子交给母亲,她要看看母亲到底怎么办?她渴望由母亲而不是她割断她们的母女情分。

手心手背都是肉,辣辣迟迟难以作出决定。按道理是应该艳春留城的。艳春都二十岁了,精神又受到过刺激,得留在城里,赶快找个工作嫁个人。冬儿年纪小,又聪明,日后定有指望奔出农村的。但是冬儿本来就恨做娘的,这丫头也不知怎么像是母亲前世的冤家,如果辣辣决定让她下放,辣辣知道,她们娘儿俩这辈子就真的成了冤家对头了。

尽管左思右想犹豫难决,决断的时刻还是来到了。辣辣没有办法。辣辣用一个最简单最漫不经心的方式捅开了这层窗户纸。这一天,辣辣把艳春叫到冬儿身边,关上房门,对艳春撇撇嘴,道:"你这个傻婆娘,还是个姐姐,下放的日子马上就要到了,也不知道替妹妹张罗张罗行李。"

艳春顿时咧开大嘴笑了。冬儿身子一松,维系着她的万缕千丝嘣地一声断裂了,她的心顿时像断线的风筝摇晃着飞向云空。冬儿由衷地笑了一笑,同时眼泪却瀑布一般奔涌下来。辣辣早就转身出去了。

15

到冬儿临走的时刻，大家才知道她选择了湖北最荒僻遥远的山区湖北口。那儿与陕西接壤，须要先到武汉市，再坐火车往西北方向走，再坐汽车和马车。沔水镇所有的知青，都由大卡车欢送到附近农村，唯独冬儿一个人登上了下汉口的轮船。她站在甲板上，冷面冷心，无言地望着襄河堤。汽笛长鸣，轮船启航时，辣辣晕了过去。

辣辣足足有半年无时无刻不惦念着冬儿。她无法想象自己十七岁的瘦弱的女儿在山区农村忍饥挨饿做沉重的农活是怎么可以活人。辣辣开始经常感冒发烧，一病就躺四五天，不病也是郁郁沉沉，发不出个爽快的笑。

"这丫头恨死了我了。"辣辣对小叔子说。她哀求小叔子一封信一封信地写给冬儿，替她解释解释她不得已作出的决定。

痛失知己使王贤良的情绪一落千丈，说是劝慰劝慰嫂子，结果是两人相对枯坐，半晌无言。

革委会来找王贤良谈话的次数越来越多，口气逐渐变冷变硬，似乎指责他包庇了林彪死党。王贤良拍着桌子赶走自己从前的战友，大骂"卑鄙"之类的话。

叔嫂二人谁都没有心情再提嫁娶之事。对于嫂子，王贤良远不如过去殷勤了。辣辣有事情也懒得与心烦浮躁的小叔子商量，便是常到老朱头那儿走走，能办的事老朱头也就替辣辣一一地办妥了，可惜老朱头再肯帮辣辣，也帮不了她的寡妇命，他是有家有口的男人。

辣辣不再有力气去管艳春了。留她在城里就不错了，自己的事自己去跑吧。她得分配工作。她得四处打听分配工作的消息，难道谁还会把最好的工厂和工种送给你？天上只下雨和雪，何曾下过肉包子？艳春被母亲骂得三天两头出门跑跑，可是总不见有消息带回来。眼看人家都分了好工厂，艳春还在那儿东张西望，畏畏缩缩的。辣辣骂道："这小婆娘死了半截没埋似的，有你冬儿妹妹一根骨头就好了。"

可是有一天，艳春没进门就嘹嘹亮亮叫了一声"妈！"她腰儿挺得笔直，笑得花朵儿似的说她遇上新上任的县委书记罗山奎了！

这乾坤的颠来倒去不知弄出了多少人间奇事，这一日艳春正在劳动局门口徘徊哭泣，罗山奎出现在她的面前。一切迎刃而解，艳春转而发愁，倒不知道挑什么工作好了。

定下日期，罗山奎夫妇并第三个儿子罗建国一同来拜访辣辣。

辣辣受宠若惊，欢天喜地，立刻找邻居借了一只收音机一只座钟摆在堂屋里，扫了地，掸了尘，给孩子们用肥皂洗了脸。

王贤良自然是回避了见面。作为一个中共党员，他可以服从党的安排，承认罗山奎是县委书记，可他有权保留个人意见，几年前他亲手打倒的走资本主义的当权派，几年后他依然认为他是走资本主义的当权派，王贤良决不否定自己，也决不否定"文化大革命"。他至少有权坐在自己的房间不出来，以表示他不承认这个客人。

罗山奎夫妇和辣辣拉了一会儿家常，又夸奖艳春是一个多么有正义感多么善良的好青年。之后就开门见山地为儿子罗建国提亲了。辣辣见了县官舌头都不灵活了，哪里还承受得了他们的提亲，只有连忙点头应承的份了。

"艳春，出来。"她叩着墙板叫道。

艳春从房间里娉娉婷婷出来，辣辣倒抽一口气，她差点认不出自己的女儿了。

艳春重新使用了火钳烫刘海的化妆术。她脸蛋粉红，皓齿明眸，细腰轻扭，胸脯微颤，眉梢嘴角含着端庄的微笑。她活像个落难民间的大家闺秀，明艳照人凌驾于她母亲和众人之上。

罗建国一见钟情的目光被辣辣捕捉了去，她知道这门亲事笃定了。辣辣的心一放宽，嘴巴就没了遮挡，说："我艳春好比王宝钏，十年寒窑，苦尽甜来了。"

王宝钏是与薛平贵，而艳春从前是与罗山奎共的患难，而今提亲的是儿子罗建国，这正是罗家微妙的忌讳。辣辣讨了一个极大的没趣。大家说起艳春政治觉悟高，人小志气大，主动帮助罗山奎逃走时，辣辣又讨了个极大的没趣。她开了更加拙劣的玩笑，说："艳春怎么没像阿庆嫂那样把司令藏进水缸里呢？"

罗山奎夫妇对视一眼，打着干哈哈，起身告了辞。

这场会晤的结果使辣辣又失去了一个女儿。罗家显然极不满意乡野村妇似的亲家母，要求艳春搬到县委机关单身宿舍里住，在学好打字的业余时间里多读点书看点报，积极申请入团，艳春欣然同意了。

回家捆铺盖时，艳春狠狠责怪了母亲一通。

"我发现你既没知识又不懂事。"她说。她的毛病神奇地不治而愈，不仅再不四处张望，连母亲弟妹她都不愿多看一眼。

辣辣回敬说："放你妈狗屁，小婆娘。"

开始一段时间，艳春每逢星期六还回家，星期一再去机关上班。不久就改为在罗家过周末和休息日。后来两三个月见不到人影。

辣辣没好气地逢人就说："死不要脸的丫头，没出嫁倒先住过去了，辱门败户的东西！"

这些话渐渐传了出去。罗家索性不认亲家了。辣辣当然也自抬身价，说："老娘还看不中罗家呢。"从此，两家老死不相往来。

随着家庭人口的减少，经济也就相对宽裕了一些。吃闲饭的只有得屋、社员、贵子和四清了。不过辣辣还是秘密地卖血。她不卖血，家里还是谈不上宽裕。

辣辣卖血是老行家了，摸出一套经验了，抽血之前半小时多喝两杯白开水，血液就淡多了，等于是卖高价开水了。如此习惯以后，几天不抽血，全身还要发胀，抽血了，拿到哗哗直响的钞票了，身上就舒坦了。老朱头实在是一个不可多得的好朋友，在孙糖模老婆得肝病去世后，辣辣就只剩下这一个可以交心换肺的人了。老朱头总是对她好，总是照顾她，总是没口没嘴，从不对外人说道他俩的私事，也从不涎皮涎脸纠缠她。他们从不谈什么离婚再婚的事，各自都为自己的儿女勤扒苦作。靠着这世上少有的不下流的男人，年年月月地，辣辣慢慢积蓄了一笔钱。

在冬儿下放的第三年春天。得屋变得极不安分。老是跑到巷子口掏出生殖器吓唬女人，甚至目光炯炯地盯着妹妹贵子。辣辣取出积蓄央求王贤良把得屋送到了汉口六角亭精神病院。她计划继续攒钱，等得屋病好之后给他娶房媳妇，就连没有户口的农村姑娘都行。王贤良说她糊涂，他认为精神病人是不可以婚嫁的，这也是被法律规定了的。辣辣有她自己的道理，她说："我一点都不糊涂，怎么地他也是个男人，我这当娘的总不能让他到世上白走一遭吧。"

16

得屋到汉口住进医院之后，辣辣把堂屋里搭的床铺拆掉了。家里一宽敞，社员也开始效仿弟弟咬金，经常带一些朋友来家玩耍。

咬金参加工作早，又爱好文艺，自然就结识了一大帮吹拉弹唱的朋友，他们向他学歌、学小号和胡琴，咬金自然而然成了领袖。

他很热爱他的朋友们,似乎是要借此弥补他在自己家庭长期不受重视所带来的孤寂。

社员羡慕弟弟,也交了一帮朋友。他有点江湖傻气,狐朋狗友都接纳。他们吃酒划拳,通宵打牌,骂娘通老子闹得天翻地覆。辣辣被溺爱蒙住了眼睛,由着社员胡闹,年轻人不狂玩老了狂玩不成?所以当王贤良被吵得提个小板凳坐在大街上时,辣辣还问:"嫌家里冷清了?"

贵子十五岁了,单薄是单薄了一些,五官倒还周正,酱黄色的皮肤也慢慢生长展开,脸上铜一般的颜色黄澄澄闪光。她初中毕业以后根本就不愿意考高中,而是回家做饭了。学校多半是因为可怜而不是因为及格发了贵子一张毕业文凭。贵子还是依恋黑暗憎恶人类,成天猫在厨房慢条斯理地给全家整治一日三餐。她从不因为家里的喧闹而烦躁不安。她沉默着脸,偶尔与叔叔说一两句简单的话。别的人她一概不理睬,眼睛永远是对事不对人。

四清一晃过了十二岁生日。他是辣辣最小的孩子,个子却最高最壮。"文化大革命"开始的时候他才一周岁,他既不记得"文革"的暴风骤雨,又没有遭受过致命的饥饿,太太平平,温温饱饱地长大。他性格中庸,不像贵子那样寡言少语,也不像几个哥哥快嘴快舌;不像社员那么孝顺母亲,也不像艳春那样自私自利。读书不如冬儿聪慧,也不似其他兄长姐姐们一脑子糨糊。待人接物虽不八面玲珑,倒也会察言观色。

在社员长成了大小伙子,不好意思再陪母亲上街之后,四清就接替了哥哥。辣辣为有一个白白胖胖的体面儿子搀扶着自己的胳臂非常受用。

艳春正像俗语说的：因祸得福。从小就生成是一块小巷子女人的料，结果意外地攀了高枝。几年之内，入了团又入了党，提了干，结了婚，调到县妇女联合会做了副主任。说出话来一套一套，国际国内振振有词。娘家是很少回来了，就算偶尔回来，母女俩总免不了要争吵一番。不过家里的事情，她也还是管的，胳膊肘子总归是向自己怀里弯的。社员高中毕业待业了几天，艳春很快为弟弟找了个工作。用她自己的话说："我算对得起这个破家了！"

只有冬儿，的确是个心性傲慢，格外倔犟的姑娘。她在三年里只给家里写了三封信。都是春节前寄来的，全是三言两语，说是冬季上了水利，忙得不能回家过年。信上面既没有称呼也不签名落款，也不见问候母亲和大家。辣辣把惦念的心也渐渐硬了起来。王贤良给冬儿回信的时候，问嫂子有没有话捎上，"有！"辣辣说："冬儿，你的心也太深太狠了！我再对不起你，你也是我十月怀胎，一把屎一把尿抚养大的啊！"

王贤良犹豫了一下，还是决定不把这样的话捎给冬儿。

辣辣家的大门向社员和咬金的朋友敞开后，辣辣获得一个亲切的尊称：胖姆妈。年轻人们前前后后赶着叫胖姆妈促使辣辣仔细照了镜子，找出箱底一件十年前的衣服比试了一下。她不觉失声大笑,是胖了,她是一个胖女人了。

身子的胖是实在的胖,虚胖的脸庞其实是浮肿,辣辣自己心里明白:这是她长年卖血的结果。辣辣照着镜子,心怦咚怦咚乱跳起来,她可不想死,她才四十三岁,儿子一个都没成家,孙子还一个都没抱上,苦了一辈子,为的什么?盼的什么?为的就是儿孙满堂,盼的就是享几天做奶奶的福呢。

"臭小子们,谁有本事买一些排骨来?"辣辣装作没有看见王贤良的满脸不高兴,利用年轻人的本事为自己增加点营养。在猪肉十分紧俏的年月里,谁家没有一个愣小子就买不着肉吃。

立刻就有土匪似的小子跳出来拍胸:"胖姆妈,您就等着喝肉汤吧。"

很快,排骨买回来了,汤煨好了,社员都抢不着做孝子,早有人为辣辣盛上了一大海碗排骨。

辣辣留大家吃饭喝酒,想睡觉就给他们开地铺,喝醉了吐了,骂是骂几句,可又忙着做醒酒汤。

到后来,王家三日一小宴,五日一大宴,宾朋如云,丝竹悦耳,年轻人们还使辣辣学会了抽烟。辣辣和儿子的朋友们打得火热,一条街都听得见辣辣快活的放肆的笑声。

一天半夜,王贤良摸到辣辣床上压住了她。

"我们结婚吧。"王贤良抓住嫂子的头发用力摇晃,"结婚结婚!结婚了我来治理这个家,再这样乱下去非出事不可的。"

辣辣挣扎着，两只手徒劳地推着小叔子，嘴被捂在被子里只能发出鸽子一样的咕咕声。

"你不答应我我就闷死你！"

被无休止的外调和无休止的家宴恼怒得恨不得自杀的王贤良杀气腾腾。他野性勃发，生平第一次强烈地果断地要求结婚，这一次却不再是出于爱情，而是出于生存的需要。

辣辣意识到小叔子真格的威胁，她奋力掀开他，跪在床上大口喘气。他们瞪着大眼逼视对方，像两条火并的野狼。

"我现在还是你嫂子！你这狗杂种！"

"我不管你是谁！要么和我结婚，要么拆屋分家！"

"休想拆屋！"

"结婚！"王贤良咬牙切齿地说，"那就结婚！"

呼呼的喘气声此起彼伏，辣辣忽然软了下来，细声说："好吧。"

王贤良嗤了一声，像皮球泄气的声音。

"我告诉你，这么乱下去家里准会出事的。请你千万别把我哥哥的家庭孩子给毁了！"

摸着黑，叔嫂两人不带一点男女私情地商量了结婚的日期。辣辣坚持要到汉口看看得屋，然后回来结婚。王贤良同意但有个条件，这就是将社员和咬金的朋友统统赶出门去。

辣辣说："不能统统，疯疯癫癫的只是少数几个人。"

王贤良说："统统！"

17

关键时刻,贵子怀孕了!

王贤良为了方便浇菜地,擅自撬开了厨房通向菜地的门,这门是贵子一年之前上锁的,她锁上之后把钥匙扔进了公共厕所。王贤良忽然推开厨房门,贵子猝不及防地暴露在明亮的阳光里。辣辣和王贤良同时发现了贵子异常的身段。

辣辣连忙剥掉贵子身上的大棉袄,惊叫一声:"我的天!"

贵子已经是即将临产的肚子了。

蜜蜂从敞开的门里飞进来,嗡嗡营营绕着贵子旋转,贵子用手挥赶蜜蜂,脸上是无动于衷的表情。

王贤良摇头叹息,放下水桶水瓢,独自关进了他的房间。他以为他奋不顾身地决定与嫂子结婚就可以阻止厄运进门,看来厄运早就潜入了王家。辣辣不住地叩着房门,请他出来商量一下处理办法。

"晚了。"王贤良好像在哭。他死不开房,只说:"晚了!"

辣辣只得找来了老朱头。

在国家提倡晚婚晚育的号召下,沔水镇政府只给二十八岁以上的青年登记结婚。贵子十六岁还差五天,是不可能合法结婚的,然而只有结婚才是未婚母亲最好的出路。老朱头进了家门,只瞥了贵子一眼，知道已经做不了任何手术，便把辣辣拉到一边，说："只有一个办法：出嫁。"

贵子嫁人最大的困难在于，不知道胎儿的父亲是谁。辣辣软硬兼施，加上打疲劳战的办法连续二十四小时盘问贵子，贵子就是说不出苦主。她的眼睛里满是十六岁少女的单纯、无知和诚实。

"我不知道。"她反复就是这句话。

辣辣说："怎么会不知道？"

贵子说："就是不知道。"

辣辣和女儿打了十几个小时的哑语之后失去了耐心，不顾体面地质问："你和哪个男人睡了你不知道？"

贵子没有脸红，她似乎不懂"睡"的含义，仍慢吞吞回答："我不知道。"

盘问进行到拂晓的时候，贵子坐着就睡着了。辣辣恨不得死揍女儿一顿，但又怕惊动了她肚子里头的胎儿。

老朱头建议由他回去他们乡下找个主儿，不管对方是一个什么样的男人，只要他能容得下贵子母子，能养活她们，不虐待她们就行。

辣辣同意这三条原则。但还是希望老朱头尽量找个健全一些的人，老朱头说："这个我当然明白。只是时间太紧迫了。"

在老朱头下乡为贵子寻婆家的同时，辣辣逐一找社员和咬金的朋友谈了话。

辣辣无一例外地给年轻人们当头一个下马威。她脸子一绷，

"好哇！欺负到胖妈妈头上了。说说你们干的好事！"

几乎所有年轻人都是同样的反应。

"怎么啦胖妈妈？"他们全扬起一张惊诧的脸。

辣辣没有办法，她想不出除了这帮年轻人，还会有谁能接近贵子。

辣辣在年轻人聚会的堂屋里拿莲刀一刀剁在桌子上。

"胖妈妈今儿豁出去也要查个水落石出。你们都知道贵子是从来大门不出二门不迈的，总是你们这些人缺德了。胖妈妈还要怎么诚心待你们？你们就是这样回报胖妈妈的？"

社员关上大门，血红的眼瞪着朋友，喝道："坦白呀！"

年轻人一个个指天发誓，就差没给辣辣下跪叩头。他们自动商议出一个意见，鉴于胖妈妈受到如此沉重的伤害，鉴于好朋友的妹妹处境艰难，他们自愿每人罚款十五元，以资慰藉。

能舍得钱的人自然是实在诚恳的人，那年月十五元钱还是一个大数目，是一笔款子，辣辣还能说什么呢？她按倒莲刀，趴在桌子上伤心地哭了一通。

几天以后，老朱头领来了一个三十来岁的瞎子。

"别看他没眼睛，"老朱头向辣辣介绍瞎子说："他比明眼人亮堂多了。一年下来，全队户户都没有进账，独他一个光棍汉子分红一百多块钱。"

辣辣说："是吗？"

瞎子说："是，是。"

"那就好。"辣辣说："钱还不是主要的，主要是你要好好待我女儿。她失了身子，你是个残废，同样都是半个人，你们互相体谅互相尊重，好好过日子就和正常人一样了。"

瞎子连连点头，说："是这理是这理。我懂。"

辣辣自己亲自动手整了一桌酒席，请媒人老朱头坐了上席。王贤良不肯出来吃酒，辣辣也就随他去了。然后全家人为贵子和瞎子吃酒贺喜。老朱头牵了一对新人的手碰碰杯，说："你们成家了。"贵子就算有夫之妇了。

吃罢酒席，天黑了。社员挑起一担嫁妆在前头走了，后面辣辣搀着贵子，老朱头牵着瞎子，等这一行人出了巷子口，咬金在大门前放了一架喜庆鞭炮。邻居纷纷出来看热闹，咬金告诉大家："我妹妹出嫁了。"

在襄河边，辣辣递给贵子一个红布包。在女儿耳边说："这是五百块钱，好生藏着，是你的私房钱，日后自己贴着用。"

这五百元款子是年轻人们自动的罚款，也是辣辣这辈子头一次拿到的最多的钱。她分文不动全给了女儿。苦命的贵子自己就是个私生子，肚子里又怀了一个私生子，她自己这辈子见不到亲生父亲，她的孩子一辈子恐怕也见不着亲生父亲了。真正的苦命啊！辣辣在贵子正要上船的那一刻搂过女儿狠劲亲了一口，黑暗中她感到了女儿温热的泪水。

从瞎子进家门到跟随瞎子踏上渡船，贵子始终没有说一句话。

只是当她知道老朱头将要为她寻个人来之后,她偷偷推开了王贤良的房门。

"叔叔,给我冬儿姐去封信吧。"她嗫嚅着。可是,王贤良睡着了。贵子对这个世界只有一个要求,却没有任何人听见,谁也不知道她怀着怎样的心情随着一个瞎子远嫁了他乡。

事情结束之后,家里倒是给冬儿去了一信。一个月过去,信竟然原址无此人退了回来。冬儿离开了湖北口!一个姑娘家能去哪儿呢?一波未平一波又起,辣辣只觉一股子急火攻心,哇地吐了一口血。

一家人又开始张罗着寻找冬儿。王贤良又寄出了许多信件,这是因为他喜欢冬儿,而不是为了辣辣。因为贵子的事情,在王家背后隐藏了八年之久的老朱头公开亮相,宣告了王贤良和辣辣关系的彻底死亡。

18

阳春三月,贵子远嫁的那一日,冬儿却在武汉大学樱花盛开的长廊里浏览赏花。她剪着短发,穿了件浅色细羊毛衫和牛仔布的工装裤。她的双手插在裤口袋里,透过粉红的樱花,不时看见沔水镇那黑瓦屋子,那深深的小巷,看见她面目模糊的母亲兄弟姐妹们。

冬儿已经是武汉大学中文系二年级的学生了。

湖北口的三年农村生活是她生命中一个承上启下的关键时刻。初到湖北口，她纯粹是为着逃离了家庭而欢欣。继而发现生活为她打开了一扇新窗口。湖北口有成千上百的知青，来自全国各大城市，绝大多数是呆了好几年的老三届知青，他们是一批极有使命感的热血青年。在那艰苦的岁月里，在历经坎坷之后，他们依然热爱读书，关心时事。冬儿很快就与他们打成了一片。

冬儿不为人注意地吸收了她所向往的一切东西：读书，思考，雄辩，听音乐，写日记，穿花边的乳罩，坚持每周洗澡，每天都换内裤，等等。许多知青到农村以后就变邋遢了，而冬儿变整洁了。

了解了许多知青的家庭故事，冬儿才深刻理解了哥哥得屋串联之前发出的怒吼：这个破家里什么都没有！连个走资派都没有！她回头一想，发现得屋是回家以后发疯的，而不是像大家认为的在外面发疯的，得屋对于世界的希望落空了之后再也经不起对于家庭的希望落空。他们的家，的的确确是一个破家。冬儿是再也不会回这个家了！

冬儿打定主意从此不再回家，所以三年里只给家里写了三封信。贫下中农奇怪她为什么不回家，她说："我是个孤儿。"

冬儿的确像个饥饿的孤儿，在农村这块土地上贪婪地吸取各种营养。不管今后的历史怎样书写这场浩大的知识青年上山下乡运动，她永远不会否定它。否则，她真不知道自己将如何逃离这个可怕的家庭。

一九七七年，全国恢复高校招生制度，冬儿考上了大学。她在高考的时候改了名字。生产队的干部是极好变通的，所以冬儿连偷偷买的退字灵都没用上。她参加考试的所有证件和表格上全填写这样的名字：净生。干净地生活着的一个人。对外界的疑问冬儿一律回答："我是一个孤儿，我只有笔名，没有姓氏。"

大学录取通知书到达以后，冬儿不存在了，她作为净生，又跨上了生活的一级台阶，又一种新生活在她面前展开了。洒水镇在她下放那天的回头一瞥中已经定格，现在是一幅发黄的旧相片了，母亲、叔叔、兄弟姐妹们在这幅旧相片中一块儿变黄变模糊了。那么，现在该是由她举起利刃，砍断从前了。

在校园的林荫道上考虑了足有一年的时光，冬儿给家里写去了一封信，和前三封信不同，不是让叔叔收信而是直接给母亲。

五月的温暖的风吹进小巷深处的人家里，辣辣说："大气这么好，你们给我买票去湖北口。"

辣辣决定亲自去湖北口农村寻找冬儿。

王贤良天天收到外地战友的来信，他们都是一些和王贤良一样从岗位上退下来的各级领导干部，退下来的原因多种多样，落寞感慨的情绪却一脉相承。他们之中也有和王贤良一样不仅退了而且还不断遭到麻烦的人，这几个人很积极地替王贤良寻找侄女的下落，来信很快。其他人来信稍慢，但也陆续来齐了。全家人天天晚饭之前听王贤良读信，可不是大篇的悲愤抒情就是怀旧，关于冬儿的消息有的说没有,有的说你怎么只是寻找侄儿才写信来呢,还有的说这孩子串联到哪里去了?那人一定是把冬儿当成了得屋。

辣辣没好气地对小叔子说:"多谢你的帮忙。"

在她印象中,除了"文化大革命",王贤良没办成过一件事情。看来必须她亲自出马去找冬儿。很简单,她认为只要人到了湖北口,一打听就成。一个活生生的姑娘出了什么事?去了哪儿?众人会不知道?

大家尽量打消辣辣不切实际的设想,社员借了叔叔的地图册给她看湖北口有多远。那儿不通车不通船,穷山恶水上千里路。

邮递员在大门口摇铃铛,叫:"这家拿信了。"

辣辣说:"讨厌,又是信。"

王贤良正要拆信,愣住了。"别走。"他叫住嫂子,"是你的信。"

辣辣好奇地坐下来,让小叔子给她念她生平收到的第一封信。

母亲:

　　这是女儿我给您的第一封信也是最后一封信,从此之后,您就当我死了。我在一年多以前就改了名字,现在世界上没有您的那个冬儿了。您也就不必找冬儿了。

　　有一点我应该感谢您,这就是您给了我生命。作为回报,我告诉您我考取了大学,现在在一个遥远的城市念书,生活得很好。

母亲,我要向您说明一件事,我不是家贼。那本书是艳春给我的,我用自己的绒线衣交换了书。

我还想告诉您,父亲死的时候我也在场。我吓昏了,从此一直期待着您能抱抱我,给我壮壮胆,让我与您一块痛快地哭哭父亲。可您误解了我。我只想维护您,维护这个家,因为父亲死在我的眼前!

母亲,您吐在我书里的一口痰我将终生保存,永远鄙视您。

再见,祝福您,叔叔及我可怜的兄弟姐妹们。

一九七八年五月

家里一片寂静,半天没人吭声。王贤良说:"念完了。"他让信纸在桌上翻飞,自己是仰天长啸的模样,一步一步回到他的小房去了。

辣辣瞪着远处,好久才动弹了一下。社员见母亲的手在桌面上摸索,便点燃一支烟放在她唇上。辣辣颤颤巍巍吸了一口烟,满腔烟雾里发出声来:"我到底是作了什么孽哟!"一语未了,泪珠子雨点一样纷纷落下。

19

首先撤退的是咬金和他的朋友,他们也不光是为着贵子的事情，那是历史进入八十年代的时候了，国家经济体制正骚动着，预示着即将到来的巨大改革，南方的城市频频传来一些私人做生意的信息，交际舞像大潮前边的浪花，业已扑到了中原的沔水镇。咬金他们聚集到了空间更大的工人俱乐部，半秘密地学习跳交际舞，偷听和演奏台湾歌星邓丽君的歌曲。

教咬金跳舞的老师是蒋绣金。虽然咬金只是在四岁那年父亲送葬路上见过蒋绣金一次，她的名字却烂熟于耳，因母亲咒骂了这个女人一辈子。正是由于母亲在咒骂中充分渲染了蒋绣金的妖娆狐媚，使得咬金非常渴望这个女人味十足的戏子。他们俩一见如故，亲如母子。咬金自然是久不归家了。

社员受到咬金的影响，将交际据点转换到工厂单身宿舍，免得他看见朋友就想起受害的妹妹，老想着受害的妹妹明显又对不住朋友。

门庭骤然冷落下来使辣辣整日充满失落感。她不愿意老呆在幽深黯淡的老屋子里，经常坐在大门口，要么晾晒她积攒了多年的黑木耳香菇黄花菜等干货，要么缝补陈年往日的旧衣裳，实际上补丁衣裳已没有人肯穿它，新型的化学纤维的确良布料席卷了全社会，自然也包括了王家所有人。当时传说这的确良布穿也是八年，不穿也是八年，所以大家洗了等着晒干，晒干了又穿在身上，看上去质量也真的是不错，老是挺挺括括的，老是一件不打皱的新衣服。

王贤良对家庭前所未有的安静只差没有作揖谢菩萨。他至少有十天的光景什么都不干,搬把藤椅坐在堂屋中央,闭目享受宁静。他的眉心展开了,哼着小曲,乐颠颠拾掇被年轻人们弄乱的屋子,将窗台上的牙刷放回洗漱杯,将挂在天井树杈上的毛巾放回洗脸架。扫灰尘,擦玻璃,仿佛事情越做越多。后来居然坐下来擦亮铝壶钢精锅之类的东西,一天能擦亮巴掌大一块,而家里熏得漆黑的金属制品大大小小至少二三十件。

那种"嚓嚓"的单调声音持续了半个多月,有一天辣辣终于忍受不了,奔进屋去嚷嚷起来。

"阿弥陀佛!"她说:"你在修炼什么功夫呢?家里乱一些脏一些有什么了不得!人是主要的!一个家里要有人!东西是死的,是要沾人的灵性才鲜活的。哦,人赶走了还不算,还要把人的热气全赶走?告诉你去哪儿最安静:坟墓里!坟墓里才是安安静静,井井有条的!"她推倒了椅子凳子,将牙刷倒在窗台上。

"住手!"王贤良也大声嚷嚷起来:"你怎么如此愚昧无知!"

辣辣挺挺宽厚的胸脯,说:"哈,愚昧无知的是你!"她把小叔子拉得踉踉跄跄,让他看在年轻人走了以后迅速剥落的石灰,"人的热气没了,墙壁就冷了,干缩了,石灰当然就不停地掉。"她说。

天井里的苔藓也在疯长,蔓延到了王贤良的房门口,土狗子打洞打到了饭桌底下,鼻涕虫大白天就横行霸道,而萤火虫不知怎么在水瓶茶壶间盘旋。

"这就是缺少人的荒凉气象,你懂吗?你一个人能赢它们吗?"辣辣见小叔子理屈词穷,就得寸进尺地发挥了她的预见才能,"等着看吧,这屋子不久就会垮掉了。把社员咬金放出了笼子,他们会惹出事情来的。社员小时候就——"辣辣想起了马灯坠落社员头顶的事,后悔不迭,啪地打了一下自己的嘴,道:"不说了!乌鸦嘴!"

王贤良只觉得一团巫气搅得他昏头昏脑,他嘀咕了一声:"迷信。"不过他还是尊重客观规律,在第二天重新观察了屋子的腐朽衰老迹象,他准备了一些建筑材料,请来泥瓦匠木匠,修缮了这幢老屋。

叔嫂俩就在这针锋相对的磕磕绊绊中度过了许多光阴,王贤良有时气愤得想搬走,但每逢来人找王贤良谈清问题,都是辣辣挡驾。"他没问题!如果你们硬说他有问题,那就先赔偿他那条为革命而跛的腿!"这时候,王贤良心里又觉得,无论怎么样,谁都还是亲不过家里人啊!

就这样,日子过了下来。这期间艳春生了一个儿子,贵子的儿子也在慢慢长大,得屋的病情逐渐好转,四清顺利地考上高中,社员找了一个叫梅芬的对象,一个水晶样美妙的少女对咬金的崇拜迷恋在全镇传为佳话。不过,这许多好消息并没有给老屋带来生机,因为它们全都发生在老屋之外。当着老少邻居,辣辣表面是高兴模样,独自一人了就高兴不起来,说:"这世道!"然后依旧坐在敞开的大门口,有一针无一线地做针线,目送每一个经过家门的人。

就像马灯坠落一样,社员总是赶着巧出事。在全国性的第一次严厉打击刑事犯罪分子的当口,社员喝多了一点酒,经不起朋友的怂恿,率领一伙狐朋狗友到襄河堤上瞧姑娘。

沔水镇历代居民都有在襄河堤上乘凉的习惯。社员一张张竹床挨个瞧,说些混账玩笑话,引得姑娘们一迭声骂他"流氓"。夜深了,年轻人发现防波林边有一张竹床,一个姑娘单独躺着。有人就说:"社员,你敢不敢去爱一爱?"

社员哪会承认有他不敢的事?一伙子人轻悄悄抬竹床移到林子中,社员就挥戈上阵了。哪知道惨号着翻滚下来的不是姑娘而是社员。四周的人们纷纷跑来,同伙顿作鸟兽散,独独只剩下社员捂着鲜血淋漓的下身束手就擒。

原来这姑娘穿着一条丝绸内裤,社员撕破了裤子却不曾想有几根蚕丝还牵连着,他正撞在这几根细丝上,勒了个皮破肉裂,那还不疼死他!这是谁家的姑娘?一看人人都明白,彭文绍家的。过去沔水镇有名的蚕茧大户,他家的蚕丝韧性强,胶质好,在全国首屈一指,日本人出三倍的价做他的生意,解放后沔水镇第一个丝织厂就是以他家为基础开办的。

千古难逢的奇事让社员逢上了,那还不是"从重从快"的死罪。

传遍了大街小巷的新闻肯定是瞒不过辣辣的，家里人索性先发制人，给辣辣讲了个明白，然后轮流看守着她，连艳春都赶回来了。社员出事，辣辣的痛苦该有多深，王家所有人心里都清楚。艳春赶回家，是怕母亲寻短见，又生怕母亲求她开后门为社员改刑，便抢在头里给母亲讲了一大篇"国法民愤法制无情"之类的大道理，劝母亲从此只当没养这个儿子。

辣辣什么都不说，只望着半空中摇头，涎水从她嘴角丝丝缕缕垂挂下来。她并不像众人想象的那么呼天抢地，至少她比大家都冷静。她一点不觉得这事稀罕，闪电早就划过社员的天空，她知道雷声就在后头。等了几年，晴空霹雳终于爆响。辣辣不打算求任何人帮助，谁能帮一个人的命？她只有一点不理解的地方，她一直以为社员会栽在"偷"上，一直防范着他跟踪过他没少啰嗦他，可他竟然犯了女色。二十多岁的人，又有对象，马上就可以结婚了，真是聪明一世，糊涂一时。这个聪明的傻儿子！

辣辣的冷静和任人摆布更使大家心里发怵。

公判大会那天，广场上的高音喇叭无法阻挡地把一切声音传到老屋里。头天夜里，艳春趁着母亲打盹，往她耳朵塞了两坨药棉。辣辣一个盹醒来就抠掉了它。

"我要去送送社员。"辣辣说着就往外走，腿脚劲道十足。十天来辣辣就说了这么一句话，就提了这么一个要求，谁也没法阻拦住她。

行刑场有个很好听的名字：兰花堤。是襄河分洪道上的一堵孤堤，荒草连天，乌鸦盘旋。咬金和四清用力拉住母亲站在远处。社员面如土色，腿软得不能自己行走，由刑警拖着。

辣辣大叫一声："社员！"

社员仿佛没听见母亲的呼唤，时间也没有因这声撕心裂肺的呼唤而停留片刻。一切按计划进行，社员跪在一个土坑前，刑警在他身后朝他的脑袋很准地开了一枪，"砰"的一声脆响，社员栽进土坑里，一个人就在这个世界上消失了。

咬金和四清都闭着眼睛，辣辣却目不转睛地看着儿子，儿子的后脑勺不知怎么像只被小孩子点燃的爆竹，炸得纸屑四溅。

20

办完社员的丧事，辣辣关上了大白天从来不曾关过的两扇大门。

王贤良试图安慰嫂子，走到她面前又说不出一句话来。辣辣完全看不见小叔子了，做饭常常没下他的米。王贤良随便干什么她都任其自由。为了引起像从前那样的争吵，王贤良故意在堂屋擦钢精锅，二十多只锅碗瓢勺都擦完了，辣辣依然呆呆地望着半空，嘴里嘟噜着只有她自己听得懂的话。王贤良这时候才真正明白他俩一点关系也没有了。他在自己房间收拾行李，整理书籍，从《毛泽东选集》第五卷里翻出了二十年前写给辣辣的情诗，他仔细地读了一遍，觉得写得很幼稚。他从情诗上抬起眼睛看辣辣臃肿老迈的背影，吃惊自己竟在这么个老妇人身上用掉了一辈子，多么幼稚!

待王贤良收拾好了一切,捆好了铺盖,他才发觉自己无处可去。到了晚上,他只好打开铺盖睡觉,天亮以后,他还是要再捆上铺盖,随时准备搬走。王贤良再也不到厨房去吃饭了,他自己用一个小煤油炉煮点饭吃,吃完以后还是将炉子和碗筷收拾到网兜里。王贤良所有的行为,都是围绕逃离这个老屋子而发生的,他不会去管他是否真的离开了。

一进入八十年代,沔水镇昼夜不停地发生着巨大变化。行政级别提升,由县变为了市。一条条宽阔的大街眨眼就修好了,与老街构成了"井"字形。十字路口装了红绿灯,有了威风的交通警察。四清上班得坐公共汽车。

不久以后的某天,吼叫着的推土机终于推倒了辣辣的老屋。那里将矗立起十八层楼的中外合资商场。

辣辣作为拆迁户住进了生活小区的三室一厅单元房。王贤良则在另外一个生活小区要了一室一厅。

搬家的时候,辣辣看见了从前粮店的老李。她坐在卡车的驾驶室里,老李从一辆白色小轿车出来,看是哪儿堵塞了交通。一个大正面看得清清楚楚,李启孝丝毫没变,似乎还年轻了,穿了西装很像电视里面的归国华侨。

辣辣将头探出窗外,叫了声:"老李。"辣辣想,不趁这个机会告诉老李,那对双胞胎是他的,日后还去哪儿找他?她怕自己哪一天突然归西,这笔人生债不就永远欠下了?

李启孝四处寻找叫喊他的人,辣辣用劲拍着车门,说:"嗨嗨!"

李启孝显然认不出辣辣了。他用干部那种矜持而礼貌的目光在辣辣脸上停留了片刻,很陌生地掉开目光继续在大街上寻找。车流忽然动了,老李飞快就钻进了小轿车。双方的车都开动了,老李的小车眼看着就要走脱了。辣辣叫道:"停车!停车!我要还那人的米袋子。"咬金的朋友笑起来:"胖妈妈,大街上是不能随便停车的。再说人家小车咻溜一声就不见了。以后还吧。"

老李的米袋子是在搬家中清理出来的。咬金准备扔掉,辣辣抢过来放进了篮子里。她认为应该还给人家,老李当年是送米而不是送米袋子。

后来辣辣让四清去粮食局打听李启孝,局里说没有这个人。辣辣嘟囔着说那就等下次吧。

住了新房子以后,咬金从武汉接回了大哥得屋。据病历称:青春幻想性精神病患者干得屋痊愈出院。但是,得屋一踏上公寓的楼梯就神色不对,说:"是天安门城楼吧?"

"不,是我们的家!"辣辣用力挽住了大儿子的胳膊。

得屋激动地说:"是天安门城楼!我们要见毛主席!我们要见毛主席!"

辣辣将儿子推进家,反锁上房门。摇晃着三十四岁儿子的头。

"你醒醒!醒醒!"

得屋怔了半天,似乎清醒了一些,迟迟疑疑地问:"爸爸死了,对吧?"

辣辣高兴地鼓励儿子:"说得对!记性不错!你爸爸死了,毛主席他老人家也死了。"

得屋正常的程度就是不再要见毛主席和不随便暴露生殖器,但日常生活还是不能自理,或者不吃饭或者吃个不停,拉了屎也不揩屁股。辣辣打消了给得屋娶媳妇的念头。"跟着我算了。"她向咬金和四清谈了对得屋的打算,"权当他是我养的一只狗,我活一天他活一天,我死就让他跟我去,保证一天也不会拖累你们,你们尽管放心。"

和社会上所有家庭一样,大家各自都施展各自的能耐让自己家随着时代的进步而进步。辣辣也拥有了冰箱、彩电之类的家用电器,当然不是靠辣辣挣的,社员死了以后她就不卖血了。家里的一切都是咬金孝敬母亲的。

咬金为母亲安置了一个较为现代化的舒适环境。他是最早留职停薪闯社会的那批有识之士。他无数次来往于广州深圳和武汉之间,什么生意都做,只要能赚钱。其间自然免不了上当吃亏,拘留所也进了二三次。但他所经历的一切磨难都没让母亲知道,他送到母亲面前的只有大把大把的钞票。

咬金始终都想成为母亲最钟爱的孩子,无论何时何地,他只要回想起十一岁那个秋季的夜晚,连空气都是甜丝丝的。

辣辣却还是经常把咬金叫成"社员"。

咬金不屈不挠地同母亲暗中较着劲,他为她买家用电器,买好烟好酒,买新款服装。他相信总有一天他会感动母亲,他母亲不会再叫错他的名字。

自承包了沔水镇最大的国际娱乐中心以来,咬金不再频频外出,他既做经理又当歌星,剩余时间陪母亲看录像,辣辣只喜欢台湾言情片。通过言情片的默化潜移作用,辣辣似乎意识到自己太偏爱社员而忽略了咬金。

正在辣辣动了内疚之心的关键时刻,咬金和蒋绣金的关系暴露了。蒋绣金的女儿青青和年轻时的蒋绣金俊俏得一模一样,她已和咬金订了百年之好。有一天晚上蒋绣金突然中风,青青不顾一切来找咬金去她家救人。辣辣勃然大怒,恶毒地揶揄咬金:"这个小婊子是你妹妹啊!可别和你同父异母妹妹生下一个白痴来啊。"

王贤良独白一人忤了三年,选择五月初五端午节那天下午跳襄河自杀了。因为市委专案组又开始追查他是"三种人",他实在厌烦了无休止的不信任的谈话。他在当年抢救辣辣的矶头上跳的水,当时周围还有人,他高声叫道:"我一生清白正直啊!"他借用屈原投江的典故明了自己的志。因为他临死前还从容镇定地高呼口号,周围的人便以为他是疯子。待到江面上久久不浮现疯子的脑袋,人们才觉出不对劲,赶紧张罗去捞人,尸体都摸不着了。

咬金出重金请人,用滚钩在下游三十里处捞到了王贤良的尸体。辣辣亲手给小叔子穿上了毛料做的新衣服,大哭了一场,隆重地火化了。工人把尸体推进焚烧炉之前,辣辣违背了小叔子毕生的唯物主义信仰,将一只用布扎成的刘志芳小假人揣进了死者怀里。

"不管阳间阴间,"辣辣认为,"总得让他成个家。"

21

辣辣死于一九八九年夏天。

四清是置她于死地的直接因素。从小到大,从读书到高考落榜到进工厂工作,四清都是个波澜不惊的人。平时不过爱看些《飞碟探索》之类的杂志。别的孩子都不指望了,辣辣认定只有四清会顺利地娶妻生子,会让她好生做几日奶奶的。

平日四清极有规律,钟点一样准时准刻上下班。忽然连续几天不回家,辣辣就慌神了。央求咬金去找弟弟。咬金还说不要紧,这么大男孩还不兴在外面玩玩?辣辣坚持她感觉不对,四清和他的兄弟都不一样,他从来都不可能在外面玩得不归家的!咬金只好让朋友帮忙去找弟弟。结果一找,大家吓了一大跳,全沔水镇就没见这个人。

又是焦急的几日过去了,四清没有任何消息。那是一个傍晚时分,电视里播放着中央电视台的新闻联播,忽然,四清在屏幕上出现了。虽然这个镜头片刻就晃了过去,却也足以让人认出四清。咬金两拳相击,说:"好了。找到了。四清在北京呢!"

辣辣愣说兴许眼睛花了。直坐着等沔水镇电视台的新闻重播,又实实在在看了一遍。在天安门广场的人山人海中,有一个的确是她的儿子四清。

"这小狗日的!他怎么去了北京?"辣辣问咬金。

咬金耸耸肩,说:"我怎么知道?别管他了。"

"怎么不管,他虚岁都二十五了,该结婚的人了。在天安门广场上闹腾的都是一些学生娃,他到北京有什么用?"

辣辣固执地要咬金去北京把四清带回家来。咬金不丁,说人海茫茫,哪儿去找?又说全国各地的热血青年去北京的多了,四清去去有什么不可以?见见世面长长知识也是好的。

辣辣认为咬金是在说白扯谎,其实就是自私,一天都舍不得不赚钱,就是懒得管弟弟而已。她指着电视屏幕揭穿咬金,说:"什么人海茫茫不好找?四清明摆着不就是在这里吗?北京不就是一个地方吗?"

咬金哀求说:"你老别十儿巴叽以为北京也是沔水镇好不好?"

四清出走半个月之后,辣辣去找了灵姑。灵姑还住在沔水镇一中后面,老朽得不成人形了,但生意兴隆得不得了,现在差不多是公开开业了,五湖四海的人仿佛都寻到了这儿,一次就要五块钱,老太婆凭她这本事盖起了五栋三层楼的楼房,儿女一人一栋。

辣辣的目的是想查查四清是否在阴间，一说起话来，灵姑居然还记得辣辣。她说："你丈夫是好义茶楼塌了丧命的不是？你还有个儿子是强奸妇女挨了枪子儿不是？"

后来，灵姑只收了辣辣的半费。辣辣有钱，灵姑坚持不收，说沔水镇老街坊一律半价。当初是灵姑使劲鼓励辣辣活下来的，几十年过去，现在的世道都改革开放了，灵姑都时来运转了，辣辣却还是这样苦命——他的小儿子四清已经是在阴间了，居然又是挨了枪子儿。

从灵姑那里回来，辣辣一头倒下了。咬金说："你怎么可以相信灵姑呢？这纯粹是封建迷信呀！"辣辣没有反驳。她也不知道她能够相信谁。辣辣再也起不来床了。长年卖血严重地损害了她的肌体。虚胖浮肿使她难以步行。极度的贫血使她每个重要器官的功能都衰竭了。寄托在四清身上的人生理想已然成为泡影。

辣辣在临死之前支开了咬金。等咬金办完事赶回来，辣辣自己已经穿好考究的寿衣躺在床上，脚上蹬着一双时髦的浅口高跟皮鞋，皮鞋擦得黑亮。辣辣四肢正在变凉，眼睛却极不甘心地睁着，仿佛有话要说。咬金连忙找人请来了姐姐艳春和老朱头。只有老朱头听清了辣辣的话。

他说："她要你们这辈子一定坚持找回冬儿和四清，活要见人死要见尸。"

辣辣听了老朱头的话，咯儿一声打个声音很怪的嗝，双目一闭，咽了气。

大家忙着辣辣的后事，是艳春的儿子发现了得屋大舅舅的尸体。得屋安静地躺在他自己床上，蚊帐垂挂着。辣辣给得屋服了超大剂量的安眠药，之前也给他清洁了身体，换了一身崭新衣服。辣辣尽力做到了她许诺的各种事情。

有一些没经科学证实的怪事并不是人类的臆想，它就是事实。

就在辣辣一息尚存叨念着冬儿的时候，远在北京的冬儿忽然从噩梦中惊醒。她满头大汗坐起来，说："我妈死了！"

她丈夫开了灯，说："你不是孤儿吗？"

"不是！"冬儿说。

冬儿害怕吵醒了儿子，她到隔壁房间看了儿子，踏着地毯无声地回到卧室。

丈夫已为她冲了一杯咖啡。她啜着咖啡，在空调机轻微的嗡嗡声中给丈夫讲起她真实的家世。她是在做了母亲之后开始理解和体谅自己母亲的，她一直在等待，等待自己战胜自己的自尊心，然后带儿子回去看望妈妈。

辣辣就在冬儿饱含泪水的回忆中闭上了双眼。这年她五十五岁。

1990年12月写于汉口常码头二村

2005年10月修订于上海

凤凰琴

/// 刘醒龙

阳历九月，太阳依然没有回忆起自己冬日的柔和美丽，从一出山起就露出一副让人急得浑身冒汗的红彤彤面孔，一直傲慢地悬在人的头顶上，终于等到它又落山了时，它仍要伸出半轮舌头将天边舔得一片猩红。这样，被烤蔫了的垸子才从迷糊中清醒过来，一只狗黑溜溜地从竹林里撵出一群鸡，一团团黄东西惊得满垸咯咯叫，暮归的老牛不满地哼了一声，各家各户的烟囱赶紧吐出一团黑烟。黑烟翻滚得很快，转眼就上了山腰，而这时的烟囱开始徐徐缓缓地飘洒出一带青云。

天黑下来时，张英才坐在垸边的大樟树下看完手里拿的那本小说上的最后一页。这本小说名叫《小城里的年轻人》，是县文化馆的一名干部写的，他很喜欢它。七月初高中毕业回家时，也把它从学校图书室里偷来了。那次偷书是较大的行动，共有六个人参加，都是些高考预选时筛下来的，别人尽挑家电修理、机械修理、养殖种植等方面的书，他只挑了这一本，然后就到外面去望风放哨。张英才不记得自己已看过几遍，听说舅舅要来，他就捧着这书天天到垅边去等。一边等一边看，两三天就是一遍，越看越觉得死在城里也比活在农村好。近半个月，他至少两次看见一个很像舅舅的男人在远远地走着，每每到前面的岔路口便变了方向，走到邻垅去了。今天是第三次，太阳下山之前，他又见到那个像是舅舅的人在那岔路口上，和他的目光分手了。张英才闭上眼睛，往心里叹气。天 暗，野蚊子都出动起来，有几只很敏捷地扑到他的脸上，叮得他肉一跳，一巴掌扇去将自己扇得生疼。他爬起来，拿上书往家里踱去。

进门时，母亲望着他说："我正准备唤你挑水呢。"张英才将书一撂说："早上挑的，就用完了？"母亲说："还不是你讲究多，嫌塘里的水脏，不让去洗菜，要在家里用井水洗。"张英才无话了，只好去挑水，挑了两担，水缸才装一小半，他就歇着和母亲说话，说："我看到舅舅到隔壁垅里去了。"母亲一怔："你莫瞎说。"张英才说："以前我没作声。我看见他三次了。"母亲怔得更厉害了，说："看见也当没看见，不要和别人说，也不要和你父说。"张英才说："妈你慌什么，舅舅思想这样好不会做坏事的。"母亲苦笑一声："可惜你舅妈太不贤德。不然，我早就上他家去了，免得让你天天在那里苦盼死等。"张英才说："她还不是仗着叔叔在外面当大官。"母亲说："也怪你舅舅不坚决，他若是娶了隔壁垸的蓝二婶，也不至于像现在这样在女人面前抬不起头来。人还是不高攀别人为好。"张英才很敏感："你是叫我别走舅舅的后门？"母亲忙说："你这伢儿怎么尽乱猜，猜到舅舅头上去了。"张英才咬咬牙说："我可不怕攀高站不稳。我把丑话说在先，你不让舅舅帮我找个工作，我连根草也不帮家里动一动。"说着他操起扁担，挑着水桶出门去，在门口，脚下一绊险些摔倒，他骂了一声："狗日的！"母亲生气了："天上雷公，地下母舅，你敢骂谁？"张英才说："谁我都敢骂，不信你等着听。"果然挑水回来时他又骂了一声。母亲上来轻轻打了他一耳光，自己却先哭了起来，嘴里声称："等你父回来了，让他收拾你。"

张英才因此没吃晚饭，父亲回来时他已睡了。躺在床上听见父亲在问为什么，母亲说刚才他突然头疼起来了，父亲说："屁，是读书读懒了身子。"说着气就来了，"十七八的男人，屁用也没有，去年预选差三分，复读一年反倒读蚀了本，今年倒差四分。"张英才蒙上被子不听，还用手指塞住耳朵。后来母亲进房来，放了一碗鸡蛋在他床前，小声说："不管怎样饭还是要吃的，跟别人过不去还可以，跟自己过不去那就比苕还苕了。"又说："你也真是的，读了一年也不见长进，哪怕是比去年少差一分，在你父面前也好交代些呀？"闷了一会儿，张英才就出了一身汗，他撩开被子见母亲走了，就下床，闩上门，趴到桌子上给一位女同学写信，他写道：我正在看一本《小城里的年轻人》，里面有篇叫《第九个售货亭》，写得棒极了！而你就像里面那个叫玉洁的姑娘，你和她的心灵一样美。写了一通后，他忽然觉得没话写了，想想后，又写道：我舅舅在乡文教站当站长，他帮我找了一份很适合我个性的工作，过两天就去报到上班，这个单位大学生很多。至于是什么单位，现在不告诉你，等上班后再写信给你，管保你见了信封上的地址一定会大吃一惊。写完后，他读了一遍，不觉一阵脸发烧，提笔准备将后面这段假话划掉，犹豫半天，还是留下了。回转身他去吃鸡蛋，一边吃一边对自己说："天下女伢儿都爱听假话。"鸡蛋吃到一半，他忽然想起自己一分钱也没有，明天寄信买邮票这样的小事，还得伸手朝父母讨钱。他勉强再吃了两口，怎么也吃不下去了，推开碗，仰面倒在床上无声地哭起来。

张英才醒来时，才知道自己睡了一夜，连蚊帐也没放下，身上到处是红疱疱，痒死个人。他坐起来看到昨夜吃剩下的半碗鸡蛋，觉得肚子饿极了，他想起学校报栏上的卫生小知识说隔夜的鸡蛋不能吃，就将已挨着碗边的手缩回来。这时，母亲在推房门。他懒得去开门，他知道那门闩很松，推几次就能够推开。

推几下，门真的开了，母亲进来低声对他说："你舅舅来了，你态度可要放好点，别像待我和你父一样。"母亲扫了几眼那半碗鸡蛋和张英才，叹口气，端起碗三两口就吃光了。张英才想提醒母亲，话到嘴边停住了。他穿好衣服走到堂屋，冲着父亲对面坐着的男人客客气气地叫了声舅舅。

舅舅说:"英才,我是专门为你的事来的。"父亲说:"蠢货!还不快谢谢。"张英才看了一眼舅舅的脚,从乡里到这儿有二十多里路,这大清早的露水重得很,舅舅的皮鞋上却是干干净净的,他觉得自己心中有数了,嘴上还是道了谢。舅舅说:"我给你弄了一个代课的名额。这学期全乡只有两个空额,想代课的却有几十个,所以拖到昨天才落实。你抓紧收拾一下,吃了早饭我送你到界岭小学去报到。"张英才听了耳朵一竖:"界岭小学?"母亲也不相信:"全乡那么多学校,怎么偏把英才送到那个大山杪子上去?"舅舅说:"正因为大家都不愿去,所以才缺老师,才需要代课的。"父亲说:"不是还有一个名额么?"舅舅愣了愣才回答:"乡中心小学有个空缺,站里研究后,给了隔壁垸的蓝飞。"母亲见父亲脸上在变色,忙抢着说:"人家蓝二婶守寡养大一个孩子不容易,照顾照顾也是应该的。"父亲掉过脸冲着母亲说:"那你就弄碗农药给我喝了算了,看谁来同情你。"舅舅不高兴了:"别有肉嫌肥,不干就说个话,我好请别人家的孩子,免得影响全乡的教育事业。"父亲一听软了:"当了宰相还想当皇帝呢,人哪不想好上加好呢,我们这是说说而已。"母亲抓住机会说:"英才,还不赶快收拾东西去!"一直没作声的张英才说:"收拾个屁!我不去代课。"

父亲当即去房里拎出一担粪桶,摆在堂屋里,要张英才随粪车一路到镇上去拉粪。张英才瞅着粪桶不作声。舅舅挪了挪椅子,让粪桶离自己远点,离张英才近点,边挪边说:"你没有城镇户口，刚一毕业就能到教育上来代课就算很不错咧，再说你不吃点苦，我怎么有理由在上面帮忙说话呢？"父亲在一边催促："不愿教书算了，免得老子在家没个帮手。"张英才抬起头来说："父，你放文明点好吗？舅舅是客人又是领导干部，你敢不敢将粪桶放在村长的座位前面？"父亲愣愣后将粪桶拎了回去。

母亲早就进房帮张英才收拾行李去了。堂屋只剩下舅甥两人。张英才也挪了一下椅子，和舅舅离得更近些，贴着耳朵说："我知道，你是昨天来的，先去了隔壁垸里。"停一停，他接着说："假如我去了那上不巴天、下不接地的地方，你被人撤了职那我怎么办？"舅舅回过神来："你这伢儿，尽瞎猜，我都快五十的人了，还不知道卒子该怎么拱？先去了再说。我在那儿待了整十年才解决户口和转正。那地方是个培养人才的好去处，我一转正就当上了文教站长。"

舅舅从怀里掏出一副近视眼镜，要张英才戴上。张英才很奇怪，自己又不是近视眼，戴副眼镜不是自找麻烦么。舅舅解释半天，他才明白，舅舅是拿他的所谓高度近视做理由，站里其他人才同意让他出来代课的。舅舅说："什么事想办成都得有个理由，没有理由的事，再狠的关系也难办，理由小不怕，只要能成立就行。"张英才戴上眼镜后什么也看不清，而且头昏得很，他要取下，舅舅不让，说本来准备早几天送来让他戴上适应适应，却耽搁了，所以现在得分秒必争。还说，界岭小学没人戴眼镜，他戴了眼镜去，他们会看重他一些，另外，他戴上眼镜显得老成多了。

张英才站起来走了几步，连叫："不行！不行！"父母亲不知道情由，从房里钻出来说："都什么时候了，还在叫不行！"父亲还骂："你是骆驼托生的，生就个受罪的八字。"张英才用手摸摸眼镜说："你除了八字以外什么也不懂。"说完便进房里去，片刻夹着那本小说出来说："舅舅，我们走吧！"母亲说："还没吃早饭呢！"张英才说："我今天走上工作岗位，该舅舅请我的客。"舅舅很爽快地点点头，让张英才的父母很是吃惊，几乎同时说："这不是屁股屙尿——反了么！"

张英才背着行李出门时，垸里的几个年轻人还来劝他别去，说我们这块地盘和界岭比，就像城里和我们这儿比一样。张英才不听，说人各有志，人各有命嘛。父亲听了这句话很高兴，认为儿子长进多了，这一年复读总算没白读。临和家里人分手时，母亲哭了，父亲不以为然，在一旁数落说："又不是去当兵，哭个什么！"在路上，张英才一直想这个问题，怎么去当兵的就可以哭，大家不都是抢着去么？

舅舅是诚心请张英才的客，一路上逢卖吃食的地方就进去问，但大家卖的都是隔夜的油条。到上山前的最后一处店子仍是这样，舅舅只好买上十根油条塞进他提着的网兜里，却又将十只皮蛋塞进了张英才挎包里。

山路有二十多里远，陡得面前的路都快抵着鼻尖了。路不好走，又戴着很别扭的眼镜，张英才很少顾得上和舅舅说话。歇脚时，他问学校的基本情况，舅舅要他别急，等会儿一看就清清楚楚，他又问当小学老师要注意些什么。舅舅说，看见别的老师打学生时装作什么也没看见就行。张英才见舅舅对这类话不感兴趣，就不再问这些，回头问蓝飞的母亲年轻时长得漂不漂亮，等了半天不见动静，朦胧中他觉得有些异样，摘下眼镜一看舅舅正在揉眼窝。

之后没有再歇，一口气爬上界岭，一排旧房子前面一杆国旗在山风里飘得叭叭响，旧房子里传出一阵读书声，贴在墙上的两张红纸写着两条标语：欢迎上级领导来校指导工作！欢迎新老师！张英才摘下眼镜读了标语后，心里多少有点激动。这时，不知从哪里钻出一个中年男人，很响亮地叫："万站长，怎么这早就来了，这可是杀我们一个措手不及呀！"舅舅笑笑说："还不是想来赶早饭！"说着就向张英才介绍，说这人就是校长，姓余。又将张英才向余校长做了介绍。

余校长招呼他们进屋弄早饭吃。余校长亲自动手炒了两碗油盐饭端上来，正吃着又进来了两个年轻一些的男人。经介绍，知道一个是副校长，叫邓有米。另一个是教导主任，叫孙四海。张英才装着擦镜片上的水雾，想将他们观察得清楚些，看了半天，除了觉得他们瘦得很普通外，没有什么特别的印象。

舅舅这时吃完了，抹抹嘴说："也好，全校的教职工都到齐了，我就先说几句！"张英才听了吃惊不小，来了半天没见到学生下课休息，他以为教室里还有别的老师呢。舅舅说的无非是些新学期要有新起色新突破之类的套话，说得很起劲，一本正经的，张英才听得一点意思也没有。他装作出去小便，走到外面遛了一圈，才发现几间教室里一个老师也没有，他猜不出哪是几年级，三间教室是如何装下六个年级的呢？黑板上也辨不出，都是语文课，都是作文、生字和造句等内容。他回去时舅舅终于讲完了，接下来是余校长讲。余校长讲了几句嗓子就沙哑了。邓有米见了毫不客气地说："你嗓子痛就歇着，我来向站长汇报。"说着打开捧在手里的小本子，一五一十地说起来，刚说了入学率和退学率两个数字，舅舅就打断他的话，说这些报表上都有，说点报表上没有的情况。邓有米眼睛一转，就说了几件他如何动员适龄儿童上学的事，还说他垫了几十块钱，给交不起学费的学生买课本，邓有米说了半天，见站长既不往心里记也不往本子上记，就知趣地打住了。接下来是孙四海说，孙四海低低地说了一句："村里已经有九个月没给我们发工资了。"然后就没话。

舅舅也不追问，起身说到教室去看，到了第一间教室，余校长说这是五、六年级。张英才看到大部分学生都没有课本，手里拿的是一本油印小册子，正想问，却听到舅舅说："这些油印课本又是你老余的杰作吧？"余校长说："我这手再也刻不动钢板了，我让他们自己刻的。"张英才看见舅舅抓着余校长那双大骨节的手轻轻叹了口气。第二间教室是三、四年级，是孙四海带的，学生们用的却是清一色新课本。一问，学生们都说是孙老师帮他们买的。再一问，孙四海却说这是学生们自己的劳动所得。张英才见舅舅想追问，余校长连忙将话岔开了，要他们去看看一、二年级。无疑，这个班是邓有米带的，所以，一进教室，他就接上刚才汇报时的话题，指着一个个学生说自己动员他们入学的艰难。正说着，舅舅忽然打断他的话问："今年招了多少新生？"邓有米说："四十二个。"舅舅说："你数数看，怎么只有二十四个？"邓有米说："别人都请假了。"舅舅说："连桌子椅子也请假了？老余，马上要搞施行《义务教育法》检查，不要到时弄得你我都过不去哟！"邓有米红着脸不说话。余校长一边连连点头。孙四海嘴角挂着一丝冷笑。张英才把这些全看在眼里。回头整理余校长给他腾出的一间宿舍时，他瞅空问舅舅这三人之间是不是面和心不和。舅舅要他少管这些闲事，并记住阶级矛盾和民族矛盾的关系。舅舅说，在这儿他和他们算不上是一个民族的，他是外来人，他们会将他看成是一个侵略者。张英才对这话似懂非懂。

房间的壁上挂着一只扁长的木匣子。张英才取下来打开后，才知道这是一只琴，他没见过这种琴，一排按键写着1234567１，底下是几根金属弦，他用手指拨了一下，声音有些沙哑，像余校长的嗓门。他问："舅舅，这是什么琴？"舅舅看也不看，边挂蚊帐边说："那上面写着字呢！"他摘下眼镜细看，果然琴盖上印着"凤凰琴"三个字，还有一排小字是：北京市东风民族乐器厂制造。房间收拾好后，张英才将那本《小城里的年轻人》拿出来，端端正正地摆在床头边。

正好余校长来了，他看了看书说："这个作者我认识，他以前也是民办教师，我和他一起开过会。他幸亏改了行，不然，恐怕和我现在差不多。"张英才正想问点什么，舅舅说："老余，你这不是泼冷水吗？"余校长忙说："我还敢摆弄冷水？我这身风湿病再弄冷水，恐怕连头发都要生出大骨节来。"

这时，学校放学了。张英才后来才熟悉这学校的规矩，因为学生住得散，来得晚，走得早，所以一天只有两节课，上午一节，下午一节。一些学生往山坳跑，一些学生往山上跑。张英才不明白，邓有米告诉他，上下都是去采蘑菇，扯野草。余校长叫他们去吃饭。正吃着，学生们都回来了，将野草和蘑菇分别放进余校长家的猪栏和厨房里。张英才望着直纳闷，这不是剥削学生欺压少年么？正想着，余校长起身离座走进厨房。听动静，像是在里面给学生打饭，果然就有许多学生端着饭碗从里面走出来，到另一间屋子里去了，跟着余校长双手捧着一盆菜出来。舅舅开口叫："老余，你等等。"说着转身叫张英才回屋去将那些油条拿来，交给老余，让老余分给学生。张英才看见学生们大口大口地吃着分到手的半根油条，心里有些不好受。舅舅问余校长哪几个孩子是他自己的，余校长指了三下，张英才连续三次想到电视里的非洲饥民。舅舅尝了尝学生们的菜后，脸色阴冷地说："老余，你老婆已拖垮了，再拖几年恐怕你全家都得垮。"余校长叹气说："我不是党员，没有党性讲，可我讲个做人的良心，这么多孩子不读书怎么行呢？拖个十年八载，未必村里经济情况还不会好起来么？到那时再享福吧！"

张英才听了半天终于明白，学校里有二三十个学生离家太远，不能回家吃中午饭,其中还有十几个学生,夜晚也不能回家,全都宿在余校长家。家长隔三岔五来一趟,送些鲜菜咸菜来,也有种了油菜的,每年五六月份,用酒瓶装一瓶菜油送来。再就是米,这是每个学生都少不了要带来的。

吃罢饭,张英才的舅舅要进房里去看看余校长的老婆。余校长拦住坚决不让进门,口口声声称谁见她那模样,准保要恶心三天。拉扯一阵,动静大了,惊动了房里的人,那女人就在里面蔫妥妥地说:"领导的好意我领了,请领导别进来。"作罢后,余校长就劝张英才的舅舅下山,不然赶不上太阳,黑了就不好办。舅舅说:"是该走,你们都陪着我,都不去上课,学生们都放了鸭子。"停了停又道,"我这外甥初出茅庐,就此托付三位了。"邓有米抢在余校长前面说:"已研究过了,高低都不就,就中间,让他跟孙主任两个月,然后接孙主任的班,孙主任再接余校长的班,余校长腾出来抓全盘工作和全村的扫盲工作。"舅舅第一次笑了。邓有米见缝插针,猛地问:"万站长,今年还有没有民办教师转正的名额?"张英才听了心里一愣,他见旁边的孙四海也竖起耳朵等回音,舅舅想也不想,坚决地回答:"没有!"大家听了很失望,连张英才也有点失望。

看见舅舅走远了,张英才忽然感到孤单。旁边的邓有米忽然说:"快去,你舅舅在招呼你呢!"一看舅舅在招手,他连忙跑过去,到了近处,舅舅说:"忘了件事,他们要问你这眼镜是几多度,你就说是四百度。"张英才说:"我还以为你跟我说什么秘密事呢。"舅舅没理,走了。

剩下他和他们三个时,他们果然问他的眼镜多少度,他不好意思说,但最终仍说是四百度。孙四海借去试了试,然后说:"不错,是四百度。"张英才见遇上了真近视,不由得有些后怕,同时佩服舅舅想得真周到,这样的人,犯了错误也不会让别人察觉。

下午仍然只有一节课,张英才陪着孙四海站了两个多小时。孙四海怎么样讲课他一点也没印象,他一直在琢磨六个年级分三个班,这课怎么上。中间孙四海扔下粉笔去上厕所,他跟上去趁机问这事,孙四海说,我们这学校是两年招一次新生。返回时,教室里多了一头猪。张英才去撵,学生们一齐叫起来,说这是余校长养的,它就喜欢吃粉笔灰,孙四海在门口往里走着说,别理它就是。往下去,张英才更无法专心,他看看猪,看看学生,心里很有些悲哀。

山上黑得早,看着似黄昏,实际才四点左右。学校放学了,没有走的留在余校长家住宿的十几个学生,在一个个头较高的男孩带领下,参差不齐地往旁边的一个山坳走去。眼里没有学生,只有猪,张英才感到很空虚。他取下那只凤凰琴,拧下钢笔帽,左手拿着拨弦,右手按那些键,试着弹了一句曲子,不算好听,过得去而已,弹了几下,就没兴趣。他歇下来后,忽地一愣:怎么音乐还在响?再听,才知是笛子声,张英才趴到窗口一望,见孙四海和邓有米一左一右背靠背靠在外面的旗杆上,各人横握一根竹笛,正在使劲吹着。

山下升起了雾，顺着一道道峡谷，冉冉地舒卷成一个个云团，背阳的山坡铺着一块块阴森的绿，早熟的稻田透着一层浅黄，一群黑山羊在云团中出没着，有红色的书包跳跃其中，极似潇潇春雨中的灿烂桃花。太阳正在无可奈何地下落，黄昏的第一阵山风就吹褪了它的光泽，变得如同一只绣球，远远的大山就是一只狮子，这是竖着看，横着看，则是一条龙的模样。

吹出的曲子觉得很耳熟，听下去才搞清是那首《我们的生活充满阳光》，节奏却是慢了一半。两支笛子一个声音高一个声音低，缓慢地吹出许多悲凉。张英才心里跟着哼一句试试，那节奏，半天才让他哼出"幸福的歌儿"几个字。他也走到旗杆下，道："这个曲子要欢快些才好听。"他们没理他。张英才就在一旁用巴掌打着节拍纠正。可是没用。张英才惆怅起来，禁不住思索一个问题：能望见这杆旗的地方，会不会听见这笛声？

忽然哨声响起，余校长叼着一只哨子，走到旗杆下，跟着那十几个学生从山坳里跑回来，在旗杆面前站成整齐的一排。余校长望望太阳，喊了声立正稍息，便走过去将带头的那个学生身上的破褂子用手理理。那褂子肩上有个大洞，余校长扯了几下也无法将周围的布扯拢来，遮住露出来的一块黑瘦的肩头。张英才站在这个队伍的后面，他看到一溜瘦干干的小腿都没有穿鞋。这边余校长见还有好多破褂子在等着他，就作罢了。这时，太阳已挨着山了。余校长猛地一声厉喊："立正——奏国歌——降国旗！"在两支笛子吹出的国歌声中，余校长拉动旗杆上的绳子，国旗徐徐落下后,学生们拥着余校长、捧着国旗向余校长的家走去。

这一幕让张英才着实吃了一惊。一转眼想起读中学时,升降国旗的那种场面,又觉得有点滑稽可笑。邓有米走过来问他:"晚上有地方吃饭没有?"张英才答:"我在余校长家搭伙。"邓有米说:"你是想回到旧社会么?走,上我家去吃一餐,习惯得了,以后干脆咱们搭伙算了。"张英才推了几把,见推不脱就同意了。

路不远,只是要翻两个山包。邓有米的老婆长得很敦实,左边生了个疤瘌眼。见张英才老看她,就说:"她本是个丹凤眼,前年冬天我在学校开会没回,她夜里来接我,半路上被狼舔了一下,就落下个残疾。"张英才说:"这么苦的事,我舅舅他们了解么?"邓有米说:"都是余校长嘴严言辞短,什么苦都兜着不说出去,从不跟上面汇报,还说万站长在这儿待了十年,他还不知道这儿的底细么?不说人家心里会记着,说多了人家反会计嫌。"张英才说:"我舅舅是常挂惦着你们,所以才特地放我来这儿锻炼的。"邓有米说:"你锻炼一阵就可以走,我是土生土长的,哪怕是转了正,也离不开这儿。"说着忽然一转话题,"万站长一定和你交了底,什么时候有转正的指标下来?"张英才说:"他的确什么也没说,他是个老左,正派得很。"邓有米的老婆插嘴说:"疼外甥,疼脚跟,舅甥伙的中间总隔着一层东西。"邓有米瞪了一眼:"你懂个屁,快把饭菜做好端上来。"复又说,"我打听过,我的年龄、教龄和表现都符合转正要求,现在一切都等你舅舅开恩了。"

香喷喷的一碗腊肉挂面端到张英才面前。邓有米说:"不是让你搞酒么?"老婆说:"太晚了,来不及,反正又不是来了就走,长着呢,只要张老师不嫌,改日我再弄一桌酒。"邓有米说:"也罢,看在小张的面上,不整你了。"张英才听出这是一台戏,在家时,来了客,父亲和母亲也常这样演出。一般人做客这碗里的肉只能吃一小半留一多半,张英才饿极了,又知道邓有米有求于他,就将碗里全吃光了。直吃得满头大汗,才记起这是夏天。山上凉得很,刚出来的汗不用擦马上就干了。张英才打了个喷嚏,他怕得感冒,就起身告辞。邓有米拿上手电筒送他。

路上,他忽然介绍起孙四海的情况,他说孙四海打着勤工俭学的幌子,让学生每天上学放学在路边采些草药,譬如金银花什么的,交到一个叫王小兰的女人家里,积成堆后再拿去卖。孙四海不结婚就是因为从十七八岁起,就和王小兰搞上了皮绊,王小兰的丈夫得了黄瓜肿的病,就是慢性黄疸肝炎,什么事也做不了,一切全靠孙四海。邓有米最后说要是哪天半夜听到笛子响了起来,那准是王小兰在他那里睡过觉,刚走。

要是没有后面这句话,张英才一定会讨厌孙四海这个人。有后面这句话,张英才觉得孙四海活像他那本小说里那小城中的年轻人,浪漫得像个诗人。有一句话,他掂量了一番后才说:"邓校长,我舅舅他不喜欢别人在他面前打小报告,他说这是降低了他的人格。"邓有米听了他编造的这句话,就不再说孙四海了,回头说自己有哪些缺点。这时他们爬上了学校前面的那个山包,张英才就叫邓有米回去。

张英才回到屋里点上灯，拿起小说看了几行，那些字都不往脑子里去。搁下书，他拿起琴，将《我们的生活充满阳光》弹了一遍，有几个音记不准，试了几次。到弹第五遍时，才弹出点味道，山空夜寂，仿佛世外，自己弹自己听，挺能抒情。

这时，门被敲响了。拉开后，门外站着余校长，欲言又止的样子。张英才问："有事么？"余校长支吾着："没有事。山上凉，多穿件衣服。"张英才想起一件事："正想过去问你，这琴盒上写着的明爱芬同志是谁？"（琴盒上写着：赠别明爱芬同志存念 1981年8月。）余校长等一会儿才答："就是我老婆。"张英才说："用她的琴，她会生气么？"余校长冷冷地说："你就用着吧，什么东西对她都是多余的。她若是能生气就好了。她不生气，她只想寻死，早死早托生。"张英才吓了一跳。

睡不着，他想不出再给女同学写信用怎样的地址。半夜里，低沉而悠长的笛子忽然吹响了。张英才从床上爬起来，站到门口。孙四海的窗户上没有亮，只有两颗黑闪闪的东西。他把这当成孙四海的眼睛。笛子吹的还是《我们的生活充满阳光》，吹得如泣如诉，凄婉极了，很和谐地同拂过山坡的夜风一起，飘飘荡荡地走得很远。

夜里没有做梦，睡得正香时，又听到了笛声，吹的又是国歌。张英才睁开眼，见天色已亮，赶忙爬下床，披上衣服冲到门外。他看到余校长站在最前面，一把一把地扯着旗绳，余校长身后是邓有米和孙四海，再后面是昨天的那十几个小学生。九月的山里晨风大而凉，队伍最末的两个孩子只穿着背心裤头，四条黑瘦的腿在风里瑟瑟着。张英才认出这是余校长的两个孩子。国旗和太阳一道，从余校长的手臂上冉冉升起来。

张英才说："我迟到了。怎么昨天没人提醒我？"余校长说："这事是大家自愿的。"张英才问："这些孩子能理解么？"余校长说："最少长大以后会理解。"说着余校长眼里忽然涌出泪花来，"又少了一个，昨天还在这儿，可夜里来人将他领走了，他父亲病死了，他得回去顶大梁过日子。他才十二岁。我真没料到他会对我说出那样的话。他说他家那儿可以望见这面红旗，望到红旗他就知道有祖国、有学校，他就什么也不怕。"余校长用大骨节的手揉着眼窝。孙四海在一旁说："就是领头的那个大孩子，叫韩雨，是五、六年级最聪明的一个。"张英才知道这是说给自己听的。

张英才感动了，说："余校长，这些事你该向我舅舅他们反映，让国家出面关心一下这些孩子。"余校长说："这山大得很咧，许多人连饭都吃不饱，哪能顾到教育上来哟。"又说，"听说国家派了科技扶贫团来，这样就好，搞科技就要搞教育。孩子们就有希望了。"邓有米插嘴："还希望我们几个都能转正。"张英才的情绪就被破坏了，他扭头进屋去刷牙洗脸。

拿上毛巾牙刷牙膏，他走到屋子旁边的一条小溪，掬了一捧水润润嘴，将牙刷搁到牙床上带劲地来回扯动。忽然感觉身边有人，一看是孙四海。孙四海提一只小木桶来汲水，舀满后并不急着走，站在边上说："你不该动那凤凰琴。"张英才没听清："你说什么？"孙四海又说了一遍："我们是从不碰那凤凰琴的。"张英才想再问，忙用水漱去嘴里的白沫。孙四海却走了。

早饭是在余校长家吃的。是昨夜的剩饭加上野芹菜一起煮，再放点盐和辣椒压味。没有菜，有的学生自己伸手到腌菜缸里捞一根白菜秆，拿着嚼。旁边的想学他，伸手捞了几下没捞着，缸太大，他人小够不着缸底，就生气，说先前的学生多吃多占，他要告诉余校长。张英才站在他们中间勉强吃了几口，就走了出来，回到房间摸出两个皮蛋，揣在口袋里，又到溪边去。他倒掉碗里那种猪食一样的东西，涮干净后，独自坐在水边的青石上剥起皮蛋来。一边剥一边哼着一首歌，刚唱到"路边的野花你不要采"一句，一只影子现在他的脸上。他吃了一惊，冲着走到近处的孙四海道："你这个人是怎么了，阴阳怪气的，像个没骨头的阴魂。"见到滚落溪中的是只皮蛋，孙四海也不客气地道："我也太自作多情了，见你吃不惯余校长家的伙食，就留了几个红芋给你，没料到你自己备有山珍海味。"他把手中的红芋往地上一扔，拔腿就走。

张英才捡起红芋，来到孙四海的门口，有意大口大口地吃给他看。孙四海见了不说话，埋头劈柴。红芋吃光了，张英才只好去开教室的门。孙四海在背后叫："张老师，今天的课由你讲。"张英才毫不谦虚："我讲就我讲。"连头也没有回。

山里的孩子老实，很少提问，张英才照本宣科，觉得讲课当老师并不艰难，全凭嘴皮子，一动口就会。孙四海从头到尾都没来打照面，他也一点不觉得慌。先教生字生词，再朗读课文三五遍，然后划分段落，理解段落大意、课文中心思想，最后是用词造句或模拟课文作一篇作文，上学时老师教他们用的一套他记得一点没走移。余校长在窗外转过几回，邓有米装作来借粉笔，进了一趟教室，他拿上两支粉笔后道："张老师一定得了万站长真传，课讲得好极了。"

挨到下学，张英才看到孙四海一身泥土，从后山上下来，钻到屋里烧火做饭。他也尾随着进了屋，见孙四海不大理他，讪讪地说："孙主任，干脆我上你这儿来搭伙吧？"孙四海冷冷地说："我不想拍谁的马屁，也不愿别人说我在拍谁的马屁。其实，你没必要和人搭伙，自己屋里搭座灶就成。"张英才说："我不会搭灶。"孙四海说："想搭？我和班上的叶碧秋说一下，她父亲是个砌匠，让他明天来。"张英才说："这不合适吧？"孙四海说："要是你自己动手做，那才真不合适，家长知道了会认为你瞧不起他。"

说着话旁边来了一个女孩。女孩长得眉清目秀，挺招人喜爱，身上衣服虽然也补过，看起来却像天然的。女孩笑笑径直到灶后帮忙烧火。张英才问："这是谁家的女伢儿？"孙四海答："她叫李子，她妈就是王小兰。"说时把目光直扫张英才，仿佛说想问什么就尽管问。张英才由于听邓有米说过孙四海与王小兰的事，见孙四海这么直爽，反倒不好意思起来。于是转过话题，说："灶没搭起来，我就在你这儿吃，你撵不走我的。"孙四海怪自己主意出坏了，说："让你抓住把柄了。先说定，灶一做好就分开。"张英才连忙点点头，孙四海正在切菜，吩咐李子给锅里添一把米。

吃饭时，孙四海和李子坐在一边，张英才越看越觉得两人长得极像。他记起教室学习栏上有篇范文好像是李子写的，他便端上饭碗边吃边走到教室，范文果然是李子写的。

题目叫《我的好妈妈》。李子写道：妈妈每天都要将同学们交到我家的草药洗净晒干，再分类放好，聚上一担，妈妈就挑到山下收购部去卖。山路很不好走，妈妈回家时身上经常是这儿一块血迹，那儿一块伤痕。今年天气不好，草药霉烂了不少，收购部的人又老是扣秤压价，新学期又到了，仍没凑够给班上同学买书的钱，妈妈后来将给爸爸备的一副棺材卖了，才凑齐钱，交给孙老师去给同学们买书。她的心很苦，她总怕我大了以后会恨她，我多次向她保证，可她总是摇头，不相信我的话。

张英才看完后，没有回到孙四海的屋里，孙四海喊他将碗送去洗，他才从自己屋里出来，碗里盛着剩下的八只皮蛋。他对李子说："放学后将这点东西带回去给你妈，就说有个新来的张老师问她好！"李子不肯接。孙四海说："拿着吧。代你妈谢谢张老师。"李子谢过了，张英才忍不住用手在她的额上抚摸了几下。

下午是数学课，他先不上数学，将李子的作文抄在黑板上，自己先大声朗诵一遍，又叫学生们齐声朗读十遍。学校教室破旧了，窟窿多，不隔音。上午上语文，下午上数学，这是全校统一安排的，目的是避免读语文时的吵闹声，干扰了上数学课所需要的安静。三、四年级的大声读书声，搅得一、二和五、六年级不得安宁。邓有米跑过来，想说话，看到黑板上抄着的作文，脸上有些发白，就一声不吭地回去了。余校长没进教室，就在外面转了两趟，也没说什么。

放学后，笛子声又响了起来。老曲子，《我们的生活充满阳光》。张英才站在一旁用脚打着拍子，还是压不着那节奏，那旋律慢得别扭，他有点不明白这两支笛子是如何配合得这么好。后来，他干脆就着这旋律朗诵起李子的作文来。他的普通话很好，在这样的傍晚里又特别来情绪，一下子就将孙四海的眼泪弄了出来。降了国旗，张英才拦住邓有米问："邓校长，李子的这篇作文你认为写得怎么样？"邓有米眨眨眼答："首先是你朗诵得好，作文嘛不大好说，你说呢，孙主任？"孙四海一点不回避："只说一个字：好！"邓有米逼了一句："好在哪里？"孙四海答："有真情实感。"余校长这时蹭过来说："孙主任，我看你那块茯苓地的排水沟还是不行，如果雨大一点就危险了。"孙四海说："底下太硬了，挖不动，我打算叫几个学生家长来帮忙挖一天。"余校长说："也好，我那块地的红芋长得不好，干脆提前挖了，让学生们尝个新鲜。家长们来了，叫他们顺带着把这事做了。"又说，"邓校长，你家有什么事没有？免得再叫家长来第二次。"邓有米说："我没事要别人干。我说过，我们又不是旧社会教私塾的先生——"话没说完,孙四海扭头走了,一边走一边狠狠甩笛子里面的口水。

李子回家去了,放学时垸里有人路过学校顺路带她回去的,在平时,都是孙四海送她。张英才蹲在灶后烧火,几次想和孙四海说话,但见他满脸的阴气就忍住了。直到吃饭,两人都没开口。一顿饭快默默地吃完了,油灯火舌一跳,余校长的小儿子钻进门来:"孙主任、张老师,我妈头痛得要死,我父问你们有止痛的药没有,有就借几粒。"孙四海说:"我没有,志儿。"张英才忙说:"志儿,我有,我给你拿去。"临出门,他回头说:"孙四海,你像个男人。"回到屋里,他将预防万一的一小瓶止痛药,全部给了志儿。

夜里,张英才无事可干,又弄起了凤凰琴。偶然地,他觉得有些异样,琴盒上写的"赠别明爱芬同志存念"与"1981年8月"这两排字之间,有几个什么字被别人用小刀刮去了,刮得一点墨迹也没剩,留下一片刀痕。

外面的月亮很好,他把凤凰琴搬到月亮地里,试着弹了几下。弹不好,月光昏昏的,看不见琴键上的音阶。他好不扫兴,就用钢笔帽猛地拨动琴弦,发出一阵阵刺耳的和声。忽然间余校长屋里有女人发出一声尖叫,宿在余校长屋里的学生惊慌地哭起来。张英才急步过去,大门闩得死死的,敲不开,他就叫:"余校长!余校长!有事么?要人帮忙么?"余校长在屋里答:"没事,你去睡吧!"他趴在门缝里,听到里面余校长的老婆在低声抽泣着,那情形是安静下来了。他想了想就绕到屋后，隔着窗户对屋里的学生们说："别害怕，我是张老师，在替你们守着窗户呢！"刚说完，山坡上亮起了两对绿色的小灯笼，他死死忍住没有惊叫，脚下一点不敢迟疑，飞快地逃回自己屋里。

进屋后，才记起将凤凰琴忘在外面，还忘了解小便。他不敢开门出去，在后墙根上找了个洞，哗哗啦啦将身子放干净了，就去床上捉蚊子睡觉。凤凰琴在外面过一夜，明早再拿不要紧。

捉完蚊子，再看几页小说，困意就上来了，这是昨夜没睡好的缘故。他本打算吹灭灯，嘬起嘴巴，又变了主意，从蚊帐里伸出一只手，将煤油灯拧小了。一阵风从窗口吹进来，手臂凉丝丝的。他想父母这时一定还在乘凉，大山坳子上就只有一宗好处，再热的天也热不着。

虽然困，心里总像有事搁着睡不稳。迷迷糊糊中，听到窗口有动静，一睁眼睛，看到一只枯瘦的白手，正在窗前的桌子上晃动着要抓什么。张英才身上的汗毛一根根都竖起几寸高，枕边什么东西也没有，只有一本小说集，他抓起来隔着蚊帐朝那只手砸去，同时大叫一声："抓鬼呀！"那只手哆嗦了一下，跟着就有人说话："张老师别怕，是我，老余呀。见你灯没熄，想帮你吹熄。睡着了点灯，浪费油，又怕引起火灾。"末了补一句，"学生们交点学杂费不容易呀！"一听是余校长，张英才就没好气了："这大年纪了，做事还这么鬼鬼祟祟的，叫我一声不就行了！"余校长理拙地应道："我怕耽误了你的瞌睡。"

这事过去不一会儿，张英才刚寻到旧梦，余校长又在窗前闹起来，叫得有些急："张老师，赶快起来帮我一把。"张英才躁了："你家水井起火了还是怎么的？"余校长说："不是的，志儿他妈不行了，我一个人动不了手。"张英才赶忙一骨碌地爬起来，跟着余校长进了他老婆的房。前脚还没往里迈，后脚就在往后撤。明爱芬光着半个上身，直挺挺地躺在床上，满屋一股恶心的粪臭。余校长在里面说："张老师，实在无法，就委屈你一回！"张英才看看无奈何了，只有进去。

一看明爱芬只有出气没有进气，脸上憋得像只紫茄子。余校长分析一定是吞了什么东西憋在喉咙里，并简要地数了她以前吞过瓦片、石子和小砖头等东西，张英才心里一动，脸上发愣，想这女人命真大，自杀几多次仍还活着。余校长和他简单地商量了一下，决定由一个人扶着明爱芬，另一个人用手拍她的背，看看能不能让她吐出什么东西来。明爱芬大小便失禁身上脏得很，余校长自己习惯了，就上去扶，露出背心让张英才拍。张英才不敢用力，拍了几下没效果，余校长就叫他在床沿上练练，连连拍几下余校长不满意，要他再用力些。他心一横，想着这是下谁的黑手，一掌下去，打得床一晃。余校长说："就这样。非得这样才出得来。"张英才看准那地方猛地一巴掌下去，只见明爱芬颈一梗，哇地吐出一只小瓶子来。正是刚天黑时，志儿去借药，张英才给他的那一只。余校长将明爱芬安顿好，看着她睡过去。明爱芬喉咙一咕哝，说了一句梦话："死了我也要转正。"

出得屋来，余校长将志儿从学生们睡的那间屋里，一把提到堂屋，朝屁股上打了几巴掌，骂他多大了还不开窍，又将不该给的东西给他妈。志儿不哭，全身缩成一团。张英才上去讨保，余校长才将他送回床上，并对那些吓醒了的学生说："没事，明老师又闹病了，大家安心睡吧，明天还要起早升国旗呢！"

送张英才回屋的路上，两人站在月亮地里说了一会儿话，余校长解释，他家过去发生这类事，从不请别人帮忙，现在一身的风湿，使不上劲才求他。张英才很奇怪，怎么过去不叫孙四海帮一帮，余校长说自己天黑以后从不去孙四海屋里，怕碰见不方便的事。说了之后又声明，孙四海是少有的好人。张英才请他放心，孙四海的事就是自己的事，任谁也不告诉。张英才又追问邓有米为人怎么样，余校长表态说这个人其实也是不错的一个。张英才于是说："你果真是和事佬一个。"余校长问："谁告诉你的！"张英才供出是邓有米，余校长听了反而高兴起来道："我怕他会对我有很大意见呢！"

张英才抓住机会问："那凤凰琴是谁送你爱人明老师的？"余校长反问："你问这个干什么？"张英才道："问问就问问呗！"余校长叹口气："我也想查出来呢，可明老师她死不说明。"张英才不信："你俩一个学校里住这久，还不知道？"余校长说："我比她来得晚，最早是她和你舅舅万站长两个。之前，我在部队当兵。"

张英才有些信这话，分手后，他顺便将凤凰琴捡进屋。到灯下一看，凤凰琴琴弦被谁齐齐地剪断了。

天刚现亮，就有人来敲门。张英才以为是余校长叫他起来升国旗，开开门，门口站的是怯生生的叶碧秋。叶碧秋说："张老师，我父来了。"这才看见旁边站着一个模样很沧桑的男人。叶碧秋的父亲很恭敬地道："张老师，我来打扰了。"张英才忙说："剥削你的劳动力，真不好意思。"叶碧秋的父亲紧忙答："张老师你莫这样说，烂泥巴搭个灶最多只能用个十年八载，你教伢儿一个字，可是能受用世世代代的。"张英才不解："能用一辈子就不错了，哪能用世世代代的？"叶碧秋的父亲说："过几年，她找了婆家，结婚生孩子后，就可以传到下一代，认的字不像公家发的这票那证，不会过期的。"张英才听了心里一动："你这孩子聪明，婚姻的事别处理早了，让她多发展几年。"叶碧秋的父亲说："我是准备响应号召，让她搞好计划生育的。"

听出这话是言不由衷的。叶碧秋的父亲放下工具，也不歇，在地上画了一个圈，就开始搭起灶来。他本来在别处做屋，将人家的事搁一天，先赶到这儿来，到外面两支笛子吹奏国歌时，灶已搭到齐腰高。张英才忽然想起自己还没有备着锅。他问孙四海哪里有锅卖，邓有米一旁听着接腔应了，说自己家里有口锅闲着没用，给他拿来就是。到上课时，邓有米果然顶着一口黑锅来了。张英才只有谢过并收下。

上午十点钟左右，张英才从窗户里看到山路上走来了父亲。父亲给他带来了一封信和一罐头瓶猪油，还有一瓷缸腌菜。他对父亲说："正愁没有油炒菜，你就送来了及时雨。"父亲说："我还以为学校有食堂，带点油来打算让你拌菜吃。"他问："妈的身体好吗？"父亲说："她呀，三五年之内没有生命危险。"张英才见父亲说了一句很文气的话，就说："父，没想到你的水平也提高了。"父亲说："儿子为人师表，老子可不能往你脸上抹粪。"张英才嫌父亲后一句话说得太没水平了，就去拆信看。

信是一个叫姚燕的女同学写来的，三页信纸读了半天才读完。前面都是些废话，如同窗三载，手足情长等等，关键是后面一句话，姚燕在信上说，毕业以后，除了这一次给他以外，她没有给任何男同学写过信。虽然这话的后面就是此致敬礼，张英才仍读出许多别的意思来。姚燕的歌唱得特别好，年年元旦、元宵、三八、五一、五四、五二三、七一、八一、十一等等时节，只要县文化馆举办歌手比赛或晚会，她就报名参加，为此影响了学习，但她总说自己不后悔。姚燕长得不漂亮，但模样很甜很可爱。所以，张英才想也不想就趴到桌子上赶紧写回信，说自己也是第一次给女同学写信等等。

想到姚燕唱歌，就想到自己将来可以用凤凰琴为她伴奏。他去动一动凤凰琴，才记起琴弦已被人剪断了。不知是谁这样缺德。张英才将琴打开后，搁在窗台外面，让断弦垂垂吊吊的样子，去刺激那做贼心虚的人。

因是第一次来校，余校长非要张英才的父亲上他家吃饭。灶还没有搭好，没理由不去。吃了饭出来，父亲直叹息余校长人好，自己的家庭负担这样重,还养着十几二十个学生,还说:"你舅舅的站长要是让我当,我就将他全家的户口都转了。"张英才说:"你莫瞎表态,舅舅那小官能屙出三尺高的尿?转户口得县公安局局长点头才行。"

说着话,忽然山坡上有人喊余校长派人到下面垸里去领工资。余校长便拉上张英才作伴。到了垸里才搞清,乡文教站的会计给这一带学校的老师送工资和民办教师补助金时,在路上差一点被抢了,幸亏跑得快,只是头上被砸破了一个窟窿,流了很多血,走到垸里后就再也走不动了。余校长签字代领了几个人的补助金,走时安慰那会计说:"这案子好破,你只要叫公安局的人到那些家里没人读书的户里去查就是。"张英才拿了钱后,随口问:"补助金分不分级别?"余校长说:"大家一样多。"张英才一默算竟多出一个人的钱来,心想再问,又怕不便。回校后他就给舅舅写了一封信,要舅舅查查为什么这里只有四个民办教师,余校长却领走五个人的补助金。

两封信都交给了父亲。还嘱咐父亲将姚燕的信寄挂号,怕父亲弄错,他说邮费涨了价,现在挂号得五角。父亲要他给钱。他有点气,说:"父子之间,你把账算得这清干什么,日后有我给钱你用的时候。"父亲听出这话的味:"好好,谁叫水往上涨,恩往下流呢!"

父亲走时,他正在上课。听见父亲在外面叫一声:"我走了哇!"他走到教室门口挥挥手就转回来。刚过一会儿,叶碧秋的父亲搭好了灶也要走。张英才放下粉笔去送他,他对张英才说:"你父让我转告你,他将那一瓶猪油送给余校长了,他怕你生气,不敢直接和你说。他说他中午在余校长家吃饭,那菜里找半天才能找到几个油星子。"

这天特别热闹,放学后,国旗刚降下,呼呼啦啦地来了一大群家长。总有十几个,也不喝茶,分了两拨,一拨去挖孙四海茯苓地的排水沟,一拨去帮余校长挖红芋。大家都很忙乎,没人注意到张英才,更没人注意到断了弦的凤凰琴。张英才到孙四海的茯苓地里转了转,大家都在议论。孙四海这块地的茯苓丰收了,地上裂了好些半寸宽的缝,这是底下的茯苓特大,涨的。孙四海头一回笑眯眯地说,自己头几年种的茯苓都跑了香。张英才问什么叫跑了香。孙四海说,茯苓这东西怪得很,你在这儿下的香木菌种,隔了年挖开一看,香木倒是烂得很好,就是一个茯苓也找不到,而离得很远的地方,会无缘无故地长出一窖茯苓来,这是因为香跑到那儿去了,有时候,香会翻过山头,跑到山背后去的。张英才不信,认为这是迷信。大家立即对他有些不满,只顾埋头挖沟不再说话。张英才觉得没趣,便走到余校长的红芋地里。几个大人在前面挥锄猛挖,十几个小学生跟在身后,见到锄头翻出红芋来,就围上去抢,然后送到地头的箩筐里。红芋的确没种好,又挖早了,最大的只有拳头那么大。余校长说,反正长不大了,早点挖还可以多种一季白菜。张英才看见小学生翘屁股趴在地上折腾,初始,心里直发笑,而后见到他们脸上粘着鼻涕、粘着泥土,头发上尽是枯死的红芋叶,想到余校长将要像洗红芋一样把他们一个个洗干净。他喊道:"同学们别闹,要注意卫生,注意安全。"余校长不依他,反说:"让他们闹去,难得这么快活,泥巴伢儿更可爱。"余校长用手将红芋一拧,上面沾的大部分泥土就掉了,送到嘴边一口咬掉半截,直说鲜甜嫩腻,叫张英才也来一个。张英才拿了一个要去溪边洗,余校长说:"莫洗,洗了不鲜,有白水气味。"他装作没听见,依然去溪边洗了个干净,他不好再回去,只有回屋烧火做饭。

走到操场中间,听见有童音叫张老师,一看是叶碧秋。他问:"你怎么没回家?"叶碧秋答:"我细姨就住在下面垸里,我父让我上她家去为张老师要点炒菜的油来。"果然,半酒瓶菜油递到了面前。张英才真的有些生气了:"我又没像余校长一人照顾二十几个,怎么会要你去帮我讨吃的呢?"叶碧秋吓得要哭。张英才忙变换口气:"这次就算了,以后就别再自作聪明了。"叶碧秋忙放下油瓶,转身欲走。张英才拉住她说:"你帮我一个忙,问问余校长的志儿,他知不知道是谁弄断了凤凰琴的琴弦。"见叶碧秋点了头,他就送她回细姨家。进垸后才知道,她细姨就住在邓有米的隔壁。

邓有米见到后又留他吃晚饭,他谎称已吃过,坚决地谢绝了。往回走时,张英才记起叶碧秋刚才走路时款款的样子,很像那个给他写信的女同学姚燕,他有点担心父亲会不会将他的回信弄丢。他又想,可惜叶碧秋比姚燕小许多。

天气一天比一天凉，学校里的事几天就熟悉了，每日几件旧事，做起来寂寞得很，凤凰琴弦断了一事，便成了真正的大事件。等了几个星期不见叶碧秋找他汇报情况，反而老躲着他，一放学就往家里跑。星期六下午一上课张英才就宣布，放学后叶碧秋留下来一会儿。叶碧秋果然不敢抢着跑了。

张英才问她："你问过余志儿没有？"叶碧秋说："问过，他说是他干的，还要我来告诉你。"张英才说："那你怎么迟迟不说？"叶碧秋说："他说他知道我是你派来的特务汉奸。我要是说了，就真的成了特务汉奸。"张英才说："那你为什么还要说？"叶碧秋说："我父说，是你问我，要我说就不一样。"他说："我不相信是志儿干的。"叶碧秋说："我也不相信，志儿尽冒充英雄。"他说："那你再去问问他。"叶碧秋说："我不敢问了。上一回，他说他吃了蚯蚓，我说不信，他就当面捉了一条蚯蚓吃了。"眼看谈不妥，张英才就放叶碧秋走了。

星期六的国旗降得早些，原因是老师要送那些路远的学生回家。尽管降国旗时，全校的学生都参加了，但由于太阳还很高，天空还很灿烂，邓有米和孙四海的笛子吹不出黄昏时的那种深情，气氛也就没有往日的肃穆。降完旗，邓有米、孙四海和余校长各带一个路队，往校外走。学校里显得特别冷清。张英才试过几回这种滋味了，星期六、星期天这两天夜里，就像山顶上的一座大庙，寂寞得瘆人。余校长总说他路不熟，留他看校。张英才这回要了个小心眼，悄悄地跟上了孙四海这一路。直到走出两三里远，才从背后撵上去打招呼。孙四海见了他有点意外，嘴上什么也没说，依然牵着李子的手，一步步稳稳地走着，还不断提些课堂上的问题，让李子回答。李子若是到路边采山楂时，孙四海必定在旁边紧紧守护着。这一路队有六个学生，到第一个学生的家时，已走了近十里路。张英才走热了，脱下上衣只穿一件背心，说："这十里路，硬可以抵我们畈下的二十里。"孙四海说："难走的还在后头呢！"

路的确越来越难走。草丛中的蛇蜕也越来越多，孙四海从裤兜里掏出一个塑料袋，将捡到的蛇蜕小心地装进去。张英才看到一只蛇蜕，鼓起勇气把手伸了出去，刚一触到那发糙的乳白色东西时，心里就一阵阵起疙瘩。李子在旁边说："张老师怕蛇了！"孙四海说："李子你用一个成语来形容一下。"李子想了想说："杯弓蛇影。"孙四海轻轻抚了一下那片微微发黄的头发。张英才不由得尴尬起来。蛇蜕有许多了，塑料袋装得满满的。孙四海不让学生们再捡，要他们赶紧走路。张英才站在山梁上还以为离天黑还有会儿，一下到山沟，就很难看清路了。

学生们陆续到家，只剩下一个李子。最后李子也到家了。李子的母亲就站在家门口，一副等了很久的样子。孙四海将塑料袋递过去，李子的母亲也将一只装得满满的袋子递过来。都交换了，孙四海才说："李子这几天夜里有些咳嗽。"又介绍说，"这是新来的张老师，以后由他代李子的课。"张英才不知道怎么称呼好，只有点点头。李子的母亲也在点头，点得很深，像是在鞠躬。然后问:"不进屋坐会儿?"孙四海忧郁地答:"不坐了。"黑暗中,张英才似乎看清这女人是个哀戚戚的冷美人。

女人身后的屋里传出一个男人的呼唤:"李子回来了么?"孙四海立刻说:"我们走了。"女人什么话也没说,牵过李子倚在门口伫望着离去的黑影。

远远望去,山上有一处灯火很像学校。一问,果真是的。张英才奇怪:"李子回家不是多绕了十里路么?"孙四海说:"路是绕了点,但能多采些草药,她愿意。她不绕,别的学生就要绕。"张英才壮壮胆后,忽然说:"李子她妈不该嫁给她父。"孙四海愣了愣说:"谁叫她娘家穷呢,这个男人那时是大队干部,又实心实意地喜欢她,她抗拒不了。谁知搞责任制后,他上山采药挣钱,摔断了腰。"张英才胆更大了,追问一句:"那你当初怎不娶她?"孙四海叹口气:"还不是因为穷,一听说我是民办教师,她娘家就将我请的媒人撵出大门。"

正待再问,前面有人呻吟着唤他们。听声音是余校长。他们走拢去,见余校长拄着一根树枝靠在路边石头上。余校长解释自己是怎么成了这样子的。他送完学生返回天就黑了,路过一个田垄,明明看见一个人在前面走着,还叼着一只烟头,火花一闪一闪的,他走快几步想撵个伴,到近处,他一拍那人的肩头,觉得特别冰凉,像块石头,他仔细一打量,果然是块石头,不仅是块石头,还是块墓碑。他心里一慌,脚下乱了,一连跌了几跤,将膝盖摔得稀烂。余校长说:"我想等个熟人作伴,回去看个究竟。"

孙四海说:"也太巧了。我们去看看,你丢下什么没有。"张英才知道这风俗,人走黑路受了惊吓,一定要赶忙回去找一找,以免有精气或魂魄失散了,不然迟早要大病一场。张英才不信这个,他胆子特别小,家里人总说这是受了惊吓找得不及时的缘故,所以,有时他又有点信。

回去一找,果然是座墓碑。看铭文知道是村里老支书的。学校就是老支书拍板让全村人,那时叫大队,勒紧裤带修建的。过去余校长常叹息说若是老支书在世,学校也不至于像现在这个破样子。这时,孙四海开口说:"老支书,你爱教育爱学校我们都知道,可你这样做就是爱过头了,你要是将余校长惊出毛病来,事情可就糟了。你要想爱得正确,就请保佑我们几个人早点转正吧!"余校长一旁说:"孙主任,你可别像邓校长,为了转正,不论是神是鬼,见到了就烧香磕头。"孙四海苦笑一声:"余校长放心,我这是开玩笑。"

大家又说墓碑的事,一致认为是余校长看花了眼,再有另一种可能是遇上了磷火加上心里太紧张的缘故,引出幻觉。末了,余校长说,这种事山里常发生,不用大惊小怪。边说边走,走到邓有米的家,门外喊了一声,他老婆出来应,才知道他还没有回来,邓有米送学生的路最远,有个学生离学校足有二十里,来回一趟整四十里,三个人进屋去说了一会儿话,邓有米在外面叫门。开门进屋,四人一凑情况,不由得吓了一跳,倒不是因余校长遇上怪事,而是邓有米撞着一群狼了。说巧都巧到一块儿去了,邓有米刚绕过一座山嘴,狼群就迎面冲过来,他吓得不知所措,站在路中间一动也不动,那狼也怪,像赶什么急事,一个接一个擦身而去,连闻也不闻他一下。

说到底,大家都笑。邓有米的老婆揉着泪汪汪的眼睛说:"真是应了老古话,穷光蛋也有个穷福分。"余校长添一句:"穷人的命大八字小。"

星期天,张英才就起床往家里赶。从山上往山下走,几乎是一溜小跑。二十里山路走完,山下的人才开始吃早饭。路上碰见了蓝飞,他也是星期天回家看看。两人只是见面熟,走到岔路上自然就分手了。一进家门他就问:"妈,父呢?"母亲说:"你父一早就到镇上拉粪去了。"他正想问她知不知道父亲寄过一封挂号信没有,一扫眼发现灶头上搁着一封写给他的信,也是挂号。拆开一看,只有一句话:时时刻刻等你来敲门。他先是一怔,很快就明白了意思,心里高兴地说,没有料到姚燕还这么浪漫有诗意。

母亲给他做了一碗腊肉面,正吃着,舅舅从外面走进来,见面就说:"听说你回了,就连忙赶来,有个通知,正愁送不及时,你就赶紧带回学校去。"张英才说:"刚到家,就要返回?"舅舅说:"这是大事,贯彻义务教育法的精神,下下个星期要到你们那儿搞扫盲工作验收,一天也不能挨了。"张英才知道舅舅一定又在蓝二婶那儿,听蓝飞说他回了,就跑过去抓他的公差。不过收到了姚燕的信,回家的主要目的就算达到了,早回校迟回校都是一个样。他便从舅舅手里接过了通知,回头扒完碗里的面条腊肉,提上母亲匆匆给他收拾的一些吃食就上路了。

上山路走得并不慢,歇气时,他忍不住拿出姚燕的信来读,信纸上有一种女孩特有的香味,他贴在鼻子上一闻就是好久,这样就耽误了,还在半山腰上,就看见路旁独户人家开始吃午饭。他也不急,从包里抠出两只熟鸡蛋,剥了壳咽下去,依旧走走停停。走到邓有米家的后山上,他弃了正路,从砍柴人走的小路插下去。

邓有米门口的粪凼里,有几个人正在忙碌着,将粪凼里的土粪一担担地往一块地里挑,地头上已堆起了一座黑油油的土粪堆。张英才认出其中两个人,是上次帮孙四海挖茯苓地排水沟那帮家长中的。邓有米也挽着裤腿在一旁走动,脚背以上却一点黑土也没粘。

见张英才来,邓有米不好意思地说:"马上要秋播了,我怕到时忙不过来,昨天和家长们随便说起,没想到他们就自动来了。其实,这土粪再沤一阵更肥些。"张英才说:"现在你和余校长、孙四海摆平了。"邓有米说:"其实,那天我那话没说清楚。"张英才抢白道:"那天你是想说民办教师本来就是教私塾的先生,是不是?"邓有米说:"你可不要对我有什么看法!"张英才说:"你不是怕我,你是怕我舅舅。你洗洗手!"邓有米眉毛一扬:"是不是有转正的名额下来了?"张英才说:"可不能先吐露,等大家当面了再说不迟。"

邓有米走在前面,乐得屁颠颠的,这个样子让张英才觉得很好笑。余校长不在家,领着志儿他们上菜地浇水去了,只有孙四海坐在门口吹笛子,曲子是黄梅戏《夫妻双双把家还》,又是将快乐吹成了忧伤。邓有米冲着他喊:"孙主任,到张老师屋里来开会。"孙四海放下笛子:"星期天开什么会?这地方,抓得再紧也不能提前达到小康水平。"邓有米说:"来吧来吧,这回亏不了你。"在等余校长期间,张英才将熟鸡蛋分给他俩一人一个,他自己也吃一个,边吃边说:"我有个俗语对联,看你们能不能对上:时时刻刻等你来敲门。"邓有米和孙四海想了一阵,认为这没有什么,再想想就能对出来。这时余校长来了,手也没洗满是泥土。邓有米说开会。张英才不急,要余校长帮忙对对联。余校长听了就说:"这个上联很难对,主要是那个'你'字。"邓有米忙插嘴:"'你'能对的字太少了,只有'我'和'他'两个字。"余校长说:"是原因之一,主要的还在之二,这个'你'字用在这里表示两人在互相盼望,下联只能用一个'我'字,就是这个'我'字来对也很勉强,所以,在这里是难有很好的下联的。"一席话说得大家都服了气,张英才心中有苦不便说出来,就岔开话说:"我舅舅让捎个通知给你们,要你们按通知上的要求,尽快执行,做好准备工作。"

　　余校长接过通知看了看,就手递给将颈伸得老长的邓有米,让他读读。邓有米接过去,咳一下,清清嗓子响亮地读道:"西河乡文教站文件,西文字第31号,关于迎接全县扫盲工作检查验收的紧急通知。"刚读完标题,邓有米脸就变色了,最后几个字几乎能听出一些哭腔。余校长问:"邓校长,你怎么啦?"邓有米实在忍不住沮丧:"我还当它是通知转正的文件,前几次的文件总是这个季节发下来。"邓有米不愿再读。孙四海不用人叫,自己拿过去,自己读起来,读得余校长一脸的严肃。

孙四海一合上文件,余校长就说:"满打满算才剩十天时间,没空讨论研究了,今天我就独裁一回,从星期一起,咱们四个人做这样的分工,张老师正式带三、四年级的课,孙主任将一、二和五、六年级的课一担挑了,抽出邓校长和我突击搞扫盲工作。"张英才打断余校长的话:"我不懂,十天时间怎么能扫除文盲呢?"余校长头一回用不客气的语气说:"不懂的事多得很,以后可以慢慢学,现在没空解释,这事关系到学校的前途,一点也放松不得。"余校长还宣布了几条纪律:一切为了山里的教育事业,一切为了山里的孩子,一切为了学校的前途。张英才听不懂这叫什么纪律,他想说这倒像是誓词。余校长这一认真,显得像个领导者,让张英才生出几分畏惧,不敢乱插嘴。

余校长话不多,说完后就叫大家补充。邓有米提出,要村里派个主要干部参加准备工作。孙四海说:"来个人又不能帮忙做作业、改作业,不如趁机叫村里将拖欠的工资补给我们。"邓有米连声叫好。余校长苦笑一下:"也只好出此下策了。不过各位也得出点血,借此机会请支书和村长来学校吃餐饭。每人十块钱,怎么样?"邓有米说:"可以是可以,在谁家做呢?"余校长每人看了几眼,才犹豫地说:"就在我家吧,明老师做不了饭,就另外请个会做饭的女人来帮帮。"孙四海低声说："我没意见，还可以让村干部感受一下学校里艰难的气氛。"至于请谁，商量半天唯有王小兰合适，她做的饭菜又省料又清爽。这一切都定下来后，天就黑了。

吃过饭后，张英才就趴在煤油灯下冥思苦想，如何写上一句话，才能在姚燕的那句话上来个锦上添花。他将那本小说集从头到尾翻了一遍，其中每一句有关爱情的话，都细细品过，竟没有一点现成的可供参考。枯坐到半夜，余校长又在窗外察看，见他没睡，就打个招呼走回去。他灵机一动，冒出一句话来：敲门太费时了，我要直接翻进你的窗户。写了这句话后，张英才很激动，也不怕外面的黑暗，跑去敲孙四海的门。刚敲一下，孙四海还没醒，他就觉得没意思，这样的话怎么和孙四海说呢，说了也不会有共同语言的。他悄悄地退回去，身后孙四海醒了，问："谁呀？"张英才学了一声猫叫："喵——"

村长、支书和会计是星期二来学校的，加上王小兰与学校本身的四个人，刚好一桌。王小兰的菜其实做得不怎么的，就是作料放得重，他们都说这菜做得有口劲。吃饭之前，干部们先说了一个好消息：尽管村里经济困难，还是决定先将拖欠教师的工资支付五个月的，同时还希望全体老师能在这次扫盲工作中，为村党支部和全村人民争光添彩。大家都为这话鼓掌，余校长的老婆明爱芬，也在里屋鼓了掌。然后吃饭喝酒。

酒至半酣就开始逗闹。会计死死拉着王小兰的手，非要王小兰和他干一杯。学校的人都为她讨保,说她真的不会喝酒。会计不答应,不喝酒他可以代她喝,喝一杯她必须亲他一下。也不等王小兰分辩,会计端起王小兰的酒杯,一口喝干,便将老脸往王小兰嘴上凑。孙四海的脸顿时涨得像一大块猪肝,余校长怕出事,用手连连扯孙四海的衣角,邓有米见势不妙,起身解手去了。张英才本与此事无关,又有很硬的亲戚做后台,大家对他很客气。他见会计闹得有些过分,就挺枪出马杀到两人中间,一手分开王小兰,一手将酒瓶倒过来,斟满桌上的空酒杯,说:"我代王大姐和你连干三杯。"也不管会计同意不同意,一口气将酒杯喝干了三次。会计是快六十岁的人了,一见张英才血气方刚的样子,就连忙甘拜下风。孙四海的脸色也开始平和了。张英才岂肯白喝三杯,拉扯之间会计叫起了头昏,说:"我服了你,但酒是不敢喝的,我从桌子底下爬过去行啵?"张英才答应了,会计真的趴到地上去。村长见了道:"行行,就这样,意思到了就行。"张英才心里对村干部本是有意见的,自己来这儿教书都这长时间了,没有一个人来看看他,如此见村长在他面前打官腔,就来了气。他也不说话,绕到会计的背后,双手抵住会计的屁股直往桌子底下推。对面坐着的孙四海,将自己和凳子一起往后移了移,露出空当,让张英才将会计推到桌子这边来了。会计恼羞成怒,爬起来时手里攥着一只肉骨头,要砸张英才,支书连忙抱住他,口称:"醉了!醉了!别再喝了,撤席吧。别让孩子们看见笑话我们!"

　　送走了村干部,张英才看见王小兰趁人不注意,溜进了孙四海的屋子。他装作走动的样子,轻轻到了窗外,听见里面女人的哭声嗡嗡的,像是电影镜头里两个人搂在一起时的那种哭声。这天夜里,孙四海的笛声响了很久,搞不清楚是什么时候歇下来的。

第二天早上,见到孙四海时,人明显消瘦了许多,眼圈挨着的地方都是凹凹。升完国旗,余校长吩咐,三、四和五、六年级,各抽十个成绩差的学生,交给他和邓有米安排。按照成绩单倒着排,叶碧秋应该是前十名,这倒数前十名轮不上她。张英才不理解余校长搞扫盲工作,要抽成绩差的学生做何用处。问又得不到回答,因而多了个心眼,把叶碧秋派了去。

隔天,他问叶碧秋:"余校长安排事你都做了么?"这次他吸取上次的教训,说话时绕了弯。叶碧秋果然很坦白地回答:"余校长安排我代替余小毛的一年级的作业,我很认真地做了,余校长还表扬了我。"张英才问:"你认识余小毛么?"叶碧秋说:"认识。前年他和我一起报名上一年级,上了两天课就没有再来,今年报名余校长又动员他来了。只报个名就回去了。他家困难读不起书!"张英才说:"我们班的同学,总共要代多少个报名不上学的学生做作业?"叶碧秋说:"余校长说,一个同学负责两个人的。做完了,每个学生奖一支铅笔,两个作业本。"张英才说:"明天放学时,你把给余小毛做的作业本拿给我,我替你改一改。"叶碧秋一点也没怀疑,点头答应了。

过了一天,叶碧秋果然将作业本带来交给他。他一看,完全和一、二年级已经做过的作业一模一样。由于成绩差,哪怕是高年级学生了，做一年级的作业还是常出差错。张英才一点也不明白，这样做是什么目的。

转眼十天过去，舅舅带着检查团来了。检查团来时，余校长又要孙四海将五、六年级的课，也交给张英才，理由是孙四海也要参加一部分接待工作。所以，张英才忙得团团直转，连和舅舅打招呼的工夫也没有。他只是觉得一、二年级的学生，似乎比平时多出许多，却难得有空想其中的缘故。

检查团在学校待了一天，下午总结时，张英才给两个班的学生布置了同一个作文题"国旗升起的时候"，三、四年级要求写五百字，五、六年级要求写八百字，自己抽空去听了一下总结报告。报告是县教委的一个科长讲的，他认为，在办学条件如此恶劣的情况下，界岭小学能达到百分之九十六点几的入学率，真是一个奇迹！他还拍了拍放在桌子上的几大堆作业本。张英才听完报告才明白，这次检查只是查扫盲工作最迫切的问题：适龄儿童是否入学。张英才的舅舅只是检查团的一名普通成员，他发言说："老万我不怕大家说搞本位主义，如果界岭小学这次评不上先进，我就不当这个文教站长了。"余校长带头鼓起了掌，检查团的成员也都鼓了掌。

山上没地方住，检查团看着余校长指挥学生降下国旗后，就踏黑下山了。临走时，张英才对舅舅说："舅舅，我有情况要反映。"舅舅边走边说："你的情况我知道，等回家过年时，再好好聊一聊吧！"舅舅走出两百米远，张英才记起忘了将写给姚燕的信，交给舅舅带到山下邮局寄出去。他喊了两声，撒腿追上去。跑了百来米，看到舅舅在那儿拼命摆手，他停下脚步，怔怔地望着那一行人，在黑沉沉的山脉中隐去。

检查团走后，张英才越想越觉得不对头，平时各处弄虚作假的事他见得多，那些事与他无关，看见了也装作没看见。这回不同，不仅他是当事人，舅舅也是，而且学校里其他人明摆着是串通一气，怕他泄露玄机，事事处处都防范着他，把他和舅舅都耍了，就像他耍叶碧秋一样。这一想就有气往上涌，他忍不住，拿起笔给舅舅和县教委负责人写了两封内容大致相同的信，详细地述说了界岭小学和界岭村，在这次检查中偷梁换柱、张冠李戴等等一些见不得阳光的丑恶伎俩。信写好后，他有空就站到学校旁边的路边上，等那个三天来一趟的邮递员。等了四天不见邮递员来，也不知是错过了，还是邮递员这次走的不是这条路线。他不愿再等下去，拦住一个要下山去的学生家长，将两封信托他带下山寄出去。不过姚燕的信他没交给他，他只会将它托付给像父亲和舅舅这样万分可靠的人。

这几天，学校里气氛很好，村干部来过几趟了，大家一道每间屋子细细察看，哪儿要修，哪儿要补。村长表态，发下来的奖金，村里一分钱不留，全部给学校作修理费，让老师和学生过一个温暖舒适的冬天。余校长将这话在各班上一宣布，学生们都朝着屋顶上的窟窿和墙壁上的裂缝欢呼起来。余校长还许诺，若是修理费能省下一点，就可以免去部分家庭困难的学生的学费。

大约过了十来天，下午，张英才没课，到溪边上洗头和晚上换下来的衣服，边洗边吹着口哨，也是吹那首《我们的生活充满阳光》，还一边想孙四海和邓有米的笛子里，这一段总算有了些欢乐的调子飘出来，听到身后有人喊他，四处一打量，才看见舅舅站在很高的石岸上。他甩甩手上的泡沫，正待上去，舅舅已跳下来了。舅舅走过来，铁青着脸，不问三七二十一，劈头盖脸就是几个耳光，打得张英才险些滚进溪水中。

张英才捂着脸委屈地说："你凭什么一见面就打我？"舅舅说："打你还是轻的，你若是我的儿子，就一爪子掐死你！"张英才说："我又没有违法乱纪。"舅舅说："若是那样，倒不用我管。你为什么要写信告状？天下就你正派？天下就你眼睛看得清？我们都是伪君子？睁眼瞎？"张英才说："我也没写别的，就是说明了事实真相。"舅舅说："你以为我就不知道这儿实际入学率只有百分之六十几？你知道我在这儿教书时，费尽九牛二虎之力，入学率才达到多少么？臭小子，才百分之十六呀！我告诉你，别以为自己比他们能干，如果这儿实际入学率能达到百分之九十几，他们个个都能当全国模范教师。"舅舅要他洗完衣服后回屋里待着，学校里无论发生了什么事，都不要出来。

被几巴掌打怕了，张英才老老实实地待在自己屋里，天黑前，笛子声一直没响，直到余校长用异样的声音喊："奏国歌！"笛声才沉重地响起来。之后，孙四海开始拼命地劈柴，用斧头将柴连劈带砸，弄成粉碎，嘴里一声声咒骂着："狗日的！狗日的！"

直到余校长叫他去商量一件事。

舅舅很晚才到张英才房中,灯光下脸色有些缓和了,叹口气说:"你花两毛钱买一张票,弄掉了学校的先进和八百元奖金,余校长早就指望这笔钱用来修理校舍。其实,这儿的情况上面完全清楚,这儿抓入学率,比别处抓高考升学率还难,都同意界岭小学当先进,你捅了一下后就不行了,窗纸捅破了漏风!"张英才想辩几句,舅舅不让他说:"我让余校长写了一个大山区适龄儿童入学难的情况汇报,做个补救,避免受到通报批评。我和他们谈了,让他们有空将每个学生入学时的艰难过程和你说说,你也要好好听听,多受点教育。"话音刚落,人就睡着了。

舅舅的鼾声很大,吵得张英才入梦迟了。早上醒来一看,床那头已没有了人。

早饭后,张英才拿着课本往教室那边走,半路上碰见孙四海,对他说:"你休息吧,课我上!"张英才说:"不是说好,这个星期的课由我上么?"孙四海不冷不热地说:"让你休息还不好么!"张英才听了不高兴起来:"休息就休息,累死人了,我还正想请假呢!"说着转身就走。第二天,几乎是在头天的同一个地方又碰见了孙四海,孙四海说:"你不是请假了,怎么还往教室跑!"张英才说不出话来,心里却是真生气了。

从舅舅走后,他很明显地感到大家对他的反感。孙四海见他时,只要一开口,那话里总有几根不软不硬的刺。邓有米干脆不与他对面,看见他来就躲到一边去了。余校长更气人,张英才向他汇报，说孙四海剥夺了他的教学权利，他竟然装聋，东扯西拉的，还煞有介事地解释，自己的耳朵一到秋冬季节就出问题。开头几天，张英才还以为只是孙四海发了牛脾气，闹几天别扭也就过去了，过了两个星期仍没让他上课。余校长和邓有米也不出面干涉，他就想到这一定是他们合谋设下的计策，其目的是撵他走路。

晚上，他看见一只手电筒灯光往余校长屋里走。到了门口亮处，张英才认出是邓有米，随即，孙四海也去了。他猜一定是开黑会，不然为何单单落下他一人！越想越来气，他忍不住推门闯进会场，进屋就叫："学校开会，怎么就不让我一人参加？"孙四海答："你算老几？这是学校负责人会议。"张英才一下子愣住了，退不得，进不得。最后还是余校长表态："就让张老师参加旁听吧！"张英才就不客气地坐下来。听了一阵，搞清楚是在研究冬天即将来临，如何弄钱修理校舍等问题。

大家都闷坐着不说话，听得见旁边屋里，学生们为争被窝的细声细语的争吵。闷到最后，孙四海憋不住说："只有一个办法。"大家精神一振，盼孙四海快点说，孙四海犹豫一番，终于说："只有将我那些茯苓提前挖了，卖了，变出钱来先借给学校，待学校有了收入时再还我。"余校长说："这不行，还不到挖茯苓的季节，这么多茯苓，你会亏好大一笔钱的。"孙四海说："总比往年跑了香强多了。"余校长说："既然这样，那我就代表全校师生愧领了。"一直低头不语的邓有米抬起头小声嘟哝："要是评上了先进，不就少了这道难关！"说了之后，又一副后悔的样子，恨不能收回说出口的话，赶紧重新低下头。余校长问："还有事没有，没有事就散会。"张英才说："我有件事，我要求上课。"余校长说："过几天再研究，这是小事，来得及。"张英才说："不行，人都在，你们今天就得给我回个话。"孙四海开口说："张英才，你别仗势欺人。什么时候研究是领导考虑的事，就是现在研究，你也得先出去，等研究好了，再将结果通知你。"

张英才无话，只好先行退出，他又没胆子候在门外的操场上，回到自己的屋里，用耳朵和眼睛同时注意着外面的动静。不一会儿，孙四海过来，隔着窗子对他说："我们研究过了，决定下一回再研究这事。"这话让张英才气得直擂床板，用牙齿将枕巾咬成团，塞在嘴里狠命嚼才没哭出来。

学校一如既往，不安排张英才的课。哪怕是请了学生家长来帮忙挖茯苓，孙四海不时要跑去张罗，也不让张英才替一下。茯苓挖到第二天，中午山上一片惊哗。张英才以为出事了，心里有些幸灾乐祸。没过多久，孙四海兴冲冲地从山上下来，手里捧着一个灰不溜秋的东西，嘴里叫着："稀奇，真稀奇，茯苓长成人形了。"张英才忍不住也凑拢去看，果然，一只大茯苓，长得有头有脑，有手有脚，极像一个小娃娃。余校长从孙四海手里接过茯苓人，细看一遍后，遗憾地说："可惜挖早了点，还没有长成大人，要是长得分清男女，就值大价钱了，说不定还能成为国宝。"

孙四海愣怔之后，手一用力，将茯苓人的头手脚一一掰下来，一下一下地扔到张英才的脚下。张英才见孙四海的眼里冒着火，不敢吱声,扭头回屋,将自己反锁起来。

他想,老这么斗也不是事,回避一阵也许能使事情有所转化,他就向余校长交了一张请假条,余校长立即签了字,还说:"一个星期若不够,你还可以延期一两个星期,都行。"张英才拎上一只包,装上牙刷毛巾和给姚燕的信,外加那本小说集就下山了。

下山后,他没有回家,直接去了乡里,想见舅舅,舅妈拦在门口,告诉他舅舅到外地参观去了,一点也没有让他进屋的意思。他心里骂:难怪舅舅会偷偷和蓝二婶相好——这个母夜叉!嘴里依然道了谢。

出了文教站,看见回县城的末班客车停在公路边上。车上人不多,有不少空位,他摸摸口袋里的钱,打定主意,干脆上一趟县城,将信直接交给姚燕。他一上车,车就开了,走了三个小时,在县城边他叫了停车。姚燕家在城郊,父母是种菜的,问了半天路才找到。找到和没找到一样,她一家人全上黄州走亲戚去了,大门上着锁。他一下子就紧张起来,原以为晚上可以住在姚燕家,现在要掏住宿费了,便觉得囊中羞涩。他记得县城有家下等旅社,过去父亲来学校看他总住那儿,同学们尽拿此事笑话他。他和父亲说了几次,父亲不肯改,仍住那农友旅社。张英才找到农友旅社,交了两块钱,登记了一个床铺,也不去看看,拿了牌牌就出门瞎逛。几个月没来,县城就变了样,别的没有,主要是人们穿的裤子,从十几岁到三十几岁的人,不论男女统统穿一条绷得紧紧的牛仔裤,他想搞清这裤子的叫法,就走到一个成衣摊子上,远远地用手一指,要摊主拿条裤子来看看。摊主拿着取衣杆,碰一下说:"是要牛仔细裤?"又碰了一下说,"还是要萝卜裤?"他知道这种裤子叫萝卜裤,便说:"算了,这式样不好。"转到天黑,找个小吃店买了碗面,三下两下吃完,就回到农友旅社,蒙头睡了。后半夜,农民赶早去占集贸市场上好位置,将他吵醒,他没表不知几点,跟着起来去车站搭车,到了候车室一看那钟才三点一刻,候车室里只有几个要饭的躺在那儿。

好不容易回到乡里,刚下车就碰上蓝飞。相互简单说了些情况,蓝飞就替他出主意,要他回去装作准备进行转正考试的样子,不信那几个民办教师不来巴结他。张英才对这个主意很满意,抵消了先前对蓝飞的不满。

张英才回家吃了顿中饭,又让母亲准备几样可以存放的菜,就赶着回校。

回到学校,他就将初高中的课本以及学习笔记全部铺开,陈列在桌面上,窗户也用报纸糊死,不露一点缝隙。一连两天,除了大小便和必要的室外活动,譬如升降国旗等,其余时间决不出屋,即使要出屋也将门随手锁上。第三天早上,他去厕所回来,发觉窗纸被人抠了一个小洞。他什么也没说,找了一块纸,把那个小洞又补上。中午,他闩着门在屋里做饭,听见有人叫门,打开了,是叶碧秋。叶碧秋站在门外说:"张老师,我有个问题搞不懂,你能教我么?"张英才说:"什么问题?"叶碧秋说:"最小的个位数是哪个数?"张英才一愣:"谁让你回答这个问题的？"叶碧秋说："是邓校长和孙主任两个人一起来考我的，还说若不懂可以问张老师。"张英才心里明白是怎么回事，就说："你进屋来等着，我查查资料。"装模作样地将一本本书都露给叶碧秋看过，他才拍了一下头："记起来了，不用查，最小的个位数是1。"叶碧秋说："谢谢老师。"张英才故意说："如果没有特别重要的事，不要再来敲门，我要复习，准备考试。"叶碧秋走后，他忍不住一阵窃笑。下午放学后，他听到笛子的响声有些三心二意，就有意走出去，邓有米立即放下笛子，冲他极不自然地笑一笑，他视而不见，嘴里喃喃地背着数学公式。

天一黑，他还要闩门，孙四海来了，对他说："明天我要下山一趟，配副眼镜，课就由你去上。"张英才说："我请了一星期假还未满呢！"孙四海说："我这是私人请你帮忙。"张英才说："如果是公对公，那可没门！"孙四海走到桌边，拿起那副近视眼镜："你这眼镜是几多度的？"张英才说："四百度。我告诉过你。"孙四海说："我记性差，忘了。"边说，眼睛狠狠地将每一本书盯了一下。

孙四海果然是下山去了，到伸手不见五指时才回来，背着一大摞书。张英才问李子，孙老师背回的是些什么书？李子告诉他全是中学的数理化课本。孙四海背书回来后，就没有在半夜吹过一回笛子，每次张英才夜里起来小便，都看到一个读书人的影子，映在窗纸上。

邓有米也请假下山去了一趟，回来后神情忧郁，背后和余校长嘀咕："可能是这次转正的面很窄，名额很少，所以上面有意保密，一点口风不透。"邓有米回来的当天，余校长就亲自来找张英才，询问他近来工作安心不安心。张英才矢口否认自己有过不安心。余校长就单刀直入，指着桌上的书本问他这是干什么。张英才用准备参加明年高考的理由来应付。见问不出什么，余校长走出去，对着守在一边的邓有米仰天长叹。后来几次，张英才听到余校长恍惚地自语："邓有米可以花钱买通人情后门，孙四海可以凭本事硬考硬上，张英才又有本事又有后门，我老余这把瘦骨头能靠点什么呢？"

张英才实在服了蓝飞这一招，几乎是一夜之间，他就成了这个学校的宝贝，被人或明或暗地宠着。他想，民办教师转正这一关，实在太厉害了。

往后的一个月中，邓有米往山下跑了七八趟。每次都是失望而归，可见了张英才仍要做出笑脸，称又见到了万站长，万站长真是个好领导，等等。这天晚上，余校长踱进了张英才的屋，寒暄一阵，就把目光转向凤凰琴："最近一段怎么没听见你弹琴，是不是弦断了？"张英才说："弦断了不要紧，主要是没工夫。"余校长从口袋里掏出一卷琴弦："我还有四根旧弦，不知合适不，你上上去试试看。"张英才也不推辞，伸手接过来，并说："只怕过不了两天又会弄断的。"余校长说："不会的，再也不会的，以前主要是明老师听不得这琴响，听了就犯病。现在我将门窗堵严实了。"支吾几句再转过话题，"张老师，你听说这次转正，是不是对一些特别的人,譬如像——像我这样的人,有什么优惠政策?"张英才说:"这次转正?没听说,一点消息也没听说。"余校长忧伤地转过脸:"没听说就算了!你忙,我到孙主任那里去转转。"走了几步又回头,"我考虑了很久,决定向上报你当教导处副主任。"张英才心里想笑,嘴上说:"多谢余校长的栽培。"

余校长敲不开孙四海的门,孙四海声明过,这一段放学后,他谁也不见,连王小兰这一个月也没见来。余校长本也无事,隔着门说几句就打了回转。

正在这时,黑洞洞的操场上传来一个女人的哭声:"余校长,余校长喂!你快救救伢儿他父,救救我的有米吧!"邓有米的女人跌跌撞撞地扑过来,一把抓住余校长。余校长有些急:"你放开我,有话慢说,这黑的天,叫别人看见了如何说得清!"邓有米的老婆仍不放手:"我不管这些,有米他让派出所的人抓去了,你要想法救他出来。"张英才这时从屋里钻出来:"派出所的人怎么会抓他呢?"邓有米的老婆答:"还不是为了转正的事,别的人不是有学问就是有靠山,有米他什么也没有,就想找路子走走后门,家里又没钱,送不成礼。没办法,有米就到山上砍了几棵树,偷着卖了。没想到被查了出来——余校长,你可不能见死不救哇!"余校长一听急了:"这不是丢学校的脸么!上次先进没评上,这次又来个副校长偷树,真是斯文扫地哟!"

见余校长又急又丧气,张英才就一旁劝:"事已至此,还是得想个办法为妙。"余校长在操场上团团转,像只热锅上的蚂蚁。邓有米的老婆坐在地上干号,声音又长又尖。张英才不耐烦地说:"你哭得难听死了,像死了人一样,搞乱了别人的心怎么想主意呢!"经这一说,哭声低了很多。余校长这时叹了一口气说:"只能这样了,就说是给学校砍的,学校要修理校舍,又拿不出钱,只好代学生忍辱负重,做此下策之事。"张英才说:"行倒行,就怕孙四海不同意。"余校长说:"你去喊他来一下,我刚才去过,他不开门。你敲,他会开的。"张英才过去一叫,门就开了,说了经过,孙四海露出一脸鄙夷相:"没本事就认命罢了,干吗一人做鬼,还拖着大家陪他去阴家呢?"余校长说:"行还是不行,你表个态。"孙四海说:"我没态可表,就当我不知道这事行了。"余校长说:"这也算个话,你就把一切推给我得了。"邓有米的老婆叫起来:"姓孙的,别以为自己就那么清白,想坐在黄鹤楼上看帆船,是人总有栽跟头的时候!"孙四海将门掩到一半停下来,低声说:"我同意,就算是学校决定的吧!"

余校长连夜独自下山,第二天下午才和邓有米一道回来,邓有米脸上有几道疤痕,开始还以为是让派出所的人打的,说过后才知道,是自己钻到床底下去躲时,被床底的杂物划伤的。邓有米整个灰了心,一连几天,见人就说自己教一生的民办算了,再也不想转正,吃那天鹅肉了。

会计又送补助费来,还透露说,上次被抢一案有线索了。会计刚走,邓有米的弟弟就被抓走,他一见到派出所的人就说:"前几天你们来抓我哥哥时，我就以为是来抓我的。"他做木材生意亏了本，就横了心，专搞不义之财。这两件事一发生，邓有米的背驼了许多，还向余校长递交了辞职申请。

只有孙四海无动于衷，继续在那里夜以继日地复习。星期六下午放学，照例是老师送学生回家。余校长见邓有米情绪不好，怕出事就叫张英才跟着邓有米。一路上很顺利，返回时，碰上了王小兰。王小兰慌慌张张地往学校里去找李子。张英才记得很清楚，站路队时，孙四海是牵着李子的手出发的。王小兰仍不放心，她心里感觉似乎要出事了，非要到学校看看。

到了学校，孙四海的窗口亮着，有人影一动不动地透出来，叫开门，王小兰气喘喘地问："李子呢？女儿呢？"孙四海说："她不是回家了？"王小兰说："你们是在哪儿分手的？"孙四海说："半路上，我想赶早回来复习，就没把她送到门口。"一听这话，王小兰哇哇地大哭起来，扭头就往门外跑。余校长也来了，大家意识到这个问题的严重性，立即分成两路：一路是孙四海和张英才，顺着路队走的路找；一路是余校长和邓有米，沿近路往前找。孙四海跑得飞快，不一会儿就超过了王小兰，张英才跌了几跤，还是跟不上。幸亏孙四海要到沿途路边人家问问，才时断时续地跟住。张英才跑到头一回跟路队走时天黑的那道山岭上，月亮出来了。孙四海站在山梁上不动，等张英才跟上来后，就说："李子在那边树上，被一群狼围着。"张英才一看，那棵黑黝黝的木梓树上，果然有李子嘶哑的哭声，树下有十几对绿莹莹的狼眼睛。

孙四海吩咐张英才，看准路后，两人大叫着往那树下冲，千万不能停，然后迅速爬上树去，等余校长和邓有米来。说着，孙四海大叫："李子——别怕——我来了！"张英才有些怕，不知叫什么好，嘴里哇哇地乱吼出一些声来，狼群吓得往后退了些，他们趁机爬上木梓树。孙四海一把将李子搂在怀里，李子没哭，他自己先哭起来。狼群又将木梓树围起来，但只过了半个小时，就被余校长带来的一大群人撵跑了。

回到学校，已是后半夜。孙四海不肯去睡，谁劝也没有用，一个人坐在旗杆下吹着笛子，一个个音符流得非常慢非常缓，沉沉的，苍凉得很，一如悼念谁或送别谁。张英才早上起来，看见操场上到处是焦黑的纸灰，他捡起一张没烧完的纸片一看，是中学课本。孙四海仍坐在旗杆下吹笛子，从笛孔里流出一点鲜艳的东西，滴在地上，变成一小块殷红。余校长坐在自己屋门口抽着烟，不远的山坡上，邓有米双手掩面，躺在枯草丛中，都是一夜未眠。

晨风瑟瑟，初霜铺在山野上，褪得发白的国旗，被衬出一种别样风采。张英才对余校长他们说："我是今天第一次听懂了国歌。"他这话含有多层意思，其中一种，是对自己搞的这场恶作剧很悔恨。他不敢说明白了，只想找机会报答一下，做一种补救。晚上，他将自己上山后的所见所闻，如升国旗、降国旗、李子的作文、余校长家的十几个孩子，以及孙四海仅有的一次疏忽就能使学生遭到危险等，写成一篇文章叫《大山·小学·国旗》，又亲自下山送到邮局，寄给了省报。在门口正好和跑界岭这条线的邮递员走对了面，邮递员交给他一封信，又是姚燕的情意绵绵的话写了几页纸。他没读完就塞进口袋里，心里一点谈情说爱的兴趣也没有。

大约过了一个星期，文教站的会计领来一个陌生人，说是省教委下来搞落榜高中毕业生情况调查的，要和张英才好好谈谈。会计将这人扔下，自己回去了。那人自称姓王，张英才见他年纪较大，就喊他王科长。王科长和他谈得很少，却老爱往教室和学生中钻，还逐个同余校长、邓有米和孙四海谈了话。张英才问起谈了些什么，他们都说只是拉拉家常。有一次王科长竟跑进明爱芬的房里，余校长发现得快，硬将他拉出来。第二天中午王科长不见人影，张英才以为他不辞而别，不料到天黑后又回来了，说是到下面垸里去看看风土人情。王科长最喜欢看学校升国旗、降国旗，每到这个时候，就拿着照相机按个不停，一点也不疼惜胶卷。

到了第三天下午，又逢星期六，王科长跟着孙四海的路队绕了一大圈，回来后才说了实话。王科长不是省教委的，而是省报的高级记者，报社收到张英才的稿件后，非常激动，就派他下来核实。大家开始改口叫他王记者。王记者说，他亲眼目睹了这一切，那篇文章每一点都是真实的。还说那篇文章一个星期以内就可以见报，要发头版头条，还要配编者按和照片。

刚好王记者走后的第七天，县教委、宣传部的人在张英才的舅舅的陪同下，亲自将报纸送上山来，声称张英才和界岭小学为全县教育事业争了光，在省报这么显要的位置发这么大一篇文章是从未有过的。张英才接过报纸，发现文章不是发在头条位置，那个位置上是一篇关于大力发展养猪事业的文章。界岭小学的文章排在这篇文章后面，编者按和照片倒是都有。

照片印得非常好。余校长抓着旗绳的大骨节的手，横吹笛子的邓有米和孙四海，打着赤脚、披着余校长的破褂子、站在满地霜花中的志儿，趴在几块土砖搭起的木板上做作业的李子，以及围在桌边吃饭的一群小学生，这些全都看得一清二楚。余校长看了照片直惋惜："要知道报纸上要登这些，说什么也得帮他们整理整理。"

县里来的人在山上待了两天，走之前问有什么要求没有。余校长、邓有米、孙四海都说希望能拨点钱，添置一些课桌课椅。最后问张英才，张英才呛呛地说："请领导发点善心，给几个转正指标，解决这些老民办教师的后顾之忧。"领导将这些话都记下才下山。

又过了十来天，邮递员给学校送来一只大麻袋，打开一看里面全是信。是从全省各地寄来的，除了表示慰问敬佩和要求介绍经验外，还有二十多封信是说要和界岭小学一道开展手拉手活动。张英才不知道什么叫手拉手活动，余校长就解释，这是团中央一个什么基金会搞的，富裕地区的学校帮助贫困地区的学校的活动。这么多的学校都愿意来帮助界岭小学，大家自然很高兴。当即决定分头写信，一人分了一大堆。

忽然，邓有米叫道："这么多信，都写回信要几多邮票钱呀？"大家受到提醒，忙点了点数。一共是三百一十七封，需邮费六十三元四角整。四个人都傻了眼，呆了半天，余校长说："先将重要的挑五封出来回信，其余的以后再说。"大家一挑，发现几封专门写给张英才的。

张英才一一拆开看，都是差不多的意思，称他有文才，将民办教师写活了，也有说他敢于为民请命，有良心和同情心的。只有一封信很特别，只有一句话：速借故请假来我处一趟。开始还以为是姚燕写的，再看落款，方知是舅舅。他不敢再撒谎，舅舅说有事又不能不去，便想了个主意，写了个请假条，只写"因事请假一天"六个字，趁天没亮，余校长还未起床之际，塞进余校长的门缝里。

日上三竿时，张英才到了舅舅家。舅妈正蹲在门口刷牙，一只又肥又大的屁股将门堵得死死的，见人来也不挪出道缝。张英才只好等她刷完牙，进门时，见地上的白泡沫中有些血样，心里就骂了句活该。舅舅正在屋里洗女人的内衣，满手的肥皂泡。见了他，用手一指厨房："没吃早饭吧，还有两个馒头。"张英才也不谦让，自己进了厨房，一只大碗盛着两只肉包子和两只馒头。他懂得舅舅话里的意思，肉包子肯定是留给舅妈的，就用手移开上面的肉包子，拿出碗里的馒头，一手一个，捏着站到舅舅身边，望着他吃。张英才咽了一口问："什么事，这急的！"舅舅望了一下房门小声说："等忙完了再说。"于是，他知道这事得瞒着舅妈。舅妈从房里整整齐齐地出来，用纸包上肉包子，拿着就出门去了。他问："她这是去哪？"舅舅说："上班去呗！"

接下来就入了正题。张英才的那篇文章受到上面的重视，除了拨给界岭小学一笔三千元的专款以外，还破例给了一个转正的名额，并点名将这名额给了张英才。这不仅是他的文章写得好，还因为只有他各方面的条件比较合适，其余四个相差太远了，既超龄，学历又不够。

舅舅说："你把这表填了，快点的话，下个月就可以批下来。"张英才简直不相信这是事实，看了舅舅半天才说："这没搞错吧？"舅舅将表摊在他面前："白纸黑字，还错得了！"张英才终于拿起笔，正要填写，又止住了："舅舅，这表我不能填，应该给余校长他们，事情都是他们做的，我只不过写了篇文章。"舅舅说："你别苕，舅妈为了她表弟转正的事，都和我闹了几次离婚。这次的机会一生不会有第二次。"张英才说："如果在一个月以前，我不会让的，现在我想还是让给他们一次机会，我比他们年轻二十多岁，就算像你一样十年遇到一次，也还有两次机会呢！"

舅舅听完他说了自己假装准备转正考试，弄得他们差点出了大事故的经过后，心也动了："其实，我也想将他们转正，只是没有这个权力。"张英才说："你可以找领导做做工作。"舅舅想了想，态度又坚决起来："不行，姐姐把你交给我，我要替你的一生负责。你想想，转正后得马上到县里去读两年师范，这时就快二十一岁了，然后干上三五年，积蓄点钱正好可以结婚成家。"

张英才说:"你这样做,我是不会同意的。"舅舅说:"你这伢儿!早知这样,还不如当初让蓝飞去界岭,把这个机会给他!"张英才说:"这可是你自己说的,这些话我可是没向舅妈漏一点风声哟!"舅舅气得往门外走:"你倒要挟我起来了!好好,你的事我不管了,自己看着办去!"过了几分钟,舅舅又从门外转回来:"外甥风格高,舅舅当然不能拉后腿。不过你得回去问你父母同意不同意,免得到时弄得我是猪八戒照镜子——里外不是人。"

张英才坐在舅舅的自行车的后架上,半个钟头不到,两个人就进了张英才的家门。舅舅先说,张英才补充。刚说完,父亲就说:"伢儿,这一年复读的确没白读,你思想也提高了,做人就得这样,该让的就要舍得让!"母亲还没开口,眼泪先流出来:"伢儿,这样做对是对,只是你自己不知要多吃多少苦。"舅舅叹口气:"你们都这样想,倒是我先前不对了。"张英才边给母亲擦眼泪边对舅舅说:"我也是为你做牺牲。你想想,堂堂的万站长,不将转正名额给自己那能写一手好文章的外甥,反给一位条件不如他外甥的人,说出去不等于给你脸上添光么,说不定因此将你提拔到县里当个局长、主任什么的呢!"一屋人都笑了起来。

两人随后上山去界岭小学。一路上舅舅说了几次,到了学校后名额肯定不好分,只能搞无记名投票。他搞过几次这种投票,有一百人参加,就有一百人能得到票,参加投票的都是自己投自己的票。这次投票张英才的票千万不能投给别人,投给了谁,谁就是两票,就是多数。舅舅要他给自己也留一点机会,同时也可以检查一下别人的风格如何。

三千元拨款加一个转正名额,弄得界岭小学人人欣喜若狂。投票时,舅舅坐在张英才身边,看见那笔在纸上写下余校长的名字,他气得恨不能给外甥一个耳光。他以为这个名额非余校长莫属了,不料唱票结果,仍是一人一票。张英才马上明白,余校长投了他一票。舅舅也明白是怎么回事,情不自禁地说:"看来我还没能力将每个人都看透。"按照规定,投票无效时,就进行公开评议。

大家坐在一起,半天无话。张英才忍不住先说:"我看这次的名额,大家就让给余校长吧!"过了好久仍没响应,他又说,"不谈别的理由,余校长是学校元老,吃的苦最多。"又过了好久,孙四海低声说:"给余校长我没意见。"邓有米只好也表态:"我也无话可说。"一直耷着眼皮的余校长,抬起头来,张英才以为他会说几句感激话来接受评议结果,听到的却是一句意想不到的话:"万站长,我有几句话,想单独和你谈一谈。"

听到这话,邓有米、孙四海和张英才起身要往外走。舅舅忙说:"你们人多,还是我和老余到外面去说话。"余校长也说:"我们到外面去说话方便一些。"他俩起身出去,站在操场边上,面对面说了一会儿,余校长像是流了些眼泪,张英才的舅舅嘴唇动也没动,只是在最后时候点了点头。

舅舅招手叫张英才他们出来。大家站成了一圈。舅舅声音沉沉地说:"余校长有件事想和大家商量一下。老余,你说吧。

你说了,我再说。"余校长不安地扫了大家一眼:"刚才大家投票时忘了一个人,就是明爱芬,我老婆,她也是我校的一名老师。那年腊月她生下志儿的第三天,就到县里去参加民办教师转正考试,没想到河上的桥板被人偷走了,为了赶车,她蹚了冷水河,还没进考场人就病倒了。抬回来后,下身就废了。拖了这多年,她心还不死,夜里做梦都念着转正。我想,就是还没转正这口气憋在心里没散,所以她每回到了死亡线上又返回来。我想,若是真给她转了正,说不定过不了几天,她就会死的。现在这个样子,她难受,我也难受,连带着国家、集体和大家都不好办。我想和大家商量一下,让她将这几步路走快点,走舒服点,让她这一生多少有点高兴的事。大家刚才的好意我心领了,转正的名额我不要,能不能把它给……给……明爱芬呢?"说完,他低下头,不敢看大家的神色。张英才的舅舅把每个人都看了一遍才说:"明爱芬本来是不够条件的,给她挂个民办教师的衔,主要是因为照顾余校长的生活。所以,虽然只有四个人上课,站里仍给你们学校五个人的补助金。但是,我不是没有一点人性的人,只要大家同意给明爱芬转正,并且保守秘密不向外说她是个废人,哪怕是犯错误,我也要帮老余这一回。"孙四海什么也没说,缓缓地将手举起来,邓有米也跟着举起了手,张英才见了,将自己的两只手都举起来。舅舅说:"老余,你抬头看看表决结果。"余校长抬不起头,泪水哗哗直往外流,喃喃地说:"我知道,天下尽是好人。"太阳挂在正当顶,地上的影子很清晰。

大家跟着余校长进了明爱芬的房。张英才第二次进这间屋，觉得气味比以前更难闻。上次是夜晚，加上慌张，没看清，这次不同，清楚地分辨出，明爱芬的模样，完全是一张白纸覆在一只骨架上。

余校长捧着表格，走到床前说："爱芬，你终于转正了。"明爱芬眼珠一动："你别骗我，你总是对我这么说。"余校长说："这次是真的，万站长刚刚主持开了会，大家都同意转你。"张英才的舅舅说："这次上面特别批给界岭小学一个名额。"邓有米说："这还得感谢张老师那篇文章舆论造得好。"孙四海说："余校长，你快把表格给她填了吧！"

明爱芬接过表格，从头到尾细看一遍，脸上逐渐起了一层红晕。她忽然说："老余，快拿水我洗洗，这手哇，别弄脏表格。"张英才连忙到外面去端水，趁机猛吸几口新鲜空气。明爱芬用肥皂小心洗净了手，擦干，又朝余校长要过一支笔，颤颤悠悠地填上：明爱芬，女，已婚，汉族，共青团员，贫农，一九四九年元月二十二日生。那支笔忽然不动了。邓有米说："明老师，快写呀，万站长今天要赶回去呢！"明爱芬没有一点动静。在背后扶着她的余校长眼眶一湿，哽咽地说："我知道你会这样走的，爱芬，你也是好人，这样走最好，大家都不为难，你也高兴。"

明爱芬死了。一屋的人悄无声息，只有余校长在和她轻轻话别。张英才忍了一会儿，终于叫出来："明老师，我去为你下半旗致哀！"张英才走在前面，孙四海跟在后面。邓有米把在教室做作文的学生全部集合到操场上,说:"余校长的爱人,明爱芬老师死了!"再无下文。张英才扯动旗绳。孙四海吹响笛子,依然是那首《我们的生活充满阳光》。国旗徐徐下落,志儿、李子、叶碧秋先哭,大家便都哭了。

余校长给明爱芬换上早就准备好的寿衣,点上长明灯,再赶到操场,见国旗真的降了下来,慌张地说:"这半旗可不是随便降的,你们可别找错误犯。"他伸手去升旗,使劲一拉,旗绳断了。张英才说:"这是天意。"余校长急了,对邓有米说:"这是政治问题,不能当儿戏。你快找个人到乡邮电所,借副爬电线杆的脚扒来。"张英才的舅舅这时说:"老余,你去张罗明老师的后事吧,这些事你就别操心了。"停一停,又说,"明老师这一走,名额的问题还得重新研究一下。"余校长说:"万站长放心,这事我已考虑好了,保证不误你下山。"

张英才的舅舅在山上待了好几天,一直到明爱芬葬好了。文教站会计送安葬费时,带来了舅妈的口信,要舅舅马上回家有急事。舅舅对张英才说:"屁事,一定是闻到风声了,想要我将这个转正名额给她表弟。"张英才说:"你就硬气一回,看她能把你生吃了!"舅舅答:"我是这样想的。"

葬礼来了千把人,把余校长都惊慌了手脚,都是界岭小学的新老学生和他们的家长亲属,操场上站了黑压压的一片。村长致悼词时说了这么一句:"明爱芬同志是我的启蒙老师,她二十年教师生涯留下的业绩,将垂范千秋。"张英才见到村长说话时噙着泪花，就把上次喝酒时的不快扔在一边，倒了一杯水递过去让他润润嗓子。来的人都送了礼，有布料、大米，也有送鱼送肉，送豆腐鲜菜的。孙四海摆个桌子在那儿登记，大家都不去那儿，说这么多的人情，余校长若是还起礼来，哪还负担得起？孙四海坐在那儿没事干就去厨房帮忙，王小兰在那儿，她被请来负责筹办葬礼后的酒席。孙四海刚进去，还没和王小兰搭上话，邓有米就来喊他，说余校长要他俩去商量一件事。

张英才和舅舅分别看到他们进了余校长的家，不一会儿就出来了，脸上很平静。他们没料到这是在开校务会，专门研究那仅有的一个转正名额问题。舅舅随后进去看看，见余校长正在那儿填表，就没有打扰，出来对张英才说："余校长转正后，这两年师范怎么个读法？三个孩子咋养呢？一二十个住在学校读书的学生又该怎么办呢？"张英才也没有答案，就说："车到山前必有路，谁能把后路看得一清二楚呢！"酒席在操场上摆了几十桌，桌子和碗筷都是从附近院里借的，酒菜全是别人送礼送的。大家都说，就是上次老支书死，也没有明老师死得隆重热闹。

酒席散后，就到了黄昏。张英才送完最后一张桌子回来，见舅舅和余校长正在他家门口争论着什么，两人都很激动。张英才想拢去又有些不敢。站了一会儿，孙四海和邓有米也来了。舅舅见了，就喊："你们都过来！"张英才走过去。舅舅递过一张表："你看余校长是怎么填的。"张英才一看，上面赫然写着张英才三个字。张英才结结巴巴起来："余校长，你怎么能把转正名额让给我呢？"舅舅说："我劝不转他，就看你的了！"余校长说："谁来也没有用，这是校务会决定的。"张英才不相信："真的么？"孙四海说："是真的，从上次李子出事后，我就一直在想，假如自己一走，李子一家怎么办，特别是李子怎么办。我的一切都在这儿。转不转正，其实是无所谓的。"邓有米接着说："明老师这一死，我彻底想通了，不能把转正的事看得太重。人活着能做事就是千般好，别的都是空的。张老师，你不一样，年轻，有才气，没负担，正是该出去闯一闯的时候。"张英才仍说："我不信，这不是你们心里想的。"余校长正色道："张老师，你这样说太伤人心了。邓校长和孙主任的确是自愿放弃的。只有一点，大家希望你将来有出息了，要像万站长一样，不管到哪里，都莫忘记还有一个叫界岭的地方，那里孩子上学还很困难。"张英才听不下去，大叫一声："我不转正。"转身钻进自己屋里。

　　舅舅随后进来，不理他，打开凤凰琴拨了几个音。张英才说："你不要乱弹琴。"舅舅不管又拨了几下："你不是想知道，这琴的主人是谁么？就是我。"张英才一惊："那你干吗要送给明爱芬？"舅舅只顾说自己的："转正的事我不强迫你，我讲个故事，你再决定。十几年前，这个学校只有两个教师：我和明爱芬。那年，学校也是分到一个名额。论转正条件，明爱芬比我强一大截。我就想别的门路，迅速和你舅妈结了婚。你舅妈品行不好，已离了两次婚，但她却有一个军官叔叔做靠山。明爱芬当然明白这一点，她为了证明自己比我强，明知无望，又刚生孩子，仍硬撑着要去参加考试,想在考分上压倒我。结果就是前几天余校长所说的,将自己弄废了。我一转正就调到了文教站,走之前,我不敢见明爱芬,就想将凤凰琴作为礼物送给她,让她躺在床上时有个做伴的。写好字后,又怕自己的名字会刺激她,就用小刀把它刮掉。我将自己的东西全拿走了,就只留下凤凰琴,我想老余见了一定会拿回去的。没想到它一直搁在这里。"张英才听完了说:"这叫有得必有失!"舅舅说:"你真聪明,我就是要你明白这个道理。"张英才坐在桌子前不说话。舅舅说:"我累了,先睡,你想好了就喊醒我。明天回去,还不知道你舅妈怎么跟我吵。"躺下后又补充:"这次转正要两步棋一步走。明天就随我下山,一边到师范报到,一边办手续。别人都是九月份入的学,晚了赶不上考试,拿不到学分就麻烦了。"

一觉醒来,天已亮了,屋里不见张英才。舅舅开门一看,张英才独自靠在旗杆上出神。屋内他的行李都收拾好了。

天上纷纷扬扬地下起了雪。学校依然在升国旗,张英才要余校长让他亲手升一回国旗,他在笛声中一把一把地拉动绳子,忽然听到身后响起了凤凰琴声。他忍不住回头一看,见舅舅和余校长正在合作,弹奏着国歌。

张英才离开界岭小学时,大部分学生还未到校,这种天气余校长、邓有米和孙四海都要到半路上去接学生,三人都为不能为他送行而感到不好意思。张英才将那副四百度的近视眼镜送给了孙四海。余校长将凤凰琴送给了张英才。然后,大家握手道别,各走各的路。张英才和舅舅下到半山腰时，遇见了邮递员。邮递员又给界岭小学送来了一麻袋信，还给了张英才一张汇票。看后，他对舅舅说："是报社寄来的稿费，一百九十三元。"舅舅说："真不少，比我一月工资还多。"他本想问问有没有姚燕寄给他的信，马上意识到问也是白问，又不能查，反正学校那些人会转给他的。舅舅忽然说："今后你要努力呀！那时，我总想，到了你们这一代人百事都好办了，没想到难办的事还有那么多。"正走着，身后有人喊。是叶碧秋的父亲，他要进城找活儿干。叶碧秋的父亲告诉他俩，余校长在举行葬礼那天，和那些孩子还没上学的家长都谈了话，大部分人的思想通了，表态说，过了年一定让孩子到学校里来。张英才和舅舅走累了，想歇歇，就让叶碧秋的父亲先走了。

雪越下越大，几阵风劲劲地吹过，天空就乱舞起来。转眼之间，地上没白的地方就白了，先前白了的地方变得浮肿起来。张英才望着雪景，不免说了句："瑞雪兆丰年。"舅舅说："别浪漫了，快走吧，不然就下不了山。"

蓝蓝的木兰溪

/// 叶蔚林

　　八九年前,我下放到遥远的菇母山区。在那里我认识了许多人,其中有一位瑶族姑娘名叫赵双环。她是木兰溪公社的广播员。

　　菇母山腹地,有一道清流,人们称它木兰溪。木兰溪像一条蓝色的丝带,挽起两岸错落的村寨和高高低低的吊脚楼,组成了木兰溪公社。木兰溪公社有密密的杉树林,有肥沃的土地,有丰饶的山产。但使它闻名遐迩的并不是这些,而是它的有线广播网。家家户户都拉上了广播线,安上了喇叭。喇叭是方形的木盒子,一律漆成红色,上面有镂空的五角星。孤守僻处的木兰溪,在鸟鸣水溅中寂寞了千百年,而今有了响彻群山的广播,山里人觉得多么新鲜!由于这偏僻的山乡办了广播,木兰溪有了荣誉:报上报道,八方参观,奖状奖旗,挂满公社办公室的四壁。广播员赵双环呢,成了县里的先进人物,出席过各种会议。她的名字,有如风中的鸽哨,响遍四山。公社副书记盘金贵,亲自做她的入党介绍人。不久,她又出席了全县党代表大会。

应当指出:这些荣誉,赵双环当之无愧。想当初,她刻苦学习业务,辛苦架设线路,是在完全没有想到荣誉的情况下得到荣誉的。说明这点,对于我们了解赵双环,颇为要紧。

没有荣誉的人,渴望荣誉,得到荣誉的人,珍惜荣誉,这是常情。然而,荣誉却给赵双环带来无端的苦恼;这种苦恼,谁能体会?

让我们往下讲吧。

记得我初去木兰溪时,是一九七二年的初冬。明月初升,夜色清朗。傍山小径,浓重的暗影,刀也割不开,针也刺不透。我走着,仿佛潜游在凄森的海底;而山上人家那些疏落的灯光,就像海底的磷光。没有风声,也没有虫鸣,深山中极度的幽静,使人感到恐惧。但就在这时,这边山,那边山,广播突然响了!一阵洪亮的吹奏乐,迎面扑来。霎时间驱散了黑暗、寒冷和寂静。接着就响起一个姑娘的声音;这声音是那么清晰,那么圆润,那么柔美。它糅合在空气中,颤动着,流转着,无处不在,无处不有。播音员讲的是瑶话,我完全听不懂。然而恰恰是这种不懂的语言,却包含着无限的内容;正如没有歌词的乐曲,更能激起人们的想象。在那短短一瞬间,我联想到流泉和清风,蝴蝶和鲜花;联想到阳光在绿叶上波动,鱼群嬉戏在涟漪间……我知道说话的人,一定就是赵双环了。我努力想象她的模样,但想不出来。

第二天早晨，矮胖的公社副书记盘金贵，给我介绍了木兰溪公社办广播的情况；巨细无遗，如数家珍。然后领我欣赏各种奖状奖旗。这些东西，全装在镜框里，或者蒙上塑料薄膜。最后他说："给你介绍赵双环吧！"那得意的神态，就像一个古董商请顾客观赏他轻易不拿出来的珍藏。

走进广播室，我觉得奇怪，这里比其他房间都昏暗一些。好一会儿，我才看清里面的陈设。一位身材修长的瑶族姑娘，从白木椅子上站起来，静静地望着我，微微一笑，很有礼貌地点头说："同志，你好！"那声音十分柔美。于是，我认识了赵双环。

这时赵双环刚满二十一岁，正是姑娘家鲜花盛开般的年华。她美丽、端庄、朴实，她温柔、沉静、落落大方。她那双明媚的眼睛并不特别大，盖着长长的微翘的睫毛；抬起来亮晶晶，低下去静幽幽。她说话慢慢的，脸上总是带着善良的微笑。她站在山岗上，就像一竿新竹；她站在小溪旁，就像一棵水柳；如果她偶尔戴起红色的盘头帕，站在公社大门口，远远望去，就是一株开花的美人蕉了。既然广播线连着所有的村寨，那么木兰溪谁不熟悉赵双环？社员们一天二遍听广播，有时甚至不在乎她说些什么，教人好受的是说话本身。那柔美动听的乡音，能使焦躁的老人恢复平静，哭泣的孩子安然入睡。青年人呢，听着那声音，就会被水　般的柔情所淹没；又仿佛有一片雪白的鹅毛，一下下撩拨着他们的心房。那滋味，在早晨和中午还可以勉强忍耐，倘若是月明的夜晚，他们就会不由自主地走下木楼，沿着木兰溪，来到公社所在地，隔着蓝蓝的溪水，向一个注满灯光的窗户凝望。有时是这个他，有时是那个他，有时是三五一群，互不相干，心照不宣。

木兰溪畔，芳草芊芊，杂树成行。春天秧鸡欢唱，夏天野花飘香，虽到了冬天，相思树反而显得更绿了，把俏丽的倩影，映在水面上。每晚结束广播之后，赵双环都习惯地在窗前站一会儿，吸吸新鲜空气，望望远山的轮廓。好久以来，她就发现了那些夜色中的青年人。她知道他们为谁而来，为谁伫立，任由露水浸湿双脚。然而她不因此倨傲，也不矜持。她记住自己本是个平凡的姑娘，就像山中的一棵树，树上的一片叶子。她生长在木兰溪上游的深谷，从小失去父母。好心的邻居收留她，党和人民养育她。吃过笋子的人，忘不了竹林。赵双环热爱自己的同志，热爱全公社的男女老幼。虽然她暗笑这些青年有点傻气，自作多情，但她明白人家没有恶意；爱慕不该指责，追求不是过错。她那温柔的、善良的心，不忍把人冷落。于是每当她站在窗前时，就凭着窗台，隔着溪水，和他们讲几句话。问他们家里的喇叭声音清不清？问他们山里的果子熟了未曾？临了，就挥挥手，大姐姐般地嘱咐道："好兄弟，夜深了，回家去吧；门没闩，莫要阿妈久等。"这些话教人感到亲切，感到安慰，但又不至于逗起胡思乱想。是的，我们的赵双环，就像一片林子，谁都可以消受她的绿荫，但不能带回家里；就像蓝天下的阳光，谁都可以得到她的温暖，却无法独个儿搂在怀里。

唉，温柔美丽的姑娘哟，木兰溪畔的明珠，到头来，谁能得到你的爱情哪!别人猜不到,赵双环自己也不知道。然而公社副书记盘金贵却看在眼里,担在心上。的确,他把赵双环视作掌上明珠。这颗明珠是他精心培育的,时时关照她,紧紧管束她,难道不是他应有的责任吗?他自认是她的保护人,兼有领导的权威和父亲的尊严。几年来,他规定她每天三次准时广播,每天学两个小时马列和毛主席著作,每星期一写一篇思想汇报和一篇学习心得。每逢年节,他就领着她吃忆苦餐;熄掉电灯,点起松明,向她重复讲述昔日瑶山的种种苦情。他说:"一个人要知足、安分,许多坏事就是从不知足、不安分开头的……"赵双环静静地听着,顺从地点头。于是她过着非常克己俭朴的生活:领了工资就存进信用社,存折锁在公社秘书的抽屉里。她从来不着汉装,永远是一身宽大的斜襟衫,襟头钉着两颗最古老的铜纽扣。她连塑料凉鞋都没穿过,脚上的带袢布鞋,是自己做的;手帕是从公社卫生院捡来的一方纱布,用薯莨的根汁染成靛蓝。但是年复一年,粗陋的服饰,越来越掩不住她的美丽了。她那姣好的容颜,恰因粗衫陋裳的衬托,反而更引人注目了,正如一朵野百合花,插在牛蒡之中。有一次,赵双环偶然听见盘金贵和公社秘书闲谈,谈到了她。盘金贵说:"一个姑娘家,漂亮不是什么好事,容易惹是生非……"

赵双环吃惊了。回到房里,默默地照照镜子,双手蒙住脸,心想:"这是我的过错吗?"

这期间,经过观察,盘金贵觉得事实完全证实了自己的预料:

没错，漂亮不是什么好事！他不止一次看见一些青年，站在溪畔的树影里，朝赵双环的窗口痴望。三次五次，忍无可忍，他亲自出面干涉了。他站在溪那边，手里拿根棍子，一边敲着地面，一边哑着嗓子嚷："哈哈，站在这里做什么？想偷公社的东西吗？我看有点像，脖子伸得像螳螂……什么？我管不着？试试看……赵双环是谁？你们是谁？瞌睡鸟子等飞虫，野鸡求孔雀，浪想！走吧，下回再敢来招惹她，妨碍她的工作，看我不敲他的腿……"赶走那些青年，盘金贵又立即找赵双环谈话，态度很严肃。他的话，剥麻似的从头扯起。首先少不了忆苦思甜，然后提到姑娘的身世，再谈到自己怎样苦心栽培了她；当了广播员，入了党，成为全县的先进典型。"要珍惜荣誉呀！"他稍为缓和一点说，"对象总是要找的，不过你是党员呀，是先进人物呀，总要找个配得起的。莫急嘛，到时候我一定给你介绍介绍……"

赵双环一直静静地听着，这时才抬起头，红着脸，惶惑地问道："盘书记，我有什么差错吗？"

"你自己知道，我是给你打预防针。"

"可我根本没想过这事呀……"

"那你为什么每天晚上都站在窗口？"

"坐久了，到窗口吸吸新鲜空气。"

"不对，你还对那些野小子招手说话。"

"平平常常的话……"

"哼，问人家果子熟了没有，什么意思？哼，母鸡不叫，公鸡不跳！"

赵双环那长长的睫毛颤动了几下，但她并没有辩解，只是低声地说："从今以后，我不到窗口去就是了。"

"不行，我还得将窗口堵起来。"盘金贵决断地说。

"你堵吧。"姑娘稍稍提高声音，垂下头，美丽的脸，骤然变得苍白了。

这事发生在我认识赵双环之前不久。这就是广播室显得昏暗的缘故。

临溪的窗口被堵起之后，广播室从另一边开了个小窗。小窗面对高耸的山壁，从窗格内伸出手，就可以摸到岩石上的青苔。常常有滑腻腻的鼻涕虫爬到窗台上，一些暗棕色的小泥蛙跳进屋里来，在姑娘的床上蹦跳。赵双环依然认真工作；在人们面前，依然慢慢说话，静静微笑。然而，她的心情是忧郁的、压抑的。纵然她努力使自己相信：盘书记之所以这样做，完全是为自己好，教她爱惜荣誉。可是她想：荣誉是什么呢？是理想的花朵吧？是生命的花朵吧？生命有了它，不是应该更加丰满、充实，更加欢乐吗？为什么一个人有了荣誉，便要像寺庙里的木偶、神像那样，冰消了理想、热情，甚至连言谈举动都要受到监视呢？那么荣誉的意义在什么地方呢？……在难眠的夜间，听溪水淙淙，树木沙沙，虫鸣唧唧，赵双环不禁深深怀恋从前的生活。那时候，她虽无父无母，贫苦而辛劳，赤着脚，举着牛鞭，涉水翻坳；但是她可以吆喝，可以唱，可以跳，如果她愿意，可以搂住任何一个男孩的腰身，一同骑在牛背上，走过一村又一寨。蓝天是她的，白云是她的，整个大自然都属于她。为什么有了荣誉，她就变得这样孤独呢？没有朋友，没有亲人，整天生活在孤寂之中。难道一有了荣誉就非得高踞于众人之上，就非得脱离群众不可吗？她渴望生活在群众之中，也渴念有个知心的人儿说说话……这个人是谁？他在哪里？在此之前，她的确没有想到爱情，但目下，对爱情的向往却在压抑中萌发了。

蓝蓝的木兰溪照样流，盘金贵一直在关心她，管教她，四处打听，为她寻找合适的对象。蓝蓝的木兰溪照样流，只是在它岸边，再也不见了青年们的身影……

好吧，让我们继续讲。

一九七三年冬天，更大的荣誉落到赵双环的头上，她出席了"全省学习毛主席著作积极分子代表大会"。通知下来时，盘金贵比赵双环要高兴十倍。他亲自送她三十里，到双河街去搭车。一路上絮絮叨叨，新旧对比，忆苦思甜。临上车又特别告诫：荣誉更高了，应该更严格要求自己。到省城之后，不应讲的话不讲，不应笑的时候不要笑，集中思想开好会。大城市花花绿绿的，要警惕香风迷雾，不买东西，就不要上街了……

赵双环忍耐地听着，默默地点头，上车走了。

盘金贵天天惦念她。他掐住指头计算赵双环归来的日子。

二十天之后，赵双环开会回来了。盘金贵又到双河街去接她。那天是冬至节，又恰逢双河街闹子。集市上菜担柴担，鹅群鸭阵，人山人海，熙熙攘攘，好不热闹。盘金贵裹着崭新的青布包头，披件带毛领的灯芯绒棉袄，眯缝眼睛，抬起两肩，挺直腰板，迈着神气十足的鹅步，穿行在人丛中。遇到熟人或半熟不熟的人，一律高声说："咱们木兰溪的赵双环，全省学毛著的积极分子，开会回来啦！"赶闹子的人，没听清他的话，以为是叫卖什么东西。

汽车是中午到达的，这时正是集子的高潮。透过车窗，盘金贵一眼就看见了赵双环。赵双环也看见了他，笑盈盈地向他招手。盘金贵原以为，她一定会消瘦些，可是她胖了；美丽的脸庞，像新鲜的果子，光彩照人。更令盘金贵不顺眼的是：赵双环的脖子上竟围着一条雪白的尼龙围巾，白得那么耀眼，盘金贵不禁皱了眉头。

"盘书记，你好呵。"赵双环下车，热情地说，声音似乎从来不曾这样高过。

"好，好，"盘金贵勉强笑着，但到底忍不住，指指姑娘脖子上的围巾，压住嗓门说，"这东西有什么好看，吊孝似的，扎眼得很……唉，真不知怎么说你才好……"像有一阵冷风，吹散了姑娘脸上的笑容。转瞬间，她仿佛消瘦了，完全恢复到开会前的模样。她抬起手，用两只指头，慢慢地将围巾从脖子上扯下来，揉成一团，塞进挎包。

"我们吃饭去吧。"盘金贵感到欣慰，声音就变得十分温和了，仿佛是解释自己刚才并不是生气，而是不能不关心她。

"我不饿，回去吧。"赵双环说。

"不忙，闹子上走走，我还要买点东西。"盘金贵说，又忽然想起，用手在胸前比画，"你的那个，那个……"

"什么？"赵双环莫名其妙。

"那个代表证呢？"

赵双环把代表证拿出来，交给他。那是一条大红缎子，四指宽，一拃长，上面烫着金字。盘金贵托在手上看了半天，咂咂厚嘴唇，说："这才是最美的东西哩，你怎么不戴？戴上，我给你戴上！"

赵双环不知他要做什么，静静地站着，任由他将代表证挂在胸前。

于是，满面春风的盘金贵，紧紧拉住赵双环，在闹市中往来；这家店铺进，那家店铺出，几乎走遍了整个双河街。盘金贵买了东西吗？连盒火柴都没买。他们走到哪里，哪里就围拢来一堆人。

"呀，是木兰溪的赵双环！"

"这女子长得好漂亮哟……"

"听说她原来放过牛？"

"山沟里飞出金凤凰啦！"

在一片赞美声中，也夹着一些青皮后生的调笑。盘金贵左顾右盼，时不时插进一句话：

"全靠毛主席领导好呵！"

人们自然接口说："也搭帮老书记费心培养啦……"

"哪里，哪里……"盘金贵摆着手，沉醉地笑了；又圆又大的面孔，像铜盆一般放光了。

这种"流动展览"几乎持续了一小时。开头,赵双环虽然感到局促,但努力忍耐着,保持恬静的面容。走走停停,渐渐地,她觉着自己好像变成了一件什么展品,而盘金贵只不过是在夸耀他自己——这展品是他拿出来的呀!一种被愚弄的羞辱感,火一样灼痛了她的心,她的面容惨淡了,她的睫毛颤抖了,嘴唇咬出了白印印。

"流动展览"终于结束了。这时盘金贵才想起自己要向区委汇报工作,便对赵双环说:

"我有事,今天不陪你回去了。"说着,从口袋里拿出一块用报纸包好的米糕,塞到赵双环手里,"带着路上吃。"

赵双环接过米糕,一动不动地站着。等到盘金贵走远时,她就扔掉米糕,扯下胸前的代表证,张开双臂,像在密林中奔走一般,左推右拨,急急离开闹市。过了木桥,回头望,没有人。于是她坐在路边的树影下,双手捂住脸,无声地饮泣起来。眼泪像泉水似的溢出指缝,顺着手背,流进宽大的袖筒里;小北风吹来,冰冷冰冷的……

回到公社,天已经断黑了。七点整,电灯亮起来,木兰溪电站,供电总是十分准时的。赵双环摸摸扩大器,觉得有点发潮,便接通电源,打开开关,让它烧一烧。今晚她很疲乏,又没准备好广播稿子,不打算向社员们说什么了。她放了几张唱片,拿起话筒,用普通话与电站联系:"肖志君同志,肖志君同志!我开会回来了。明天早上恢复广播,请你准时供电,辛苦你了,谢谢。"然后,她洗洗脸,洗洗脚,到秘书那里拿来广播稿,坐在灯下轻轻朗读,很快她就沉浸在工作中了。灯光映着她那美丽的长睫毛,好像蜜蜂的羽翅,在眼帘上一闪一动,工作使她完全恢复了素有的平静。

　　第二天清晨四点半钟,赵双环醒了。她习惯地打开床头开关,但是没有电。在赵双环的记忆中,三年来,这还是第一次,好在盘书记不在家,否则肖志君就要受批评了。"不过,肖志君是个踏实的人,五点之前总会来电的吧。"赵双环这样想,点起油灯,做好播放前的准备工作。然而,等到五点、五点半,电还是没有来。赵双环有点焦急了:发电机坏了吗?不会,昨天晚上电压很稳,很正常呀;那么肯定是肖志君病倒了。于是在她的眼前,立即出现一个瘦小的、脸色苍白的青年。他一年到头戴个大口罩,满头满脸满身都蒙着米糠和灰尘。赵双环以前常常去电站,知道肖志君的工作是多么辛苦:整个白天,碾米、磨粉的社员络绎不绝,要到下午五点才能停电休息;七点又发电到深夜十二点,四点刚过又得起床。电站只有他一个人,而他又从不轻易离开电机和电表;他什么时候煮饭吃呢?什么时候洗洗衣服呢?三天五天,一月两月,当然可以坚持。然而三年哪!一千个白天,一千个夜晚,是容易办到的吗?赵双环深深感到:肖志君工作比自己好,贡献比自己大得多。就单说广播吧,没有电,广播就成了哑巴!可是这个肖志君,却没有入团、入党,也从来没有受到表扬。原因呢,据说他出身不好,社会关系又很复杂。不过这些说法,赵双环听过也就忘了,给予她深刻印象的是一个瘦小的、病弱苍白的青年,一年到头勤勤恳恳地工作……有一次，赵双环想和他说说话，但他避开了，那怯怯的、自卑的神态，使赵双环心里很难过。她想：难道我比别人高一头吗？于是，她每次外出回来，通知肖志君恢复清晨发电的时候，语气就特别亲切、凝重。她要在全公社人民的面前，表明她对他的感激和尊敬……现在，肖志君可能病倒了。赵双环想了想，拿起手电筒，打开公社的大门，踏着路上的浓霜，急急地、轻盈地向木兰溪的上游走去。

我们来讲讲肖志君。

肖志君是下放知识青年，"文化大革命"开始那年来到木兰溪，已经八个年头了。同来的本有十几个人，后来别人都陆续招工、升学、参军走了，或者通过别的渠道回城里去了，独独留下他一个。肖志君的父亲在一九五七年被划为"右派分子"，虽说早就摘了帽子，还是被人视为"摘帽右派"。在那时，本来是不够资格到电站工作的，他能来电站完全出于机缘。三年前，木兰溪电站的老机手，不幸得急病去世，发电机停转了。恰巧两天后省里又要在木兰溪开广播现场会，把盘金贵急得直跳脚。这时有人推荐肖志君。盘金贵没把握，就去请示区委书记。区委书记问肖志君本人表现如何，盘金贵说也还老实肯干。区委书记说："那就叫他到电站吧！"事情虽然就这样决定了，但盘金贵并不放心，这是有关阶级路线问题呀，马虎不得。所以肖志君初到电站时，盘金贵曾派民兵暗暗监视他。过了一段，看肖志君表现还好，盘金贵才把监视撤了，肖志君记得，他来公社报到时，盘金贵曾十分严肃地和他谈话:"这是党对你的信任……要知道,电站是个要害部门,木兰溪的广播响不响就靠它……这个,关系到宣传毛泽东思想的大事……出身不好不要紧呵,好好干,加强改造,还是有你的前途……"

肖志君心头雪亮:盘金贵是拿大话压他。前途呢,他不敢有什么妄想,不过他从小喜欢机械,喜欢摆弄小马达。对于小水电站的操作管理,他在没有人指教的条件下,经过钻研,也无师自通了。总而言之,他热爱这个工作。他不怕电站工作劳累。是的,唯其劳累,才能证明自己没有白活在世上,才能减轻心头的重负,获得精神上的休息和安慰。然而这不但需要坚强的意志,而且是需要以健康为代价的。两年坚持下来,肖志君的身体拖垮了;午后低烧,夜间盗汗,咳嗽乏力,头晕目眩。谁都看得出他是得了肺病。一些好心的社员劝他休息,他摇摇头;一些社员送给他鸡蛋、红枣,他无限感激,工作更卖劲了。有一次赵双环对盘金贵说:"盘书记,电站的小肖怕是病重了,要让他休息,早广播是不是暂时停一段?"盘金贵疑惑地盯着赵双环,反驳道:"那怎么行,宣传毛泽东思想是头等大事!"他亲自到电站去看肖志君,对肖志君的工作表示满意,拍拍他的肩膀,鼓励说:"能带病坚持工作,不错嘛,说明是有决心改造自己的。好吧,再加把劲,以后我叫他们考虑考虑你的入团问题……"

肖志君摇摇头,苦笑说:"盘书记,我已经二十七了。"

一个月前,他吐血了,伏在电站临水的街口,把大口鲜血吐到木兰溪蓝蓝的水波里。但谁也没看见,他悄悄擦去下巴上的血迹,戴上口罩,又给社员们碾米去了。他觉得一切痛苦都可以忍受,难以克服的是渴思睡眠。每天清晨,闹钟唤醒了他的神经,可是他的肉体仍在沉睡中,拖也拖不动。这时候,他多么愿意用十年的生命,换取一刻睡眠呵。然而想到赵双环,想到不能耽误她的广播,他还是爬起来了,按时发电了……这样又坚持了十天。幸好上天垂怜他,赵双环到省里开会去了。于是他每天睡到六点以后起床;他以为自己得到了补偿,身上添了力气。

昨晚,在喇叭里听见赵双环喊他的名字,通知他明早恢复供电,他的心情是愉快的。他很想回答:请她放心……调好闹钟,放在枕边上,他想早点睡,但一时却睡不着。闭上眼,赵双环那美丽的面影,明媚的眼睛,还有那纯净的微笑,就清晰地在脑海中浮现了。以往也有过这种情形,但肖志君很能用理智约束自己。他很明白自己的身份和处境,对自己说:"你呀,凭什么条件去爱慕她、想她呢?"然而,理智是一回事,感情又是另一回事。理智驱逐出去的东西,感情往往又固执地带回来。在真实的生活中,谁没有过这种体会?今夜的情形有点特别,那美好的形象,牢牢地黏在他脑海里,任什么理智也赶不开了。直到现在,肖志君才明确地意识到。自己能把工作坚持下来,能在极端疲惫的状态中起床发电,原来也是为了她,为了她能顺利地进行广播。肖志君明白自己的感情陷得有多深,就像掉进无底的深渊,再也不能自拔了。"徒然挣扎有什么用?"他激动而绝望地想,"就让你的形象藏在我的心底吧,安慰我吧,鼓舞我更好地为人民服务吧!只要我活着一天,我就保证你的工作,我就为社员们碾米、磨面,给木兰溪送出亮光。而到我死的那一天,也决不吐露对你的爱,以免别人议论,使你感到委屈……"

这样想过之后,他心里踏实些,沉沉入睡了。

……赵双环来到电站时,天已蒙蒙亮。她推推门,门是虚掩着的。她走进去,闻到一股机油味和米糠的霉味。水声在机坑下汩汩作响。开敞的大木房没有任何间隔,夜风从板缝中钻进来,比外面显得更尖冷。在她的印象中,电站好像没有床铺,不知肖志君睡在哪个角落。捻亮手电筒来回照了几次,她才发现在碾米机和轧花机之间,搭着两块厚木板,肖志君就睡在上面;身子蜷曲在被子里,像一只大虾米。这景象,使赵双环产生了深深的怜惜和同情,同时也感到很惭愧,自己从前没有关心过他,帮助过他。

反正今天已经耽误了,所以她没立即喊醒他;搂些柴草,塞进灶膛,划根火柴点燃起来。她想烧点热水,等他起来好洗脸,但没找到锅子。

柴火的噼啪声,终于惊醒了肖志君。他睁开眼,看见灶口闪动着火光,灶旁静静地坐着一个人,背对他,好像是个女子。肖志君惊呆了,以为自己在做梦;揉揉眼睛,急忙捧起闹钟。六点一刻!"糟糕!"他叫了一声,从床上弹起,赤脚跳到地上。他一边慌乱地穿棉衣,一边问道:"那是谁呀?"

赵双环这时才转过身来,静静地望着他,慢慢地说:"肖志君，你醒了哇！"

赵双环此时出现在电站，对肖志君来说，简直不可思议。他愣在那里，身子冷得直哆嗦，紧张得讲不出半句话。

"快过来烤烤火吧。"赵双环说。

肖志君迟疑一下，挪身到灶边，避开对方的眼睛，怯怯地低下头，嗫嚅地说："双环同志，我……"

"你病了吗？"赵双环问道。

"没有，我没病……"

"闹钟坏了吗？"

"钟是好的……"肖志君老老实实地说，"是我近来贪睡，起得晚，养成坏习惯了。"

"不是，你是太累了。"赵双环瞧着他那凌乱的头发和苍青的双颊，替他解释道，"好比一个人走呵走呵，走得筋疲力尽，一旦坐下，再站起就难了。"

姑娘讲的是实情。多少年了，肖志君没有听到过这种体贴的话。他感动了，抬头迅速地瞥了赵双环一眼，喃喃地说：

"今天我误了事，我检讨……不过我保证：这是第一次，也是最后一次，明天……"

"明天你安心睡觉好了，"赵双环接口说，"到时我来叫醒你。"

肖志君吓了一跳，连忙说："不要，不要！"

"万一又耽误了呢？"

"不会，我有闹钟。"

"闹钟今天就没起作用。"

"我把弦上满些……请你相信……"

"不，我不放心。"赵双环知道肖志君是不会同意的，于是就改用严肃、坚决的口吻说，"明早广播再不响，你我都要挨批评，就这么办！"

肖志君不敢吭声了："那，随你的便吧。"

赵双环走了，并且拿走了他的闹钟。肖志君送她出门，望着她远去的身影，不禁叹口气，脸上露出惯有的苦笑。

第二天清晨，赵双环果然来了，轻手轻脚地烧起火，热上水；四点四十分叫醒了肖志君之后，自己就匆匆地走了。过了十几分钟，当肖志君启动涡轮机，合上电闸时，广播立即就响了。肖志君知道，电站离公社有一里多路，中间还要过一道窄窄的木桥，显然赵双环是飞跑回去的。想起外面正是黎明前的黑暗，路上有冰，桥上有霜，尖冷的北风吹打姑娘的脸，肖志君心里很不安。他想向她要回闹钟，但又不敢说。七个早晨过去了，赵双环每次都来得那么准时，就像山里的知更鸟。第八天，是一九七四年元旦。傍晚时分，菇母山区降下第一场雪。雪很大，风卷着雪花飞扬。断黑之前，白雪覆盖了四野，山路没有了，小桥模糊了，只见木兰溪的流水，变得格外幽蓝。肖志君心里很焦急，担心天亮前赵双环冒雪来喊他。雪这么深，路这么滑，桥这么高，掉下去可不得了呵！正在这时，盘金贵派人来电站，通知说：今天是新年，通宵供电。肖志君高兴了:赵双环明早不用到电站来了。

可是到了半夜十二点,当肖志君正困倦的时候,忽然有人拍门。肖志君把门一开,赵双环进来了。她满身雪花,双颊冻得通红,融化的雪水挂在长睫毛上,小珍珠般闪亮。

"你,怎么这时候来了?"肖志君手忙脚乱,不知怎么招呼她才好。

"今天过新年呀,"姑娘坦然地说,"你通宵发电,我来陪你坐一会儿。"

"这……"

"瞧,我还带了吃的东西,有粽粑,有红枣,还有一块冰糖;我们来煮红枣吃好不?"赵双环把一个大纸包放到灶台上,解下头帕抖抖,一左一右挥动,掸去肩背上的雪花。今晚她的情绪有点儿兴奋,说话和动作都比平素急促一些。

她坐下来,伸出双手烤烤火,问道:

"肖志君,你怎么不讲话?"

"我……"肖志君挪挪身子,避开她的眼睛,把头扭向一边。

"我知道你心里很苦,"停停,姑娘说,恢复了静缓的声调,"可是你不应该自卑,不应该悲观,事实上你比许多人都好,你要爱惜自己呀!"

肖志君不禁心里一酸,哑着嗓子说:"双环同志,我对不起你……"

姑娘表示惊讶:"你对不起我?哪会有这种事呢?……"

"是的,我一点都不了解你……你拿走我的闹钟,每天早晨跑来喊我……我原以为你是不信任我,表现自己比别人积极……我想:'随她的便吧,喊三两天,等大家都知道了,好名声传出去了,她就收场了……'可是你根本没想让人知道,一连七天;今晚你又来了,这么大的风雪……呵,我错看了你的一片真诚,我真昏呀……"肖志君断断续续地说着,悔恨地绞起双手。

"这能怪你吗?"赵双环深深地叹口气,"都因为你素来得到的关心和温暖太少,所以就不相信世界上还有这种东西了。"

沉默了一会儿,肖志君说:

"不过,明天你还是把闹钟还我好吗?"

"那又是为什么呢?"

"我实在过意不去呀。"

"你又搞错了。"赵双环微笑说,"过意不去的是我。整整三年了,你比我起得早,保证供电。现在你有病,难道我不应该帮助你吗?我少睡半个小时算不了什么,你多睡半个小时好处就大了。在新的一年里,祝你健康快乐。让我们好好合作吧,继续将广播办好,不为别的,为木兰溪的全体社员!"

听着那柔美的声音,浸着如此真挚的情感,肖志君舒开眉心:"你不愧是广播员,谁能讲得过你呢!"

"那么,闹钟还要不要?"

"唉,随你的便吧。"

"怎么又是这句话?"

肖志君笑了，苍白的脸泛起了青春的红晕。

柴火烧得很旺，噼啪作响，热烘烘地烤在身上。两个年轻人的心情都很兴奋、很舒畅。真挚的友情，无私的关怀，使肖志君看到了赵双环那纯洁透明的心。如果说在此之前，他曾对她怀着深沉的痛苦的爱，那么现在反而消散了，升华了：在这个世界上，只要有她存在，听见她的声音，看见她的微笑，生活就是欢愉的，工作就是更加有意义的，前途也是光明、有希望的。至于能否获得她的爱情，又有什么关系呢？

粽粑在炭火上发出焦香，红枣在小锅里煮软了。可惜碗只有一只，匙子只有一把。肖志君盛满一碗红枣，端给赵双环：

"你先吃。"

"咱们一起吃。"赵双环折了两根柴棍子，"我用这个！"

粽粑很香，红枣很甜，他们痛痛快快地度过年夜。

夜里一点半，赵双环告辞回公社，肖志君要送她，她坚持不肯；怕他感冒咳嗽，加重病情。

雪停了，风也静息了。四周的山岭好像展平了似的，一片洁白无垠。空气呢，凛冽而清新。赵双环走在路上，体验到了自由和快乐，这对于她已经阔别多年了。此时此刻，赵双环心中想了些什么，我们无法知道。但我相信，即使她受到无辜的诬陷之后，也绝不会为今晚的行动而懊悔！

第二天一大早，赵双环就觉察气氛有点不对头。盘金贵阴沉着大脸盘，不理睬她。几个公社干部对她投来异样的目光：疑惑、惋惜、鄙夷，或者是幸灾乐祸。伙房的大师傅和通讯员小安正在井边咬耳朵，看见她走过来就立即缄口了。赵双环不难估计，这不过是因为昨夜她到电站去了。她很愤慨，但也很坦然。

上午，赵双环看见盘金贵到电站去了，想到肖志君一定会遭到压力，她开始不安了。中午，她正准备进行第二次广播，突然停电了；她不禁吃了一惊。

盘金贵这时走了进来，自己先坐下，并翘翘下巴，示意赵双环也坐下。

"你昨夜干什么去了？"沉吟片刻，盘金贵开始盘问。

"到电站看肖志君去了。"赵双环坦然地答道。

"那么多人不看，为什么偏看他？"

"大家都热热闹闹过年，他有病，一个人很孤单，也没有人关心他，所以……"

"所以你就去陪他。"

赵双环点点头。

"谁叫你去的，向我请示了吗？"

"没有，我是个共产党员，应该关心同志。"

"说得好听！"盘金贵恼了，"老实讲，这是第几次了？"

"你这是什么意思？"赵双环猛地站起。

"一男一女，半夜三更关在电站里，还有别的意思吗？"盘金贵嘲弄地说。

赵双环虽然思想已有准备，但万万料不到会有这种卑劣的诬陷。她涨红着脸，大声抗议："我是人，不是畜生！"

"你还要抵赖？"盘金贵气愤地敲敲桌子，"我早就留神了，时时叫人看住你，看来看去还是没看住……你怎么就这样不成材？偏偏找个肖志君，右派崽子……你对不起党，对不起我对你的培养……"盘金贵的声音转为痛苦。

"你……"赵双环又急又气，一时说不出话来。

盘金贵以为她默认了一切。这时，他望望赵双环，自己更觉得痛心了，咬着牙说："没想到，你变得这样快……唉，也怪我，阶级斗争观念不强，没坚持原则，用了肖志君……"

赵双环呆呆地站着，心里乱成一团麻，根本没听见盘金贵在说什么。

"错误已经犯了，怎么办？"盘金贵叹口气，继续说，"你是有影响的人物，只要好好检讨，我们是会区别对待的……可是肖志君，腐蚀共产党员，拉先进人物下水，我饶不了他……"

听到这话，赵双环倒吸一口气。现在她什么也不想说。不想分辩，她急于知道的是肖志君会遭到什么样的打击。她问：

"你打算怎么处理肖志君？"

"叫他滚，到山里砍木头，实行群众专政！"

"不能，不能！"赵双环急切地说，"他的病很重，会把他毁掉的……"

"好呵，事到如今，你还执迷不悟！"盘金贵气得浑身发抖，吼道，"那我就把你一起送走。"

"送走吧，押走吧！我早就愿意离开你！"赵双环满面流泪，长久的积郁在心中爆发了，不顾一切地喊道。

她拔脚冲出公社，沿着融雪的溪岸，跑过木兰溪上的木桥。她跑得那样急，头帕滑下来，搭在肩膀上。她的胸膛好像就要爆炸，心中十分痛楚。天大的冤屈，她暂时都可以忍耐，使她揪心的是，肖志君怎么承受这样沉重的打击！

赵双环跑到电站。因为停了电，屋子里没有来碾米的社员。只见肖志君拿着一把活动扳手，在拆卸碾米机。丝帽、弹簧和半圆的筛片摆满一地。他蹲着，正专心致志地拧着一只螺帽，好像什么事情也没发生。

赵双环喘着，喊了一声："肖志君！"

肖志君像给火烫着了似的，全身抖了一下，但没抬头，也没答话。

"肖志君……"赵双环走到他的旁边，朝他俯下身子。

"你还来干什么？"他克制着，不抬头看她。

"来看看你……"

"你走吧……"

"我不！"

"你走开，我求你！"肖志君突然痛苦地叫起来，抬手用力一挥。

"啊——"赵双环叫了一声，扳子碰到了她的头上。她连忙用手捂住额角，鲜血立即涌了出来。

肖志君抬头一看，吓呆了。

"好吧，我走……可是你应该知道我的心……"姑娘哽咽着，转身走了。

当晚，盘金贵召集全体公社干部在办公室开会。赵双环独自待在广播室里。她觉得很疲倦，额头的伤口还在渗血，太阳穴上的脉管跳得很急，使她头昏。于是她用手按住伤口，和衣躺在床上，闭上眼睛。说也奇怪，此时她的心情反而很宁静；好像拔去一只长期疼痛的蛀牙，感到轻松了。

她听见有人轻轻推门走进来，她睁开眼，迅速坐起，肖志君就站在她面前。

"呵，你来了。"赵双环问，那口气好像是她约他来的。

"我实在不是有意的，原谅我吧。"肖志君说。

"我怪你了吗？……"

"让我看看伤口。"

"不要紧，一道小口子。呵，有人看见你进来吗？"

"不知道，现在我不管那些了。"他说着，上前一步，左手扶住她的头，右手轻轻揭开胡乱贴在伤口上的纱布，倒点开水，重新洗净伤口。接着，从口袋掏出一包捣碎的草药，敷在伤口上，用自己带来的绷带细心裹好。她静静地坐着，像个温顺的小姑娘，任由他摆布。

后来，沉默了一会儿，他忽然朝她鞠个躬，直望着她的眼睛："小赵，我记住你的话：不应该自卑，也不应该悲观。再见了，明天我就要到山里去了……"

他转身要走,她拦住他,双眼泪花闪烁,激动地表白道:"呵,莫讲再见的话,我和你一起去,你到哪儿,我就到哪儿,天上、地下……"

"不,这是不可能的……"他苦笑着说,"你知道,我家里的人……"

"你家里的人我不认识,我只认识你,只有你呀!"

"我还要告诉你,我经常吐血,恐怕活不长了。"

"你说些什么呀!"她急忙伸手用力捂住他的嘴巴。

"可是你会因此丢掉荣誉……"他把她的手拿下来,握在自己的手里。

"不要提它吧……"她突然将下巴搁在他的肩头上,剧烈地、痛苦地抽噎起来。

"小赵,小赵……"他举起另一只手,轻轻地拍着她的背脊。

此时在他们心中,只留下一片完美无缺的爱情;为了它,哪怕受尽磨难,也是值得的。

……

我们就讲到这里打住吧。

这年夏天,我最后一次去木兰溪,依然是盘金贵接待我。他比以前更胖了,又圆又大的面孔,像铜盆一般发亮。这次他不再谈办广播的情况,迈着神气十足的鹅步,领我去参观公社新办的养猪场,并且给我介绍了养猪模范莫翠花,那是个娇小玲珑的瑶族姑娘，看样子顶多十九岁，爱说爱笑，一派天真。当我和盘金贵正在谈话时，莫翠花走来对盘金贵说：

"盘书记，我请个假。"

"干什么去呢？"盘金贵亲切地问。

"到供销社买两枚针。"

"去吧。"盘金贵慈父一般，笑眯眯地说，"买了针就回来，不要到处乱跑。"

姑娘严肃地点点头，走了。

盘金贵钟爱地望着姑娘的背影，很有感触地说："对先进人物，要加倍地爱护呵！对赵双环，我就没有尽到责任呵！"

我什么也没说，只觉得心头像压上磨扇一般地沉重。

蓝蓝的木兰溪照样流，水柳长在高岸上，新竹生在山岗上；芳草芊芊，野花飘香。可是，我们美丽而善良的赵双环呢，她在哪里？她在哪里？

白色鸟

/// 何立伟

> 夏天到来,
>
> 令我回忆。
>
> ——外国民歌《夏天的回忆》

设若七月的太阳并非如此热辣,那片河滩就不会这么苍凉这么空旷。唯嘶嘶的蝉鸣充实那天空,云和风,统不知趸到哪个角湾里去了。

然而长长河滩上,不久即有了小小两个黑点,又慢慢晃动慢慢放大。在那黑点移动过的地方,迤逦了两行深深浅浅歪歪趔趔的足印,酒盅似的,盈满了阳光,盈满了从堤上飘逸过来的野花的芳香。

还咯咯咯咯盈满清脆如葡萄的笑音。

却是两个少年！一个白皙，一个黝黑，疯疯癫癫走拢来。那白皙的，瘦，着了西装的短裤和短袖海魂衫，皮带上斜斜插着一把树丫做好的弹弓。那黝黑的呢，缺了一颗门牙，偏生却喜欢咧开嘴巴打哈哈；而且赤膊。夏天的太阳，连他脚趾缝都晒黑了，独晒不黑他那剩下的一颗门牙。同时脑壳上还长了一包疖子，红肿如柿子的疖子。

少年边走边弯腰，汗粒晶晶莹莹种在了河滩上。

"哎呀，累，晒死人哪！"

"就歇歇憩吧。城里人没得用。"

在高高的河堤旁，少年坐下来歇憩。鼻翅一扇一扇。河堤上或红或黄的野花开遍了，一盏一盏如歌的灿烂！就把两只竹篮懒懒扔在了足旁。紫色的马齿苋，各各有了大半篮。这马齿苋，乡下人拿来摊在门板晾晒干了，就炒通红通红的辣椒，嫩得很，爽口得很。城里人大约是难得一尝的。故而那白皙的少年，也就极喜欢外婆喷喷香香炒的马齿苋干菜，咽绿豆稀饭。外婆呢，自然淡淡一笑："这伢崽！"

"扯霸王草？"黝黑的少年提议道。

"要得。要得！"

"输了打手板心？"

"打手板心就打手板心。"

便一来一去扯霸王草。输赢并不要紧的，所要的是快活。蝉声嘶嘶嘶嘶叫得紧。太阳好大。

待这游戏玩得腻了，又采马齿苋。满满的一篮子了，再也盛不下一点点了，就又坐下来歇憩。那白皙的少年解下弹弓，捡了颗石子努力一射，咚地在那河心地方，就起了小小一朵洁白水花。

"哎呀好远！"

"我要射过河去。"

"吹牛皮。"

"我才不吹哪。"

而那河水，似乎有了伤痛，就很匆遽地流。粼粼闪闪。这是南方有名的一条河，日夜地流去流来无数美丽抑或忧伤的故事，古老而新鲜。间常一页白帆，日历一样翻过去了，在陡然剩下的寂寥里，细浪于是轻轻腾起，湿津津地舔着天空舔着岸。有小鱼小虾蹦蹦跳跳。卵石好洁净。

"我现在要考一考你。"白皙的少年说。

"考么子？最不喜欢考试！"

"你看出来左边的岸和右边的岸，有哪样不同？"

"左边有苞谷地，右边没有。"

"不是问这个哪。"

"左边……有个排灌站。右边没有。"

"不是问这个哪！"

到后来那黝黑少年终于摇脑壳了。

"哎呀你，看哪，左岸要平一些，右岸要高一些。还没看出来？"

“吔，吔，真的咧！”

“这里头有道理。你晓得啵？”

又把那生了疖子的脑壳摇来摇去：“讲吵，晓得就讲吵。”

“我表哥，他讲这是地球自己转动造成的！”

“啧，啧，你晓得好多道理。”

白皙的少年于是笑了。乌黑眼瞳熠熠地亮。然而忘记了，采马齿苋却是那乡下少年教会了他的；还教会了他如何烧苞谷吃，如何钓麻拐（田鸡）……人各有自己的聪明与骄傲，奈何不得的。

蝉声稍稍有了歇止。

“好安静。”

“是咧。”

“采了这样多马齿苋，回去外婆会高兴咧！”

“当然啰。表扬你做的事。”

那白皙少年，于默想中便望到外婆高兴的样子了。银发在眼前一闪一闪。怪不得，他是外婆带大的。童年浪漫如月船，泊在了外婆的臂弯里。臂弯宁静又温暖。

却忽然一天，外婆就打起包袱到乡下来了。竟不晓得为什么。

方才吃午饭时候，有人隔了田塍喊外婆，声音好大。待外婆回来，就带了这黝黑的少年——他的朋友，叫他们一起去玩，远远地到河边上去玩。采马齿苋，划水，随便。总之要痛快玩它一下午。“听话，莫出事，没断黑不要回来。”一人给了一只大竹篮。其时头上太阳，正如烧红的一柄烙铁。白皙的少年好高兴，同时又讶异。因为平日的下午,外婆一定逼他睡午觉,一定不许他出来玩。然而今日全变了。外婆你几多好!

蝉声又抑扬了起来。一只两只野蜂在头上转,嗡嗡嘤嘤。

黝黑的少年于是说:"划水好啵?划到对岸去。"

"好的。"眯了眼睛望对面绿色的岸和远远淡青的山,"好的,好的。"

"比赛?"

"比赛。"

"输了是狗变的?"

"狗变的就狗变的。"

黝黑的少年便笑了。缺了门牙的笑很羞涩很动人。

因此扑通地一齐扎到河里头去。河水清凉又温柔。轻轻托起一黑一白赤条条两个少年,轻轻忽开忽谢着一朵一朵漂亮水花。那城里来的少年,几乎呛水了。因为他想要笑,因为他看到他的朋友,游泳的姿势应当叫作"狗爬式",几多滑稽。又还从那缺了牙的口里,噗噗地朝他喷水。远处一页白帆,正慢慢慢慢吻过来。真好玩,真快活。

并且这边的岸,景致又不同。是泱泱的一片水草咧。水草好葳蕤。后面呢则是芦苇林。汪汪地绿着,无涯地绿着,恰如了少年的梦想。

"咦呀!这地方,几多好看。"

"城里来的才讲它好看。"

赤条条的少年站在岸上。一个白皙，一个黝黑。头发湿漉漉的，情绪倒比天空还要晴朗。

然而那白皙的少年，陡然闷声一喊，就朝后面倒退数步，跟跟跄跄。

——水草里头有条蛇！

"莫怕，"黝黑少年说，"莫怕，水蛇。"

同时猫腰下去，极快地捉住蛇尾随手一扬，那蛇便如闪电，倏忽落在了河里头。好吓人。白皙的少年出了大半身汗，立即对他的朋友生出了景仰。

朋友就又问他："你眼睛好不好？"

"右边是一点二。"

"莫怕。明日我捉了金环蛇银环蛇，取了胆来给你吃，包你眼睛就好！"

自然又平添了若干的景仰。看到那缺了的门牙像小小一眼鼠洞，便觉得又亲切，又好笑。

刚刚的还要讲几句话，朋友忽然竖起食指止住了，耳语道："莫做声，快看。"

"什么？"

"那边。"

"——咦呀！"

在那边，白皙的少年看见了两只水鸟。雪白雪白的两只水鸟，在绿生生的水草边，轻轻梳理那晃眼耀目的羽毛，美丽、安详，而且自由自在。

什么时候落下来的呢？

白皙的少年想：哎呀，要是把弹弓带过河来，几多好！然而立即又自行取消了这法西斯主义。因为那美丽和平自由生命，实在整个地征服了他，便连气也不敢大声地喘了。

四野好静。唯河水与岸呢呢喃喃。软泥上有硬壳的甲虫在爬动，闪闪地亮。水草的绿与水鸟的白，叫人感动。

"要捉住就好咧。养起它来天天看个饱。"黝黑的少年悄声道。

"不。"

"你不喜欢？"

"比你喜欢得多！"

黝黑的一笑，也就哑默无语了。疖子隐隐地痛。

那鸟恩恩爱爱，在浅水里照自己影子。而且交喙，而且相互地摩擦着长长的颈子。便同这天同这水，同这汪汪一片静静的绿，浑然地简直如一画图了。

赤条条的少年，于是伏到草里头觑。草好痒人，却不敢动，不敢稍稍对这画图有破坏。天蓝蓝地贴在光脊的背。

空气呢在燃烧。无声无息，无边无际。

忽然传来了锣声，哐哐哐哐，从河那边。

"做什么敲锣？"

"啊呀，"黝黑的少年，立即皮球似的弹起来，满肚皮都是泥巴。"开斗争会！今天下午开斗争会！"

啪啦啪啦,这锣声这喊声,惊飞了那两只水鸟。从那绿汪汪里,雪白地滑起来,悠悠然悠悠然远逝了。

天好空阔。夏日的太阳陡然一片辉煌。

长篇存目

陈应松《失语的村庄》《还魂记》
韩少功《马桥词典》《日夜书》
古　华《芙蓉镇》
刘醒龙《天行者》《黄冈密卷》

后 记

《百年乡愁：中国乡土小说经典大系》是张丽军教授作为首席专家的 2021 年度国家社科基金重大项目"百年中国乡土文学与农村建设运动关系研究"的资料选编成果。项目团队核心成员田振华、李君君等参与了全过程选编工作，张娟、沈萍、彭嘉凝、陈嘉慧、姚若凡、胡跃、林雪柔、徐晓文、宣庭祯等参与了编校工作，在此对他们的辛勤劳动表示感谢！

在具体编撰过程中，本套"大系"还得到了张炜、韩少功、周燕芬、王春林、何平、孔会侠、苏北、育邦、刘士栋、刘青、乔叶、朱山坡、项静等作家与学者的大力支持与帮助，在此深深致谢！

需要特别说明的是，因为选入本套"大系"的作品跨越百年之久，在文字、标点等方面，我们在充分尊重作家初版本的基础上，依据现代语言文字规范统一做了修订。

编 者

2023 年 7 月 4 日